本书为教育部人文社会科学研究青年基金项目'美国土著小说正义主题研究'（15YJC752037）最终成果

国 | 研 | 文 | 库

# 美国土著小说正义主题研究

杨 恒————著

光明日报出版社

图书在版编目（CIP）数据

美国土著小说正义主题研究 ／ 杨恒著 . -- 北京：
光明日报出版社，2021.5
ISBN 978 - 7 - 5194 - 5921 - 5

Ⅰ . ①美… Ⅱ . ①杨… Ⅲ . ①小说研究—美国 Ⅳ .
①I712. 074

中国版本图书馆 CIP 数据核字（2021）第 063022 号

# 美国土著小说正义主题研究
**MEIGUO TUZHU XIAOSHUO ZHENGYI ZHUTI YANJIU**

著　　者：杨　恒

责任编辑：刘兴华　　　　　　　　责任校对：刘文文
封面设计：中联华文　　　　　　　责任印制：曹　净

出版发行：光明日报出版社
地　　址：北京市西城区永安路 106 号，100050
电　　话：010 - 63169890（咨询），010 - 63131930（邮购）
传　　真：010 - 63131930
网　　址：http：//book. gmw. cn
E - mail：liuxinghua@ gmw. cn
法律顾问：北京德恒律师事务所龚柳方律师

印　　刷：三河市华东印刷有限公司
装　　订：三河市华东印刷有限公司
本书如有破损、缺页、装订错误，请与本社联系调换，电话：010 - 63131930

开　　本：170mm×240mm
字　　数：270 千字　　　　　　　印　　张：16. 5
版　　次：2021 年 5 月第 1 版　　　印　　次：2021 年 5 月第 1 次印刷
书　　号：ISBN 978 - 7 - 5194 - 5921 - 5

定　　价：95. 00 元

# 目 录
## CONTENTS

# 引　言

　　一直以来,人们对土著美国人①(Native Americans)的认识存在着很多误区。"美国'第一民族'的自治和主权一直被视为某种偶然性或随机性的结果,理由是印第安人和印第安国很快就会消亡,其作为国家公民的公民权也因此

---

① 也被称为"American Indians"(美国印第安人)、"Indigenous People"(美国土著人)、"Aboriginal People"(美国原住民)、"First Nations"(第一民族)等。与此类似,美国学界对于美国土著人的文学主要有两种表述,一种是 American Indian Literature,国内译为"美国印第安文学";另一种是 Native American Literature,此术语国内译法较多,如"美国土著文学"(参见王建平. 后殖民语境下的美国土著文学一路易丝·厄德里齐的《痕迹》[J]. 国外文学, 2006, (4): 75 - 81.)、"美国本土裔文学"(参见张冲、张琼. 从边缘到经典:美国土著文学的源与流 [M]. 上海: 上海外语教育出版社, 2014.)、"美国原住民文学"(参见郭巍. 美国原住民文学研究在中国 [J]. 天津外国语学院学报》, 2007, (4): 57 - 63.)等。命名行为反映了知识与权力的同谋关系,对土著居民、土著文学的命名无疑体现了一种政治话语。本书采用"美国土著文学"这一称谓,主要出于以下两方面考虑:1)"印第安"一词乃是哥伦布发现新大陆后错误地加在美国土著居民身上的一个名称。北美大陆上有数百个土著民族,这些部落民族的语言、文化传统、宗教信仰等都不尽相同,不应被视为一个单一的民族。土著居民一般都称自己为某个民族的成员,如纳瓦霍人、奥吉布瓦人、苏族人等等,而不愿意被笼统地称为印第安人。迈克尔·多里斯(Michael Dorris)曾指出:"如果有一种北美语言叫做'印第安语',有一种交流模式被称为'印第安式的',那么毫无疑问就有一种可以被认为是'印第安文学'的东西存在。但从前没有,现在也没有。"(参见 JACOBS A. C. The Novels of Louise Erdrich [M]. New York: Peter Lane, 2001: 5)2)如将 Native American 译为"本土裔",极易将土著居民与非裔、亚裔、拉丁裔、犹太裔等美国社会中的其他少数族裔混为一类。但实际上,土著居民在美国历史上乃至当代社会都是一个特殊的族群,他们享有与其他族裔不同的政治地位,他们最重要的正义诉求就是争取更大的主权和自治。因此在正义的语境下,使用"本土裔"一词是不恰当的。基于上述考虑,本书采用了英文中的 Native American Literature,在汉译时则采用了"美国土著文学"这一译法。同时,为保持称谓一致,将"Native Americans"译为"土著美国人",将"Indigenous People"译为"土著居民",但引文中如出现 Indians,则译为"印第安人"。

不复存在或很快消亡。自殖民时期以降，历史学家和政治学家们就是以这种方式界定和描述土著部落的。"①有些人认为土著美国人是装神弄鬼、散漫不羁的落后民族。有些人认为土著美国人不过是与非裔、亚裔、拉丁裔等一样在社会中处于边缘地位的美国少数族裔。还有些人质疑联邦政府为什么拨出专门款项帮助土著部落发展经济，资助保留地的教育事业，甚至给予保留地开设赌场等特权。

然而事实的真相是，土著美国人作为北美大陆的原住居民一直生活在这片土地上，生生不息。西方人所谓的"装神弄鬼"乃是土著美国人在从事他们的传统宗教活动，如太阳舞②（Sun Dance）、佩奥特掌③（Peyote）仪式等，各土著部落都有他们特有的尊奉和崇拜的神灵，就如同基督教徒信奉上帝一样。土著美国人作为北美大陆的原住居民，一直以来在美国都具有一种特殊的身份，这一点在联邦政府的诸多法律文件中都有明确的说明，如在 2002 年联邦上诉法庭的一次裁决中就有这样的文字："印第安部落既不是美国的州，也不是联邦政府的一部分，更不是上述两者的分支机构。相反，各印第安部落都是拥有主权的政治实体，这种主权权威并非来自于美利坚合众国的授予，而是古已有之。鉴于它们源远流长的部落主权，印第安部落有行使自决的权力。"④而土著部落享有的所谓"特权和好处"不过是美国政府在偿还历史上欠下的一笔巨额债务，这个"还债人"还不时地以各种借口单方面地大幅削减还债额。最典型的例子是 20 世纪 80 年代里根政府采取的武断粗暴的做法。为了全面推行

---

① COOK － LYNN E. Anti － Indianism in Modern America： A Voice from Tatekeya's Earth［M］. Champaign, Illinois： University of Illinois Press, 2007： 37.

② 太阳舞是美国和加拿大的土著居民举行的一种宗教仪式，社群的人们通常聚集在一起祈祷疗伤，个人会代表社群做出牺牲。仪式包括舞蹈和唱歌、使用传统的鼓、圣火、用仪式烟斗进行祈祷等，在参加仪式前要禁水禁食，有时还需要刺破皮肤，来考验人们的身体忍受力。

③ 佩奥特掌是一种蓝绿色的体积很小的无刺仙人掌，它含有一种叫做麦斯卡林的生物碱，具有致幻作用。土著居民长期以来在仪式中使用佩奥特掌，有时也做药用，来治疗伤痛。19 世纪晚期，土著美国人教会（Native American Church）在俄克拉荷马州应运而生，该教信奉的神灵叫做"大神"（the Great Spirit），将佩奥特掌视为一种圣餐，利用其作为与"大神"沟通的工具。19 世纪 80 年代至 20 世纪 30 年代，美国政府曾一度禁止土著居民进行与佩奥特掌相关的宗教仪式。直到 1978 年《印第安宗教自由法案》通过，佩奥特掌的使用才得到了法律的保护。

④ PEVAR S L. The Rights of Indians and Tribes： The Authoritative ACLU Guide to Indian and Tribal Rights, 3rd［M］. New York： New York University Press, 2004： 87.

"经济复兴计划",里根政府开始大幅削减对印第安事务的开支,对印第安人健康服务的经费削减约半数以上,资助高等教育费用由预算的 2.82 亿美元缩减到 1.69 亿美元,其他与印第安人相关的联邦投资项目经费也大幅缩水,这些措施严重影响了保留地的经济发展和印第安人的生活。①

　　上述的对比凸显出,在土著美国人的问题上,社会现实与民众的认识之间存在着巨大的差异,这种现象引人深思。为什么美国民众对土著美国人产生如此多的偏见与误解?这些偏颇甚至是错误的看法缘何而来?追根溯源,这一切在很大程度上源于白人殖民者以"正义"为名对土著美国人的迫害和掠夺,源于历史上联邦政府摇摆不定的、不公正的印第安政策。要想深入剖析这些问题,我们不得不来探讨一个重要的话题——"正义"。

　　"正义",意为"维护和实施正确的事情"②,也就是按照一定的社会道德标准人们应当做什么,不应当做什么,它是一种主观的价值判断,因此不可避免地带有局限性和多元性。

　　以源远流长的西方主流正义思想体系为例,古希腊哲学家柏拉图(Plato)、亚里士多德(Aristotle)推崇的德行正义论带有明显的阶级色彩,中世纪奥古斯丁(Augustinus)、托马斯·阿奎那(Thomas Aquinas)等人坚持的神正论有效地维护了上层教士和封建贵族的专制统治,近代洛克(Locke)提出的社会契约论满足了新兴资产阶级的需求,杰里米·边沁(Jeremy Bentham)和约翰·斯图亚特·穆勒(John Stuart Mill)等人提出的"最大幸福原则"是以牺牲少数人的利益为代价的。在当代林林总总的正义理论中,约翰·罗尔斯(John Rawls)提出的以"两个正义原则"为基础的社会正义论堪称集正义理论之大成,但他的正义理论也存在着一定的局限性,如其理论视域仅限定于现代西方社会,缺少对其他社会文化类型的充分考虑等。纵观古往今来的西方正义理论,每一种理论都具有一定的合理性,但由于理论家们往往都是从各自的不同立场和不同视角来阐述正义问题,因而不可避免地带有历史的、阶级的或价值取向的局限性。

---

① FIXICO D L. Termination and Relocation: Federal Indian Policy, 1945 – 1960 [M]. Albuquerque, NM: University of New Mexico Press, 1990: 203.

② Webster's Third New International Dictionary of the English Language Unabridged. Springfield, Massachusetts: Merriam – Webster Inc. , 1993: 1228.

　　而从世界范围来看,历史传统、思想文化和宗教信仰的差异决定了不同民族的人们对正义的认识也不尽相同。如在历史上,中华民族一直将儒家思想推崇的"仁—义—礼"作为正义的核心观念,强调整体责任感,注重道德的自我完善;伊斯兰各民族普遍认为《古兰经》为正义之源,将真主穆罕默德传达给人类的启示奉为神圣正义;美洲的印第安民族则将维护部落社群的整体利益、人与自然的和谐关系等视为应有之正义。

　　由此可见,正义是一个多元而相对的概念,没有哪一种正义观具有绝对的权威和绝对的普世性,即使是西方世界所标榜的公平正义也存在诸多缺陷和不足,并不能代表所有国家人们对正义的理解和认识,因此我们不能用一种正义思想来完全否定和排斥另一种正义思想,更不应该将西方社会的正义观念强加于土著美国人身上,这显然是有悖正义的粗暴做法。

　　作为北美大陆的古老民族,土著美国人尽管没有西方思想史上那样关于正义的系统而完整的理论著述,但他们对正义问题也有自己的理解和诉求。对于土著美国人而言,正义问题更多地与美国政府的印第安政策和土著美国人的历史境遇紧密相联。在历史上,土著美国人曾经是北美大陆的主人,他们与联邦政府之间签署了几百项条约,在美国政治生活中具有特殊的地位。然而纵观美国的印白关系史,尤其在二十世纪三十年代之前,联邦政府经常打着"文明""开化"等所谓"正义"的旗号,不断限制、削弱、侵犯、甚至一度废止了土著美国人的主权地位,系统地剥夺了土著部落固有的政治、司法和文化领域的权利,进而摧毁土著社会的根基。其目的是侵吞各土著部落的土地,同化土著美国人,使其彻底消失在美利坚合众国的大熔炉中。时至今日,美国的印第安政策虽然朝着尊重土著美国人自治权力的方向发展,但依旧没有给予部落政府足够的主权。"部落主权是土著社群固有的、无形的、动态的文化力量,使其能够维持和巩固土著政治、经济和文化的完整性。它增强了部落政府与部落居民、非印第安居民、地方政府、州政府、联邦政府、乃至整个世界的联系。"①因此土著美国人的正义诉求是紧紧围绕着部落主权而展开的,而与索取主权的正义诉求紧密相关的是承认和遵守政府与部落签署的条约,归还部落应有的土地,减少联邦司法对部落司法的干预,尊重土著美国人的宗教自

---

①　WILKINS D E, STARK H K. American Indian Politics and the American Political System [M]. Lanham, Md.: Rowman & Littlefield, 2011: 38 – 39.

由、保护土著部落文化、正确书写土著历史等正义诉求。

　　美国土著作家们具有强烈的使命感,他们将土著文学创作和文学批评视为土著美国人追寻正义的一把利刃,"正义"自然成为美国土著小说创作中一个重要且经久不衰的主题。然而迄今为止,美国学术界和我国学术界对于美国土著小说正义主题的研究还远不够深入。这里笔者对 20 世纪 70 年代以来美国与我国学界出版的美国土著小说研究成果加以整理综述。

　　美国学界对土著小说的整体研究成果较为丰硕,篇幅所限,此处仅选取相关研究专著进行综述。这些专著主要侧重于以下几个方面:首先,关于土著文化传统的研究非常丰富,其中研究最多的是口述传统。苏珊·贝里·布瑞尔·德·拉米雷斯(Susan Berry Brill de Ramírez)在专著《当代美国印第安文学与口头传统》(*Contemporary American Indian Literatures and the Oral Tradition*,1999)中提出,以一种对话的方法来阅读和理解土著文学作品,即将读者通过参与其中来共同创作故事和识别小说中口头告知的元素这两种相互联系的过程编织在一起。布兰卡·朔尔希特(Blanca Schorcht)在《美国土著文本中众所周知的声音:哈里·罗宾逊、托马斯·金、詹姆斯·韦尔奇和莱斯利·马蒙·西尔科》(*Storied Voices in Native American Texts*:*Harry Robinson*,*Thomas King*,*James Welch and Leslie Marmon Silko*,2003)一书中指出,当代土著小说植根于口述传统,上述作家均在小说作品中保留了口头叙述的对话流动性。克里斯托弗·B. 条顿(Christopher B. Teuton)的《深水:美国印第安文学中的文本连续体》(*Deep Waters*:*The Textual Continuum in American Indian Literature*,2010)对莫马迪、维泽纳、雷·A. 杨·贝尔(Ray A. Young Bear)和罗伯特·J. 康利(Robert J. Conley)四位土著作家的作品从口头冲动、形象冲动和批评冲动三个维度进行分析,阐释了传统与当代美国土著文学创作再现系统的持续关系。

　　值得一提的是,路易斯·欧文斯(Louise Owens)的《他者的命运:解读美国印第安小说》(*Other Destinies*:*Understanding the American Indian Novel*,1992)一书是第一部全面评介美国土著小说的学术专著,该书包括了对 1854 年以来几乎所有重要的土著小说创作的批评分析,运用了神话传说、结构主义、后结构主义、现代主义、后现代主义等多种理论视角,具有很高的学术价值。此外,大卫·特雷尔(David Treuer)的《美国土著小说:读者指南》(*Native American Fiction*:*A User's Manual*,2006)选取最重要的美国土著小说作品,以创作者的视角和批评者的思维对小说文本进行了细致分析,是学习和理解这些小说作品不可多得的参考资料。

　　女性主义与族裔是美国土著小说研究中比较常见的研究问题。伊丽莎白·I. 汉森(Elizabeth I. Hanson)的《永远在那里:当代美国土著小说中的种族与性别》(*Forever There:Race and Gender in Contemporary Native American Fiction*, 1989)是第一部研究当代美国土著小说中性别与种族关系的批评专著。空间视角也是美国土著小说研究的热点。卡嘉·萨科斯基(Katja Sarkowsky)的《替代空间:美国土著文学与第一民族文学中的空间建构》(*AlterNative Spaces:Constructions of Space in Native American and First Nations' Literatures*, 2007)分析了西尔科、维泽纳、托马斯·金等土著作家如何通过各种文化编码构建重叠、矛盾、有时甚至相互对立的文学空间,指出当代土著文学可以被视为复杂的文化之网的一部分,文化和土著的意义在空间建构中不断越界。还有一些研究关注于美国土著文学中的其他问题,如法律、城市化等。贝斯·H. 派尔托特(Beth H. Piatote)的专著《家庭问题:美国土著文学中的性别、公民身份和法律》(*Domestic Subjects:Gender, Citizenship, and Law in Native American Literature*, 2013)分析了五位土著作家在作品中对不同联邦政策的回应,阐释了印第安战争时期部落抵抗的有效性。劳拉·M. 福尔兰(Laura M. Furlan)在专著《土著城市:印第安城市小说与重新安置的历史》(*Indigenous Cities:Urban Indian Fiction and the Histories of Relocation*, 2017)中通过审视阿莱克西、珍妮特·坎贝尔·哈勒(Janet Campbell Hale)、厄德里克和苏珊·鲍尔等土著作家的城市叙事,将土著身份置于流散理论、世界主义和跨国主义理论中,并呈现了一种新的看待城市经历的方式,这种方式将土著居民的流动性和重新安置视为一种抵抗形式。

　　在美国学界关于土著文学的研究专著中,有相当一部分是对具体作家作品的研究。研究对象以"印第安文艺复兴"时期的重要作家为主,如西尔科、韦尔奇、维泽纳、厄德里克等。内容上既有对作家生平和创作风格的介绍,也有以介绍小说人物谱系、情节梳理为主的作品指南,还有从不同角度、运用不同理论对作品的解读。以路易斯·厄德里克为例,在美国已出版的独立撰写的关于厄德里克研究的专著有 8 部、论文集 6 部、访谈录 1 部。《路易斯·厄德里克作品教学研究》(*Approaches to Teaching the Works of Louise Erdrich*, 2004)一书既介绍了有助于理解厄德里克作品的土著文化背景知识和批评方法,又提供了相应的教学方法,是一本带有教学参考性质的书籍,对从事厄德里克早期作品的教学和研究者均有重要的参考价值。2006 年出版的《路易斯·厄德里克小说指南》(*A Reader's Guide to the Novels of Louise Erdrich*)一书详细介绍了从《爱药》到《彩绘鼓》等十部小说中的人物谱系、年表、小说人物以及作品中出现的奥吉布瓦词语释义,为读者和研究者厘清小说人物关系、更好地理解小说内容提供了极大的帮助。该书是厄德里克小说研究者必备的工具书,随着厄德里克新作品的不断问世,相信该书还会得到进一步的增补和修订。在论文集方面,P. 简·哈芬教授编纂的(P. Jane Hafen)《批评洞见:路易斯·厄德里克》(*Critical Insights:Louise Erdrich*, 2012)内容更为充实,其收录的 16 篇论文中,既有对厄德里克生平、创作生涯和文学影响力的介绍,也有对其单部作品或总体创作的评述类文章;既有土著学者的真知灼见,也有外国研究者的独到见解。研究对象除了厄德里克的小说,还涉及她的诗歌创作,有助于对厄德里克文学创作的全方位了解。茜玛·库若普(Seema Kurup)的《解读路易斯·厄德里克》(*Understanding Louise Erdrich*, 2016)按照小说背景的时间将从《爱药》到《圆屋》13 部作品分为三组,并分别分析了每一组作品的重要主题。该书对厄德里克的儿童小说、诗歌和散文也另辟章节进行了分析,美中不足的是对作品的解读还不够深入。

关于美国土著小说中的正义主题,就笔者所掌握的资料,美国目前专门针对此主题的研究专著寥寥,相关的论文也很有限。丽贝卡·蒂利特(Rebecca Tillett)编纂的论文集《为正义怒吼:研究莱斯利·马蒙·西尔科的〈死者年鉴〉的新视角》(*Howling for Justice:New Perspectives on Leslie Marmon Silko's Almanac of the Dead*, 2014)从跨国主义、社会文化、政治和历史的视角聚焦西尔科小说《死者年鉴》中的正义主题,但研究对象仅限于这一部作品。此外,萨默·乔亚·哈里森(Summer Gioia Harrison)在其博士论文[①]中虽然对两部土著小说作品的正义主题有所论述,但仅限于从环境正义的角度分析作品的元小说特征,研究的范围过于具体,没有全面地反映正义主题。

---

① 博士论文题目是"环境正义元小说:当代族裔女作家路易斯·厄德里克、琳达·霍根、露丝·尾关和山下凯伦小说中的叙事与政治"("Environmental Justice Metafiction: Narrative and Politics in Contemporary Ethnic Women's Novels by Louise Erdrich, Linda Hogan, Ruth Ozeki, and Karen Yamashita")。该文通过分析厄德里克的《四灵魂》、霍根的《太阳风暴》、尾关的《食肉之年》和山下的《橘子回归线》四部小说中的元小说特征,讨论了这些作品中体现的环境正义问题。

美国土著小说研究在我国起步较晚,国内最早关于美国土著小说的研究大体始于 20 世纪 90 年代。1995 年《国外文学》第一期上刊载了郭洋生教授的文章《当代美国印第安小说:背景与现状》,该文较为详细地介绍了莫马迪、韦尔奇、西尔科等印第安文艺复兴(Native American Renaissance)时期的代表作家及作品。在 1996 年 9 月中旬举办的"全国美国文学研究会第八届年会"上,王家湘教授就美国土著文学做了专题发言,第一次较为全面地介绍了美国土著文学的历史、发展和现状,并于同年在《外国文学》第六期集中发表了关于美国土著文学的两篇学术文章和三篇译文①。从此,美国土著文学,尤其是美国土著小说逐渐走入了中国读者的视野。

进入二十一世纪以后,特别是近十几年来,国内的美国土著小说研究取得了长足的发展,越来越多的学者,特别是青年才俊和美国文学专业的研究生们纷纷加入到这个研究领域,相关的研究成果也日益丰富。刘海平、王守仁教授主编的《新编美国文学史》(2002)第四卷和董衡巽先生主编的《美国文学简史》都对"印第安文艺复兴"及之后的美国土著小说创作进行了较为详细的介绍,莫马迪、西尔科、韦尔奇、厄德里克、维泽诺等土著作家名列其中。后来,张冲和张琼教授合著的《从边缘到经典:美国土著文学的源与流》(2014)一书中也以一章的篇幅对莫马迪、西尔科、韦尔奇、厄德里克、维泽诺、谢尔曼·阿莱克西(Sherman Alexie)、路易斯·欧文斯(Louis Owens)等杰出土著小说家的文学成就做了更为详尽的介绍,这些都促进了国内学界对美国土著小说的全面了解。

在专著方面,目前国内针对美国土著小说研究的著作已有十余本,其中进行总体研究有邹惠玲老师的《后殖民理论视角下的美国印第安英语文学研究》(2008)、秦苏珏老师的《当代美国土著小说中的生态思想研究》(2013)、王建平老师的《美国印第安文学与现代性研究》(2014)、张慧荣老师的《后殖民生态批评视角下的当代美国印第安英语小说研究》(2018)、生安锋老师的《抵制、存活与文化身份的商讨:美国印第安文学研究》(2019)等。更多学者选择了对具体的土著作家作品进行研究,如刘玉老师的《文化对抗——后殖民氛围中的

---

① 两篇学术文章为《美国文坛上的一支新军——印第安文学》和《莫马迪与〈黎明之屋〉》;三篇译文为莫马迪的《黎明之屋》、达西·麦克尼柯尔的《不同的世界》和伊丽莎白·库克﹣林的《好机会》。

三位美国当代印第安女作家》(2008)、刘克东老师的《趋于融合:谢尔曼·阿莱克西小说研究》(2011)、王晨老师的《桦树皮上的随想曲:路易丝·厄德里克小说研究》(2011)、蔡俊老师的《超越生态印第安:露易丝·厄德里克小说研究》(2013)、李靓老师的《厄德里克小说中的千面人物研究》(2014)、李雪梅老师的《莱斯利·马蒙·西尔科小说的家园探寻研究》(2016)、赵丽博士的《西尔科小说研究》(2017)、黎会华老师的《路易丝·厄德里克小说研究》(2018)、陈靓老师的《现实维度中的族裔性重构:路易斯·厄德里克作品研究》(2018)、宋赛南老师的《根与路——路易丝·厄德里克的灾难生存书写研究》(2018)、范莉老师的《莱斯利·马蒙·西尔科的生态思想研究》(2019)等。这些著作大多是在博士论文的基础上整理出版的,大致可以分为三类,一类是从某一理论视角对一位或多位土著小说家的作品进行研究,如生态批评视角、社会生态学视角、后殖民视角、民族性与现代性等;一类是侧重于单一主题研究,涉及诸如家园、文化、千面人物、生存等主题;还有一类是对某一位作家的作品进行整体研究,一般分为若干个主题。

国内美国土著小说研究的成果也体现在期刊论文方面,2001—2020年的二十年间,仅在《外国文学研究》《外国文学评论》《当代外国文学》等CSSCI期刊发表的关于美国土著小说研究的文章已有百余篇。这些文章有的是对美国土著小说的总体研究,有的是对单个土著作家作品的研究。在总体研究中,邹惠玲、丁文莉在《同化·回归·杂糅——美国印第安英语小说发展周期述评》(2009)一文中结合多位土著作家的作品,分析了美国土著小说不同发展阶段的特点,总结出土著小说从渴望同化到回归传统,进而走向杂糅的发展趋势,有助于研究者更好地掌握美国土著小说的发展进程。也有学者对美国土著小说进行了主题研究,如邹惠玲、张怡的文章《试论印第安文艺复兴小说中的帮助者形象——以〈黎明之屋〉〈血中冬季〉和〈典仪〉为例》(2011)。与专著的情况类似,更多的期刊论文研究的是具体的作家作品,其中关于路易斯·厄德里克的研究文章数量最多,研究角度也更为多元,如张廷佺的《路易丝·厄德里克长篇小说叙事的后现代因素——以〈爱药〉为例》(2007)、张琼的《族裔界限的延展与消散:〈手绘鼓〉》(2009)、方丹的《生态扩张与文化渗透:〈痕迹〉中内部殖民的隐秘路径解读》(2015)、文一著的《自我、意义与符号——析〈踩影游戏〉中的三种符号文本》(2016)、丁文莉的《论路易斯·厄德里克〈甜菜女王〉中的族裔性》(2017)、袁小明的《论厄德里克小说的中产文学特征》(2018)、张琼的《身体控制与文化失控——论厄德里克的〈永生上帝的未来家园〉》(2019)、纪秀明的《生态、族群、神秘叙事及其他——厄德里克与郭雪波生态文本族群话语探微》(2020)等。此外,对其他美国土著作家作品的研究也不断丰富,对莫马迪《日诞之地》的研究论文有:徐谙律的《〈日诞之地〉与印第安部落语言历史表征》(2013)、赵文书、康文凯的《在传统和现代性之间:莫马迪〈日诞之地〉另解》(2014)、郑佳的《〈日诞之地〉中的地理景观:人文主义地理学视角》(2016)、张龙海、陈建君的《真实与想象的第三空间——论莫马迪〈日诞之地〉中的归家》(2019)等;对西尔科的研究成果主要有翟润蕾的《莱斯利·马蒙·西尔克:美国印第安文化的歌唱者》(2007)、龙娟、张娟的《认知诗学视阈下莱斯利·玛蒙·西尔克的政治书写》(2019)等;对维泽诺作品的研究文章有邹惠玲的《哥伦布神话的改写与第三空间生存——评维兹诺的〈哥伦布后裔〉》(2013)和《超越"终极信条":维兹诺〈熊心〉对印第安传统的反思与回归》(2019)、王微的《〈自由之魔法师:一个荒野贵族的部落后裔〉中的文学阈限性》(2017)等;对韦尔奇作品的研究成果有徐谙律的《詹姆斯·韦尔奇〈愚弄鸦族〉中的"解域化"语言与黑脚部落文化的重构》(2017)等;对阿莱克西作品的研究有邱清的《谢尔曼·阿莱克西〈飞逸〉中的反暴力书写》(2016)、赵文书和康文凯的《十字路口的印第安人——解读阿莱克西〈保留地布鲁斯〉中的生存与发展主题》(2017)等。上述论文深化了国内的美国土著文学研究,具有较高的参考价值。

此外,张廷佺老师近年来一直致力于美国土著小说的译介,由他翻译的《日诞之地》《爱药》《鸽灾》《圆屋》深受读者喜爱。2020年,由张廷佺、陈嘉宁、杨世祥、汪章雯共同参与翻译的"真相四部曲"(《甜菜女王》《屠夫俱乐部》《踩影游戏》《拉罗斯》)出版,这必将进一步促进国内的美国土著文学研究。

纵观美国与我国学界美国土著小说研究的现状,可以看出目前该研究领域的特点和存在的不足:首先,国外研究成果丰硕,研究的广度和深度均远超国内的研究。其次,国内的美国土著小说研究近年来发展迅猛,但研究对象多集中于几位"印第安文学复兴"时期的知名土著作家,如厄德里克、莫马迪、西尔科、韦尔奇、维泽纳等,对于近年来成名的小说家和他们的作品关注还很不够,相关研究成果明显不足,有待更为深入的研究。此外,研究视角和研究主题不断多元化,但仍有待拓宽。目前国内外研究总体而言,视角多集中在后殖民主义研究、土著研究、叙事学、生态批评等方面,因此还有很大的研究拓展空间,应该从更多视角对美国土著小说进行较为系统的分析,拓宽视野,挖掘土著小说的内在价值,为美国土著小说研究注入新的动力。在主题研究方面,"正义"是美国土著小说中一个重要的主题,国内外学界虽有一些研究论文对此有所论述①,但均只涉及某一方面的正义,如社会正义、环境正义、诗性正义、修复式正义等,没有系统而全面地论述美国土著作家对正义问题的看法和态度。因此,对这一主题的进一步挖掘和拓展,有助于深化美国土著小说研究,具有重要的理论和现实意义。

上文有言,土著美国人的正义问题更多地与美国政府的印第安政策和土著美国人的历史境遇紧密相联。鉴于此,本书所要讨论的美国土著小说正义主题,并不是基于某一种西方正义理论,而是以美国的印第安政策为话语语境,以土著美国人的正义诉求为理论依托,试图通过对该主题的研究来探讨以下问题:美国土著作家们在小说中如何揭露美国印第安政策的非正义性?他们是如何通过文本再现土著美国人曾经和正在遭遇的非正义?他们是否为土著美国人获取正义指出了可行的路径?他们对正义的思考和探寻具有哪些现实意义?

本书中涉及路易斯·厄德里克②(Louise Erdrich)、莱斯利·马蒙·西尔科(Leslie Marmon Silko)、杰拉尔德·维泽纳(Gerald Robert Vizenor)、莉安·豪(LeAnne Howe)、斯蒂芬·格雷厄姆·琼斯(Stephen Graham Jones)、苏珊·鲍尔(Susan Power)、布莱克·豪斯曼(Blake Hausman)等多位美国土著作家的作品,这些作家来自奥吉布瓦(Ojibwa)、拉古那普韦布洛(Laguna Pueblo)、乔克托(Choctaw)、黑脚族(Blackfeet)、立岩苏族(Standing Rock Sioux)、切洛基(Cherokee)等多个土著部落,具有较为广泛的代表性。

---

① 楼育萍、黎会华在《〈圆屋〉中的叙事策略与诗性正义》(2016)一文中分析了厄德里克如何运用侦探、成长、感伤小说三种叙事模式来再现保留地上印第安人遭受的非正义,并通过移情手法来实现诗性正义。张冬梅在《论厄德里克最新小说〈拉罗斯〉中的修复式正义》(2017)一文中,从正反两个方面分析了修复式正义在为个体疗伤和恢复社区平衡中所起到的重要作用。黎会华在专著《路易丝·厄德里克小说研究》的第五章专门分析了厄德里克"正义三部曲"中的正义主题,但仅限于《鸽灾》《圆屋》《拉罗斯》三部小说,没有对厄德里克其他小说作品中的正义主题进行分析阐释。

② 国内对 Louise Erdrich 有多种译法,除了"路易斯·厄德里克",还有"路易丝·厄德里克"、"露易丝·厄德里克"、"路易斯·厄德瑞克"、"路易丝·厄德里齐"、"路易斯·埃德里希"等,但"路易斯·厄德里克"是被普遍使用的一种译法。

本书以文本细读为基础,基于美国土著小说中正义主题关注的不同领域,分别从土著美国人关注的四个方面的正义诉求,即对土地的正义诉求、对宗教自由的正义诉求、对司法主权的正义诉求和对历史书写的正义诉求来展开,剖析美国土著作家们在作品中对正义主题的呈现,及对实现正义诉求路径的探寻。最后分析作品中白人对殖民历史中非正义行为的思考和采取的行动。本书的主体部分共分为六章,具体研究内容如下:

第一章　土著美国人的正义诉求与美国土著小说创作

本章的内容共分三部分。首先,从纵向和横向两个维度阐述正义的历史局限性和多元性,揭示西方世界所崇尚的正义观并不具有普世性,它并不能完全等同于土著美国人对于正义问题的理解。其次,在历史文献研究的基础上对土著美国人的正义诉求,尤其是主权诉求做发生学的考察,阐释土著美国人正义诉求的特殊性和合理性。最后,简要介绍美国土著小说创作中的正义主题。

第二章　"收回土地!"——土著美国人要求归还土地的正义诉求

本章以《鸽灾》(*The Plague of Doves*)、《痕迹》(*Tracks*)、《四灵魂》(*Four Souls*)、《死者年鉴》(*Almanac of the Dead*)等小说为主要研究文本,结合空间理论,分析美国土著作家如何巧妙地揭露天定命运论和西进运动的非正义性,如何展现土著居民失去土地、生存空间被不断压缩所面临的困境和部落精神的瓦解,并探讨美国土著作家们为实现土地正义诉求提供的有效策略。

第三章　"上帝是红色的"——土著美国人追寻宗教自由的正义诉求

本章以《米姆神父》(*Father Meme*)、《痕迹》《小无马保留地神迹的最后报告》(*The Last Report on the Miracles at Little No Horse*)①、《神圣的荒野》(*Sacred Wilderness*)等小说为主要研究文本,结合福柯权力话语和后殖民理论,解析美国土著作家们如何再现白人社会对土著美国人及其宗教信仰的歧视和压迫,揭露了天主教传教行为的欺骗性与同化性,并深入挖掘美国土著作家为实现土著美国人信仰自由诉求采用的有效策略。

第四章　不再"等于零"——土著美国人对司法主权的正义诉求

本章在详细对比历史、法律文本的基础上,以《爱药》(*Love Medicine*)、《鸽灾》《圆屋》(*The Round House*)、《米姆神父》等小说为主要研究文本,剖析了美

--------

① 下文简称《报告》。

国土著作家在作品中如何呈现土著美国人遭遇的司法歧视、司法混乱和"粗暴正义"等正义难申的法律问题，指出美国土著作家们虽然在作品中描写过以暴制暴的故事，但他们也意识到暴力并不是获取司法正义的最佳方式，通过复兴土著法律使土著美国人获得更大的法律自主权才是更为明智的选择。

第五章　土著历史由我们自己来书写——土著美国人关于历史书写的正义诉求

本章以《米克王》(*Miko Kings*)、《走过血泪之路》(*Riding the Trail of Tears*)两部小说为主要研究文本，分析了美国土著作家们如何在小说中表现土著居民形象被歪曲、土著历史被排除在美国正史之外等土著居民在历史书写中遭遇的不公正，并指出美国土著作家们在小说中对土著历史的"逆写"，可以被视为以美国土著作家为代表的所有土著美国人寻求准确的历史再现、抵制白人殖民的一种途径和方式。

第六章　不能承受之重——白人殖民者及其后代对非正义行为的反思

本章结合心理学中的群体内疚理论，以《鸽灾》《四灵魂》《羚羊妻》(*The Antelope Wife*)、《铅羽》(*Ledfeather*)、《圆屋》等为研究文本，分析美国土著作家们如何从白人的视角去审视和反思白人在历史上对土著美国人的不公正待遇，并指出美国土著作家此举特殊而重要的现实意义。

"正义"是美国土著小说作品中一个非常重要且经久不衰的主题。在正义的视阈下解读美国土著作家们的小说作品，探讨土著美国人争取正义的途径与手段，可以深化我们对正义复杂性的思考，有助于我们摒除偏见和固化的思维模式，以更加包容和开放的视野，理解和尊重不同民族的正义观、不同社会群体的正义诉求，共同构建一个公平正义的和谐社会。这将是美国土著小说正义主题研究的意义所在。

# 第一章

# 土著美国人的正义诉求与美国土著小说创作

在西方世界中,"正义"一词最初源于古希腊的正义女神狄克(Dike),她是主持正义和秩序的女神忒弥斯(Themis)与宙斯的女儿,主管对世间善恶是非的评判。古罗马神话中的正义女神朱斯提提亚(justitia)的造型则结合了狄克和忒弥斯的形象特征,她一手提着象征不偏不倚的天平,一手持着代表公正执法的利剑,蒙着双眼,意为不受外来干扰和诱惑,用心灵观察。她的名字来自拉丁语中的"jus"一词,具有公正、公平、正直等多种含义,后来该词演变为英语中的"正义"(justice)。早在两千多年前,"正义"一词就在中国出现。《荀子·儒效》中有语:"不学问,无正义,以富利为隆,是俗人者也。"这里的"正义"与真理的意思更为接近。在阿拉伯语中,"adl""qist"等词汇也带有"公平""公正"之意。①

正义观念作为人类社会重要且具争议的范畴之一,普遍存在于古往今来所有的人类社会形态中。它既是人们普遍推崇的崇高价值,也是构建社会制度赖以依据的基本原则。比利时哲学家佩雷尔曼(Perelman)对于正义的重要性和影响力曾有过这样的论述:"正义,在各种名义下统治着世界——自然、人类、科学、良心、逻辑、道德、政治、经济、政治学、历史、文学和艺术。正义是人类灵魂中最纯朴之物,社会中最根本之物,观念中最神圣之物,民众中最热烈要求之物。它是宗教的实质,同时又是理性的形式,是信仰的神秘客体,又是知识的始端、中间和末端。人类不可能想象得到比正义更普遍、更强大和更完

---

① KHADDURI M. The Islamic Conception of Justice [M]. Baltimore: The Johns Hopkins University Press, 1984: 6.

善的东西。"①正义涉及人类生活的方方面面,自古以来,哲学家们从未停止过对正义标准的探讨。

# 第一节　正义:普罗透斯之脸②(Protean face)

上文提到古希腊正义女神狄克(Dike)和忒弥斯(Themis),美国著名道德哲学家麦金太尔对"dike"和"themis"两个词做了词源学考证。他认为"'dike'从词根'deiknumi'(意指'我表明'或'我指出')中推导而来;'themis'则从词根'tithemi'(意指'我提出'或'我制定')中推导而来。所以,'dike'是指划分(划定)出来的(东西);而'themis'是指制定出来的(东西)。"③这一词源学解释有助于我们进一步了解正义的性质。正义实际上是人为制定出来的,有关处理人与人、人与社会之间的关系和分配社会权利与义务的一种价值观念。因此,正义是一种主观的价值判断,它不可避免地会受到社会地位、阶级立场、思维角度、文化传统等诸多因素的限制和影响。

## 一、西方正义思想的局限性

正义是西方文明的重要支柱之一,它涵盖了哲学、政治、法律等若干领域。不同历史时期的思想家们,从古希腊的梭伦、柏拉图、亚里士多德,到近代的休谟、康德、亚当·斯密、边沁、穆勒,再到现代的罗尔斯,都对正义概念做过系统而深入的阐释,从而形成了西方正义思想体系的主要脉络。然而纵观西方正义理论的发展演变,各个时期的思想家对正义的标准莫衷一是,他们的观点既有对前人的传承和发展,也有尖锐的批判和驳斥。他们的正义观往往带有鲜

---

① PERELMAN C. Justice, Law, and Argument: Essays on Moral and Legal Reasoning [M]. Dordrecht: D. Reidel Publishing Company, 1980: 1.

② 在古希腊神话中,普罗透斯(Proteus)是早期的海神,是被荷马称为"海洋老人"的众神之一。有人认为他专司一职,称其为"难以捉摸的海洋变化"之神,暗示了海洋不断变化的特性。他虽然能够预见未来,但总是不断变换自己的外形来逃避,他只给能够抓住他的人占卜未来。后来人们用"普罗透斯的脸"来形容事物"多变、易变""能够呈现出多种不同的样貌"。

③ 麦金太尔. 谁之正义? 何种合理性? [M]. 万俊人, 等, 译. 北京: 当代中国出版社, 1996: 20.

明的时代烙印,具有一定的历史局限性。

  作为古希腊哲学思想的集大成者,柏拉图和亚里士多德均强调了正义是一种美德的观点。柏拉图在其代表作《理想国》中将正义分为个人正义和城邦正义。他认为人的灵魂由欲望、激情、理智三部分构成,分别对应着节制、勇敢、智慧三种美德。对于个人而言,正义"在于每个部分执行自己恰当的职能"①,即三种美德相互调和,达到一种平衡和谐的状态。城邦正义与个人正义是一致的,它强调的也是一种和谐有序,即社会等级制度的确立和社会成员的恪尽职守。在他看来,每个阶层的人都做好自己的事情,每个人都不去妨碍他人做他们该做的事情,就能够创造良好的社会秩序,这样"国家便成为正义的国家"②了。

  亚里士多德的正义观与柏拉图一脉相承,他也将正义视为一种个人美德。亚里士多德指出:"所有的人在说正义时都是指一种品质,这种品质使一个人倾向于做正确的事情,使他做事公正,并愿意做公正的事情。"③他将正义分为两种,即普遍正义与特殊正义。普遍正义是指全体公民遵从法律的规定。与此相对,特殊正义着重处理的则是公民之间的个人关系,它可分为分配正义、矫正正义和交换正义三个类别,其核心在于平等。亚氏的正义论在一定程度上实现了对柏拉图的超越,一方面他强调了法律在维护正义方面起到的重要作用;另一方面,与柏拉图的"各守其序"主张相比,亚里士多德的正义观更能体现平等的原则。

  柏拉图和亚里士多德的正义观体现了古希腊时期主流正义思想的最高水平,对后世正义思想的演变产生了深远影响,但由于出身于奴隶主贵族之家,他们的正义观也具有鲜明的阶级烙印。柏拉图认为,人与人之间的禀赋差异是与生俱来的,管理者天生就具有治理国家的能力,而劳动者因其才智所限,只能从事繁重的劳动。也就是说,劳动阶层从一出生就被套上了等级的枷锁,毫无改变命运的机会,更不要提那些终生受人摆布的奴隶。亚氏的正义观由于加入了"法治"和"平等"的思想,比柏拉图的正义思想更为丰富、更加成熟。

---

① 帕帕斯. 柏拉图与《理想国》[M]. 朱清华, 译. 桂林: 广西师范大学出版社, 2007: 23.

② 柏拉图. 理想国 [M]. 郭斌和, 张竹明, 译. 北京: 商务印书馆, 2002: 156.

③ 亚里士多德. 尼各马可伦理学 [M]. 廖申白, 译. 北京: 商务印书馆, 2003: 126.

然而毋庸置疑的是,其正义论依然是为其所在的奴隶主贵族阶级服务的。罗素曾一针见血地批判道:"他(亚氏)不仅仅对于奴隶制度,或者对于丈夫与父亲对妻子与孩子的优越地位,没有加以任何的反驳,反而认为最好的东西本质上就只是围着少数人的,亦即为着骄傲的人与哲学家的。"①此外,亚氏提出的分配正义主张,对公共财富的分配采取同等人同等对待,不同等的人按照一定的标准进行有比例地分配,这就为奴隶主贵族阶级占有大量社会财富提供了合理的依据。可以说,鲜明的阶级立场决定了柏拉图和亚里士多德所崇尚的正义,只不过是奴隶主贵族专制国家的正义,这种竭力维护统治阶级利益的正义观实际上是在为另一种形式的社会不平等做系统的辩护。

到了神学思想笼罩一切的中世纪,万能的上帝俨然成为正义的化身、一切社会正义的裁决者和维护者,而由此衍生出来的神学正义理论即成为主导中世纪时期的正义观。基督教神学基于《圣经》中亚当夏娃偷食禁果的原罪说,建立起庞大的理论体系。作为世间万物的主宰,上帝的旨意就是最高的正义,任何违背其意志的行为都必然是非正义的。

17世纪英国著名的哲学家洛克将正义理解为"首要的自然法和每个社会的纽带"②。自然法中蕴含了人类与生俱来的自然权利,即平等权、自由权、生存权和财产权。其中财产权尤其受到洛克的关注。他认为人类有权利享有私人财产,这恰恰体现了上帝的正义,而劳动是公共财产拨归私用的方式。与生存权、自由权一样,公民的财产权神圣不可侵犯。要保障公民的上述权利,就需要依靠政府的管理。由此,财产保护与正义问题被紧密地联系起来。洛克还认为,人类社会是通过契约的方式建立的,当公民达成契约时,已将自己的部分权利让渡给政府,因此政府必须为公民以保护公民的生命、平等、自由、财产权利为目标。一旦政府没有很好地履行自己的职责,公民有权废除契约,解散政府。因此政府的权力不是绝对的,通过社会契约产生的政府是"有限政府"。

洛克的思想为近代西方政治哲学自由主义传统奠定了坚实的基础,它深刻地启迪了人们的心灵,并对后来的美国独立革命和法国大革命产生了巨大

---

① 罗素. 西方哲学史(上卷)[M]. 何兆武,李约瑟, 译. 北京: 商务印书馆,2009: 237.

② LOCKE J. Essays on the Law of Nature [M] LEYDEN W Von. Oxford: Clarendon, 1988: 169.

影响,但其正义思想也存在一定的局限性。首先,受 17 世纪依然强大的基督教思想的影响,洛克诉诸于基督教神学,试图在《圣经》中为自己的哲学思想寻找理论根基。因此,他的自然法理论既可以解读为神意法,也可视为理性法,表现出一种思想上的暧昧性。洛克正义理论另一颇受诟病之处在于,他认为公有财产在融入人类劳动之后就丧失了公共性,理应成为私有财产。事实上,这种说法存在明显的漏洞。以耕种土地为例,在土地上劳作虽然可以确立该劳动所得的正当性,但据此并不能确定劳动者对这片土地的所有权,因为土地是自然界的客观存在,并不是该劳动者的劳动所得。洛克正义观中对私人财产权的刻意强调,体现了当时新兴资产阶级对私有财产的渴求,它在客观上也为西方国家扩大殖民范围、侵占土著美国人的土地提供了所谓的"理论依据"。

苏格兰哲学家大卫·休谟(David Hume)的正义观深受洛克哲学思想的影响,在他构建的正义体系中,无论是正义的起源、性质,还是作用,都是紧紧围绕着财产权问题展开的。休谟认为,"正义只是源于人的自私和有限的慷慨"①,它并非通过人类情感自然而然产生的,而是"由于应付人类的环境和需要而采取的人为措施和设计"②。因此,正义是一种人为的德行。可以说,休谟对正义的起源与性质的论述,实际上是在为正义与财产权的关系问题做铺垫,人类需要正义,就是因为人们在财产问题上存有共同利益感,正义能够帮助社会成员确立对私有财产占有的权利,这就是正义的作用。为了确定财产的稳定占有,不受侵犯,休谟还提出了四条财产权原则:占领原则、时效原则、添加原则和继承原则。此外,休谟认为"公共的效用是正义的唯一起源"③,从中我们不难看出其正义观中带有的功利主义倾向。这一点后来为英国哲学家边沁所借鉴,发展出了著名的功利主义哲学。

不可否认,休谟的正义理论在当时的社会条件下具有进步意义,但需要指出的是,在休谟的正义思想中,他过多地关注财产权的保护,而忽视了对正义范畴中其他因素的考量,如平等、自由、生存权等,因此是不全面和不完整的。

功利主义哲学是自由主义思想的又一分支,其主要代表人物有杰里米·边沁、约翰·斯图亚特·穆勒等。边沁是功利主义理论的创始人,他提出的

---

① 休谟. 人性论 [M]. 关文运, 译. 北京: 商务印书馆, 1980: 536.
② 休谟. 人性论 [M]. 关文运, 译. 北京: 商务印书馆, 1980: 477.
③ 休谟. 道德原则研究 [M]. 曾晓平, 译. 北京: 商务印书馆, 2000: 35.

"最大幸福原则"为功利主义的发展奠定了基础,但边沁的理论相对粗糙,存在很多缺陷和自相矛盾的地方。密尔被认为是功利主义的集大成者,他批判地继承了边沁的哲学思想,拓展了"最大幸福原则"的含义,认为人"能够为了他人的福利而牺牲自己的最大福利"①。同时,穆勒在《功利主义》一书中,专门辟出一章,来集中论述功利与正义的关系,竭力证明功利主义与正义并不矛盾,正义是功利主义内在的应有之义,而功利原则才是社会的终极原则。

通过穆勒的修正和补充,功利主义学说变得更加系统化、完整化,在伦理学领域确立了自身独特而显著的地位。尽管如此,其理论不足依然不容忽视,其中最具争议的就是最大幸福原则。在一个多元的社会中,政府如果只考虑如何使社会财富最大化,而不考虑社会财富的分配问题,不关注为了达到大多数人的最大幸福而做出牺牲的少数族裔和弱势群体的合理诉求,这显然是与公正、平等的精神相背离的。罗尔斯对此反驳道:"每个人都拥有一种基于正义的不可侵犯性,这种不可侵犯性即使以社会整体利益之名也不能逾越。因此,正义否认为了一些人分享更大利益而剥夺另一些人的自由是正当的,不允许许多人享受的较大利益能够绰绰有余地补偿强加于少数人的牺牲。"②功利主义产生于资本主义快速发展的时期,它所主张的"最大幸福原则"适应了当时社会发展变化的需要,为资产阶级攫取社会财富、追求个人利益最大化提供了"合理"的依据,在一定程度上缓解了资本主义的道德危机。但功利主义一切以"利益至上"的正义观必定会造成对社会少数群体的不公正对待,从而加剧社会矛盾。

在当代西方纷繁复杂的正义思想中,约翰·罗尔斯提出的"作为公平的正义"论述最为详尽,意义最为重大,影响最为深远。罗尔斯认为,正义作为"社会制度的首要德性",要起到调节作用,尽力排除由家庭背景、自然禀赋等偶然因素对人的影响。为了建立一种公平的程序,罗尔斯首先假定了一个"原初状态",即参与其中的各方处于"无知之幕"的背后,在不知道有关自己和所处的社会的任何信息的情况下进行选择,这样就避免了功利主义者打着获取"社会最大利益"的旗号来侵害一部分人的平等自由权利。在此基础上,罗尔斯提出

---

① 约翰·穆勒. 功利主义 [M]. 徐大建,译. 上海:上海人民出版社,2008:20.
② 约翰·罗尔斯. 正义论 [M]. 何怀宏,等,译. 北京:中国社会科学出版社,1998:4.

了两个正义原则:一是"每个人对与所有人所拥有的最广泛平等的基本自由体系相容的类似自由体系都应有一种平等的权利";二是"社会和经济的不平等应这样安排,使它们在于正义的储存原则一致的情况下,适合于最少受惠者的最大利益,并且依系于在机会公平平等的条件下职务和地位向所有人开放。"①第一个原则被称为平等自由原则,它优先于第二个原则;而在第二个原则内,机会公平原则优先于差别原则。由此可见,罗尔斯的正义论是一个将所有人的利益纳入考虑范围内、力图调和效率原则与人际差异之间矛盾的一种更为完整和全面的正义观。一方面它将自由、平等置于正义原则的优先地位,体现了对所有公民基本权利应有的尊重;另一方面,它又努力对最少受惠者给予尽可能的补偿,这就在理论上有效弥补了功利主义正义观的缺陷,兼顾了所有人的利益诉求。

罗尔斯对于正义的研究发轫于 20 世纪五六十年代,当时正是美国社会的多事之秋,在境外,朝鲜战争和越南战争相继爆发,美国政府顶着反战的压力疲于作战;在国内,民权运动的蓬勃发展促使少数族裔开始关注自身权益的保护,导致贫困阶层与富裕阶层的社会矛盾不断激化。身处危机之中的罗尔斯在对正义的研究中,必然会将目光转向日益严重的社会问题,将正义与社会制度联系在一起,以求寻找能够缓解激烈社会矛盾的良方。这既体现了罗尔斯正义论的进步性,又反映了其维护资产阶级国家政权统治的阶级局限性。

毋庸置疑,罗尔斯的正义论是西方思想史中迄今为止最全面、最完善的一套正义理论,然而在一片喝彩声中,质疑的声音也不绝于耳。首先,罗尔斯假设的原初状态背离了人类社会发展的现实,实际上,每个人都代表着自己所在的社会阶层,有本阶层的利益诉求,所谓的类似真空的"无知之幕"并不存在,这就极大地减损了这一理论的实际应用性。此外,还有学者指出,罗尔斯正义论的理论视境仅限定于现代西方社会,缺少对其他社会文化类型的充分考虑等等。这里不一一赘述。

通过以上对部分西方社会主流正义思想的梳理,我们发现,人们对正义的认识受其所处的社会、历史条件的限制,任何有关正义理论的思考都无法超越具体的社会背景和独特的生活实践。从古至今,每一种正义思想都是该时期

---

① 约翰·罗尔斯. 正义论 [M]. 何怀宏, 等, 译. 北京:中国社会科学出版社,1998: 237.

社会发展状况的一种映射,正如孙国华教授所指出的那样,"正义是一定社会中各阶级、阶层或集团关于社会制度及由此确立的各方面关系是否公正、合理的观念和行为要求"①,因此它不可避免地存在历史和阶级局限性,没有任何一种正义理论是完美无缺的。

## 二、正义的多元性

纵观历史上西方社会正义观念的演变,不同时期的人们对于正义的标准持有不同的看法,而且这些正义观念均在不同程度上烙下了思想家们所在阶级和历史时期的印记。从横向来看,虽然对于正义的理解,人类持有一些普遍的价值观,如中国有俗语"杀人偿命,欠债还钱",西方人也有格言"以眼还眼,以牙还牙"。但是不同的历史传统、思想文化和宗教信仰等还是导致人们对正义的认识不尽相同。

中国传统的正义观和西方正义观就存在着较大差异。在甲骨文中,繁体字"義"是一个会意字,由"羊"和"我"两部分组成。许慎在《说文解字》中将"義"字释义为"义,己之威义也。从羊,从我。"这里的"羊"是指人们祭祀的牲畜;"我"从字形上看指手持戈形的兵器,亦可表示"仪仗"。因此,"义"可以被理解为"合宜的思想、行为或言论"。

中国传统的正义论思想源远流长,它发轫于西周时期周公政治哲学,在春秋战国时期出现了百家争鸣的繁荣局面,由于西汉时期董仲舒提倡"罢黜百家,独尊儒术",儒家的正义理论逐渐居于正统地位,并在元宋、明清时期得到不断补充和演变,其影响延绵至今。

在儒家正义思想体系中,"义"是与"仁""礼"紧密联系在一起的。"仁"即"仁爱",乃是指"推己及人""一体之仁"的一种自然情感,是人与人之间的相互友爱之情。它是"义"产生的源头,确保正义原则具有正当性。所谓"礼",就是社会群体存在的秩序,亦即社会制度和规范的构建和安排问题,是中国传统思想家们关注的焦点;而"义"是"礼"(即制度规范)赖以依据的正义原则。然而在儒家的正义观中,并没有对"义"有非常明确的阐释和界定,它的意义比较宽泛,如"致诚,无它事矣,唯仁之为受,唯义之为行"(《不苟》),此处的"义"与"仁"相通,"仁"乃"义"之前提;"见义不为,无勇也"(《论语·为政》),此

---

①　孙国华. 马克思主义法律理学研究［G］. 北京:群众出版社,1996:321.

"义"带有"应做之事"的含义;"不义而富且贵,于我如浮云"(《论语·述而》),"不义"指不正当的手段;"非礼义充溢于中,得时措之宜者不能"(《论语集注·宪问》),这里的"礼义"指的是"时措",即"历史角度的适宜性"。由此可以归纳出儒家尊崇的两条正义原则,即正当性和适宜性。正当性原则是指"任何社会规范及其制度的建构必须是正当的,意味着这种制度规范的建构必须是由仁爱出发而超越差等之爱,追求一体之仁的结果"。① 适宜性原则是指空间上或时间上的适宜性。

可以说儒家正义论的核心思想是"仁—义—礼",然而"义"与"利"之间的关系也是儒家正义观的一个重要方面。《论语·里仁》有云:"君子喻于义,小人喻于利。"意思是君子看重道义,而小人只追求利益。《孟子·梁惠王上》也有"何必曰利? 亦有仁义而已矣"这样的"利"与"义"的比较。显然,在孔孟思想中,"义"比"利"更为重要。西汉的董仲舒进一步发展了孔孟思想,提出"正其谊不谋其利,明其道不计其功。"(《汉书·董仲舒传》)。宋代的程朱理学更是将这一思想发展到极致,朱熹有言,"圣贤千言万语,只教人明天理,灭人欲。"(《朱子语类》卷十二),"天理"即"道义",而"人欲"中的贪欲、私欲与人的利益紧密相连。此时的"义"与"利"已经被完全对立起来,程朱理学体现了明显的崇义抑利思想。

与西方正义观相比,中国主流的传统正义观根植于儒家的传统思想,更侧重于伦理意义的探讨;它建立在性善仁爱的基础上,注重道德上的自我完善;强调个人对家族、对整体的责任感;对私利问题总体上持较为否定的态度。后两个特点与西方的正义思想存在较大的差异。此外在内容上,正义的含义比较宽泛,涵盖生活的方方面面,但与法律的联系并不如西方正义观那样紧密。

土著美国人的正义思想与西方正义观也有诸多抵牾之处。土著美国人是以部落为核心的民族,部落是其最基本的社会组织形式,很多部落都维系着内部的民主制度和财产共有制,土地归部落公有,人们共同劳动,共同狩猎,共同享用收获的成果。然而西方社会的正义观却普遍认同土地私有化和保护私有财产。休谟认为如果要遵从正义,首先就要尊重财产权,财产权是优先的权利。又如在人与环境的关系问题上,白人认为人类是大自然的主宰,有权力支

---

① 黄玉顺. 中国正义论的重建——生活儒学的制度伦理学思考 [J]. 文史哲,2011(6):13.

配自然界的一切资源为人类所用。在功利主义的趋势下,为了追求个人利益的最大化,白人殖民者过度开发美洲大陆的自然资源,引起水土流失和土地沙化;大肆捕杀野生动物,导致一些物种灭绝,但白人并不以此为耻。而土著美国人则坚信人的自然生命与宇宙万物是和谐统一的,世间万物皆有灵性,应该受到尊重和保护,任何肆意破坏环境的行为都是非正义的。

由此可见,尽管正义问题在人类社会普遍存在,然而社会正义问题的表现形式、解决方式却具有一定的特殊性。由于迥异的历史背景、文化传统和民族特征,不同民族、国家的人们对正义问题的思维角度、言说方式存在一定的差异。无论哪一种正义论,都是在特殊的文化传统中解决普遍的社会正义问题。尽管许多西方思想家们试图构建一套全面、合理,甚至跨越国界的具有普遍性的正义理论,然而不可否认的是,这些正义理论基本上都是植根于西方的文化传统,它们内在的西方性是不可消除的。因此,对于其他非西方民族和国家来说,这些正义理论并不具有普遍的可接受性,中国文化、伊斯兰文化、东方佛学、印第安文化等异质文明的传统独立性即为明证。正义理论历史起源的多样性决定了正义的多元性,正如麦金太尔所指出的,"由于存在一种带有诸种历史的探究传统的多样性,所以事实也将证明存在着多种合理性而不是一种合理性,正如也将证明存在着多种正义而不是一种正义一样。"①

本节的论述表明,正义理论纷繁复杂,它们有的相互联系,存在先后的承接关系;有的则相互对立,相互竞争,显现出水火不容的架势。对此,美国著名法学家博登海默曾做过一个生动的比喻,"正义具有一张普罗透斯似的脸,变化无常,随时可呈现不同形状,并且具有极不相同的面貌。"②正义的标准并非永恒不变,而是在随着社会的发展而不断进化演变的。同时,正义不是一个能够机械地整齐划一的概念,迄今为止还没有哪一套正义理论绝对的公正,具有绝对的普适性,即使是西方世界所标榜的公平正义也存在诸多缺陷和不足,并不能代表所有国家人们对正义的理解和认识。在一个多元化的时代,面对何为正义标准的问题,唯有充分尊重和考虑有关各方的利益关系,才能达到相对

---

① 麦金太尔. 谁之正义? 何种合理性? [M]. 万俊人, 等, 译. 北京:当代中国出版社, 1996: 13.

② 埃德加·博登海默. 法理学、法律哲学与法学方法 [M]. 邓正来等, 译. 北京:中国政法大学出版社,1999: 252.

公平的"正义"。

# 第二节　土著美国人的正义诉求

在西方文明的思想体系中,"正义"属于伦理学、政治学乃至法学的基本范畴;相比而言,对于土著美国人来说,正义问题则更多地与美国政府的印第安政策和印第安人的历史境遇紧密相联。要了解土著美国人的正义诉求,首先要对美国政府的印第安政策的演变有一个清晰的认识。

**一、反复无常的美国印第安政策**

一直以来,美国都标榜"自由民主",从开国之初《独立宣言》提出"人人生而平等"的天赋人权口号,到在当代多元世界格局下高举"普世价值"的大旗,美国政府总是极力在世人面前将其塑造成一个正义捍卫者的形象,在处理与印第安人关系的问题上也不例外。

印第安人①是美国的土著居民,是北美大陆的主人,美利坚合众国自建国之日起就面临着如何处理与印第安人的关系问题。美国的印第安政策错综复杂,大体上经历了六个阶段:怀柔时期(建国初—1830年)、保留地制度时期(1830—1870年)、强制同化时期(1871—1934年)、印第安人新政时期(1934—1946年)、终止与重新安置时期(1946—1961年)和民族自决时期(1961年后)。从每一个阶段政策制定的背景及实施效果,我们不难发现,美国政府在印第安政策问题上总是摇摆不定,表现出了极强的虚伪性和种族主义倾向。

18世纪末,新生的美利坚合众国刚刚摆脱英王的统治,强敌环伺,百废待兴。面对内忧外患,美国政府根本无暇顾及印第安问题。为了休养生息、巩固政权,美国政府对印第安人采取了较为缓和的"怀柔政策",承认印第安部落"国中之国"的地位。在这一时期,美国政府总体上对西部边疆地区的印第安部落可谓礼遇有加,但对于东部与之抗衡的印第安人则绝不手软,必除之而后快。因此,针对印第安人的怀柔政策是由美国当时的国力条件决定的,并非真心对印第安人抱有友好态度。

---

①　本章第二节中在涉及历史语境时,"印第安人"和"土著美国人"会交替使用。

19 世纪上半叶,随着合众国政权的进一步巩固和资本主义的快速发展,外来移民源源不断地拥入北美大陆,使得东部有限的土地变得不堪重负,越来越多的白人拓荒者迁往西部,与散居在那里的印第安部落展开了激烈的资源竞争。资本主义发展的外在动因和不断凸显的印第安问题促使美国政府出台新的印第安政策——实施保留地制度。

1830 年 5 月的《印第安人迁移法》(Indian Removal Act),揭开了印第安人西迁的序幕。表面上看,印第安人西迁是部落与联邦政府通过条约的方式达成的公平协议,为此政府还许诺向印第安人提供必要的食物、教育和卫生等福利。然而实际情况是,这些条约都是美国政府特使通过谎言欺骗或威逼利诱等手段与印第安部落签订的,印第安人毫无选择的余地;他们割让出的是密西西比河东岸的肥沃土地,而政府划给他们的保留地却在荒无人烟的大草原。很多印第安人在途中因疾病、寒冷和饥饿而死于非命,据推测,死亡人数达一万五千人之多。这段见证了印第安人悲惨命运的道路也被称为"血泪之路"(The Trail of Tears)。保留地制度从 1830 年起,一直延续到 19 世纪 70 年代,据记载,到 1880 年,美国境内共建立起 141 个印第安保留地,①印第安人的生活区域被完全限制在保留地范围内。

在美国白人政府看来,保留地制度一方面有效解决了美利坚合众国发展中对土地的紧迫需求;另一方面也减少了因领土纠纷而产生的印白冲突,可谓一举两得。然而,对于印第安人来讲,保留地制度却意味着民族的屈辱和灾难。印第安人被迫离开了祖辈人世代生息的故土,这对于视土地为生命的印第安人来说无疑是一个沉重的打击;艰难的长途跋涉使无数人在贫病交加中悲惨死去,印第安人口大幅减少;来到保留地后,恶劣的生存环境和有限的生存空间令印第安人的生活雪上加霜。更为重要的是,他们的生存方式发生了巨大转变,失去了广袤的土地,印第安人就失去了赖以生存的物质基础,他们不得不从一个独立的民族沦为美国政府的保护对象,丧失了与白人平起平坐的地位,这就为随后的同化政策提供了可能性。

保留地制度使用强制手段将印第安人"隔离"开来,在一定程度上减少了印白冲突,但美国政府想要解决印第安问题的目的还远未达到。印第安人虽

---

① PRUCHA F P. The Great Father: The United States Government and the American Indians [M]. Lincoln: University of Nebraska Press, 1986: 189.

然被限制在保留地生活,但各个部落依旧享有名义上的主权,在部落内部印第安人仍然能够沿袭传统的经济结构和文化模式,这一直被认为是印第安人迈向文明社会的巨大障碍。为了一劳永逸地解决印第安问题,使印第安人快速地融入美国主流社会,美国政府决定对其采取全面同化的政策。然而,在冠冕堂皇的"文明教化"政策的背后,却掩藏着另一个不可告人的动因,即美国白人攫取印第安人土地的企图。虽然保留地制度已经剥夺了印第安人大量的土地,到1880年时各部落保留地面积的总和只相当于加利福尼亚州两倍半的面积,①但这依然令白人对保留地的土地垂涎不已。

1871年美国国会在一项给内政部拨款法案的"附则"中,剥夺了印第安部落作为美国独立族群(nation)的特殊地位,否定了部落主权,印白关系出现了重大转折。在随后的50余年间,同化政策全面展开,这主要体现在四个方面:一是在思想文化领域,强迫印第安人放弃自己的传统宗教,改宗基督;设立寄宿学校,强制印第安儿童入学,接受白人的教育。二是在司法领域,《印第安人重罪法》(Indian Major Crimes Act)、《同化犯罪法》(Assimilative Crimes Act)、《科蒂斯法》(Curtis Act)等一系列法案的制定,极大地限制了印第安部落的司法权,部落司法已经名存实亡。三是全面实行土地私有制。1887年颁布的《道斯法案》宣布将部落的公有土地作为份地分配给印第安人,25年托管期后印第安人可以拥有对该份地的所有权。而分配后"剩余"的土地则由政府出售给白人,仅此一项,白人又从印第安人那里捞到了大片土地。四是授予印第安人美国公民的地位。1924年的《印第安人公民权法》(Indian Citizenship Act)看似维护了印第安人的政治权益,但实际上却给当时还不具备美国公民所要求的素质和能力的印第安人带来无尽的烦恼。

全面同化政策带给印第安人的影响是巨大的。首先,部落主权被剥夺,意味着印第安人失去了在美国政治生活中的特殊地位,丧失了与联邦政府进行对话的权力。其次,部落土地私有化导致部落组织彻底瓦解,印第安人陷入了严重的精神危机。部落制是土著社会的核心,它承载着印第安人的归属感和精神寄托,是印第安人传统文化的力量之源。土地私有使印第安人与部落之间的纽带被生生割裂,他们不得不独立面对眼前这个陌生而残酷的"文明"世

---

① HOXIE F E. A Final Promise: The Campaign to Assimilate the Indians, 1880—1920 [M]. Lincoln: University of Nebraska Press, 2001: 42.

界,白人的种族歧视和文化偏见使他们根本无法融入主流社会,他们感到无所适从,孤立无援。再次,《道斯法案》允许政府将"剩余"土地出售给白人,使印第安人又一次丧失了大量土地;而在 25 年托管期结束后,一些不善经营的印第安人无力支付土地契税等费用,不得不将土地廉价转售给白人。失去了赖以生存的经济基础,印第安人的生活变得更加困苦无助。此外,寄宿学校的建立,使印第安儿童从小就远离部落与亲人,被迫接受西式教育,印第安民族面临着严重的文化危机。

同化政策给印第安人带来的巨大灾难不仅遭到了印第安人的激烈控诉和反对,也招致了对印第安人持同情态度的白人有识之士的强烈不满。1926 年,美国政府责成内政部组织各领域专家,对保留地上印第安人的生存状况进行全面的调查。两年后,一份详尽的调查结果出炉,史称《梅里亚姆报告》①( Meriam Report )。调查结果使美国政府大为震惊,也引起了社会的广泛关注,对美国政府印第安政策的转向起到了积极的促进作用。

在时任印第安事务局局长约翰·科利尔( John Collier )的大力倡导下,1934 年《印第安人重组法》( Indian Reorganization Act )在国会通过,其目的是"鼓励经济发展,提倡民族自决和文化多元,恢复部落制度"②,它的颁布标志着印第安人新政拉开帷幕。《印第安重组法》大致有三个方面的内容:一是停止份地分配,无限期地延长已分配份地的托管期限,收回尚未出售给白人移民的土地。二是大力促进部落经济的发展。三是恢复部落制度,帮助印第安人重建部落政府,并重申部落政府的管辖权。③ 此外,该法案还对保护印第安人文化传统和宗教信仰自由等问题也做出了相应的规定。

印第安人新政是美国印第安政策的重要转折点,它标志着联邦政府解决印第安问题的思路开始从粗暴的种族同化逐渐转变为承认其文化价值。新政的推行有利于促进部落自决,保护部落传统;有效地遏制了部落土地的流失,

---

①　该报告对印第安人的经济、教育、健康、法律、宗教等诸多方面做了细致的考察,指出同化政策已经使印第安人的经济和文化遭受了极大摧残,建议政府保护印第安人的土地所有权,加大对印第安事务的拨款,改善印第安人的经济状况。

②　STRICKLAND R, Felix S. Cohen's Handbook of Federal Indian Law [M]. Charlottesville, VA: Michie Bobbs – Merrill, 1982: 147.

③　PRUCHA F P. Documents of United States Indian Policy ( Third edition ) [M]. Lincoln: University of Nebraska Press, 2000: 222 – 25.

并帮助收回了部分失去的土地;部落经济得到一定程度的发展,土著美国人的生活水平有所提高;更为重要的是,它唤起了印第安人对未来美好生活的向往,增强了他们的民族自尊心和自信心。

当然印第安人新政也存在着很多缺陷和不足,一方面科利尔提出的很多大刀阔斧的改革建议,由于在国会受到反对派的阻挠,被削减得支离破碎,只有少部分内容被保留;而且法案的执行力度由于反对力量从中作梗也大打折扣。因此,印第安人新政还是一次很不彻底的改革。另一方面,改革的倡导者虽从印第安人的利益出发制定政策,但他们忽视了印第安问题的复杂性,把自认为正确的方式强加给印第安人,导致了一部分印第安人对改革产生了强烈的抵触情绪。这些不可解决的矛盾也注定了印第安新政只能是一次短命的改革。

二战后,美国政府财力紧缩,而印第安新政在保留地并没有取得预期的效果,觊觎印第安人土地的农场主们开始蠢蠢欲动;同时,还有一些美国人认为,印第安人完全有能力胜任白人从事的工作。在这一背景下,印第安人新政被终止,美国印第安政策进入了终止和重新安置时期。1950 年出台的"重新安置计划"(Relocation Program)鼓励印第安人离开保留地移居到城市中。1953 年,美国国会通过了《108 号两院共同决议》(House Concurrent Resolution 108),宣布终止新政时期的印第安政策,结束美国政府与印第安人的"托管"关系,授予印第安人一切公民的权利,美国政府的印第安政策又一次走上了民族同化的老路。

可以说,终止政策和重新安置政策是对印第安人的又一次沉重打击,部落政权再次遭到瓦解,刚刚趋向好转的保留地政治经济形势开始恶化。很多印第安人移居城市后,对陌生的生活环境感到极不适应,而白人的种族歧视更是令他们倍感孤独,强烈的疏离感使他们选择重新回到保留地,美国政府的这一印第安政策再次宣告失败。

20 世纪 60 年代,随着民权运动的日益高涨,印第安人的民族自决意识被重新唤醒。1961 年,历史上最大规模的一次美国印第安人大会在芝加哥召开,大会呼吁美国政府停止任何损害印第安人利益的政策,允许"印第安人参与制定有关他们的决定的过程"①,并提出了实行民族自决的要求。同年,美国政府开始对印第安政策进行修正,使其逐步有利于部落政权的发展。1970 年,时

---

① HERTZBERG H W. Search for an American Indian Identity: Modern Pan – Indian Movements [M]. Syracuse: Syracuse University Press, 1971: 292.

任总统的理查德·尼克松正式宣布结束终止政策,推行印第安人的民族自决。他指出:"印第安人的自决是有效促进印第安人加强自治意识,而不损害其部落意识的唯一办法,我们国家新的印第安人政策的目标就是鼓励印第安人民的这种自治意识。"①此后,美国政府的印第安政策虽然也出现过一些波动,但总体方向是沿着让印第安人"自决"的轨道向前发展。

纵观美国政府印第安政策的发展轨迹,我们不难看出,美国政府在很长一段时间内对印第安问题没有一个长远而明确的目标,造成了政策的制定具有盲目性,缺乏一致而连贯的思考,不断出现反复:从最初怀柔时期与印第安人的局部冲突,到大规模地武力胁迫其迁入保留地;从强制同化到印第安新政;从终止新政实施到给予土著美国人有限的自决与自治。美国政府的印第安政策大致经历了从武力征服到强制同化,再到尊重其文化实施、民族自决的曲折历程。之所以出现了这样的起伏波折,总体上说,是与美国政府乃至整个白人社会中都普遍存在的白人至上的种族主义倾向分不开的。

首先,美国政府出台各项印第安政策时,表面上都打着为印第安人谋取福祉的旗号,但实际上,政策制定者们首先考虑的往往是如何尽可能地满足白人的利益,或者至少是不能损害白人的既得利益。美国政府在出台保留地制度时,承诺给予印第安人生活物资和经济援助,但少有兑现;实行同化政策时,宣称是通过文明教化使印第安人逐步融入美国主流社会,以改变他们落后、贫困的生活状况,走向文明。然而印第安人并没有从这些政策中获得实质性的好处,相反,大量肥沃的土地流入了白人拓荒者的私囊,他们不仅丧失了物质生存的基础,还被迫放弃了世代守护的部落语言和精神信仰。

其次,美国政府认为印第安人根本不具备自我管理、自我决断的政治领导力,无权享有自治的权力。因此在制定印第安政策时,联邦议员们高高在上,自以为是,少有顾及印第安人的文化传统,也没有充分考虑到印第安人的发展现状,强行将白人的正义观和思维方式灌输给印第安人,结果,同化政策给印第安人部落组织和传统文化带来了严重破坏,而草率授予公民权则将印第安人置于尴尬的境地。

此外,由于部分白人怀有严重的种族主义思想,一些有利于印第安人的政

---

① PRUCHA F P. Documents of United States Indian Policy (Third edition) [M]. Lincoln: University of Nebraska Press, 2000: 256.

策没有得到有力的贯彻和实施,印第安事务局(Bureau of Indian Affairs)的渎职就是一个有力的明证。设立于1824年的印第安事务局不仅没有成为为印第安人谋取福利的机构,反而沦为白人盘剥压迫印第安人的工具。他们一方面强制印第安人放弃传统信仰,学习白人文化;另一方面与白人农场主和私营企业主相勾结,以欺诈勒索等卑劣的方式倒卖部落土地。印第安人戏称他们为"印第安人的老大"①(Boss Indian Around)。

美国政府的印第安政策与它所标榜的公平正义充满了悖论,印第安政策本应由印第安人广泛参与,反映印第安人的心声,旨在维护印第安人利益。然而大多数情况下,联邦政府的印第安政策并没有把印第安人的利益放在首位,而是成为美国政府在不同时期巩固政权统治、维护白人利益的工具。它的制定是武断的、单方面的,没有印第安代表参与其中,因此也无法有效反映出印第安人的正义诉求。它在历史上给印第安人带来了无尽的痛苦和灾难,对印第安人的伤害远远大于保护,因此遭到了印第安人的强烈抵制和反对。

## 二、土著美国人的正义诉求

对于土著美国人来说,对正义的诉求是土著社会一种核心的、普遍的文化基础,它渗透于政治、经济、法律、宗教、文化、历史等各个方面。而在土著美国人所有的正义诉求中,争取土著部落的主权与自治可谓重中之重,它直接关系到索回部落流失的土地、争取独立的部落司法权、维护传统的宗教信仰、正确书写土著历史等诸多正义诉求。因此,正义问题与土著社会的主权与自治紧密交织在一起,与土著美国人的命运与未来息息相关,要想了解土著美国人的正义诉求,就必然得从土著美国人的部落主权谈起。

### (一)以主权为核心的正义诉求

"主权"是一个古老的西方概念,它的产生源自对教皇最高权威的挑战,宣称主权是以王权为代表的欧洲各国与"基督教共同体"(respublica Christiana)的一种决裂之举。1576年让·博丹(Jean Bodin)首次在其著作《共和国》(*De*

---

① COBB D M, FOWLER L. Beyond Red Power: American Indian Politics and Activism since 1900 [M]. Santa Fe, New Mexico: School for Advanced Research Press, 2007: 8.

Republica)一书中明确阐释了"主权"的含义:"主权是共同体绝对且永久的权力"①,但它仍受神法、自然法或者理性的制约。经过16、17世纪的历史演变,在多数西方法律和政治理论家看来,主权这一概念现在已经等同于"国家主权"。罗伯特·杰克逊指出,作为现代西方政治和法律的基本概念,主权一般具有以下含义:1. 最高立法和政治权威都归于民族国家。2. 这些民族国家在法律上独立、形式上自治、地理位置上各自分开,在内部治理上有不受其他国家干涉的权利。②

按照上述界定,显然今天美国境内的印第安各民族不会被视为主权国家。然而另一个不争的事实是,美国政府从未正式将印第安领地指定为殖民地,而印第安各部族在欧洲殖民者到来之前,一直享有绝对的自治权利。许多部落内部都有较为完善的统治管理系统,如美国南部的那切兹(Natchez)部落、切洛基等五大文明部落、北部的易洛魁部落联盟等,他们有自己的领导机构,有的部落还有专门负责作战的军事领袖,部落的最高酋长要根据人民的意愿选举产生,只有德才兼备、综合能力强的人才能胜任该职位,近年来,一些研究者开始认为,西方的自由民主思想来源于印第安人。美国人类学家奥利弗·拉·法奇就曾指出,印第安人的民主制度"对欧洲和美国的民主发展均产生了影响"③。

在殖民地建立初期,尽管英、法、西、荷等国的殖民者与印第安人也有局部的小规模冲突,但殖民者们与各印第安部落大体上还能和睦相处。英法等国的殖民政府要想获取土地、与部落进行贸易,大多通过签订条约的外交方式来进行,各印第安部落基本上都享有自己的主权。

美利坚合众国成立之初,大体上沿袭了之前欧洲殖民者的做法,仍将各印第安部落视为独立的主权实体,承认印第安部落"国中之国"的地位。在有关土地、贸易等问题上,只有国会才有对印第安部落的贸易的权力,各个州无权插足印第安事务。美国宪法中明确规定,国会有"管理与外国的、州与州间的,

---

① 让·博丹,朱利安·H. 富兰克林. 主权论 [M]. 李卫海,钱俊文,译. 北京:北京大学出版社,2008:25.
② JACKSON R. Sovereignty:The Evolution of an Idea [M]. Cambridge:Polity Press,2007:X.
③ 奥利弗·拉·法奇.图说美国印第安人历史 [M]. 杨恒,译. 北京:光明日报出版社,2015:22.

以及对印第安部落的贸易"①的权力。在该条款中,印第安部落被与外国和各
个州并置起来,其特殊的政治地位可见一斑。1778 年 9 月 17 日,美国政府与
特拉华族签署联盟协议。② 这是美国联邦政府第一次与印第安人通过协商签
订条约,也是印第安部落被视为主权实体的一个有力明证。

　　后来出现的"马歇尔三部曲"③进一步从法理的角度奠定了印第安人的主
权地位。在 1831 年切洛基族诉佐治亚州案(Cherokee Nation v. Georgia)的判
决中,马歇尔大法官将印第安人的政治身份阐释为"国内依附族群"④(domes-
tic dependent nations)。在一年后的伍斯特诉佐治亚案(Worcester v. Georgia)
中,马歇尔重申了这一观点,"印第安诸部族常常被认为是独特的依附性的政
治实体,保留着他们原初的权利,自远古以来就是这片土地拥有无可争议的占
有者……"⑤马歇尔大法官的判决以发现理论和占有理论为依据,将北美大陆
的主人印第安人定义为依附于美国联邦政府的国内族群,确立了印第安部落
与联邦政府间"被监护者与监护人"的关系,一方面它削弱了印第安人的主权
地位,损害了其应有的土地权利,带有明显的殖民主义色彩;另一方面,该判决
毕竟首次在法律层面上明确了印第安人在美利坚合众国特殊的政治地位,承
认了印第安部落拥有独立主权、不受各州管辖的事实,因此在印白关系史上具

---

① FORD W C. Journals of the Continental Congress [M]. Washington D. C. : Government.
Print off, 1975: 844.

② DELORIA V Jr, LYTLE C M. The Nations Within: The Past and Future of American Indi-
an Sovereignty [M]. New York: Pantheon Books, 1984: 101.

③ "马歇尔三部曲"指的是 1823—1832 年间,美国联邦首席大法官马歇尔针对有关印第
安人权益的三起案件做出的判决。它们分别是 1823 年的约翰逊诉麦金托什案,1831
年的切洛基族诉佐治亚州案和 1832 年的伍斯特诉佐治亚案。约翰逊诉麦金托什案
的起因是,一批投资者违规从弗吉尼亚的印第安人手中购买了一些土地,后来美国政
府将这块土地出让给了威廉·麦金托什,土地购买者为此对麦金托什提出控诉。马
歇尔以发现理论为依据,认为印第安人只是土地的占有者,没有随意处置土地的权
利,因此公民个人无权从印第安人那里购买土地。在后两个发生在佐治亚州的案件
中,佐治亚当局觊觎切洛基部落领地内发现的金矿,宣布其归州政府所有,禁止切洛
基人开采,还纵容白人擅入切洛基人领地采矿、恶意捣乱。切洛基部落为此上诉最高
法院,竭力维护自身的权益。在这两个案件中,马歇尔代表联邦最高法院判定,切洛
基人对其领土拥有无可争议的占有权,佐治亚州法律在切洛基领地不起作用,白人公
民也无权进入该地区。

④ Cherokee Nation v. Georgia, 30 U. S. (5 Pet. )17 (1831).

⑤ Worcester v. Georgia, 31 U. S. (6 Pet. )559 (1832).

有深远意义,一直以来被认为是印第安人争取部落主权最重要的理论和法律依据。

19 世纪 30 年代后,随着印第安人在印白关系中逐渐处于弱势地位,美国政府开始调整其印第安政策,对印第安人实施强制迁徙和全面同化。为了掩人耳目,美国国会往往会采用间接的方式,将一些至关重要的内容以附文的形式添加到某些看似不相干的法案后面,从而单方面改变或废除曾经与印第安人签订的条约。其中影响最为深远的是 1871 年颁布的《印第安拨款法案》(Indian Appropriations Act)的附加条款:"美国境内所有印第安族群(nation)或部落,均不得被承认或认为是独立的族群(nation)、部落或国家(power),合众国不再与之以条约形式建立关系。"①就这样,在事先没有与印第安部落协商的情况下,美国政府一纸文件,轻而易举地终止和废除了与各印第安部落签署的一切条约,并单方面否定了印第安部落享有的主权地位。从此,印第安各部落完全沦为美国政府的"托管"对象。失去了主权地位,印第安人的命运一落千丈,只能处于任人宰割的境地。此后,1885 年的《印第安人重罪法》、1887 年的《道斯法案》等法案的相继出台,使印第安部落逐步失去了司法权、土地管理权等重要权限,到了 20 世纪 30 年代初,印第安人的部落主权已经名存实亡。

罗斯福新政时期,印第安人的部落主权在一定程度上得到尊重和恢复,然而好景不长,1953 年的《108 号两院共同决议》再次否定了印第安部落主权,并授予印第安人以公民权。一些有识之士对该举措深感忧虑,认为它很可能会使印第安人只获得一些"含糊的权利",而给其他一些人带来"更大的利益"②。不料他的话一语成谶。针对印第安人的公民权与部落主权问题,国内学者李剑鸣教授曾有过精到的点评,"对印第安人来说,利害攸关的不是美国公民权,而是部落存在的权利;不是政治上的平等,而是政策上的特惠。如果忽略印第安人特殊的社会文化状况和历史遭遇,从纯粹的理论演绎出发,将公民权的获得与否作为印第安人人权状况的主要指标,则不免无的放矢和于史无征。"③

---

① PRUCHA F P. Documents of United States Indian Policy (Third edition) [M]. Lincoln: University of Nebraska Press, 2000:136.

② OLSON J S. Native Americans in the Twentith Century [M]. Champaign, Illinois: University of Illinois Press, 1986: 85.

③ 李剑鸣. 美国土著部落地位的演变与印第安人的公民权问题 [J]. 美国研究, 1994 (2): 47.

由此可见,单单授予公民权并不能解决土著美国人面临的复杂而特殊的问题,部落主权问题才是关乎土著美国人前途命运的重中之重。

综上所述,索回部落主权是合乎土著美国人权益的正义诉求,而且土著美国人的主权诉求有理有据。一方面,从法理角度来讲,在美国宪法、政府与各部落签署的协定以及最高法院的判决等文件中,都明确地表明各土著部落为具有一定主权的政治实体,享有在部落范围内自治的权利。1871年之后,美国政府在未与各印第安部落协商的情况下,单方面宣布结束与其签订条约的关系,剥夺了土著美国人享有的主权地位,这是十分明显的非正义之举,土著美国人自然有权要求美国政府归还他们本该享有的部落主权。另一方面,从土著美国人自身发展的角度来讲,他们具有独特的宗教、语言和文化习俗,有自己特有的管理制度和生活方式,如果强迫他们与主流社会融合,不仅违背土著美国人的意愿,违背其自身发展的规律,给他们带来沉重的压力,同时也会对印第安文化造成严重破坏,不利于土著社会的健康发展。

主权诉求无疑是土著美国人正义诉求的核心内容,而部落主权又体现在土地管理、司法、经济、宗教、文化等诸多方面,内森·玛戈尔德①( Nathan Margold)曾试图对这些权利进行列举:"在这些'固有的'主权权利中……有采用一种政府形式的权利;有建立各个政府部门并规定其职能的权利;有对表达部落意愿的程序和公文形式做出规定的权利;有界定部落成员资格的权利;有授予或拒绝授予选举权的权利;有协调内部关系的权利;有规定接受遗产规则的权利;有征收各种费用和赋税的权利;有将非部落成员排除在外的权利;有调节财产使用的权利;有执法的权利;有在美国内政部授予的权力范围内描述联邦雇员职责的权利……"②

其中,土著美国人关于土地的正义诉求尤为迫切。土地是土著居民赖以生存的基础,也是他们世代生息的家园。然而在几个世纪以来的印白关系中,土著居民失去最多的就是土地。三百多年间,通过一系列的条约和国会法案,几乎整个北美大陆的土地所有权都从土著部落转到了美国联邦政府手中。印

---

① 美国白人律师,在印第安新政期间曾协助科利尔起草一些重要文件,为《联邦印第安法手册》( Handbook of Federal Indian Law)撰写了导言部分。

② DELORIA V Jr. Custer Dies for Your Sins: An Indian Manifesto [M]. Norman: University of Oklahoma Press, 1988: 158 – 59.

第安人申诉委员会(the Indian Claims Commission)将其称为"历史上最大的不动产交易"①。土著居民对土地怀有深深的眷恋之情,土地不仅是他们的生存来源,也是维系其与部落关系的纽带。丧失了土地就意味着他们与部落之间的紧密联系被割裂,他们失去了自己的身份归属和精神依靠。因此,索要被剥夺的土地、收复失去的家园是土著美国人最为紧迫的正义诉求之一。

拥有更大的司法权是土著美国人主权诉求的一个重要方面。很多部落希望通过传统的司法方式来解决法律问题,他们强调修复性司法,而非在美国司法和审判系统中占主导地位的惩罚式的方式。如果各个部落享有司法主权,他们势必会强调他们的文化价值,维护部落成员间的秩序和承诺。而在现行的法律制度下,他们并没有充分行使其司法主权、维护土著部落社会文化关系的可能。部落政府致力于建立一个强有力的司法系统,表达土著美国人的文化价值,保护土著美国人的生命财产安全和正当权益。

恢复土著宗教的合法地位、保障宗教自由权利也是土著美国人的正义诉求之一。自从欧洲殖民者进入北美大陆后,就意识到土著美国人宗教信仰与西方基督教之间巨大的文化差异。为了快速完成殖民掠夺,他们一方面通过法律的手段将土著宗教斥为异端邪说(如鬼舞教②、佩奥特掌教等),禁止土著美国人进行传统的宗教活动;另一方面四处派遣传教士,借助经济上的援助诱导和胁迫,迫使土著美国人皈依基督教。白人殖民者的大规模的宗教干预和迫害严重摧毁了土著宗教,加速了部落社群的瓦解。因此,要重新振兴土著部落,增强部落的凝聚力,就必须保护和发扬土著宗教,这是土著美国人必要的正义诉求。

土著美国人的历史要被公正地书写也是正义的应有之义。历史书写体现着社会权力关系和书写者的意识形态。土著美国人作为被边缘化的弱势群体,在这样的权力角逐中自然处于下风,他们的历史不仅被边缘化、消音化,而

---

① ROSENTHAL H D. Indian Claims and the American Conscience: A Brief History of the Indian Claims Commission [C] // SUTTON I. Irredeemable America: The Indians' Estate and Land Claims. Albuquerque: Native American Studies, 1985: 35.

② 鬼舞仪式在印第安人中早已有之,但 1889 年在内华达的派尤特人中间出现了一种新的鬼舞仪式。根据北部派尤特人精神领袖沃沃卡(又名杰克·威尔逊)的教义,恰当的舞蹈仪式能够将逝者的灵魂与活着的人结合在一起,代表他们一起作战,迫使白人殖民者离开,为印第安人带来和平、繁荣和团结。19 世纪 90 年代起,鬼舞教遭到镇压,但它并没有完全消亡,而是转入了地下活动。

且在官方历史中为数不多的有关土著美国人的历史文献中,往往充斥着种族偏见、事实歪曲和去人性化的刻板印象。对于土著居民而言,如何面对被歪曲的形象、被删除的历史,如何治愈美国政府"正在抑制着美国历史真实性的不断加重的健忘症"①,是其追寻正义、重塑土著形象的关键所在。因此,公正书写历史、去除模式化形象也是土著美国人的正义诉求。

当然,土著美国人还有一些其他方面的正义诉求,如要求印第安保留地的自然环境免受大企业的破坏和污染,保留地的自然资源不受掠夺,防止保留地野生动物被白人大肆捕杀;要求终止联邦政府的同化政策,保护土著部落传统文化和印第安文化遗址;要求给予土著居民在特定区域捕鱼狩猎的权利等。本书受篇幅所限,不一一详述。

（二）围绕争取主权正义诉求的论争

在前文的论述中我们看到,在美国印第安法和联邦法律体系框架内,印第安部落主权的定义非常模糊,而且缺少稳定性。在这种不稳定的表象背后,隐藏的是美国政府的险恶用心,它依据印第安部落与政府间"被监护者与监护人"的关系,完全操控着主权概念的使用,将其作为调节与各印第安部落的关系、处理印第安事务的一种有效工具。因此,在当代土著社群内,许多人包括一些从事印第安问题研究的土著学者,对于在这种充满强权和欺骗的殖民框架下索要部落主权的问题持怀疑、谨慎、甚至反对态度,也就不难理解了。

罗素·劳伦斯·巴什（Russel Lawrence Barsh）在1993年发表的《土著自决的挑战》②（*The Challenge of Indigenous Self - Determination*）一文中强烈抨击了在当前语境下将部落主权作为一个概念来使用的做法。他认为美国的大部分土著居民都是孤立主义者,未能参与到全球范围内土著美国人的斗争中;此外,各部落在经济上对美国政府的严重依赖也导致土著美国人无法获得真正的自治。因此,目前所谓的主权和自治不过是一种令人麻痹的幻觉。土著政治理论家和活动家泰艾阿奇·阿尔弗莱德（Taiaiake Alfred）也曾表达过类似的

---

① SNODGRASS M E. Leslie Marmon Silko：A Literary Companion［M］. Jefferson，N.C.：McFarland & Co.，2011：138.

② 巴什的文章最初发表在《密歇根大学法律改革日报》（*University of Michigan Journal of Law Reform*）上,本文转引自大卫·J.卡尔森（David J. Carlson）的新作《想象中的主权——美国印第安法律与文学中的自治》（*Imagining Sovereignty：Self - Determination in American Indian Law and Literature*）。

担忧。他担心欧洲和美国殖民列强使用主权这个词实际上已经掩盖了他们力图消除土著自决的现实。阿尔弗莱德认为,如果不能在广泛的基础上回归传统文化和政治实践,去殖民化就难以成功。① 国际人权律师、土著学者詹姆斯·汉德森(James Youngblood Henderson)对"主权"一词并无好感,他认为这个词"缺乏精神内涵,因为它来自西方的政治历史,当时他们(西方人)正在寻找某种不同于宗教的东西,并在社会中发现了合法的权力……但是当谈到主权的时候,对我而言,它是一个神秘的假设,没有人拥有它,没有人占有它,没有人真正了解它的含义。……当我们谈论政治权力的时候,我们也在谈论精神权力,因为如果我们的权力没有精神、文化的基础来使之合法化,那么我们就没有权利来行使这种权力。"②

当然,还有一部分学者对于主权的概念没有表现得那么失望和悲观,恰恰相反,在他们看来,尽管主权的概念源自西方,但既然西方的思想家能够利用这一概念挑战教会的权威,使其成为西方国家摆脱宗教统治、巩固王权的有力工具,土著美国人为什么不能将其移植到土著社会的语境中,将主权与土著社群、祖先、神灵、土地、身份等传统元素联系在一起,成为土著美国人追寻正义的一把利器呢?

乔安妮·巴克尔(Joanne Barker)在她的论文中对主权有这样一段论述:"从历史的角度来看,主权是依情况而定的。它曾经意味着什么以及现在意味着什么,都取决于曾经利用它并正在利用它的政治主体们。他们利用主权来界定彼此之间的关系、政治日程和争取去殖民化和社会正义的策略……主权散发着殖民主义的恶臭,它是不完整的、不准确的、麻烦不断的。但是它也经土著美国人的再次言说而表示了完全不同的意思。"③瓦因·德洛里亚(Vine Deloria)和利托(Lytle)等土著学者也主张将主权概念土著化,他们认为主权即民族性,它能够强化民族团结、增强民族感,促使人们致力于民族身份的探索,反之亦然。土著法律历史学家雷纳德·斯特里克兰德(Rennard Strickland)对

---

① CARLSON D J. Imagining Sovereignty: Self – Determination in American Indian Law and Literature [M]. Norman: University of Oklahoma Press, 2016: 30 – 32.

② BARSH R L, HENDERSON J Y. The Road: Indian Tribes and Political Liberty [M]. Berkley: University of California Press, 1980: 56 – 57.

③ BARKER J. Sovereignty Matters: Locations of Contestation and Possibility in Indigenous Struggles for Self – Determination [M]. Lincoln: University of Nebraska Press, 2005: 26.

当代部落主权做了一个生动的比喻:"把雄鹰想象成主权,把抓在鹰爪中的箭想象成主权特征的化身……它抓着的是什么箭? ……我们看到部落之鹰抓在手中的主权之箭不多,但那依旧是一种主权,可以自由飞翔,有强大的力量。"①因此,只要运用得当,主权概念完全可以帮助土著美国人达成正义诉求、获取自治权利、索要部落的正当权益。

可以看出,土著学者对于主权问题的争论,其焦点并非是否要为土著美国人争取独立自主的主权地位和政治身份问题,而是如何实现这一正义诉求的途径问题,即完全诉诸于土著传统(尤其是欧洲殖民者入侵北美大陆之前就已存在的、未受殖民主义影响的传统),坚持走抵制西方话语的、带有"本质化"倾向的民族主义道路,还是正视土著社会与白人主流社会关系的复杂性,在文化杂交的现实语境下,将主权概念与土著传统有机融合在一起? 到底采用何种途径才能更有效地帮助土著美国人实现正义诉求,这是一个一直困扰土著美国人的棘手问题,从政治美学的角度来讲,它在一定程度上体现了民族性与现代性之间的张力。

事实上,在土著文学界也存在着类似的争论。总体上讲,学术界关于土著文学创作与土著主权之间的关系问题已经基本达成共识。库克琳指出:"探索21世纪土著或部落主权的重要性"是土著批评家的首要任务。② 沃马克(Womack)对此也有一段清晰的表述:

> "土著文学和由土著学者所从事的土著文学批评是土著主权的一部分。印第安人有呈现和探讨他们自己形象的权利。土著作家进行创作、土著批评家对这些作品进行评论是建构民族性的重要步骤。虽然主权的文化属性并不能等同于土著民族的政治地位,但二者是相辅相成的。民族性的重要一面就是人们对自身的看法,对身份的再现。通过想象、语言和文学作品来表现部落的声音有助于强化公

---

① STRICKLAND R. Felix S The Eagle's Empire: Sovereignty, Survival, and Self – Govern-ance in Native American Law and Constitutionalism [C] // THORNTON R. Studying N-ative America: Problems and Prospects. Madison: University of Wisconsin Press, 1998: 247.

② 王建平. 美国印第安文学与现代性研究 [M]. 北京:中国人民大学出版社,2014: 42.

民对主权的诉求,赋予主权由部落而不是局外人所界定的意义。"①

　　尽管学术界普遍认同土著文学创作和文学批评应服务于土著部落的主权诉求,它们是土著美国人索取主权、追寻正义的一把利刃,但在文学作品中应通过何种形式和风格来呈现这种政治诉求,如何运用文学这把利刃,仍旧是一个充满争议的问题。20 世纪 80 年代后期著名的西尔科—厄德里克之争(Silko – Erdrich Controversy)就是一个典型的例证。1986 年厄德里克发表了她的第二部长篇小说《甜菜女王》,与此前出版的《爱药》不同,该作品并未重点着墨于种族压迫、族群经历、文化殖民等政治关切,而是聚焦处于社会边缘的小人物,表现他们在面对破碎的家庭、生存的困境时内心的孤绝无助。这个普世性的主题引发了另一位土著女作家西尔科的不满,她认为从内容上来说,"她(厄德里克)笔下的北达科他州,展现的是个体的心理,而不是种族主义或者贫困问题,构成了全部冲突和张力的根源。"小说缺少对保留地现实生活的真实呈现,没有传达出明确的政治意图。② 从语言和写作风格上来讲,"厄德里克的诗化散文③炫目浮华、空洞无味,每个句子都经过了精心雕琢,华而不实。"④对此,厄德里克在1986 年11 月的一次采访中回应道:"如果艺术成为首要关注时,其中的政治才能更加有力。艺术为先。否则,没有人愿意读这样的政治说教。"⑤

　　西尔科和厄德里克所争论的显然不只是针对《甜菜女王》这部作品,而是美学与政治的关系问题,更确切地说,是土著文学的政治维度,即土著文学创作如何为土著政治、为土著美国人的正义诉求服务的问题,也是关于土著文学的地位、功用的问题。在西尔科看来,只有在作品中更多地关注土著社会的历史和社会现实,旗帜鲜明地表明自己的政治立场,才能更有力地传达土著美国

---

① WOMACK C. Red on Red:Native American Literary Separatism [M]. Minneapolis:University of Minnesota Press, 1999:14.

② SILKO L M. Here's an Odd Artifact for the Fairy – Tale Shelf [J]. Studies in American Indian Literatures, 1986(4):178 – 184.

③ 西尔科认为《甜菜女王》的语言过于华丽虚浮,软弱无力,因此称其为"诗化散文"。

④ OWENS L. Burning the Shelter [C] // DEMING A H, SAVOY L E. The Color of Nature Culture, Identity, and the Natural World. Garamond:Milkweed Editions, 2002:205.

⑤ CHAVKIN A, CHAVKIN N F. Conversations with Louise Erdrich and Michael Dorris [M]. Jackson:University Press of Mississippi, 1994:80.

人的正义诉求,这才是一个土著作家应有的政治承诺。而与厄德里克持相同观点的学者则认为,西尔科所坚持的是"一种狭隘的族裔观念和对所指性的一种本质化的、逻各斯中心论的理解"①。西尔科的观点无疑会极大地限制土著文学作品的表现形式、风格和主题,也会使土著文学陷入一个静态的、孤立无援的境地。

由此可见,土著美国人的主权诉求是一个涉及民族身份、历史传统、宗教文化等诸多方面的复杂问题,对"主权"一词定义的本身就包含了土著美国人渴望去殖民化、寻求自治的强烈意愿。土著作家关于土著文学的地位、功用等方面问题所产生的分歧,实际上恰恰体现了土著美国人寻求正义之路的复杂与艰辛。面对主流文化的强势影响,土著作家在如何获取部落主权的问题上还存在争议,是走坚持传统、与主流社会相抗衡的抵抗之路,还是在复杂多变的新形势下,承认土著社会与主流社会相互融合的现实,努力探寻一条适应新形势的追寻正义之路,这无疑是所有土著美国人,尤其是土著学者应该关注和思考的重要问题。

## 第三节　美国土著小说中的正义主题

文学是土著美国人实现正义诉求的一个重要途径。"尽管关于主权的文学行为与土著美国人的政治地位不是一码事,但他们两者是相互依存的。"也就是说,土著美国人想要赢得主权、获得充分自治的权利,就离不开文学领域的表述与支持。文学,尤其是小说,由于融入了敏锐的观察和深入的思考,能够更生动而深刻地再现历史、反映现实,牢系读者的情感,因此是潜在的传播土著美国人正义诉求的更有效的方式。一直以来,"正义"都是美国土著作家小说创作中一个非常重要且经久不衰的主题。

路易斯·厄德里克是美国当代多产、影响力大的土著小说家之一。她迄今为止共独立创作了 16 部长篇小说,其中多部作品反映了土著美国人在司

---

① CASTILLO S P. Postmodernism, Native American Literature, and the Real: The Silko - Erdrich Controversy [J]. Massachusetts Review, 1991 (2): 288.

法、土地、宗教、文化等诸多方面遭受到的不公正对待。2012 年厄德里克在一次采访中曾坦言："一开始的时候我并没有彻底想清楚我的书该怎么写……我第一次想围绕的主题就是正义……我开始了解到在一个社群中,长期的非正义会对人们整个的生活造成巨大的影响。当人们发现无法获得正义的时候,他们或是被击垮,或是寻求复仇。于是我开始在现实生活中寻找这方面的信息,在真实的故事中审视它。"①

　　土著居民在司法领域遭遇的非正义是厄德里克最为关注的主题,早在其处女作《爱药》中就有所体现,这主要源于厄德里克参加的一次对伦纳德·佩尔提尔②的法庭审判。厄德里克回忆道:"……没有证据表明这个人和那场可怕的谋杀有联系。他却被判有罪……它对我的影响非常大,我看到陪审团有多么害怕,我看到了法官的操控。那是一段对我影响深远的经历,让我了解了社会有多么不公正,恐惧和种族主义在其中起到了什么样的作用。"③基于这段经历,厄德里克塑造了盖瑞·那那普什这一人物形象,他的大半生都是在监狱里度过的,但却始终没有放弃对正义的追寻,一直与联邦司法机关斗智斗勇。2008 年起,厄德里克再次聚焦司法领域的正义主题,相继创作了《鸽灾》《圆屋》和《拉罗斯》三部小说,构成著名的"正义三部曲"。在三部曲中,厄德里克一方面揭露了土著居民在司法领域遭受的非正义,如白人在历史上对土著居民实施的惨无人道的"粗暴正义"(《鸽灾》),保留地上土著妇女被强暴的案件频发及其背后隐藏的错综复杂的司法问题(《圆屋》)等;另一方面,厄德里克通过小说作品传达出了土著居民要努力争取扩大司法主权(《圆屋》)、复兴古老的印第安法律(如《鸽灾》和《拉罗斯》中出现的修复式正义、《圆屋》中的温迪戈法律)等思想,为土著美国人在司法领域实现公正诉求提供了宝贵的思路。

　　其次,厄德里克还在《痕迹》《四灵魂》和《鸽灾》几部作品中重点关注了土著居民关于土地的正义诉求。《痕迹》中的土著女性弗勒被迫失去祖先土地的

①　DUTHU N B. Louise Erdrich: A Reading and a Conversation. [C]. Montgomery Fellow Lecture. Dartmouth College, 2012.

②　在本书的第四章第二节有对佩尔提尔的详细介绍,此处略过。

③　DUTHU N B. Louise Erdrich: A Reading and a Conversation. [C]. Montgomery Fellow Lecture. Dartmouth College, 2012.

故事是土著居民生活的一个缩影，反映了《道斯法案》以土地私有、文明教化为名，堂而皇之夺走土著居民大片土地后给土著居民带来的灾难性后果。而《鸽灾》中普通白人移民亲身经历的拓荒史和普鲁托小镇的建镇史则有力地粉碎了美国官方历史为西进运动编造的美丽谎言。

此外，土著居民遭受的宗教压迫也是厄德里克关注的正义主题之一。在《爱药》和《痕迹》等作品中，以同化为目的的基督传教无孔不入，强大的宗教势力一点点侵蚀着土著居民的精神世界，使他们与土著宗教渐行渐远。有人甚至被迷乱了心智，扭曲了心灵，变得冷酷无情，如《痕迹》中的宝琳，即《爱药》中的利奥波德修女。《报告》则揭露了天主教沦为白人政府的殖民工具，漠视奥吉布瓦人的疾苦，一味干涉影响其宗教信仰的非正义行径。身为白人的达米安神父对天主教义的质疑与拷问，更是反映出有良知的白人对正义问题的探索与思考。

值得一提的是，厄德里克不仅在作品中再现了土著美国人遭受的非正义，还能够跨越种族的边界，从白人的视角去审视和反思白人在历史上对土著美国人的不公正待遇，如《羚羊妻》中罗伊的自我救赎，《四灵魂》中波丽的转变和毛瑟的忏悔等，体现了厄德里克对正义问题更为深入的思考。

莱斯利·马蒙·西尔科是始于 20 世纪 60 年代末的印第安文艺复兴运动的先行者之一，她的三部小说《典仪》(*Ceremony*)、《死者年鉴》和《沙丘花园》(*Gardens in the Dunes*)都是美国土著小说中的名篇，其中《死者年鉴》的正义主题最为明显。小说采用了非线性的叙述方式，从三十多个人物的视角出发，编织出了一张以美国西南部城市图森(Tucson)为中心，向南延伸到墨西哥，直至古巴、海地等中美洲诸国的巨幅画卷，展现了美国社会道德沦丧、犯罪猖獗、土著居民的权利不断被剥夺的赤裸裸的社会现实以及土著美国人为了收回祖先土地、追寻正义而采取的轰轰烈烈的抗争。西尔科在小说中指出，"在美洲，按照任何定义，即使是欧洲人自己的定义和法律，都没有也从未有过由欧洲人建立的合法政府，因为没有一个合法政府会建立在偷窃来的土地上。"[①]一针见血地揭露了美国政府窃取土著美国人土地的非正义性。西尔科在小说中提出了建立跨民族联盟的思想，提倡回归土著居民具有的包容性、开放性和民主

---

① SILKO L M. Almanac of the Dead [M]. New York：Penguin Book，1992：123.

性,通过与土地相联系的精神领域将不同族群和种族的人们联系在一起,以对抗欧美民族建构的不平等。在西尔科看来,这种跨民族联盟能够提供比单一民族主义政治更强有力的方式来收回土著居民的土地。

杰拉德·维泽纳是美国"当代作品数量丰富、文类齐全"①的土著作家之一,他的作品包括小说、诗歌、散文、文论等多种体裁。维泽纳 2008 年创作的小说《米姆神父》讲述了一个土著祭坛男孩在同伴和族人的帮助下,用智谋战胜了屡次性侵土著男童的米姆神父的故事。维泽纳在一次采访中尖锐地指出,天主教会包庇和纵容教职人员对土著居民实施性侵的现象已经不是个案。经过两年多的调查,他发现"法庭文件和其他的调查信息都是关于把犯了罪的牧师从一个教区调到另一个教区以逃避注意和起诉的事情,很少有人报道数以千计的土著居民在保留地上遭受牧师虐待的事情。教会与主教同谋掩盖牧师的罪行,这种同谋罪不在限制的条款之内。"通过创作《米姆神父》,维泽纳不仅要揭露天主教会和天主教神职人员在圣袍的掩盖下对保留地人民犯下的种种罪行,同时也向人们暗示,尽管伤痕累累,土著居民依旧有能力从最可怕的经历中汲取智慧,继续前行。

莉安·豪也是美国当代重要的土著作家之一,她创作的两部长篇小说《龟壳舞者》(Shell Shaker)和《米克王》都表现了有关正义的主题。《龟壳舞者》讲述了在过去和当代两个时间背景下,两位土著部落首领滥用权力,最终得到应有的惩罚的故事。在《米克王》中,19、20 世纪之交,曾经战绩无比辉煌的"米克王"棒球队随着印第安领地归入俄克拉荷马州而瓦解,其历史也尘封于世达百余年,直到 21 世纪初,乔克托混血后裔莉娜无意间才发现了"米克王"棒球队的遗物。在祖先神灵伊佐的帮助下,以伊佐口述为主,莉娜执笔为辅,最终完成了对"米克王"棒球队史的逆写,有力地颠覆了白人主导的官方历史书写。

斯蒂芬·格雷厄姆·琼斯是美国当代黑脚族土著小说家,他迄今为止共出版了 22 部作品,《铅羽》是琼斯的重要作品之一,也是其实验性作品的典范。小说有两个主人公,一个是生活在当代印第安保留地的土著男孩杜比(Doby),

---

① 张冲,张琼. 从边缘到经典:美国土著文学的源与流 [M]. 上海:上海外语教育出版社, 2014:270.

一个是生活在一百多年前被派往保留地的印第安事务局官员弗朗西斯·达林派尔(Francis Dalimpere)。杜比在生活中饱受欺凌,对未来感到绝望,几次试图结束自己的生命;达林派尔虽是联邦政府的官员,但他目睹了保留地人民的饥寒交迫,他的内心充满了极度的负罪感。小说一方面展现了土著居民遭遇的非正义对待,另一方面也细腻地描绘了一个有良知的白人内心的痛苦和忏悔,为小说的正义主题增添了新的维度。

立岩苏族作家苏珊·鲍尔在小说《神圣的荒野》中讲述了莫霍克后裔坎蒂丝(Candace)在印第安女管家格莱蒂丝(Gladys)和超自然人物玛利亚姆(Maryam)的帮助下重新找回了自己部落身份的故事。在小说中,鲍尔巧妙地插入了"记忆中的族母"这一章来讲述莫霍克部落的历史。通过土著居民与白人传教士巴塞洛缪(Bartholomew)的初次相遇,鲍尔批判了基督教传教士对土著居民表现出的道德和信仰上的优越感。而族母吉冈萨瑟(Jigonsaseh)与耶稣母亲玛利亚的平等对话则反映出土著宗教和基督教一样是人们的合理信仰,理应得到理解和尊重;一旦拥有了开放性思维和平等意识,基督教与土著宗教也能够实现和解与共存。

切洛基作家布莱克·M.豪斯曼在其小说《走过血泪之路》中关注了土著历史在当代社会不断被消费的问题。切洛基老人阿瑟(Arthur)发明的模拟时空穿越的机器"环绕视觉"(Surround Vision)被白人公司买断,他们以切洛基人历史上的"血泪之路"为蓝本,建造了一个名为TREPP的旅游景点。在这个虚拟的历史空间中,游客可以选择体验各种不同级别的切洛基人遭受过的暴力,并不断被导游告知这只是"一场游戏";一群被设定为"格格不入者"(Misfits)的人在这个虚拟空间中只能一次次被杀戮,再一次次复活,周而复始地遭受无尽的暴力。这种虚拟的压迫是切洛基人历史上遭遇非正义对待的一个缩影,而这段悲惨历史被过度消费所带来的严重后果就是土著历史被"平庸化"。

土著美国人特殊的政治地位和悲惨的历史遭遇决定了许多土著作家在创作中无法回避"正义"这一主题。西尔科指出,"书籍(这里指文学作品)过去是、现在仍是正在进行的为美洲而斗争的武器。"①土著作家们通过文学作品来展现土著美国人在历史上遭受的种种非正义对待,有助于社会公众(土著读者和非土著读者)更好地反思那段充满暴力和压迫的历史,理解土著美国人的正义诉求,从而加入帮助土著美国人获取正义的政治同盟。

---

① SILKO L M. Yellow Woman and a Beauty of the Spirit [M]. New York: Simon & Schuster, 1996: 155.

# 第二章

## "收回土地！"①
### ——土著美国人要求归还土地的正义诉求

"在美洲，按照任何定义，即使是欧洲人自己的定义和法律，都没有也从未有过由欧洲人建立的合法政府，因为没有一个合法政府会建立在偷窃来的土地上。"②
————《死者年鉴》

　　土地对于土著居民来说具有极其重要的意义。奥吉布瓦神话中有两个创世纪故事，一个故事讲的是当世界末日到来之时，洪水泛滥。天空之女（Sky Woman）因为孕育了新的生命，腹部变得越来越大，感到非常疲倦。她在鸟兽们的邀请下落在龟背上休息。坐下以后，天空之女向它们要一捧泥土，动物们纷纷跳下水，结果所有动物都两手空空地游上来，只有麝鼠的爪子紧紧攥着一小团淤泥。天空之女把泥球抹在龟背的四周，一直不停地吹它，泥巴越变越大，最后形成一片巨大的岛屿。就在此时，天空之女产下了一对双胞胎。第二个故事的主人公是那那伯周（Nanaboozhoo），在又一次大水来袭时，那那伯周和其他的小动物搭在一根漂浮在水面的树桩上，他突然间想到了天空之女的故事，于是仿照她的法子再一次拯救了大地。③

　　这两个神话故事虽然大同小异，却向世人展现了土著居民与土地紧密的物质联系。对于土著居民来说，一切都始于土地、终于土地，整个世界在土地的不断重塑中焕发出新的生机。土地与世间万物的生长息息相关，它孕育了生命，就在天空之女创造出一片新的土地时，她成功地诞下了一双儿女。土地

---

① 借用西尔科小说《死者年鉴》中土著居民的正义呼声。
② SILKO L M. Almanac of the Dead ［M］. New York：Penguin Book，1992：123.
③ JOHNSTON B. The Manitous：The Spiritual World of the Ojibways ［M］. New York：Harper Collins Publishers，1995.

与人类是一种相互依存的关系,一方面,土地为动植物和人类提供了栖息之所,失去土地,世间万物就无法正常生存;另一方面,土地的丰饶与富足也有赖于万物的滋养和人类的呵护,任何对土地的过度开发和对自然界的肆意破坏都会使土地遭受重创,使生存空间失去和谐与平衡。

事实上,土地与土著居民的社群生活和精神世界也不可分割。土著居民将逝去的亲人埋葬于世代居住的土地下面,祖先的灵魂与部落的神灵共同构成了土著居民丰富的精神信仰的一部分,由此土地被赋予了神圣的色彩,它承载着部落的历史与传统,指导着人们的现世生活,预示着部落未来的发展方向。从某种意义上来说,土地已经演变为一种部落身份的象征,成为土著居民传承部落文化的重要载体。丹尼尔·希斯·贾斯蒂斯(Daniel Heath Justice)曾说过,"土著民族性不仅是单纯的政治独立或是采用独特的文化身份,它还是部落亲缘关系的权利与责任之网,它在一个持续的、动态的相互影响的关系系统中,将人民、土地和世界观联系在一起。"①土著作家吉尔里·霍布森(Geary Hobson)在他编纂的《被铭记的土地:当代美国土著文学选集》一书的前言中写道:"遗产就是人民;人民就是土地,土地就是遗产。通过记住这些——人民、大地、过去的关系,我们重申了我们作为一个民族的延续的力量。"②这些话都精辟地概括了土地与土著居民密不可分的精神联系。

土著居民朴素而生态的土地观与西方文明对土地所持的态度有很大差异。在西方世界,一方面,基督教的广为传播使人们更关注于人类对上帝的虔诚与恭顺,包括自然界的万事万物都是由上帝托付给人类管理的,因而人类有权在土地上自由地进行实践活动。另一方面,随着人类对自然科学探索的不断深入,包括土地在内的自然界在人类面前逐渐褪去了它的神秘色彩,西方人已不再对大自然存有敬畏之心,土地、森林、河流等自然资源都成为人类开发和利用的对象。近代西方思想家们的哲学思想也推动了土地的私有化和商品化,如洛克认为,"土地和其中的一切,……土地上所有自然生产的果实和它所

---

① JUSTICE D H. Our Fire Survives the Storm [M]. Minneapolis and London: Minnesota University Press, 2006: 24.

② ALLEN P G. It Goes This Way [G] // HOBSON G. The Remembered Earth: An Anthology of Contemporary Native American Literature. Albuquerque: University of New Mexico Press, 1980: 11.

养活的兽类,……这些既是给人类使用的,那就必然要通过某种拨归私用的方式,然后才能对于某一个人有用处或者有好处。"①洛克的观点代表了新兴资产阶级对待土地的态度,土地和大自然中的其他万事万物一样,都是可供人类利用的对象,因此都可以成为人类拥有的财产。克罗农对于土著居民与白人在土地观上的差异有这样一段论述:

> "尽管印第安村民从一个栖息地向另一个栖息地不断流动,从而花最少的力气得到最大的收获,并因此减少他们对土地的影响,但是英国人相信并要求永久性居住地……英国人的定居试图代替印第安人的流动,这是印第安人与殖民者在同他们的环境保持互动关系方式上的主要冲突。"②

这两种土地观分别体现了土著居民与欧洲白人对土地的不同理解和各自长期以来形成的不同的生活方式,显然我们不能用孰对孰错这种简单的方式对两种观念进行判断和归类。但是其中的一方如果利用自己的强势力量通过征服、扩张,强行霸占另一方世代栖息的土地,并利用殖民统治将自己的价值观强加在另一方的头上,给对方带来巨大的痛苦和灾难,那么孰正孰恶也就不辩自明了。

然而,纵观人类的历史,但凡行不义之事者,似乎从来就不缺少掩盖其罪恶行径的"正义"之词。自哥伦布发现新大陆的四百余年间,土著居民的活动范围从纵贯东西的整个北美大陆缩小到如今的 275 个保留地,仅为美国领土总面积的 2.4%。③ 人类学家契普·科尔维尔 - 占塔冯(Chip Colwell - Chanthaphonh)将白人在北美的殖民占领称为"人类历史上最臭名昭著的土地盗窃

---

① 约翰·洛克. 政府论(下篇)[M]. 叶启芳,瞿菊农,译. 北京:商务出版社,1964:18.
② CRONON W. Changes in the Land:Indians, Colonists, and the Ecology of New England [M]. New York:Hill and Wang, 1983:53.
③ 美国内务部印第安事务署. Performance and Accountability Report Fiscal Year 2005[R/OL]. 美国内务部印第安事务署,2005 - 11 - 16.

之一"。① 在这一漫长而规模浩大的土地侵吞史中,美国政府每向前迈进一步,都能为其掠夺行为找到貌似正义的借口。

# 第一节 土地掠夺的"正当"依据

## 一、发现理论与马歇尔判决

发现理论(the Doctrine of Discovery)是曾为殖民主义行方便之门的一套法律原则,它滥觞于15世纪教皇发布的一系列诏命②,之后在西方的殖民历史中不断得到演化发展,并写入了一些移民国家的法典中,至今仍对世界各国的政治和法律决策产生不同程度的影响。

发现理论与无主之地(terra nullius)一词的思想背景相同,后者系拉丁语,意为"未被使用或占领的土地",根据此理论,人类居住于某地,就对该片土地负有开垦利用的义务,而土著美国人没有对土地进行开发使用,因此他们对土地的占有,就如同鱼儿占有水或鸟儿占有空气一样,③只享有居住权,但并不能合法地拥有这块土地,他们所栖息的土地仍然是"无主之地"。据此,教皇亚历山大六世授予基督教探险家们特权,他们可以去"发现"任何没有基督徒居住的土地,将发现的土地宣布为其国王所有,取得所有权进行开发。当地的"异教"土著居民如果皈依基督教,可以得到上帝的宽恕;否则,就要被奴役甚至杀死。由此可见,发现理论的关键在于,土著居民被丑化贬抑为野蛮落后、残忍

---

① COLWELL – CHANTHAPHONH C. When History is Myth: Genocide and the Transmogrification of American Indians [J]. American Indian Cultural and Research Journal, 2005 (2): 114.

② 为了解决西班牙和葡萄牙两国在探寻新大陆过程中产生的矛盾,1493年5月,教皇亚历山大六世颁布诏书,以佛得角群岛以西100里格为界线,线西属西班牙人势力范围,线东则由葡萄牙人控制,此线亦被称为"教皇子午线"。1494年,西葡两国又签署了《托德西利亚斯条约》(Treaty of Tordesillas),将该线西移了270里格。两次划分将新大陆的领土瓜分给西班牙和葡萄牙两个殖民地国家,这两份文件也被认为是殖民国家瓜分新大陆领土的首个重要法律文件。

③ ARMITAGE A. Comparing the Policy of Aboriginal Assimilation: Australia, Canada, and New Zealand [M]. Vancouver: UBC Press, 1995: 16.

冷酷的"异教徒",西方人眼中的"他者",这样,欧洲殖民者在土著居民面前就堂而皇之地以文明与基督的使者自居,"欧洲探险家们就能够以资助其探险之旅的国王的名义,要求获得他们'发现'的土著居民土地的所有权——该所有权得到全欧洲的承认。"①如果欧洲殖民者接受土著居民是与他们无异的人类这样一个事实,那么发现理论的全部逻辑就会土崩瓦解,因为所有存在争议的土地都是由土著居民最先发现的。事实上,大多数欧洲人的探险之旅都有向导引领,根本算不上是真正的发现,因此,将土著居民定义为野蛮人是欧洲殖民者侵占美洲大陆的重要策略,而发现理论不过是为其殖民化寻找的一个冠冕堂皇的借口罢了。

1823年至1832年,美国最高法院大法官约翰·马歇尔在三项法律判决中援引了发现理论为审判依据,史称"马歇尔三部曲",从而为美国后来的联邦印第安政策奠定了法律基石。其中,1823年的约翰逊诉麦金托什案(Johnson v. M'Intosh)尤为重要。事件的起因是,两个投资者违反了英国政府1763年颁布的《王室宣言》②(the Royal Proclamation),以托马斯·约翰逊(Thomas Johnson)的名义分别于1773年和1775年从弗吉尼亚的土著部落手中购得一些土地。1818年,美国联邦政府将其中的部分土地出售给了威廉·麦金托什,由此产生了关于土地真正归属的法律纠纷。该案的关键点在于最初的土地买卖是否合法,即土著部落是否对他们居住的土地享有绝对主权。最高法院给出的最终判决倾向于联邦政府,原告的主张被驳回。在判决书上有这样一段表述:

> "鉴于他们(欧洲殖民国家)追求几乎同样的目标,为避免殖民过
> 程中彼此之间的冲突和随之而来的战争,有必要确立一个为所有国
> 家认可的法律原则,以便在他们中间调整他们都宣称的获取土地的

---

① ECHO-HAWK W. In the Courts of the Conqueror: The Ten Worst Indian Law Cases Ever Decided [M]. Golden, Colo.: Fulcrum Publishers, 2010: 18.
② "七年战争"之后,英国占领了法国在北美的领地,1763年10月7日,英王乔治三世颁布了《王室宣言》,在大西洋沿岸的英国殖民地和阿巴拉契亚山脉以西印第安人土地间划出一条界线,禁止白人殖民者越界定居,并将私人购买印第安人的土地视为非法,未经王室许可殖民地官员不得授予土地等。该宣言并非意在保护印第安人的领地,而是要暂时缓和白人殖民者与印第安人之间的紧张关系,为今后有序地扩张英国殖民地做准备。

权力。这一原则就是，发现赋予了产权，即某个政府的臣民或官方发现了土地，就赋予该政府抵制欧洲其他所有政府的产权，该产权可通过占有来实现。……在确立这些关系时，……他们（土著美国人）作为独立的部落联盟对这些土地行使完整主权的权利必然受到削弱，并且他们随心所欲地处置土地，给任何他们想给予的人的权力也被原初的基本原则所否认，这个原则就是：发现赋予发现者排他的产权。"①

在这段文字中，发现理论赫然成为协调欧洲列强和美国在新大陆的殖民利益、避免武力冲突的分赃依据，而对于世世代代生活在北美大陆上的土著居民，判决书虽声称他们的利益"并未被完全忽视"，但在很大程度上却被"削弱"了。在欧洲殖民者的利益角逐中，他们从最初的土地绝对主权拥有者变为只具有居住权利的相对占有者，从土地的主人沦为土地的居住人，土地的主权由此被让渡给了美国联邦政府，这也为土著居民日后被迫西迁、被限制居住于保留地、被没收多余土地等悲惨境遇埋下了伏笔。

尽管始于 15 世纪的发现理论早已不是什么新鲜的论调，但将这一先前不成文的惯例正式载入官方文件，尤其是写入联邦判例法尚属首次，它不仅成为美国政府制定印第安政策的法律依据，而且也为后来加拿大、澳大利亚等国政府侵害土著居民利益的殖民行为支起了保护伞。罗伯特·小威廉姆斯一针见血地指出，约翰逊诉麦金托什案的判决最重要的影响就是"它将欧洲种族主义和殖民主义上千年的遗产保留了下来"②。时至今日，土著美国人在争取部落主权时，还不得不以此为重要的理论与法律依据。

## 二、天定命运与西进运动

美国独立战争胜利后，根据 1783 年《巴黎条约》(Treaty of Paris) 的规定，美国的领土仅限于大西洋沿岸至密西西比河以东的十三个州。建国之初，受

---

① KADES E. History and Interpretation of the Great Case of Johnson v. M'Intosh [J]. Law and History Review, 2001 (1): 70.

② HAGAN W T. American Indians [M]. Chicago: The University of Chicago Press, 1979: 317.

八年战乱的影响,经济百废待兴,人民生活困苦,许多农民不得不将土地以低廉的价格卖给投机商,失去了赖以生存的基础。同时,大量的欧洲移民拥入使东部地区人口激增,土地短缺问题日益凸显。在诸多压力的推动下,美国政府和民众都开始将目光投向了西部地区。

　　美国政府在建国之时曾与生活在西部的印第安人保持着较为友好的关系,主要通过和平谈判与各部落签订协议。但实际上,在当时一些美国政府官员的眼中,印第安人根本不应该享有与白人平等的对待和权利,他们仅仅把这些协议当做一种权宜之计,一旦有利益需求,会随时单方面终止这些条约。19世纪20年代,美国战争部长约翰·伊顿(John Eaton)就曾声称,没有人会把现存的与印第安人签订的条约当做永久的协议。不久之后,众议院印第安事务委员会的发言人说得更为露骨,他认为与印第安人签订协议只不过是一种"空洞的姿态",目的是为了满足"部落首领的虚荣心"①,话语之间白人居高临下的傲慢之意溢于言表。在1825年的一次内阁会议上,肯塔基州参议员亨利·克莱(Henry Clay)极力反对教化土著美国人,坚持认为"要使印第安人变得文明是不可能的"②。这些情绪都表现了美国社会中日益增长的扩张主义对如何处理印第安问题产生的强有力影响。显然,开国元勋们所主张的安抚印第安人的怀柔政策在许多政客眼中已显得有些不合时宜。1830年,在经历了为期一年的激烈争辩后,《印第安人迁移法》最后以一票的微弱优势在国会得到通过,数万土著美国人被迫迁至密西西比河以西的地区,印第安人土地被大规模侵占的历史悲剧也悄然拉开序幕。

　　随着白人移民源源不断地向西进发,美国政府急需为它的领土扩张行为寻找新的"正当理由"。就在此时,"天定命运"一词应运而生。天定命运(Manifest Destiny),又被译为昭昭天命、天命昭彰、神授天命、天赋使命、上帝所命、美国天命论、命定扩张论等,其含义为美国显然具有领土扩张、传播其自由民主思想的权利,因为这是在秉承上帝的旨意。其实,早在数十年前,一些开国之父们就已经表现出了强烈的民族使命感。美国第二任总统约翰·亚当斯

---

① CAVE A A. Abuse of Power: Andrew Jackson and the Indian Removal Act of 1830 [J]. The Historian, 2003 (6): 1335.

② HORSMAN R. Race and Manifest Destiny: The Origins of American Racial Anglo – Saxonis [M]. Ambridge: Harvard University Press, 1981: 220.

（John Adams）曾公开声称,新生的美国"毫无疑问注定是世界上最伟大的国家"①。后来,他的儿子第六任总统约翰·昆西·亚当斯（John Quincy Adams）在寄给父亲的信中对美国强大的影响力也毫不掩饰,他写道,"整个北美大陆似乎由神圣天命注定要被一个国度的人民居住。"②

1845年7月,纽约《民主评论》（Democratic Review）编辑约翰·奥沙利文（John L. O'Sullivan）在一篇题为《兼并》（"Annexation"）的文章中正式提出了"天定命运"的说法,为美国试图吞并德克萨斯共和国的领土扩张的非正义行为进行辩护。他写道:扩展疆域是"我们在这块上帝指定的大陆扩张领土以保障年复一年成倍增长的人民获得自由发展的天定命运"③。奥沙利文的这篇文章在当时并没有产生太大的反响。几个月之后,他在《纽约晨报》上撰文,再次论及天定命运,当时大英帝国与美国在俄勒冈的边界纠纷日益加剧,奥沙利文认为美国有权索要俄勒冈,因为"天定命运赋予我们在整个大陆扩张和占有的权利,以全力践行托付于我们的自由权利和联邦自治。"④这次,"天定命运"一词引起了国内舆论的热切关注。由于它正好契合了美国政府向外扩充领土的野心,也迎合了当时美国民众对西部广袤土地的渴求心理,迅速成为当时盛行的思想潮流。"优越论意识形态把扩张、征服和掠夺合理化,把其当作'天定命运',这样就把帝国主义的野心和'神圣的目的'联系在一起,激励了清教徒去建立'救赎者民族',鼓励革命者去建立人类最后美好的希望。如同英国'白种人的负担',把对土著人进行文化及物质上的根除看作是教化那些野蛮人的神圣使命"⑤。

在天定命运论的口号下,美国政府堂而皇之地将德克萨斯纳入自己的版

① BURNS E M. The American Idea of Mission: Concepts of National Purpose and Destiny [M]. New Brunswick, NJ: Rutgers University Press, 1957: 65.

② BEMIS S F. John Quincy Adams and the Foundations of American Foreign Policy [M]. New York: A. A. Knopf, 1949: 182.

③ NYE R B. Society and Culture in America, 1830—1860 [M]. New York: Harper and Row, 1974: 15.

④ HORSMAN R. Race and Manifest Destiny: The Origins of American Racial Anglo – Saxonis [M]. Ambridge: Harvard University Press, 1981: 220.

⑤ CANT J. Cormac McCarthy and the Myth of American Exceptionalism [M]. New York: Routledge, 2008: 157.

图,又成功地从英国人手中要来了俄勒冈地区,国土面积进一步扩大。与此同时,白人移民也没有停下西进的脚步。成千上万的拓荒者拥入大草原,梦想着在这片"无主之地"兴建自己的家园;贪婪的掘金者沿着山谷地毯式地搜索矿石;全副武装的猎人肆意地屠杀成群的野牛;一列列冒着浓烟的火车满载着移民横穿大草原,继续驶向西部腹地。这些白人在印第安人世代栖息的领地上横冲直撞,势必导致印白矛盾的不断升级。于是政府的军队介入其中,他们以保护移民的名义对手持弓箭长矛的印第安人大开杀戒,有时连手无寸铁的妇女和儿童也不放过,血洗整个村庄的惨案时有发生。为了保卫自己的家园、维护部落的荣誉,勇敢无畏的西部印第安人与白人移民和美国军队展开了浴血奋战,但面对白人军队的精良装备,他们往往处于下风。同时,报界媒体对印第安人负面形象的大肆宣传进一步加剧了白人移民对印第安人的仇恨与憎恶,残忍杀害印第安人的白人刽子手被推崇为民族英雄,社会舆论被一片反对印第安人的声音所主导,似乎任何与白人移民发生冲突、拒绝交出土地和资源、不愿进入被指定的保留地的印第安人都应该被杀死。

到了1890年,除了个别地区外,西部绝大部分地区都已成立州并加入美利坚合众国,西进运动基本结束,美国从一个只拥有大西洋沿岸13个州的年轻国家华丽转身为一个横贯北美大陆的新兴帝国。人们在谈到美国西进运动时,往往不遗余力地赞美拓荒者们勇敢与无畏的壮举,歌颂美利坚人民的开拓务实的民族精神,然而,在这段看似辉煌的历史背后,掩盖着的是美国西部侵占印第安部落土地的血泪史,西进运动的成功是以印第安各民族的濒临灭绝为沉痛代价的。

### 三、"文明开化"与道斯法案

在西进运动中,美国政府在"天定命运"之正义大旗的掩护下,堂而皇之地将西部的广袤土地尽收囊中,其中很大一部分是印第安人曾经纵横驰骋的疆域。在被驱赶到划定的保留地之后,一些印第安部落由于不满美国政府出尔反尔、独断专行的做法,毅然采取武力进行反抗,印白之间的小规模冲突时有发生,这种紧张的印白关系在一定程度上势必会影响社会安定和经济发展。同时,保留地对联邦政府的经济依赖也是一个令人头疼的问题,长期向保留地提供物质援助的做法招致了不少政府官员的反对之声,他们把印第安人视为社会的累赘和负担,恨不得立刻甩掉这些碍手碍脚的包袱。19 世纪 80 年代,如何一劳永逸地解决印第安问题已经列入了美国政府的议事日程。

对于土地投机商和垄断资本家来讲,印第安人拥有的土地虽然已经大幅减少,但保留地有限的土地资源和矿产资源依旧令他们垂涎三尺,为了能够占有更多的土地和自然资源,他们派代表到国会进行游说,要求将印第安人的保留地向白人开放,并诡辩称"印第安人并不拥有占据土地的真正权利",因此"没有权利反对白人的扩张"①。许多代表资产阶级利益的白人政客也力挺印第安人土地私有政策。马萨诸塞州参议员亨利·道斯就曾极力为《道斯法案》辩护,称分田到户纯粹是在贪婪的白人夺去部落所有土地前,为印第安人挽救一点财产而做的努力。这一说法也得到了克利夫兰总统的支持,他在签署法案前,还称许道斯:"白人对印第安人土地的饥渴,有如他(道斯)对正义的饥渴。"②此外,白人农场主和保留地附近的白人定居者也早就盼望着政府能够开放印第安人领地,这样他们也有机会从中分得一杯羹。当然,也有一些白人改革派团体同情印第安人的悲惨遭遇,为他们受到的不公正待遇鸣不平。他们极力呼吁政府采取措施,改善印第安人的生存状况,妥善处理印第安问题。然而,在有关印第安人土地的问题上,这些进步人士和许多政府官员的想法竟然如出一辙,他们也认为土地私有和"文明"是相伴相生的,只有将土地分配给每一个印第安人,才能帮助其走向真正的文明。

因此,尽管各个利益集团和改革派团体的目的和初衷不尽相同,但他们都不谋而合地将"土地私有"、进而实行"同化"视为解决印第安问题的最佳方案,认为一旦让印第安人尽快地融入美国社会,一切问题就都会迎刃而解。正是出于这种"支配着一个基督教民族对待一个愚昧和依附种族之态度"③的"正义",《土地分配法》(General Allotment Act)(亦称《道斯法案》)于 1887 年正式出台了。

---

① ROOSEVELT T. The Winning of the West: An Account of the Exploration and Settlement of Our Country from the Alleghanies to the Pacific (Vol. 1) (1889—1896) [M]. Ithaca: Cornell University Library, 2009: 90.

② HAGAN W T. American Indians [M]. Chicago: The University of Chicago Press, 1979: 141 - 42.

③ CADWALADER S L, Deloria V Jr. The Aggressions of Civilization: Federal Indian Policy since the 1880s [M]. Philadelphia: Temple University Press, 1984: 200.

该法案共规定了三个方面的内容:一是解散印第安部落,将部落土地以"个人所有份额"的形式进行分配,每个家庭的户主可以得到160英亩土地,18岁以上的单身成年人或孤儿可以获得80英亩土地,未满18岁者可分得土地40英亩。联邦政府对所有份地享有25年的托管权,在托管期内,土地不得进行出售或转让。二是凡脱离部落管辖接受份地的印第安人将被授予美国公民资格,并在托管期结束后生效。三是分配后剩下的土地即为"多余"的土地,联邦政府有权将其出售给白人定居者。

该法案在制定之初采纳了一些改革派团体的建议,规定印第安人的份地要接受政府为期25年的托管,目的是防止一些居心叵测的土地投机商借机骗取印第安人的土地,然而后来在白人资本家们的施压下,联邦政府又制定了一系列补充修正的法律条款,缩短了托管期,将印第安人的土地进一步向白人农场主、投机商和木材商开放。

《道斯法案》实行之初,受到了国内媒体的大肆追捧,认为它"极成功地平衡了白人和印第安人的利益"。美国政府似乎也认定"财产个人所有制的某种魅力本身就证明了它是文明教化的一个要素,但遗憾的是,这一政策的大部分内容都逆其道而行之。"①事实上,美国政府只关注了土地私有问题,以为将部落的土地分发给每个家庭或者个人,原本野蛮落后的猎人就能够顺利地转变为农民,在自己的份地上定居下来,轻松地融入到美国社会中去。显然,这种一厢情愿的做法忽视了很多强加于印第安人身上的诸多不平等因素。

首先,从人力、物力的储备来看,土著居民缺少充足的启动资金和农业生产设备,多数人在土地转为私有时还没能掌握必要的农耕知识,因此,他们虽然拥有了自己的份地,却不知如何管理土地或根本无力照料土地,致使大量土地荒芜闲置。其次,从生存环境来看,大部分保留地地理位置偏僻,远离经济中心,土地贫瘠荒凉,自然条件非常恶劣,即使在投入同等人力、物力的条件下,农业、畜牧业的发展也远远不及拥有丰腴土地的白人。同时,严重的文化差异和迥然不同的生活习惯也使土著居民很难适应白人主流社会的节奏,这些因素都使土著居民不可避免地在与白人的所谓平等竞争中处于明显的劣

---

① MERIAM L. The Problem of Indian Administration [M]. Baltimore: John Hopkins Press, 1928: 3.

势。加之奸猾狡诈的土地投机商伺机而动,与印第安事务局官员相互勾结,在土地托管期结束后乘虚而入,以敲诈勒索等卑鄙行径套取土著居民的土地,到了 20 世纪 30 年代《道斯法案》终止时,土著居民的生活不但没有改善,反而更加恶化。有数据表明,在执行《道斯法案》的 40 余年间,美国印第安人持有的土地面积从 1887 年的 1.38 亿英亩锐减至 1934 年的 0.48 亿英亩,也就是说,印第安人近三分之二的土地落入了白人手中。更为悲惨的是,随着土地私有化,部落制度土崩瓦解,传统的土著文化与信仰遭受到致命的打击。由此可见,土地私有的结果是,土著居民虽然获得了一个所谓的美国公民地位,但他们已经变得一无所有、心无所依。

马克思和恩格斯在《共产党宣言》中指出,"它(资产阶级)迫使一切民族——如果它们不想灭亡的话——采用资产阶级的生产方式;它迫使它们在自己那里推行所谓的文明,即变成资产者。一句话,它按照自己的面貌为自己创造出一个世界。"①在《道斯法案》的制定和实施过程中,白人资产阶级从自身的利益出发,打着"文明开化""解救印第安人"的旗号,想尽一切办法在这个苦难的民族身上榨尽最后一滴油。而改革派活动家们虽然真心渴望帮助印第安人改变命运,但他们却忽略了印第安人的真实想法,他们对未来有什么样的期许和要求,他们渴望过什么样的生活。因而《道斯法案》所鼓吹的引领印第安人走向文明开化之路的诺言只不过是一句真实的谎言。

## 第二节　空间压迫下的土地流失

"土地"在美国土著文化中居于核心地位,波拉·甘·艾伦曾用这样一段话来强调土地对于土著作家的重要性:

　　"我们就是土地。……土地并不仅仅只是和我们自身分离的、让我们在那里演绎我们隔绝的命运的地方。它不是生存的手段、事件

---

① 马克思,恩格斯. 共产党宣言 [G] // 马克思,恩格斯. 马克思恩格斯选集(第 3 版,第 1 卷). 北京:人民出版社,2012:404.

的背景、让我们为了保全自身而向之索取的源泉。它不是为了让我们获得"自我意识"而存在的"他者",它是我们存在的一部分,不断变化、充满活力、重要且真实。作为一个真正的"自我意识""本能""社会网络"的概念,它就是我们自身,它比任何关于人的本质的抽象概念更为真实……土地从某种真实的角度来说,就是我们自身,而这正是土著美国作家小说和诗歌中的核心观念。"①

美国当代土著小说家一直非常关注土著居民与白人之间的土地问题,并在小说作品中讲述了土著居民土地被剥夺的历史以及丧失土地给土著社群带来的沉重打击,有力地揭露了白人为土地扩张而编织的谎言。

### 一、普鲁托建镇:一段梦想幻灭的拓荒史

在美国历史中,"西进运动"一直是人们津津乐道的话题。在多数美国人看来,西进运动是他们勇敢的先辈们完成的一项伟大壮举。自 18 世纪末,在美国政府的指引和号召下,无数生活在东部的农民、手工业者和刚刚踏上北美大陆的外来移民,怀揣着寻求自由和财富的梦想,开始了漫漫的西行征程。他们抛弃了因循守旧的思想,不畏艰难险阻,一路开拓进取,意气风发,乐观豪迈,从而形成了美利坚民族积极、乐观、无畏的民族性格和一往无前、勇于探索的民族精神。正是白人移民的艰苦创业,将先进的西方文明和资本主义生产方式带到了西部,使美国经济迅速发展,疆域成倍扩大,国力明显增强,最终成为雄霸一方的世界强国。没有西进运动,就没有今日之美国。

时至今日,虽然有史学家对这段辉煌历史的评价发出了不同的声音,但依然很少有人愿意去探究那些被官方叙事掩盖的历史真相,西部曾经是谁的西部,过去那里真的是一片蛮荒的"无主之地"吗?西部辉煌的历史背后有哪些人为此付出了巨大的牺牲,白人的西部拓荒真的是正义的吗?功过是非,史书上留下的往往是一串串冰冷的数字和所谓的"客观"记录,而厄德里克则在小

① ALLEN P G. It Goes This Way [G] // HOBSON G. The Remembered Earth: An Anthology of Contemporary Native American Literature. Albuquerque: University of New Mexico Press, 1980: 191 – 94.

说《鸽灾》中借一个混血少年和一个白人女子之口,为读者讲述了普通白人移民亲身经历的拓荒史和普鲁托小镇的建镇史,向世人展示了西进运动对于穷苦的白人和生活在西部的土著美国人来说到底意味着什么,而白人移民历经艰辛建起的小镇又经历了怎样的命运。

"小镇狂热"的讲述者是混血少年安东尼·库茨(Antone Bail Coutts),他的祖父约瑟夫·J.库茨(Joseph J. Coutts)是在圣·安东尼镇教书的白人移民。他穷困潦倒,只能租住在一个连张像样的床都没有的小房子里。终于有一天,他无法再忍受这种碌碌无为的日子,决心加入雷金纳德·布尔(Reginald Bull)等人的镇址考察队去赌一把运气。这个考察队是由两个土地投机商召集起来的,他们将跨越达科他—明尼苏达边境向西勘测,在几片最有可能建镇的地方宣称土地所有权,这样他们就可以在西进的铁路贯通之时建立新的城镇。作为回报,考察队的每个成员都将得到一块份地。为了抢占先机,布尔的考察队决定在冬季最寒冷的日子出发。

这一路上风雪交加,可谓困难重重,他们不仅要经受严寒的考验,还经常面临夜里被风雪掩盖的危险。一个月之后,他们到达了想要建镇的地方。此时,在鸦片的作用下,他们总算在夜里能够熟睡,甚至梦到"灯光在高举的大轮子上闪烁,巨大的茶杯伴随着一阵天籁之音在黑暗中打转……还有高塔和楼房,排成一排的彩灯可以和欧洲最大的城市媲美"①。然而,这注定只是考察队员们的黄粱一梦。天气转暖后,他们的食物越来越少。布尔决定铤而走险,独自回圣安东尼去找自己心爱的人,结果他没能成功地走过那片旷野,而是奄奄一息地爬回了营地。在咽气的那一刻,布尔"抬头望着人们身后的那些树,它们刚刚发芽。数不清的金色流苏在阳光下一闪一闪,在他迷惘的凝视中反射出百万金元"②。布尔死后,考察队一行人终于得到了补给,得以返回圣安东尼。

细心的读者会发现,根据库茨的讲述,白人考察队在整个旅途中只是在与恶劣的天气和自然环境作斗争,并没有遭遇任何人,无论是其他白人拓荒者还

---

① ERDRICH L. The Plague of Doves [M]. New York: HarperCollins Publishers, Inc., 2008: 105 - 6.

② ERDRICH L. The Plague of Doves [M]. New York: HarperCollins Publishers, Inc., 2008: 109 - 10.

是印第安人,他们所踏入的似乎真的是一片荒无人烟的"无主之地",就如当时美国政府对外坚称的那样。"将空间再现为空置的、未被占据的、未经开发的这种表述是资本主义空间占领的重要策略,隐喻性地剥夺了空间原有主人的所有权,使资本主义对空间资源的开发合理化。"①然而,小说中库茨巧遇水獭的奇特经历却向读者证明,所谓的"无主之地"不过是白人拓荒者们的一种错觉而已。在驻地考察期间,一次队员们的营帐被暴涨的河水淹没,库茨只身返回帐篷去取落在里面的《沉思录》②,这时他在水中看到了一只水獭,"水獭探出头,用孩子般好奇而信任的眼神注视着他",库茨却不为所动,缓慢地举起猎枪射死了它。"水獭在被鲜血染红的漩涡中死去",见此情景,库茨的"眼里也噙满了泪花"③。这段催人泪下的描述中隐含的寓意令人深思。在奥吉布瓦神话中,水獭是聪慧而有灵气的动物,它被大药师会(Midewiwin)④选中作为其与人类沟通的使者,向人类传递神灵的旨意,因此水獭被奥吉布瓦人奉为神灵加以膜拜。在小说中,水獭被白人拓荒者射杀,而且是在库茨去取代表白人文明的《沉思录》的时候,这似乎是在暗示,随着西进运动白人文化的入侵,奥吉布瓦人与传统土著信仰的精神联系已经被生生切断了。另外,水獭那"孩子般好奇而信任的眼神"不禁使人想起了土著居民与欧洲白人移民的交往史。土著居民不也是对初次见到的白人"异类"充满了好奇吗?天生纯朴友善的土著居民不仅在白人移民最困难的时候给予无私的帮助,还轻易相信了他们的诺言,结果却在白人贪婪无度的掠夺中死于无情的枪口之下。水獭的死恰恰影射了那段白人不愿谈及的血腥历史。令人感到讽刺的是,库茨射死水獭本来

①  郭巍. 马克·吐温的夏威夷书写与美国殖民空间生产 [J]. 外国文学评论, 2015(2): 32.

②  《沉思录》是古罗马帝国皇帝马可·奥勒留(Marcus Aurelius)在马背上记录的与自己心灵的对话,后由世人编纂成一部哲学思考录。全书共有十二卷对话,主要阐述了一些人生伦理问题,如个人的德行、人的社会责任、灵魂与死亡等,体现了作者对人生深刻的哲学思考。该书是斯多葛派哲学发展中的里程碑之作,对当今世界人们的思想和生活也有极为重要的指导意义。在小说中,正是《沉思录》中的一段话令库茨彻悟世事,摆脱了"城镇狂热"症。

③  ERDRICH L. The Plague of Doves [M]. New York: HarperCollins Publishers, Inc., 2008: 108.

④  大药师会(Midewiwin)是居住在滨海地区、新英格兰及五大湖区的土著美国人形成的秘密宗教团体。

只是为了获取食物,但是水獭肉的味道却似"腐烂的鱼肉"一般令人难以下咽。也许美国政府在策划西进运动的时候,也同样没有意识到对土著美国人的非正义掠夺会给美国人民带来怎样令人感到羞耻的苦果吧!水獭的出现与死亡有力地揭露了白人定居者为了使土地占领合法化而编织的北美大陆皆为"荒野"的殖民想象,正如土著作家路易斯·欧文斯所言:"'荒野'是个荒诞的词,只不过是欧洲人想象的产物,一个完全的谎言。在欧洲人入侵美洲前,北美大陆没有'荒野',只有富饶的大陆和生活在其中的人们。"①

而对于普通的美国白人拓荒者而言,西进运动又给他们带来了什么?在跟随考察队出发之前,库茨虽然贫穷,孑然一身,但他体魄健康,心中还有惦念的女人,对生活充满希望;但经历了此番拓荒之旅,他已身无分文,疾病缠身,曾经的相好也另觅新欢,而他得到的只有一张二百亩一文不值的荒地的地契。而同伴布尔更是因此丧了性命,临死前也没能和心爱的人见上一面。他们千辛万苦地向西拓荒到底是为了什么?库茨陷入了痛苦的迷惘之中,偶然间《沉思录》中的一段话令他如梦方醒,"亚历山大、庞培、凯撒在粉碎数十万计的骑兵和步兵,频繁地把整个城市夷为平地之后,他们最后也告别了人世……所有这些意味着什么呢?你上船、航行、近岸,然后下来。"②其实,所谓的财富,所谓的新生活,不过是在人类的贪欲下催生的一个美好的幻影,即使是叱咤风云的大人物,总有一天也会如常人一般离开人世,他们的荣誉、财富、地位将随之化为过眼云烟,因而对物质财富的过分贪念又有何意义!大彻大悟之后,库茨的"城镇狂热"症不治而愈,最终成为一名出色的律师。

另一个讲述故事的人叫科迪莉亚,她是居住在普鲁托小镇的一名白人医生。她向人们讲述了普鲁托小镇的建镇历史:第一批镇址考察队考察失败后,达科他大北镇镇址公司的人员也来到这里,为了攫取最大的利益,公司决定在大北铁路沿线建镇,并把镇址详细地标在地图上,供那些打算在西部置地兴业的投资商和来西部拓荒的白人参考。在建镇过程中,小镇的命名颇具象征意义:

---

① OWENS L. Burning the Shelter [C] // DEMING A H, SAVOY L E. The Color of Nature Culture, Identity, and the Natural World. Garamond: Milkweed Editions, 2002: 142.

② ERDRICH L. The Plague of Doves [M]. New York: HarperCollins Publishers, Inc., 2008: 113.

"那些人到达我们今天这个镇子的地点时,他们的测绘工作已经进行多年,之前的地方几乎把所有的名字都用尽了,从总统到外国的首都、重要的矿产、伟大的政治家、北美的哺乳动物,乃至他们自己孩子的名字。东边的镇子整齐地标好了名字:宙斯、尼普顿、阿波罗和雅典娜。① 他们拒绝使用维纳斯这个日后可能导致荒淫的名字。弗兰克·哈普建议用普鲁托,这个建议最终被采纳了,但当时谁也没意识到这是地狱之神的名字。"②

对土地的命名过程实质上是一种社会实践,物理上的空间一旦进入话语体系,便具有了意识形态性和社会性,殖民者通过强调其命名的有效性,来确立对该空间占有的合理性。因为"地标是有形的、熟悉的和不容置疑的,所以,在一个特定的文化与意识形态框架内,不经意地阅读地标,可以让印刻在地理标志和地图上的社会关系不自觉地进入意识,将其自然化。任何地标都有意识形态潜文本,不经意地阅读,就会将意识形态内化。"③在建镇过程中,白人资本家和投机商们通过对小镇的命名来确立其对该片土地的所有权,从而改写历史。于是,"普鲁托"这个带有浓厚西方文化特质的名字被堂而皇之地写在美国地图上,成为西部运动乃白人拓荒者之壮举的"有力佐证"。然而,具有讽刺意味的是,"普鲁托"(Pluto)在英语中是"冥王星"的意思,而冥王星则是以古希腊神话中的冥界之神哈迪斯来命名的,因为冥王星曾被认为是"太阳系中最冰冷、最孤寂,或许也是最不宜人的星球"④,而这个名字也恰恰预示了小镇的未来。20世纪80年代,随着周围铁路的荒废,小镇已经变得破败凋敝,人

---

① 这些均为古希腊神话中众神的名字,依次为众神之王、海神、太阳神、战神和智慧女神,后面提到的维纳斯是爱神和美神。

② ERDRICH L. The Plague of Doves［M］. New York：HarperCollins Publishers, Inc., 2008：297.

③ AZARYAHU M, GOLAN A. (Re)naming the landscape：The formation of the Hebrew map of Israel 1949—1960［J］. Journal of Historical Geography, 2001(2)：178 – 195.

④ ERDRICH L. The Plague of Doves ［M］. New York：HarperCollins Publishers, Inc., 2008：297.

丁萧条,"死去的人比活着的人还要多"①。实际上,命运凄惨的小镇乃是美国政府大力倡导的西进运动结出的一颗恶果。在西进运动中,为了加速西部的城市化进程,便于白人移民的迁徙,美国政府对铁路公司给予了大力扶持,一些铁路公司为了借机获得更多的土地和政府贷款,不顾开发的实际需求盲目地大规模修建铁路,以致后来很多铁路因地理位置偏僻、运输业务不足而被废弃。普鲁托小镇日趋消亡的命运正是这一政策带来的负面影响的真实写照。

西尔科曾指出,通过小说,"美国人会意识到他们正在赞美的这个伟大的国度,这个强大的国家是建立在偷来的土地上的……在盎格鲁萨克森法律中,在普通律法中,只要东西是偷来的,无论转手多少次,它也属于原来的主人"②。《鸽灾》中的库茨和科迪莉亚从普通民众的角度讲述的这两个关于白人移民的故事,从根本上颠覆了对西进运动充斥着溢美之词的美国官方历史。在他们讲述的故事中,读者感受到的不是白人拓荒者所谓的催人奋进的豪迈之情,而是土著美国人流淌着的血与泪、白人无产者梦想的幻灭;他们看到的也非西进过程中白人给土著美国人带来的先进文明,而是白人资本家们捞取到的巨额财富和美国政府编织的历史谎言。

### 二、土地私有化之恶果:部落精神的崩溃

事实上,西进运动和保留地制度虽然使土著美国人失去了大面积的土地,不得不生活在美国政府为他们划定的狭小的保留地,但生活空间的挤压并没有摧毁土著美国人的生存意志,他们中的大部分人仍旧遵循着传统的方式顽强地生活着。但是1887年《道斯法案》的颁布彻底改变了这一切。

《道斯法案》名义上是要将部落的土地划归私有,使土著美国人和白人一样有自己的私人财产,学会耕种养殖,能够自给自足,自力更生,从而走上文明开化的道路。然而实际的结果是,部落的大部分土地被白人土地投机商瓜分,部落政治结构随着土地的分割而土崩瓦解。"部落的存在,对于印第安人意味着有政治上的依托和文化上的归宿;部落实际已成为印第安人社会演进连续

---

① ERDRICH L. The Plague of Doves [M]. New York: HarperCollins Publishers, Inc., 2008: 296.

② SEYERSTED P. Interview with Leslie Marmon Silko [G] // ARNOLD E L. Conversations with Leslie Marmon Silko. Jackson: University Press of Mississippi, 2000: 8.

性的载体,成为印第安人传统的象征。对以群体为本位、以财产共有为基础的土著社会结构来说,部落是一个核心;而对具体每一个印第安人而言,部落则是一种保护、一个避风港和一个文化认同的标志。"①部落的组织结构一旦瓦解,土著美国人便像一团散沙,丧失了精神上的依托。作为孤零零的个体,在经济上他们无法与白人先进的生产模式抗衡,沦为任人宰割的羔羊;在文化上,他们更无法抵御强大的西方思潮的冲击,传统文化逐渐式微。如果说保留地制度压缩了土著美国人的生存空间,那么《道斯法案》则是摧毁了土著美国人的精神空间,而这对于一个民族来说是致命的打击。

对于奥吉布瓦居民的这段惨痛经历,厄德里克在《痕迹》《报告》和《四灵魂》这三部相互贯通的作品中均有深刻而细致的再现。《痕迹》这部小说是以《道斯法案》颁布后给土著美国人带来的灾难为背景,围绕着土著少女弗勒家的土地之争展开的。小说的起始时间是 1912 年,距《道斯法案》的颁布恰好是25 年。《道斯法案》规定,土著美国人分得的份地由政府托管 25 年,之后可以进行买卖。这意味着从 1912 年开始,土著美国人拥有的私有土地就可以进行自由交易了。弗勒家在马奇曼尼托湖②附近的份地森林资源丰富,令白人土地投机商和木材商们垂涎已久,他们费尽心机,要将这片土地占为己有。这时,白人政府征收的土地税正好给了他们以可乘之机。在小说中,达米安神父曾给纳纳普什和弗勒等人展示了一张地图:

> "我们仔细查看那些标记着已经付清了土地税的宅地的圈圈线线——到处都是莫里西家、帕克万家、海特家、拉扎雷家——它们被标成绿色。从部落中流失出去的土地——人已过世无人继承的、出售出去的、流入木材公司的——被涂成暗淡腐烂的粉色。尚存争议的,涂成了更为醒目的黄色。在鲜艳的方块中心就是马奇曼尼托湖,一小块蓝三角,我用手就能把它盖住。"③

---

① 李剑鸣. 美国土著部落地位的演变与印第安人的公民权问题 [J]. 美国研究, 1994
　 (2): 44.

② 在《痕迹》中,马奇曼尼托湖是皮拉杰家的祖地。

③ ERDRICH L. Tracks [M]. New York: Henry Holt and Company, Inc., 1988: 172 - 73.

　　在这幅地图中,原本是一个整体的保留地已被白人投机商们瓜分得四分五裂,那块土地上的山川、林地、空地、湖泊都蕴含着部落的神话与传说,栖息着世代先人们的灵魂,如今土地与土著社群这种文化与精神上的亲缘关系就随着土地的分配而被生生切断了。然而更令人担忧的是,土著美国人内部已经出现了派系争斗,他们对白人的同化政策表现出截然不同的态度。有些人在白人政府的利诱下成了"亲政府派",他们与白人投机商和印第安事务局官员相勾结,利用政策的漏洞,骗取、盘剥其他部落居民的土地;有些人受白人拜金主义的影响,不切实际地追求物质享受;有些人迷失了自我,只知道浑浑噩噩地度日;只有少部分奥吉布瓦人还坚守着部落的传统文化,为守住珍贵的土地奋力一搏。一个个圆圈将部落成员分离开来,一条条界线就像人们心头的一道道裂痕,在利益面前,很多人迷失了心智,部落的凝聚力已经不复存在了。

　　莫里西家族就是被白人同化、破坏部落团结的那群人的典型代表。伯纳黛特·莫里西和她的哥哥拿破仑是部落中有钱的混血印第安人,他们有面积达六百四十英亩农场,一栋两层楼的房子,"他们养着鸡,有一个谷仓,里面六头正在挤奶的奶牛,两头猪,一个带花园的厨房,甚至有一些鹅。"①相比于纳纳普什家的家徒四壁,莫里西一家人简直就像是生活在天堂里一样。他们的财富是从哪里来的呢? 是伯纳黛特善于持家,还是拿破仑勤劳肯干? 其实都不是,宝琳的一番话道出了他们致富的真相:

　　　　"她(伯纳黛特)有一大箱子的小册子和书,她会算数,农场的生意都记着账,她去看那些生了病要死的人时总是随身带着一纸数字。深夜里,她等天使合上翅膀的时候,就开始加加减减、乘啊除啊的算起数来。修女们以为她是虔诚至善之人,因为她常去看那些死了的人。只有我知道,她是很实际的,她需要静下心来结算账目。"②

　　伯纳黛特不仅工于心计,背地里帮助土地投机商倒卖奥吉布瓦族人的土

---

① ERDRICH L. Tracks [M]. New York: Henry Holt and Company, Inc., 1988: 64.

② ERDRICH L. Tracks [M]. New York: Henry Holt and Company, Inc., 1988: 64–65.

地,还公开替白人政府说话,蒙骗民众,竭力说服心存疑虑的部落居民卖掉自家的土地,接受政府和土地投机商给出的远低于土地实际价值的价码。她的花言巧语居然让很多不明就里的奥吉布瓦人动了心。

更有甚者,出于一己私利,伯纳黛特竟恶意诋毁与莫里西家关系紧张的纳纳普什和弗勒·皮拉杰,一口咬定他们是害死她兄长拿破仑的凶手,尽管她深知其兄的为人,他的死纯粹是咎由自取。在伯纳黛特的挑唆下,莫里西家、拉扎雷家等"亲政府派"与以纳纳普什、弗勒为代表的"传统派"之间的关系变得剑拔弩张,他们竟然在教堂里争执不休,以至于达米安神父不得不将每天做弥撒的人分成两拨,以免双方再起冲突。白人的政策文件已经让奥吉布瓦人的生活困苦不堪,而内部无休止的争斗与仇怨更令人们焦头烂额。

对于坚守传统、正直不屈的奥吉布瓦人来说,像伯纳黛特这样的"内奸"着实可恶,但更令他们伤心的是,有些原本亲如一家的人为了保护个人的利益竟然出卖朋友,这是完全违背传统的部落信仰的。玛格丽特就是这样一个颇具争议的人物。

奥吉布瓦妇女玛格丽特原是卡什帕的第一个妻子,丈夫死后,她改嫁给了对他爱慕已久的纳纳普什。虽然玛格丽特为人精明,遇事会有自己的小算盘,也常与纳纳普什因为生活琐事而发生口角,但在大是大非的问题上,她大多还是坚定地站在纳纳普什一边,为维护部落的利益据理力争;在弗勒处于危难的时候,玛格丽特无私地伸出援助之手,把她从死亡的边缘拉了回来,纳纳普什一家和皮拉杰一家从此结成了深厚的友谊,亲如一家。然而这样一个爱憎分明的人,在白人物质洪流的冲击下,也会犯糊涂,做出一些极不明智的事情。

在《痕迹》中,皮拉杰和卡什帕两家因没有缴纳土地管理费而面临着土地被政府没收变卖的危险。为了挽回土地,两家人夜以继日地干活,好不容易攒够了钱,由玛格丽特和尼克特为代表去城里交费。然而几天后,弗勒家的林地还是响起了白人伐木机隆隆的作业声。原来,两家的土地因为延误了缴费时间而被额外征收了一笔数目不菲的滞纳金,玛格丽特他们带去的钱根本不够用。正如纳纳普什后来感慨的那样:"到处都是陷阱和空子,要想保住我们剩下来的土地就像在穿网而行,首都的大笔一挥,我们的权利就被夺走送人了……政府派给我们的这个土地分配专员就是让我们更容易地把土地卖给白人。"①眼看着两家的土地都要被没收，玛格丽特打起了自己的小算盘，与其两家受损，不如先把自家的土地保住，于是她把两家人辛辛苦苦攒下来的钱全部来缴纳卡什帕家的税款，而置皮拉杰家的土地于不顾。结果马奇曼尼托湖周围的林地被投机商毛瑟乘机收购，弗勒成了无家可归的人。受白人私有观念的影响，部落居民之间互帮互助、不分彼此的深厚情谊在玛格丽特的头脑中已经逐渐淡化，在关键时刻，她最终还是选择维护自家的利益，出卖了朋友。

　　不仅如此，白人社会在物质生活方面的奢靡之风也对玛格丽特产生了影响。一直以来，奥吉布瓦人都崇尚一种朴素的生活方式，在他们的语言中甚至没有"贪婪"这个词，人们都是各取所需，绝不会去贪恋华而不实的奢侈之物。然而在白人商人的蛊惑下，他们也不自觉地陷入了物欲的洪流。"人们卖掉土地，买回来根本不会弹的钢琴，或者是花哨得平日里压根儿不会穿的衣服，他们买来银制的勺子，而家里根本没有吃的，买来相框，而他们既没有照片也没有墙。"②在这股潮流的影响下，玛格丽特也对白人的那些玩意儿患上了狂热症。一次她看到修女们住的地方铺着光滑美观的油毡，艳羡不已，于是开始大张旗鼓地重新装修自己的家。她先是把房前的路上铺满石头，再把石头涂成鲜艳的粉红色。然后她又开始打起油毡的念头。玛格丽特之前也常有心血来潮的时候，比如她在雕刻的木模具里做枫树糖，后来又辟出一个园子种植稀奇古怪的水果等等，但这些想法都因失败而不了了之了。谁知这一次玛格丽特竟然动了真格，头脑发热的她为了凑够买油毡的钱，居然把儿子尼克特的土地典当出去，"用真正的土地换来了假的地面"③。

　　玛格丽特本是一个心地善良、生活简朴的奥吉布瓦妇女，然而在部落社会瓦解之后，作为一个弱小的个体，她无力与白人的强权势力相抗衡，也抵挡不住白人物质生活的诱惑，从此迷失了自我，与奥吉布瓦人的传统文化渐行渐远。由此可见，土地私有化对部落精神文化的摧毁之大、影响之深，难于言表。

---

①　ERDRICH L. Four Souls [M]. New York：HarperCollins Publishers, Inc., 2004：79.

②　ERDRICH L. Four Souls [M]. New York：HarperCollins Publishers, Inc., 2004：76.

③　ERDRICH L. Tracks [M]. New York：Henry Holt and Company, Inc., 1988：82.

## 第三节　索回部落土地之路

### 一、弗勒的复仇

从故事情节来看,《四灵魂》是《痕迹》的续集,在《痕迹》中,奥吉布瓦少女弗勒·皮拉杰的家人在 1912 年的大瘟疫中都离开了人世,她家在马奇曼尼托湖周围的林地成为白人土地开发商和木材商们觊觎的一块肥肉,由于弗勒没能及时缴纳土地管理费,白人木材商毛瑟借机强行霸占了皮拉杰家世代居住的土地,大肆砍伐树木,掠夺森林资源,然后将上好的木材一车车地运往白人居住区,兴建富丽堂皇的豪宅别墅。为了夺回被强占的土地,弗勒将女儿露露送进白人的寄宿学校,独自一人踏上了复仇之路。小说《四灵魂》即以此场景拉开序幕。

> "弗勒走的是小路,那种由来往的车辙碾压出来的小径,它们穿过树林,在泥沼边和浓密的灌木丛中延伸,这里人迹罕至,地图上没有标注,没有人知道这些小径,但它们总是指向东方……她走的路是自己开拓出来的,她要砍倒赤杨、踏平芦苇……一直走到铁筑的路。"①

这是一段极富象征意义的空间描写,诸多细节都隐喻了小说中无处不在的空间政治。空间是土著殖民语境下的一个重要概念。列斐伏尔认为,"空间并非剥离了意识形态和政治的科学客体,空间总是政治性的、策略性的。如果关乎空间内容,空间表现出中性冷漠色彩,因而好像是纯粹形式,是理性抽象象征,那是因为它曾经被占据和使用,曾经是历史过程的焦点,而这些历史过程在山水间的痕迹并不总是很明显。空间由历史元素和自然元素构筑,这是一种政治过程。空间具有政治性,也具有意识形态性。空间是充满意识形态

---

① ERDRICH L. Four Souls [M]. New York: HarperCollins Publishers, Inc., 2004: 1.

的一种产品。"①在厄德里克的小说中,"东方"是政府和白人控制区的代名词,弗勒要找白人毛瑟复仇,自然要向东而行。弗勒所走的这条路既没有名字,也没有在地图上标注,暗示着这是一个还没有被白人势力所掌控的地方。然而这条路并非坦途,弗勒不得不一路披荆斩棘,开辟出一条向前的路径,这表明弗勒的此次复仇是一条前人几乎没有走过的路,因此旅途注定会异常艰辛。此时,她虽然是一个人在前行,但她却并不孤独,"当她停下脚步的时候,会听到祖先的骨头像闹钟一般摇晃作响"②,祖先神灵的陪伴传递给弗勒无比的勇气和力量。而"铁筑的路"顾名思义就是白人运输物资的铁路,弗勒从渺无人烟的荒原走到了有铁轨穿行的地方,预示着她即将跨越印白边界,从印第安保留地进入白人居住区,开始上演一出土著美国人向白人权威统治发起挑战的大戏。

弗勒的复仇计划是从毛瑟的豪宅开始的,这是一栋充满了罪恶的房子:

"一块形状奇特、体积硕大的黄铁矿晶是在断粮的秋天从一户穷困潦倒的人家那里换来的;……烟囱由一种特殊的砖砌成,这种砖需要注血才行;……房子里面很多东西都需要用铁,像万能钥匙、煎锅、轧布机的把手、锁本身、大门口和楼梯上具有摩尔风格的栏杆,这些铁都是塞米带领一帮挪威人在密沙比丘陵(Mesabi Range)③开采的,欲壑难填的他们已经变得天不怕地不怕,根本不在乎是不是侵犯了谁的狩猎地,他们只管朝地里挖呀挖。"④

可以说,毛瑟家的豪宅从内到外的每一块砖、每一片瓦都渗透着土著美国人的血与汗,都写满了白人资本家对自然资源的肆意掠夺。然而在毛瑟和他的妻子看来,这些根本不算什么,镇上的豪宅都是这样盖起来的,做大生意的

---

① 列斐伏尔. 空间与政治[M]. 李春,译. 上海:上海人民出版社,2008:46.

② ERDRICH L. Four Souls [M]. New York:HarperCollins Publishers, Inc., 2004:1.

③ 密沙比丘陵(Mesabi Range)位于明尼苏达州东北部,该地蕴含着丰富的铁矿石,是明尼苏达铁矿带上四大主要铁矿区中最大的一个。该地的铁矿在1866年被发现,20世纪初遭到大量开采,到了70年代中期采掘作业量有所减少,但在2005年又出现反弹。

④ ERDRICH L. Four Souls [M]. New York:HarperCollins Publishers, Inc., 2004:6-7.

人就应该这样，他们能住在这样的大房子里不过是他们"命好"罢了。由此我们不禁联想到美国政府在西进运动时大肆宣扬的"天定命运论"，在主流话语权被白人政权紧紧掌控在手中的时候，他们竟将自己数百年来对土著美国人的欺压和掠夺简单归结为一个"命"字，将所有的非正义行径解释为天命使然，这等掩人耳目的煌煌之辞确实令人为之汗颜。

福柯认为，权力的空间化是现代社会规训、操控的基本策略和方式，即现代社会的权力操控是借助空间的物理性质来发挥作用，并通过空间的组织安排来实施完成的。但这一过程往往具有双向性。一方面，统治阶级利用空间实施等级划分、划定特权空间，确保其统治地位；另一方面，弱势群体也可以通过自己的空间实践行为挑战既定的、不合理的空间秩序，重塑新的空间。因此，空间既是主体构建社会秩序、行使权力的媒介和载体，也是他者解构主体、重建新秩序的必要途径。弗勒的复仇行动恰好体现了权力空间中的这一互动过程。

起初，毛瑟的家是一个充满种族意识和等级制度的空间。毛瑟的管家波丽是毛瑟妻子的姐姐，一个血统纯正的白人女子，一直未婚。她刻板、乖戾，带有严重的种族偏见。第一次见到弗勒的时候，波丽觉得弗勒"闭塞"、穿得"破破烂烂""肤色很深"、行为"迟钝"、她俯下身子的时候就像个"问号"，或是"陷入门中的锁眼"①。在高高在上的波丽眼中，弗勒不过是个缺场，偶尔能勾起人的一点好奇心罢了。波丽还刻意和弗勒强调，弗勒只能称她为吉恩小姐，而不能像毛瑟的男仆范坦那样偶尔称呼她的教名。

房子的内部设计也同样是等级分明的。底层是仆人们生活和存放杂物的地方，二楼以上则是主人们生活的空间，中间有"一段令人舒适的楼梯"连接。② 作为女仆，弗勒的房间陈设非常简陋，一张床、一个写字台、抽屉里放着一本《圣经》，一盏老式的台灯和一把椅子，但波丽却认为，对于一个仆人来讲，这屋子已经很不错了，"舒适、安静，就是稍微暗了些"。然而最令人不能容忍的是，"有一个窗户，我们透过窗户向上看的时候，正好看到了范坦的脸，他正

---

① ERDRICH L. Four Souls [M]. New York：HarperCollins Publishers, Inc., 2004：12.
② ERDRICH L. Four Souls [M]. New York：HarperCollins Publishers, Inc., 2004：15.

弯着腰平静而饶有兴趣地看着我们。"①也就是说,这个房间没有任何私密性可言,任何人经过窗子的时候都能够轻而易举地窥探到房间里的动静,就如同福柯所论述的"全景敞视监狱",统治阶级的规训力量无处不在。

不过,这种等级严格限定的殖民化空间并没有束缚住弗勒的手脚,事实上,从她走向毛瑟家豪宅的那一刻起,她就开始向这个充满阶级与种族意识的空间发出了挑战。首先,她径直从私人车道走进了毛瑟家的大门,而这个车道是专为来往出入的马车设计的。而后,弗勒和波丽在客厅见了面,这个碰面的地点也违背了常规,通常情况下,在毛瑟家中,客厅是地位相同的人会面的地方,也就是说只有贵客才能在这里得到招待,而仆人只配在房子后面用作杂役的屋子里与管家见面。事后波丽对自己的这一疏忽后悔不已。当然弗勒这次空间上的逾越也许是无意识的,由于长期生活在保留地,她并不了解白人上层社会所谓的这种礼数要求,但其不畏强势、敢作敢为的勇气已可见一斑。

弗勒对殖民空间的挑战是从物理空间和心理空间两个方面展开的。为了实施复仇计划,弗勒努力了解房子的一切,"就像猎人了解森林一样":

> "从房子的底部,弗勒通过房子里的管道和节气门仔细地听着。她以这种方式来了解这栋房子,熟悉人们弄出的每一个响动,这样从她地下室的小房间里,她就对上面发生的一切了如指掌。她发现范坦的步子狡猾而隐蔽,波丽·伊丽莎白的脚步坚定而高傲……她妹妹走路是模糊不清的滑动……大步流星的脚步声是厨师,最后就是毛瑟前行时缓慢而痛苦的咯吱咯吱的声音……"②

很快,物理空间的限制对弗勒已经不起任何作用,她能够在夜深人静的时候来往于楼上的各个房间而不被发现,这个在波丽看来毫不起眼的"锁眼"竟然悄无声息地打开了通往特权空间的大门。同时,弗勒的一举一动也使房子里人们的心理空间发生了微妙的变化。

---

① ERDRICH L. Four Souls [M]. New York: HarperCollins Publishers, Inc., 2004: 16.
② ERDRICH L. Four Souls [M]. New York: HarperCollins Publishers, Inc., 2004: 24 - 25.

　　弗勒初次见到的毛瑟是一个十足的病秧子,妻子的性冷淡使他长期无法过正常的性生活,身体机能减退,经常出现盗汗和间歇性的痉挛。毛瑟萎靡不振的状态令弗勒有一种受骗的感觉,她决定先治好毛瑟的病,在他病愈之后、"足够珍惜自己生命"的时候再亲手杀死他。① 于是每次毛瑟发病的时候,弗勒都会第一个到场,她动作麻利、施救的手法娴熟,很快就能将毛瑟的病情控制住。一次,毛瑟在病发狂乱的时候,死死咬住波丽的手,还是弗勒出手相救,保住了波丽的那根手指。渐渐地,弗勒已经成为毛瑟身边的主要护理人员,这让一直亲自照顾毛瑟的波丽隐隐有一种危机感,然而她也开始不得不对弗勒另眼相看。弗勒从这栋房子里一个可有可无的人成为了连管家都不敢忽视的人物,她的空间实践已经对统治阶级的特权空间产生了威胁。

　　弗勒对毛瑟家权力空间的真正掌控是在她实现了对主人毛瑟的完全控制之时。一天夜里,弗勒潜入毛瑟的房间,将刀架在了他的脖子上。毛瑟对此似乎早有心理准备,他没有大声呼救,也没有乞怜求饶,为了保住性命,他努力抑制住内心的恐惧,强打精神与弗勒周旋,最终竟许诺要娶弗勒为妻,倾其所有来满足她的要求,做她"精神上的奴隶"②。出于一种连她自己都说不清的原因,弗勒居然答应了毛瑟的请求,成为他的妻子。于是,毛瑟的前妻和管家波丽不得不搬出这栋房子,弗勒成功地实现逆袭,从卑贱的印第安女仆华丽转身为房子的女主人。

　　然而此时断言弗勒复仇成功还为时尚早,此后还有更大的挑战等待着她。作为毛瑟的妻子,弗勒时常要出入白人上流社会的社交场合,她"沉着地观察着其他女子,很快就让自己的仪态、举止几近完美",极具"模仿才能"③。但是这种机械的模仿并不能改变她的种族身份,那些绅士贵妇们虽然表面上与她寒暄,背地里却轻蔑地叫她"印第安娘们儿"。后来,她怀了孕,胎气一直不稳,毛瑟不在家,请来的白人医生竟然傲慢地说"我不给仆人和印第安人看病"④。弗勒不得不在波丽的建议下用威士忌酒来止痛,直到孩子出生。但是这个与仇人的无爱婚姻诞下的孩子注定是一个悲剧,天生的智力缺陷使他根本无法

---

① ERDRICH L. Four Souls [M]. New York: HarperCollins Publishers, Inc., 2004: 43.

② ERDRICH L. Four Souls [M]. New York: HarperCollins Publishers, Inc., 2004: 46.

③ ERDRICH L. Four Souls [M]. New York: HarperCollins Publishers, Inc., 2004: 87.

④ ERDRICH L. Four Souls [M]. New York: HarperCollins Publishers, Inc., 2004: 65.

正常地与人交流。在孤独与寂寞中，弗勒对女儿露露和部落亲友的思念与日俱增，郁郁寡欢的她开始对威士忌产生严重的依赖，她原本想从酒精当中获得慰藉，然而酒精却使她的意志更为消沉。毛瑟甚至认为威士忌能让弗勒"几年之内废掉"①。

可以说，弗勒的复仇本质上是一种印白关系的空间隐喻，一种土著美国人寻求正义的空间表征。弗勒凭借自己的美丽迷人和果敢坚毅，颠覆了既有的权力空间秩序，甚至在上流社会中获得一席之地。但是孤军奋战的她没有了部落族人的帮助与关爱，无法继续从部落的精神文化中汲取养分，在白人文化的包围和侵蚀中，逐渐迷失了自我，走向了堕落的边缘。因此，她的复仇行动其实并不成功。首先，她的仇人毛瑟并没有为自己过去的恶行而付出代价，毛瑟生意上的破产乃是 1933 年的经济大萧条所致。实际上，弗勒的复仇计划并没有使毛瑟受到应有的惩罚，他反而在弗勒的照料下去除了身体的顽疾，抱得美人归，实为因祸得福。其次，弗勒本人虽然一跃成为白人豪宅的女主人，过上了衣食无忧的生活，但她为此也付出了极大的代价。在白人舒适的物质生活的腐蚀下，她染上了酗酒的恶习，而且她的儿子还因毛瑟的精子存在问题而天生智障，成为她一生的遗憾与负累。再次，弗勒后来虽然得到了被白人掠夺的马奇曼尼托湖附近的祖地，但她获取土地的方式是通过赌博，这是一种存在极大变数的游戏，具有很大的巧合性，并不值得人们效仿。在《四灵魂》的结尾，弗勒的精神已经濒临崩溃，她返回保留地后，发现自己已经无法和部落的人们融为一体，她与奥吉布瓦的部落传统在精神上发生了断裂。最终是古老的部落仪式和玛格丽特的药裙将弗勒从迷失的歧途中拉了回来，涤荡和修复了她破碎的灵魂，使她开始了新的生活。

弗勒只身前往毛瑟家复仇，成功闯入白人的特权空间，逆袭成为豪宅的女主人，体现了土著居民反抗压迫、寻求正义的勇气和智慧，然而这种单枪匹马的个人复仇模式并不是厄德里克所提倡的。弗勒的复仇之路表明，如果没有部落集体力量的坚定支持，以个人微小的力量与白人社会的强大势力相抗衡，势必难以取得成功。那么，究竟应该走什么样的路能够使土著居民捍卫自身的土地权益，索要回失去的土地，获取正义呢？也许在西尔科的《死者年鉴》

---

① ERDRICH L. Four Souls [M]. New York：HarperCollins Publishers, Inc., 2004：128.

中,读者能够得到一些启示吧！

### 二、《死者年鉴》中的跨民族联盟

西尔科的《死者年鉴》是美国土著文学中重量级的史诗性巨作。小说以一本数百年前流传下来的古老的玛雅年鉴为线索,将美国堕落腐化、到处充斥着剥削与阴谋的社会背景下被压迫的少数族裔群体的生存状态,与五百多年来土著居民遭受白人殖民者屠杀和迫害的历史交织在一起,赤裸裸地勾勒出一幅西方殖民主义的末日图景。这部长达七百多页的小说反映了诸多主题,如环境危机、历史记忆、殖民压迫、种族灭绝、社会暴力、非法移民、恐怖主义等等,但小说中土著居民斗争的核心是收回被殖民者掠夺的祖先的土地。正如诗人律师威尔逊(Wilson Weasel Tail)在演讲中振臂高呼的那样,"……欧洲人到来时美洲人口超过七千万;一百年后只有一千万人活下来。六千万死者的灵魂高声呐喊,呼唤美洲的正义！他们高声呐喊,要求像非洲黑人一样收回土地！"①

土著美国人如何从殖民者手中索回曾经失去的土地？在一次采访中,西尔科指出"普韦布洛人、美洲的土著居民,我们不仅是印第安国族、有主权的民族和人民,我们还是世界公民。"②在这段话中,我们可以看出,西尔科并不拘泥于传统而狭隘的土著民族主义视角,她打破了纯粹的种族和民族的界限,将土著居民置于"世界公民"的广阔空间,以开放包容的心态面对土著人民和世界其他民族和人民所共同面对的问题和挑战。正因如此,西尔科在纵观美国土著社群的历史变迁和国际政治发展新格局、新趋势的前提下,借用《死者年鉴》中的预言,在小说中前瞻性地提出:联合所有被压迫的种族和人民——无论是拉古那人、拉科他人、霍皮人、雅基人,还是非裔、墨西哥裔、亚裔等少数族裔的美国人,无论是古巴人、海地人、危地马拉人,还是美国社会中受压迫的白人——团结一切可以团结的力量,为正义而战,为重新收回祖先的土地而战！

在小说中,这个为追寻正义而组成的跨民族联盟成员背景极为复杂:从外

---

① SILKO L M. Almanac of the Dead [M]. New York: Penguin Book, 1992: 687.

② ARNOLD E L. Listening to the Spirits: An Interview with Leslie Marmon Silko [G] // ARNOLD E L. Conversations with Leslie Marmon Silko. Jackson: University Press of Mississippi, 2000: 165.

祖母尤米(Yoeme)手中接过《死者年鉴》并一直守护着它的雅基老妇人莱查(Lecha);莱查的孪生姐妹、一面在图森附近经营农场一面从事着跨境走私生意的泽塔(Zeta);辅助莱查整理年鉴又苦苦寻找被绑架幼子的希丝(Seese);被赶出拉古那部落在泽塔农场帮工的斯特林(Sterling);领导"正义与资源重分军"(The Army of Justice and Redistribution)的玛雅印第安孪生兄弟泰寇(Tacho)和埃尔费奥(El Feo);从古巴政府获得武器和经济援助并成功领导齐亚帕斯动乱的马克思主义者安吉丽塔(Angelita);参加过越战的非裔美国老兵克林顿(Clinton);为组织跨种族监狱暴动而四处奔走的赤脚霍皮人威尔逊·维佐·泰尔;亚裔地下组织的电脑黑客阿瓦·吉(Awa Gee);身有残疾的白人鲁特(Root)等等。这些人具有迥异的社会背景和族裔身份,从传统的道德意义上讲并非人人都是品格高尚的正人君子,是何种力量和动机促使他们走到了一起? 西尔科在小说中暗示,将他们联系在一起的是他们与土地之间无法割舍的精神纽带,是他们饱受殖民主义与金融财阀剥削压迫的相似遭遇与困境。西尔科认为这种跨越国界的精神联系会产生强大的力量,能够比世俗政治和民族主义运动更有效地对抗非正义。

在《死者年鉴》中,土著居民斗争的核心是夺回祖先的土地。一直以来,土著居民与他们赖以生存的土地有着无法割舍的感情,这不仅仅是因为土地为他们提供了生存的资源,更是因为土地是他们与祖先紧密联系的纽带。因此,土地是土著性的重要因素之一,联系着土著居民和他们的祖先。土著居民深深扎根于地方,就能够与他们生活的土地和祖先保持紧密的联系。西尔科曾说过,"我们普韦布洛人享有的一大优势就是我们能够一直与土地在一起。我们的故事没有与它们的地理位置分离,没有与土地上实际的物理空间分离。我们没有像许多其他美国土著部落那样被强迫离开祖先的土地重新安置。我们的故事就这样成为这些地方的一部分,未来的世世代代都不可能失去它们。"①由此可见,土著居民看重的不是从土地中获得的财富和经济价值,而是土地本身。

必须指出的是,有些土著居民由于某些原因暂时离开了故土,但是身体的

---

① SILKO L M. Language and Literature from a Pueblo Indian Perspective [G] // SILKO L M. Yellow Woman and a Beauty of the Spirit. New York: Simon & Schuster, 1996: 58.

缺席并不意味着与土著社群的疏离,甚至有时为了确保社群的生存是必要的。只要他们与土地的内在联系还在,无论身处何地,这些土著居民始终都是社群的一员,都能够加入到跨民族联盟中,为索回土地而斗争。例如《死者年鉴》中的拉古那人斯特林,他自幼被送到远离保留地的寄宿学校学习,高中毕业后去铁路上为白人工作。多年以后,斯特林回到保留地,又因在担任好莱坞电影公司在保留地的特派员期间保护圣地不力,被逐出保留地。斯特林的大半生都远离保留地生活在白人中间,致使他没有与土著文化和信仰建立起强烈的认同感,这也是部落族人对他产生误解和不信任的主要原因。然而多年漂泊在外的经历,尤其是在图森目睹的那些暴力和死亡,使他彻底认清了西方殖民主义的罪恶本质。他比以往任何时刻都想回到自己的故乡,当他在车上远远望见泰勒山的顶峰时,"他的喉咙一紧,泪水顺着脸颊流下来"。"家"成为他即使想起都会"眼中充满泪水"的一个词。① 回到家里,"他有意把注意力集中在他能看到、触摸到的事物上,…… 他观察微小的黑蚂蚁忙碌碌地将食物堆成堆,玛利亚姑姑和老人们认为,蚂蚁是魂灵的使者,就如同蛇一样。"②尽管斯特林一生中几进几出保留地,但他与土地之间的精神纽带并没有被完全割裂,步入老年后的他再次回到保留地,通过与土地的接触重新建立起与部落文化、与先人之间的联系,因而他必然会成为跨民族联盟中的一员。

　　除了土著美国人,被迫移民美洲大陆的非洲黑奴也与土地有着不解之缘。当非洲黑奴最初被运送到美洲大陆时,奴隶主们试图夺走一切属于他们的东西——历史、文化、语言、宗教信仰等等。然而令人意外的是,数百年过去了,这些非洲黑奴们的后代既保留着对祖先土地的眷恋,又在长期的生活中建立起与美洲大陆的联系,并逐渐对这片土地产生了认同感。

　　　"从一开始,非洲人就逃跑并藏匿在深山中,在那里他们遇见了躲藏在偏僻据点的土著部落的幸存者。这些非洲人在山中发现了一件奇妙的事情:某些非洲神灵居住在非洲,也住在美洲,如巨蛇、孪生兄弟、玉米母亲等等。就在那时,神奇的事情发生了:伟大的美洲和

---

① SILKO L M. Almanac of the Dead [M]. New York: Penguin Book, 1992: 720.
② SILKO L M. Almanac of the Dead [M]. New York: Penguin Book, 1992: 721.

非洲部落文化融合在一起,在所有人身上产生了一种强大的意识。"①

由此可见,非洲黑人和美洲土著居民有一种精神上的亲缘关系,他们都对土地有深深的依恋之情,这使他们更容易在追寻正义的道路上走到一起。在《死者年鉴》中,无家可归的非裔越战老兵克林顿就是一个典型的例子。克林顿不仅对非洲的历史文化很感兴趣,而且对非洲与美洲文化相结合的海地也同样兴趣浓厚。他不赞成美洲的黑人回到非洲,因为"黑人现在已经是美洲人几个世纪之久",他能感受到"人们之间的联系,一种深刻的流入血液中的联系"②。因此,克林顿打算在革命胜利之后,将他的第一次广播献给那些"逃跑的非洲黑奴与加勒比印第安幸存者结婚后所生下的孩子们",即"第一批非裔土著美国人"③。非裔美国人不仅与土著美国人拥有相似的被压迫的历史,而且他们之间由土地而产生的身体与精神上的融合,将会为土著居民追寻正义的斗争注入新的活力。

值得一提的是,在土著美国人倡导建立的跨民族联盟中,还有马克思主义者的身影,安吉丽塔就是其中的代表。西尔科认为,在土著语境下,马克思主义有其内在的局限,马克思主义者不尊奉神圣,在他们眼中,世间万物,无论是土地还是自然环境,无论是动物还是其他物体,体现的都是它们的功效性和经济价值。关于这一点,德洛亚尔也曾指出,"马克思主义者将某些经历,尤其是似乎激励着人类的经历排除在外,这显得完全没有必要,也削弱了马克思主义者期待我们去接受的解释。"④尽管马克思主义者在精神世界的认知层面与土著居民截然不同,"但恩格斯和马克思至少懂得,大地不属于任何人。没有人、没有个体或公司、没有国家集团能够'拥有'大地;是大地掌控了人类,是大地丢弃了他们。"⑤他们同样认为,"私人的或个体的事情都不重要,因为没有人能够离开他人而生存。"⑥这里我们且不讨论西尔科对马克思主义的认识偏颇

---

① SILKO L M. Almanac of the Dead [M]. New York：Penguin Book, 1992：394.

② SILKO L M. Almanac of the Dead [M]. New York：Penguin Book, 1992：392.

③ SILKO L M. Almanac of the Dead [M]. New York：Penguin Book, 1992：388.

④ DELORIA V Jr. Circling the Same Old Rock [G]//CHURCHILL W. Marxism and Native Americans. Boston：South End, 1983：120.

⑤ SILKO L M. Almanac of the Dead [M]. New York：Penguin Book, 1992：713.

⑥ SILKO L M. Almanac of the Dead [M]. New York：Penguin Book, 1992：491.

与否,至少在她看来,马克思主义者在人与土地、人与人之间的关系问题上与土著居民有契合之处,这将成为土著居民与马克思主义者建立联盟的坚实基础。

《死者年鉴》还指出,欧洲殖民者来到美洲后彻底抛弃了自己的故乡,从而切断了与祖先和故土的联系,这种做法是危险的。因为人与土地的联系是重要而神圣的,离开并抛弃故土无疑是对祖先的一种背叛,只有欧洲殖民者才能做出这样不敬祖先的事情。在土著居民看来,"他们的上帝创造了他们,却很快又对其暴怒,将他们踢出故土,把他们赶走。祖先们称欧洲人为'无父无母的人',他们还注意到,由于这些孤儿们被自私或者冷酷的族人收留,鲜有欧洲人能够抱成团,他们不认大地为母亲。欧洲人就像他们的祖先亚当和夏娃一样漫无目的地四处游荡,因为创造了他们生命的那个精神错乱的上帝已经抛弃了他们。"①正如亚当·索尔(Adam Sol)所说,"总体上对美洲的殖民可被视为'对他们出生地的放弃',而非我们所熟知的大胆探险或是逃离迫害。"②

小说的结尾是开放式的,对于跨民族联盟将以何种方式进行收回土地、寻求正义的斗争,是和平转变还是暴力革命,西尔科并没有给出一个明确的答案。然而西尔科可以肯定的是:

> "即将到来的革命无法停止;人民也许会加入其中,也许不会;北美的部落居民可以向孪生兄弟和他们的追随者施以援手,也可以选择袖手旁观。这都无关紧要,因为即将到来的革命残酷无情,不可避免;大规模的暴力和冲突也许需要五年或者十年,灵魂的呐喊和人口的增长也许需要一百年,但结局并无二致:部落居民会收复美洲;部落居民会收回全世界祖先们的土地。"③

《死者年鉴》出版后不到三年,1994 年 1 月 1 日,萨帕塔民族解放军(Zapatista National Liberation Army)宣布向墨西哥政府开战,一夜间占领了包

---

① SILKO L M. Almanac of the Dead [M]. New York: Penguin Book, 1992: 241.
② SOL A. The Story as It's Told: Prodigious Revisions in Leslie Marmon Silko's Almanac of the Dead [J]. American Indian Quarterly, 1999(3): 38.
③ SILKO L M. Almanac of the Dead [M]. New York: Penguin Book, 1992: 675.

括圣克里斯托瓦尔（San Cristobal）、阿尔塔米兰诺（Altamirano）在内的七座城镇。萨帕塔运动很快获得了来自国内外政治联盟的支持，迫使政府与其进行谈判，并最终达成停火协议。尽管没有确切的证据表明西尔科的《死者年鉴》是此次运动爆发的催化剂，但小说中预言式的情节设计无疑会给土著居民的正义事业带来诸多启发性的思考。

# 第三章

## "上帝是红色的"①
### ——土著美国人追寻宗教自由的正义诉求

> "与对土地的关切同等重要的是,需要肯定美国印第安人有自己的部落宗教传统,不需要在'其他'宗教中被同质化。"②
>
> ——小瓦因·德洛里亚(Vine Deloria Jr.)

宗教是人类特有的信仰体系,它影响到政治、思想和文化等社会诸多领域。"如果说每个社会事件都有其特定的持续性,那么宗教的持续性可能是最长的。特别是对持久的思想和文化问题,宗教是其中持续事件最长的内容。"③这一点在土著宗教身上体现得尤为明显。数百年来,土著社群在白人殖民者的迫害和同化下依旧能够延绵至今,并不断焕发着自身的生机和活力,土著宗教对部落内在凝聚力的维系起到了至关重要的作用。因为在历史上,土著居民的宇宙观没有将宗教与政治严格区分开来,当代土著美国人的观念反映出宗教、政治和文学相互重叠,土著美国人要寻求部落主权,争取更大的自治权利、捍卫宗教自由、重新焕发土著宗教的生机与活力是其中不可或缺的重要方面。

---

① 借用小瓦因·德洛里亚的专著《上帝是红色的:土著人的宗教观》(*God Is Red:A Native View of Religion*)一书的书名,表达土著居民抵制同化政策、期盼宗教自由的正义诉求。
② DELORIA V Jr. God Is Red:A Native View of Religion (Third edition) [M]. Golden, Colorado:Fulcrum Publishing, 2003:xvi.
③ DURHAM W C Jr, SCHARFFS B G. Law and Religion:National, International, and Comparative Perspectives [M]. New York:Aspen Publishers, 2009:164.

# 第一节 宗教自由与宗教压迫的悖论

## 一、美国宗教自由政策的确立

一直以来,美国都被认为是一片信仰自由之地。四百多年前,五月花号满载着英国的清教徒远渡重洋来到新大陆,为的就是逃避英国国教(Anglicanism)的迫害,寻求宗教自由。随着英国革命的胜利,大批国教教徒为躲避宗教迫害也来到北美,随后英国的天主教徒(Catholic)、贵格会教徒(Quaker)、德国路德派教徒(Lutheran)、苏格兰长老会教徒(Presbyterian)、法国的胡格诺派教徒(Huguenot)、荷兰改革宗教徒(Dutch Reformist)等接踵而至,散居在大西洋沿岸的各个殖民地。

虽然这些人中的大多数是由于不堪忍受宗教迫害而不得不背井离乡,希冀在新大陆寻找到一块避难所,但不幸的遭遇却没使他们拥有一颗对待多元宗教的宽容之心,刚刚落稳脚跟后,他们就开始积极投入了传教活动,期望在新世界建立一个唯我独尊的官方教会。一时间各地教会林立,他们都在努力扩大自己的影响范围。而北美殖民当局则借机以宗教为政治工具,实施宗教压迫政策,以图巩固自己的统治。在北美的十三个殖民地中,有九个被清教(Puritanism)或圣公会(Anglican Church)所控制,此外,罗德岛(Rhode Island)和康涅狄格(Connecticut)尊浸礼会(Baptist Church)为官方教会,新泽西(New Jersey)和宾夕法尼亚(Pennsylvania)则成为贵格会的势力范围。于是,欧洲大陆的宗教迫害惨剧又一次在北美各地轮番上演,如马萨诸塞(Massachusetts)、马里兰(Maryland)、南卡罗来纳(South Carolina)、北卡罗来纳(North Carolina)等地均有立法,"亵渎上帝者"将被处以死刑;纽约地区的法律规定,凡进入该地的天主教徒都将被处死;[①]康涅狄格地区立法,对异教徒实施割耳、以烙红的铁条穿舌等酷刑;……凡此种种,不胜枚举,其中,尤以新英格兰(New England)地区发生的女巫案最令人震惊。在 1647—1693 年间, 马萨诸塞官方曾两次以

---

① 杨真. 基督教史纲(上)[M]. 北京:三联书店,1979:515.

有人行"巫术"为名进行全城搜捕,致使数百名异教徒受到牵连,结果共有 34 人被绞死,205 人被判刑入狱。

残酷的宗教压迫和严苛的教义势必会引起人民的不满与反抗。1636 年,浸礼会领袖罗杰·威廉斯(Roger Williams)因宗教信仰不同被马萨诸塞当局驱逐出境,他率领众信徒来到罗德岛,建立了新的殖民地,并在当地宪章中规定,任何人都可享有宗教信仰自由的权利,从而拉开了北美反对宗教压迫的序幕。随后,安妮·哈钦森夫人(Anne Hutchison)和托马斯·胡克牧师(Thomas Hooker)等人在威廉斯的影响下,纷纷竖起支持宗教自由的旗帜。17 世纪 40—60 年代,争取宗教平等与宽容的斗争在北美各殖民地如火如荼地展开,虽然在 70 年代中期由于受到殖民当局的强力镇压而一度受挫,但消除宗教压迫、争取宗教自由在北美大陆已经成为不可逆转的历史潮流。

与此同时,洛克的社会契约论和宗教宽容思想也开始传入北美殖民地。洛克认为,平等权、自由权、生存权和财产权是上帝赋予人类的权利,神圣不可侵犯。为了保护公民的上述权利,人们以契约的方式建立了社会和国家。宗教是有关人类灵魂的事情,没有任何人授予政府掌管人类灵魂的权力,即使法律和刑罚的威力能够说服和改变人的思想,却无助于拯救人的灵魂,因此,"必须严格区分公民政府的事务与宗教事务,并正确规定二者之间的界限。"①洛克的这一思想深刻地影响了美国的开国元勋们。1786 年,由杰斐逊(Thomas Jefferson)起草的《弗吉尼亚宗教自由法案》("The Virginia Statute for Religious Freedom")在美国立法院获得通过,该法案规定:"任何人都不得被迫参加或支持任何宗教礼拜、宗教场所或传道职位,任何人不得由于其宗教见解或信仰在肉体上或者财产上受到强制、拘束、干扰、负担或其他损害,任何人都应该有自由去宣讲并进行辩论以维护他在宗教问题上的见解,而这种行为,在任何情形下,均不得削弱、扩大或影响其公民权利。"②这也成为美国保护宗教自由的首部法律。

1791 年,美国宪法修正案正式签署生效,其中第一修正案规定:"国会不能制定有关确立国教或禁止自由信奉宗教的法律。"③其中有关宗教自由的规

---

① 约翰·洛克. 论宗教宽容 [M]. 吴云贵,译. 北京:商务印书馆,1996:5.
② 赵一凡. 美国的历史文献 [M]. 北京:三联书店,1989:28 - 29.
③ 萧榕. 世界著名法典选编(宪法卷)[M]. 北京:中国民主法制出版社,1977:14.

定,通常被称为"确立条款"(即禁止确立国教)和"自由条款"(即公民具有信教自由)。确立条款使宗教与国家政权分离,在联邦和州的层面上,使各州在宗教问题上保持中立。这一规定具有双重目的:一是确保各州免受宗教事务的干扰,避免陷入政教纠纷的泥沼之中;二是保护宗教不受州政府的影响,以防州政府以行政手段支持或禁止某一宗教教派。如果说确立条款主要是为了规范政府的行为,那么自由条款则主要针对的是个体公民。它允许人们在宗教问题上遵从自己的意愿,信奉某种宗教或者不信任何宗教。这两个条款相辅相成,防止联邦政府和各州政府借行政权力推崇某种宗教而贬抑其他宗教派别,或者宣扬有信仰胜过无信仰的论调,保证宗教信仰成为个人的选择,而非国家和政府所应干涉的事务。可以说,这一法案确立了美国宗教自由的基本政策,为保护宗教自由、提倡宗教宽容提供了有力的法律依据。

## 二、土著美国人遭受的宗教压迫

尽管美国政府奉行宗教容忍和信仰自由政策,并以宪法的形式对宗教自由加以保护,但据此断定所有美国民众将享有无差别的信教自由,所有宗教派别在美国会得到一视同仁的对待,似乎还为时尚早。事实上,联邦政府在该政策的实施过程中,维护和巩固政治统治的目的非常明显。很长一段时间以来,在美国这个以白人盎格鲁–撒克逊新教徒(WASP, White Anglo–Saxon Protestant)为主体的新移民国家中,第一修正案所维护的只是基督教内部各教派信徒的宗教信仰自由,而其他少数族裔作为被主流社会所排挤、处于边缘地带的社会群体,他们的宗教一直得不到应有的保护和重视。其中,土著宗教多舛的命运就是一个典型的例子。作为土著居民的精神信仰,土著宗教自欧洲移民踏上北美大陆之时就一直处于被歧视、被压迫、被同化的境遇,直到 20 世纪 30 年代罗斯福新政时期,这一状况才得到一定程度的改善。

美国境内最早的传教士是罗马天主教徒;西班牙控制的西南境内方济各会(Franciscan)传教始于 16 世纪 90 年代;法属殖民地的耶稣会(Society of Jesus)传教始于 1608 年;英裔美国人新教传教比较晚,直到 17 世纪才开始。这些传教士,尤其在早期,身负政治和宗教的双重使命,他们受殖民政府的派遣,与土著居民开展合作,获取他们的信任,帮助政府打开殖民通道,但他们采用的传教方式各不相同:耶稣会教士大多以小股队伍或只身一人前往土著居民的领地,与他们住在一起,学习土著语言和生活方式,以期在他们中间布道,逐渐改变土著居民的家庭观、婚姻观和性别角色,使其像欧洲人所期望的那样,皈依基督。方济各会的传教团规模较大,他们不仅建立教堂进行传教,还修建了学校、孤儿院等设施,教导土著居民从事农业生产,与其通商。他们的驻地一般都紧邻军事堡垒,便于平息白人与土著美国人之间的宗教纠纷甚至骚乱。方济各会教士实施的宗教管理手段十分苛刻,土著居民稍有反抗,就会在大庭广众之下遭到毒打,或被囚禁入狱。在加利福尼亚,在方济各会农场中劳作的土著居民的地位几乎等同于奴隶。新英格兰的早期清教徒则采用了另一种传教模式。他们的理想状态是建立"祈祷城",将土著居民与欧洲移民隔离开来,土著居民在城中被灌输以白人的价值观,学习耕种、畜牧、纺织、买卖商品等,同时还要接受财产私有、一夫一妻、女性贞操等白人的文化传统。

欧洲殖民者认为,信奉基督是土著居民迈向文明的标志,帮助土著居民改宗是他们作为基督徒在宗教上的提升。在很多情况下,土著居民只有成为基督徒,才被当作法定代理人,才被视为一个完全的人。被白人认定为"文明"的部落都是那些已经改宗基督、几代人都多多少少信奉基督的部落。一个部落如果不信奉基督,就很有可能在土地纠纷、条约解读、贸易谈判以及其他与白人接触和争论的场合中处于劣势地位,得不到应有的尊重。

在美国独立革命之前,各国的殖民势力在北美大陆割据一方,他们虽极力向土著居民灌输各自的宗教信仰,但这些传教活动多为零散的,非连续性的,土著居民仍然享有相对独立的政治主权。因此,尽管在各西方教派软硬兼施的传教活动影响下,一部分土著居民渐渐被白人的生活方式同化,皈依了基督教,但仍有许多土著居民选择坚守自己的宗教信仰,抵制白人的传教活动。然而,在美国建国之后,尤其在1812年的美英战争后,各土著部落由于与英国结盟,被美军击败而元气大伤,其政治地位也急剧下降。美国政府为了解决印第安问题,采取了建立单一文化的统一国家政策,土著居民要么融入美利坚民族的大熔炉,要么迁走把土地让给白人定居者,别无其他选择。

最初,美国政府主要实施的是"文明开化"政策。1819年3月美国国会通过了《文明开化边疆定居点附近印第安人部落的法令》(An Act Making Provision for the Civilization of the Indian Tribes Adjoining the Frontier Settlements),该法令规定,"为了在印第安人中培养文明的生活习惯和方式",美国总统有权"雇佣道德高尚且精明能干的人……教授印第安人儿童读写英语和算术知识"①( Prucha

① PRUCHA F P. Documents of United States Indian Policy ( Third edition ) [ M ]. Lincoln: University of Nebraska Press, 2000:33.

Documents 33)。为此,还专门每年拨款一万美元设立"文明开化基金"(The Civilization Fund)用于资助传教士来教化土著居民,建立传教机构和寄宿学校,教授土著居民英语、基督教和白人农耕、经商的方法。

19世纪二三十年代,随着欧洲移民源源不断地涌入北美大陆,土著居民与白人之间的矛盾冲突日益加剧,美国政府的印第安政策逐步从"文明开化"转为"强制西迁",并于1850—1880年间建立了保留地制度。美国政府和军队迫使土著居民迁入保留地,然后指派传教士作为其代理人,他们的职责就是教化土著居民,规劝他们接受白人的生活方式和生活习俗。在这一连串的政治压迫下,一方面,由于迁出了祖先世代生活的故土,远离了神圣的祭祀之所,失去了举行仪式、寻求幻象和提供法物的必要资源,土著居民渐渐丧失了与传统文化和精神信仰的紧密联系;另一方面,保留地上严酷的自然环境使土著居民缺衣少食,很多学识渊博的老人和部落领袖都在严寒、疾病和饥饿中相继死去,于是传教士们乘虚而入,他们借着发放政府救济物资的机会,向土著居民大肆宣扬基督的博爱与仁慈,诱使其放弃土著宗教信仰,皈依基督教。对于拒不改宗者,则给予严厉的惩罚,并授予传教士剥夺土著居民宗教自由的权利。如1882年印第安法庭的法规要求处理印第安人事务的政府官员和传教士严格禁止在保留地上从事任何宗教仪式活动,对违反禁令者施以从扣留配给到处以监禁(参与者拘禁30天,主持仪式者拘禁6个月)等惩罚。1883年颁布的《印第安宗教罪法典》(The Indian Religious Crimes Code)再次重申了上述法规。

进入19世纪80年代中期,为了一劳永逸地解决美国社会的印第安问题,联邦政府进一步加快了使土著居民"美国化"的步伐。1884年同化政策在莫霍克湖会议上正式提出,该政策要求土著居民必须做到三点:(1)掌握英语以便和白人交流;(2)学会生产技能以便维持生存;(3)接受基督教式的教育以便承担家庭、国家和教会的义务。只有达到这些要求,土著居民才能进入主流社会,成为美国公民。据此,浸礼会、贵格会和公理会等教派还将向土著居民传教写入布道章程,竞相在保留地开展传教活动。政府除了禁止土著居民举行传统宗教仪式外,还不准他们穿戴传统的民族服饰,甚至不允许他们使用自己的印第安名字,以期彻底消除土著部落的文化特征。同时,寄宿学校制度的建立,使无数土著儿童远离家庭,他们被关在教会学校里,不得不学习英语、接受基督教训导和白人文化。寄宿学校对土著居民的生活方式和宗教信仰产生了巨大影响,整整几代土著居民丧失了与传统文化的联系,一些孩子远离家庭和社群若干年后,回来后只会说英语,有的甚至不能够与父母交流。虽然也有一些孩子借此机会逐渐融入白人社会,但对大多数土著居民来说,这段经历是毁灭性的,它给土著社群留下的伤疤至今也未能愈合。1887 年,美国联邦政府颁布《道斯法案》,将保留地的土地分配给家庭和个人,剩下的土地则被宣布为"多余",出售给白人定居者。这一法案使印第安人丧失了大量赖以生存的土地,更是对土著宗教所依赖的文化凝聚力的又一沉重打击。美国印第安事务署负责人约翰·科列尔对此曾评述,"大约从 1870 年起,美国的一个主要目标就是通过摧毁印第安宗教达到消灭平原印第安社会。也许世界上从未有过如此广泛、如此冷酷无情的宗教迫害。面对不可抗拒的禁令,印第安人前仆后继、持续高涨的反抗在人类宗教史上是最悲壮的一章。"①

## 第二节　基督传教下的信仰危机

美国是一个法治的民主国家,宪法中有明确规定,不得"禁止自由信奉宗教",对土著美国人的宗教迫害既然已经公然违背宪法,为何却会在美国社会存在了长达百余年之久? 土著美国人的宗教信仰自由被无端地限制和禁止,民主社会的公平正义岂非不复存在? 事实上,要弄清楚这一问题,我们还是要从欧洲殖民者来到北美大陆与土著居民的接触谈起。

### 一、作为殖民同化工具的基督教

可以说,欧洲殖民者对于土著居民的宗教影响自他们踏上北美大陆的那一刻起就已经开始了。在刚刚到达新大陆的那段日子里,水土不服、饥饿、寒冷以及野兽的侵袭,使欧洲殖民者对这片广袤神秘的土地和居住于此的土著居民心生畏惧,他们试图从《圣经》中寻找答案来解释他们面临的困境,获得精神上的慰藉。起初欧洲白人断定,土著居民是《圣经》中记载的失踪的以色列十部落的后人,这一"发现"令基督徒们兴奋不已,他们把帮助这些"犹太后裔"认祖归宗视为上帝赋予他们的神圣使命,积极投入到传教活动中。然而,欧洲

---

① 格里特·惠泽尔. 美国土著人民宗教概观:抵制同化的源泉［G］// 何群. 土著民族与小民族生存发展问题研究. 北京:中央民族大学出版社,2006:33 – 34.

人的传教过程并不顺利,土著居民对白人的宗教没有兴趣,在某些地方,甚至出现了传教士被杀、教堂被捣毁的暴力事件。随着土著居民与欧洲殖民者之间的土地和宗教信仰之间的摩擦不断升级,欧洲人渐渐对最初的论断产生怀疑,参照《圣经》中的描述,他们又将土著居民与邪恶的"亚玛力人"联系在一起。据《出埃及记》记载,在以色列人渡过红海后,亚玛力人曾残忍地袭击了队伍中最弱小的群体,从而激怒了上帝。耶和华对摩西说:"我要将亚玛力的名号从天下全然涂抹。"于是,土著居民莫名其妙地从欧洲人的"同宗"沦为了人人得而诛之的"公敌"。"异教徒"由此成为了欧洲殖民者强加给北美土著的一个宗教身份,在这一过程中,土著居民已经被不知不觉地"妖魔化"了。

在欧洲殖民者对土著居民这一整套宗教话语体系的构建中,我们可以清晰地看到欧洲中心主义和白人种族优越论的印迹。欧洲殖民者视自己所信奉的基督教为绝对权威,他们以高高在上的姿态来对待这群生活在新大陆的"野蛮人",无论是把他们误认为迷失了信仰的"犹太后裔",还是当作卑鄙的"亚玛力人",白人殖民者们一直站在以自我为中心的立场,以西方人的基督教文化为评判尺度来审视对方。通过把土著居民构建为"异教徒",欧洲殖民者轻而易举地否定了土著居民的人性,至少是一种与欧洲人自认为平等的人性。在基督徒看来,异教徒不可能是文明的、聪明的、道德高尚的,甚至是不能被救赎的。这就为欧洲殖民者屠杀土著居民、侵占其土地提供了绝好的理由,他们是在遵循上帝的召唤,来惩治这群十恶不赦的"异教徒",他们的侵略行径被美化为崇高的"正义"之举。

米歇尔·福柯在他的权力话语理论中指出,真理是运用权力的结果,是在权力上占支配地位,能够以"真理"形象出现的那部分话语,因为这样的话语"激发了尊敬和恐惧,由于它支配了一切,故而一切必须服从它,它是掌握权力的人们根据必须的礼仪说出的话语:它是提供正义的话语。"①独立战争胜利后,美国政府在与土著居民的关系中完全占据主动,他们掌握着国家政权,利用一切可以控制的传播媒介,极力丑化甚至妖魔化土著居民的"异教徒"形象,宣扬美国土著是落后愚昧的民族,他们已经为时代所淘汰,即将退出现代历史舞台。"殖民统治寻求的全部结果就是要让土著人相信殖民主义带来光明,驱走黑暗。殖民主义自觉追求的效果就是让土著人这样想:假如殖民者离开这

---

①　FOUCAULT M. The Discourse on Language [M]. Paris：Gallimard Publishers, 1971：17.

里,土著人立刻就会跌回到野蛮、堕落和兽性的境地。"①这些论调不仅侵蚀着土著居民的头脑,也潜移默化地影响着普通民众的思维方式和对正义的价值判断。厄德里克在《报告》一书中就曾写到,艾格尼丝在接触土著美国人之前,"她了解的唯一一个印第安人来自一本书上的图片——在威斯康辛州她所居住的地区,他们受人憎恶,都被消灭光了。"②

这种被不断强化的种族歧视思想也严重影响了天主教的神职人员。在《报告》中,真正的达米安神父曾这样谈论土著居民,"据说上帝经常通过音乐的途径进入野蛮人黑暗的心灵,为此我还研究了我们勤勉的雨果神父用奥吉布瓦语翻译的赞美诗。"③显然,这里的"野蛮人"指的就是奥吉布瓦人。达米安神父的使命是去小无马地传教,但尚未接触到他的教众时,对土著居民负面的刻板形象已经在神父心中根深蒂固。小无马保留地修道院里的修女们对奥吉布瓦人也并无好感。由于奥吉布瓦老人纳纳普什和他的养女弗勒不肯皈依天主教,尖酸刻薄的希尔德加德修女把他们称为"恶棍"和"撒旦的女儿",认为他们拥有的神奇力量只不过是一些糊弄孩子的小把戏。在维泽纳的《米姆神父》中,米姆神父在深夜悄悄摸进土著居民的墓地,拔掉坟墓上的木牌子,将它们付之一炬。幸好大部分土著人还记得祖先坟墓的样子,在墓的上面竖起了新的牌位,用亮色的粗体字写着名字,米姆神父气急败坏地宣称,那些竖立牌子的都是异教徒的坟墓。

欧洲殖民者坚信,改宗基督、接受欧洲白人的道德观和生活方式是土著居民走向文明的唯一途径,他们指责土著人诸多的传统习俗背离道德准则,土著居民沿袭的一夫多妻制就是饱受白人诟病的陋习之一。天主教认为,婚姻系造物主所建立并为造物主的法律所约束,它主张一夫一妻,极力反对多夫多妻制和离婚;而奥吉布瓦人还部分保留着一夫多妻的传统。因而以往的天主教神父们在小无马保留地传教的同时,也在极力改变奥吉布瓦人的这种婚姻制度。他们无法理解奥吉布瓦男人为什么能够坚守着一夫多妻制的婚姻而众多的妻子们对此能泰然处之、相互之间依然和睦共处呢? 小说中,纳纳普什向达

---

① 罗钢,刘象愚. 后殖民主义文化理论 [M]. 北京:中国社会科学出版社,1999:279.

② ERDRICH L. The Last Report on the Miracles at Little No Horse [M]. New York:HarperCollins Publishers, Inc., 2001:63.

③ ERDRICH L. The Last Report on the Miracles at Little No Horse [M]. New York:HarperCollins Publishers, Inc., 2001:36.

米安神父讲述了一段令人心酸的往事:数年前,奥吉布瓦人遭遇到疾病恶神的侵袭,大多数人都倒了下去,活下来的人不到四分之一。幸存的人们想集体自杀,去圣灵之地与他们的亲人相聚。这时,部落中一位充满睿智的老妇人站了出来,她鼓励人们为了部族的存在和延续要坚强地活下去,并号召所有活下来的男人要勇敢地承担起繁衍后代的重任,这关系着整个族群的生死存亡。那天晚上,头发已经花白的老妇人身先士卒,选择了族中最强壮的一个青年男子。在她的鼓舞下,所有的壮丁都彻夜鏖战,直到耗尽最后一点力气。春去秋来,随着一个个新生命的降生,整个族群又逐渐恢复了生机。

奥吉布瓦人的这种做法在正统的天主教徒看来无疑是一种极大的罪过,一种令人难以启齿的野蛮行为,是对人类文明的亵渎。在小说中,厄德里克借纳纳普什之口讲述的这个故事,无意为奥吉布瓦人的一夫多妻制做过多的粉饰和辩解,而是希望人们从生存正义的角度来审视这个问题,在恶劣自然条件的威胁下,在现代文明的围剿下,奥吉布瓦部族处于生死存亡的危急关头,一夫多妻制与其说是一种婚姻形式,不如说是奥吉布瓦人一种无奈的生存选择,因为只有努力繁育子嗣,才能使人口凋敝的族群延续下去,才能使奥吉布瓦族群不会消亡。厄德里克实际上是在质问那些一向以文明自居的欧洲殖民者,当极度的贫困、寒冷、饥饿和疾病已经剥夺了人们的生存权利,世间还有何种正义比人类享有最基本的生存权利更为重要的呢?!

面对奥吉布瓦人的生存困境,白人社会选择了遗忘,集体沉默不语;而宗教的介入,使奥吉布瓦人的处境更是雪上加霜。美国土著学者小瓦因·德洛里亚有言:"关于传教士有一种说法,他们刚来时只有圣书,我们拥有土地;现在,我们有了圣书,而他们却拥有了土地。"①这段话一针见血地指出了基督教与殖民掠夺的联姻关系。早在 19 世纪,法国的著名政治学家阿历克西·德·托克维尔( Alexis de Tocqueville)就曾说过:"在美国,宗教虽然不直接参加社会的管理,但却是政治设施中最为重要的设施。"②

当宗教与政治权力联系在一起,它无疑成为美国政府同化土著居民、摧毁其文化信仰、割裂其土著身份的殖民工具。在这样的背景下,众多基督教神职

---

① DELORIA V Jr. Custer Dies for Your Sins: An Indian Manifesto [M]. Norman: University of Oklahoma Press, 1988: 101.

② 托克维尔. 论美国的民主(上卷)[M]. 董果良, 译. 北京: 商务印书馆, 1988: 339.

人员带着"开化"土著居民的政治使命被派往各个印第安保留地。在传教过程中,一些传教士并非真心关注土著居民的疾苦,以仁爱之心去抚平他们内心的伤痛,而是想方设法地扩大自己的势力范围和影响力,极力收纳更多的信徒和教众,为了达到这一目的而不择手段。

在小说《痕迹》的开头,弗勒只身来到白人小镇阿格斯(Argus),那里建有三座教堂,框架结构的建筑是路德教(Lutheran)教堂,用厚重的砖块儿砌成的是圣公会(Episcopalian)教堂,用墙面板搭起来的又长又窄的建筑是天主教教堂,三个教派整日里为争夺信徒而争吵不休。其中,天主教教堂有一个高高的塔尖,"也许就像荒野中的一棵孤树引来闪电一样,它把弗勒吸引了过去。也许天主教徒最终应受责备。"①这段文字生动地刻画了奥吉布瓦人进入城市后的悲惨境遇,离开了保留地,他们就彻底失去了与部落传统文化的联系,如同走进了荒芜的原野,孤立无援,此时,只要有一种白人的宗教向他们袭来,他们必被击中无疑,沦为白人宗教的牺牲品。

一直以来,食物也是宗教人士用来控制土著居民精神信仰的有力工具之一。食物短缺是土著居民面临的重要的生存问题。在白人殖民者来到之前,印第安人几千年来靠狩猎为生,整个美洲,包括北美大平原都是他们的家乡,他们可以从大自然中获取充足的食物。随着大量白人拥入新大陆,印第安人的生活空间不断被挤压。尤其在《印第安人迁移法》颁布实施后,大批印第安人背井离乡,迁往西部荒芜的保留地。肥沃的土地被强占,生活范围又大幅缩小,印第安人不得不完全依赖联邦政府在签署迁移协议时许诺提供的配给食物和物资过活。然而,联邦政府的配给物资经常发放不及时,加之印第安事务专员的贪污腐败,印第安人往往无法按时领取到足量的食物配给,因饥饿而导致死亡的事件屡见不鲜。1838—1839年切洛基人走过"血泪之路"的悲惨经历就是一个典型的例子。后来,联邦政府指派伊桑·希区柯克(Ethan Hitchcock)少校调查此案,调查报告指出,在整个迁移过程中,有贿赂和作伪证的情况,如食物重量不足,分发腐败肉类等。1862年爆发的达科他战争的直接动因也是食物短缺问题。

联邦政府的印第安事务专员时常克扣政府派发给保留地的食物,使土著居民生活困苦潦倒;与此同时,天主教教职人员则凭借政府充足的供给,"慷慨

---

① ERDRICH L. Tracks [M]. New York: Henry Holt and Company, Inc., 1988: 13.

地"向饥寒交迫的土著居民施舍食物,让他们感谢天主的恩赐,食物已经成为有效的"政治策略"①。在维泽纳的小说《米姆神父》中,为了得到叙述者母亲谢尔特(Shelter)的同意,让其带着祭坛男孩去美加边境的那马坎湖(Lake Namakan),米姆神父给谢尔特送去好几箱罐装食品、豆子、花生、黄油和大块的干酪。生活艰难的谢尔特欣然答应了神父的请求,毫无知觉地再一次将儿子送入了米姆神父的魔窟中。《报告》中的达米安神父刚刚来到瘟疫肆虐的小无马保留地,希尔德加德修女就催促他立刻带上圣餐去拜访土著居民,她说:"可怜的印第安人就要死光了,现在正是劝他们皈依的好时机……一旦疾病入侵,有些人几个小时内就会死去,所以你一定要快。那些人等着死亡沿路而来,他们边唱歌边击鼓,耐心地坐着准备生病。待他们状态恍惚的时候,你就能够轻松地给他们施洗礼了。"②这番话将基督徒传教的政治目的暴露无遗,为了达到使土著居民改变宗教信仰的目的,一些传教士不惜采用卑劣的手段;至于土著居民的生死疾苦,至于他们是否真正信奉上帝,都是无关紧要的事情。厄德里克在1989年接受比尔·莫耶专访时,一语道破了天主教传教的天机。"尾随着传教士们宗教热情之后的,是政府拒绝给予食物,在很多情况下,这已不是一种温和的信仰皈依。当人们即将死于疾病、无药可医之时,谁还能不相信身体无恙的人信奉的神是更好的神呢?现在人们信什么要看那时保留地上来了什么教派。"③

《爱药》中玛丽·拉扎雷说过的一段话暴露了白人宗教对土著居民肉体和精神上的双重迫害。印第安人"偷走耶稣会成员神圣的黑帽,吞下帽上的小布片来治发烧。但帽子本身携带天花病毒,将他们与信仰一起杀死。"④在厄德里克看来,白人的宗教就如同殖民者传播给土著居民的病毒,病毒袭击奥吉布瓦人的身体,夺走了他们的生命;而白人的宗教则入侵了奥吉布瓦人的大脑,带走了他们的灵魂。

---

① VIZENOR G. Father Meme [M]. Albuquerque:University of New Mexico Press, 2008:56.

② ERDRICH L. The Last Report on the Miracles at Little No Horse [M]. New York:HarperCollins Publishers, Inc., 2001:71.

③ CHAVKIN A, CHAVKIN N F. Conversations with Louise Erdrich and Michael Dorris [M]. Jackson:University Press of Mississippi, 1994:148.

④ ERDRICH L. Love Medicine:New and Expanded Version [M]. New York:Henry Holt and Company, Inc., 1993:47.

在白人的同化政策中,基督教被视为唯一合理合法的宗教学说,土著居民在白人政府的外力逼迫和传教士们的伪善欺骗下,被迫放弃了自己的精神信仰。罗尔斯认为,"在存在一种合乎理性的学说之多元性的时候,要求利用国家权力的制裁来纠正或惩罚那些与我们观点相左的人,是不合乎理性的或错误的。"①美国政府的同化政策显然严重违背了正义的原则,是对土著美国人赤裸裸的精神压迫。

### 二、宝琳:基督传教下的畸形人

在欧洲殖民者看来,唯有基督教才能使野蛮蒙昧的土著居民开化,促使其走向文明。基督教传教士不遗余力地在保留地上传教,以期使土著居民得到文明的教化。在强大的宗教势力的压迫下,土著居民一方面与传统的部落宗教渐行渐远,脱离了自己土著文化的根基,在寻找自我价值的过程中迷失了方向;另一方面,在接受西方基督教的过程中,由于缺乏其相关的文化土壤,他们的修行往往徒具其表,难以领会基督精神之实质。于是,在以同化为目的的基督传教背景下,土著居民中出现了许多身份迷失、心理扭曲的畸形人,厄德里克笔下的宝琳就是这一类人的典型代表。

宝琳·普亚特(Pauline Puyat)是厄德里克小无马保留地家世传奇②中的主要人物之一,在《爱药》《痕迹》《报告》等作品中多次出现。宝琳是一个混血女孩儿,她的母亲是混血,外祖父则是地地道道的白人。受天主教传教的影响,宝琳自幼崇拜白人文化,讨厌自己的奥吉布瓦身份。她不喜欢像其他奥吉布瓦女孩那样整日串珠饰,而是央求爸爸把她送到城里向修女学习制作蕾丝花边。她不愿意讲部落的语言,因为在她看来,坚守传统就是畏缩不前,就是走向灭亡。尽管她的肤色比其他的姐妹都要白,宝琳还是不满足,她曾在希莱克斯水里泡了整整六周,希望能够彻底把肤色漂白,与白人无异。这种对自我身体特征的憎恶、对本族裔文化的鄙视是少数族裔自卑心理的缩影,是白人社会种族歧视的恶果。"为了使被统治的族群心甘情愿地成为白人统治的工具,他们已经接受并生活在一种委婉的自我蔑视状态中。自我蔑视在于少数族群

---

① 约翰·罗尔斯. 政治自由主义 [M]. 万俊人,译. 南京:译林出版社,2011:127.
② "小无马保留地家世传奇"指的是厄德里克以虚构的小无马保留地为背景创作的五部小说,即《爱药》《痕迹》《宾戈宫》《小无马保留地神迹的最后报告》和《四灵魂》。

不仅接受了白人关于客观世界、审美观、行为准则和成就的标准，而且认为这些标准在道义上讲是绝对正确的，更有甚者，他们还会认为自己不是白人，因而绝对达不到白人的标准。"①

　　宝琳一心向往白人的生活方式，坚持要求父亲送她到白人居住的城市里生活。父亲善意地提醒她："在那儿你会逐渐消失，一旦再回来，你就不是印第安人了。"宝琳丝毫不为所动，固执地答道："也许我就不回来了。"②后来，15 岁的宝琳如愿以偿来到城里的一家肉铺打工。她每日干着又脏又累的活儿，却从没有人注意过她。宝琳长得又瘦又小，相貌丑陋。对于自己的长相，宝琳本人也直言不讳，"我的下巴太长了，嘴陷在里面。我的鼻子很长。上帝在造人的时候忽略了我，没有在我身上留下他恩惠的印记。"③因此，"无论我做了什么，如何走动，男人们都不会看到我。因为我的裙子松松垮垮，我的后背已经像老妇人一样佝偻着。繁重的工作使我皮肤粗糙，读书使我的眼睛疼痛，忘记家人使我的脸显得坚硬冷酷，擦洗光秃秃的案板使我的关节变得红肿。"④在肉店里，宝琳仿佛"融入了沾满污渍的褐色墙壁"⑤，丝毫没有引起肉店里的顾客和男人们的注意。其实，于白人而言，宝琳只不过是一个不起眼的、粗陋可鄙的印第安人，根本不可能得到人们的尊重和重视。而宝琳自己似乎也自甘卑贱，每天干完活儿后，她都会躲在角落里，在货架下蜷缩成一团，悄悄地观察周围的一切。正如她父亲预言的那样，在白人的世界里，宝琳已经沦为了一个隐身人。

　　回到保留地，宝琳依旧扮演着隐形人的角色。一方面，从小时候起，宝琳对部落的传统文化就产生了疏离感，她既不愿意继承奥吉布瓦人的古老文化，也不崇拜奥吉布瓦人世代尊崇的神灵，文化上的疏离极大地影响了她和族人之间的关系，她并没有把自己当作奥吉布瓦的一分子全身心地融入到部落的生活中去。另一方面，宝琳的家族在保留地上名声不太好，她的祖先是皮革商，在狩猎野牛的年代曾有过一段并不光彩的历史，因此普亚特家族给人的印

---

①　赵健秀,陈耀光. 种族主义者的爱 [J]. 李贵苍,徐纪阳, 译. 华文文学, 2005 (3): 31.

②　ERDRICH L. Tracks [M]. New York: Henry Holt and Company, Inc. , 1988: 14.

③　ERDRICH L. Tracks [M]. New York: Henry Holt and Company, Inc. , 1988: 71.

④　ERDRICH L. Tracks [M]. New York: Henry Holt and Company, Inc. , 1988: 19－20.

⑤　ERDRICH L. Tracks [M]. New York: Henry Holt and Company, Inc. , 1988: 16.

象是,他们都是"靠不住的人,很腼腆,在舞蹈和药疗等事情上从来都不是主角"①;而且论相貌,宝琳远不及美丽迷人、风情万种的弗勒;比家世,她也不敌家境殷实的索菲。这些都使她不免心怀自卑,这种自卑感越积越深,最终转化成宝琳对族人的怨恨,对弗勒的嫉妒,她隐匿在暗处,使出了卑鄙无耻的伎俩。

在弗勒遭受肉店伙计强暴的危急关头,宝琳非但没有挺身而出,与施暴者搏斗,还阻止好心的拉塞尔上去施救。不仅如此,回到保留地后,宝琳还把弗勒在城里遭人强暴的事添油加醋地传播开来,弄得此事沸沸扬扬,人尽皆知。弗勒对此一笑了之,纳纳普什却说出了对宝琳的担忧和不满,"在我心里,宝琳是一个掺和了各种东西的混合物,就像一块颜色发白的烙饼,中间瘪瘪的,或者硬邦邦的。我们从不知道该如何称呼她,也不知道哪里适合她,有她在旁边时如何去思考。所以我们设法忽略她,只要她不吱声,这一招就好使。但是她一张嘴开始饶舌时,她完全变了一个人。实际上,她比(我)纳纳普什还要糟。我对知道的秘密格外小心,而她却是在夸大事实。"②

如果说宝琳身材瘦弱,对弗勒的见死不救还有情可原,那么她勾引弗勒的男人伊莱不成,蓄意对弗勒进行报复的行为则令人不齿。为了离间弗勒与伊莱的关系,宝琳怂恿单纯无邪的索菲主动接近伊莱,并精心导演了一场两人赤身裸体在水中相拥的激情大戏。伊莱的背叛使弗勒在情感上受到了极大的伤害,有很长一段时间她沉默寡言,不再理睬伊莱;而莫里西和皮拉杰两家之间的宿怨也越积越深,势同水火。宝琳就像是保留地上一个隐身的幽灵,悄悄地蚕食着奥吉布瓦部落中人与人之间纯真、友善的美好情感,给本已被白人的同化政策折磨得伤痕累累的人们身上又插入一把尖刀。

与埃里森笔下隐形的黑人青年不同,宝琳的不可见性既是一种被动的接受,又是一种主动的选择。对于白人来说,宝琳是不可见的,正如她所描述的,"我的存在最终只不过是一丝被扭曲的空气"③。因为他们不承认她的存在价值,在他们眼中,宝琳是一个无足轻重的异类,可以召之即来挥之即去,不值一提。宝琳作为一个处于劣势的印第安人,在白人的圈子内只能被动地接受这一事实,她无力改变自己被歧视、被践踏的地位。而与本族同胞生活在一起

①  ERDRICH L. Tracks [M]. New York: Henry Holt and Company, Inc., 1988: 38.
②  ERDRICH L. Tracks [M]. New York: Henry Holt and Company, Inc., 1988: 38－39.
③  ERDRICH L. Tracks [M]. New York: Henry Holt and Company, Inc., 1988: 164.

时,邪恶扭曲的心理促使宝琳主动选择将自己隐匿起来。由于在白人社会中遭受到屈辱与歧视,宝琳愈加痛恨自己的奥吉布瓦身份,从心底里不愿融入这个她所厌恶鄙视的社群。她将自己伪装起来,在暗处悄悄地咬噬着传统文化与信仰的根基,破坏族人间和睦友爱、真诚互助的人际关系,直至将保留地的传统价值观彻底摧毁。纳纳普什曾这样形容宝琳,"她就是保留区的乌鸦,以我们丢弃的残渣为食。因为这些残渣里都有我们的故事,她对我们也了如指掌。"①对奥吉布瓦人满怀同情的达米安神父在提到宝琳时也说,"她就是一个疥疮。很多时候我怜悯她······但我又很难不去恨她。"②可以说,宝琳沦为白人世界的隐形人,是殖民主义的受害者;然而另一方面,她刻意隐蔽自己,暗中破坏保留地的和谐与安宁,她又是一个令人憎恶的殖民工具。

如果说,在改宗之前,基督教思想与白人文化的渗透使宝琳由一个奥吉布瓦少女变为隐形人,那么,在正式加入基督教之后,改名为利奥波德修女的宝琳的精神世界则彻底被基督教占据,她对天主基督的盲目信奉使她失去了正常的思维能力,对圣徒的机械模仿令她几乎达到了走火入魔的程度,她最终成为一个变态的畸形人。

为了使自己更有资格做上帝的使徒,宝琳首先为自己构建了一个虚构的白人身份。她告诉露露,"他(上帝)说我不是人们认为的那样。我是一个孤儿,我的父母已经体面地死去,尽管我的外表具有一些迷惑性,但我身上没有一丁点儿印第安血统,我完全是一个白人。"③这样,宝琳就轻而易举地甩掉了令她感到羞耻的奥吉布瓦身份,借上帝的神谕给自己包装了一个梦寐以求的白人身份,在上帝面前能够和其他的修女平起平坐了。

然而,宝琳的野心远不止于此。她要成为上帝的使徒中最虔诚的一个,她渴望成为传说中的圣徒。为了达到目的,宝琳以疯狂变态的手段折磨自己。她潜心研究教义,经常废寝忘食;她动辄长跪祈祷数日,水米不进;她故意把鞋子的左右脚穿颠倒,走起路来一瘸一拐,来提醒自己耶稣在最后的旅途中赤脚走过鹅卵石路时忍受的苦痛;晚上睡觉的时候,她不让自己翻身,平躺着双手交叉胸前一动不动,因为这是圣母玛利亚面见上帝时的姿势。实际上,宝琳迷

---

① ERDRICH L. Tracks [M]. New York: Henry Holt and Company, Inc., 1988: 54.

② ERDRICH L. Tracks [M]. New York: Henry Holt and Company, Inc., 1988: 147.

③ ERDRICH L. Tracks [M]. New York: Henry Holt and Company, Inc., 1988: 137.

恋于平日里种种自虐式的行为,并引以为傲。一次,面对纳纳普什的嘲讽,她反驳道:"受苦是献给上帝的一种礼物!我已经放弃了拥有的一切,剩下的只有肉体的舒适与享乐,现在我把这最后的珍宝奉献给了上帝。"①

利奥波德修女严苛的自我禁欲式的修行,超出了普通人的忍耐力,也超出了常人的想象,渐渐地,人们将在她身上发生的一些貌似奇异的现象与基督教的神迹联系在一起。据说,在利奥波德修女身上显现过多种神迹:她奇迹般地在一场席卷小镇的龙卷风过后毫发无损;她不仅治好了奎忧的疯病,还在瘟疫肆虐保留地时治愈了很多土著美国人;她虔心祈祷时会有金属般的光芒环绕其身;她将圣痕授予年轻的见习修女玛丽等等,林林总总,不一而足。她的死也极富神秘色彩,据说,她的身体被一道闪电击中后化为灰烬,隐隐形成了十字架的图案,其骨灰吹落到花瓣上,蜜蜂采食其花粉后酿成的蜂蜜,能够治愈痔疮等顽疾。这些看似神秘的、难以解释的奇迹一次次发生在利奥波德修女身上,人们不由得相信,她就是传说中的圣徒,向人们传达天主的讯息,于是皈依天主教的人越来越多,利奥波德修女也因此声名远扬,甚至连罗马教廷都派特使来到小无马保留地,欲加封其为圣徒。

在特使裘德神父的调查中,达米安神父和几个与利奥波德修女有过深入接触的土著美国人却给出了完全相反的另外一种说法:奎忧的疯病根本不是利奥波德治愈的,她神智上短暂的清醒只是临死前的回光返照,事实上,是利奥波德突然出现在大路上,卡什帕家的马受了惊吓,拖着马车上的一家人在镇上横冲直撞,致使卡什帕和他的妻子奎忧身受重伤,不治而亡。利奥波德一度在修道院里彻夜祈祷,不吃不喝,虔诚之心令人动容,被传为美谈,但只有达米安神父了解其中的缘由,利奥波德如此疯狂地折磨自己,实际上是在为自己的恶行忏悔,期望得到上帝的宽恕,因为她亲手杀死玷污了她的贞洁并使她怀孕的拿破仑·莫瑞西。为了泄恨,她还恶魔般地虐待自己的私生女玛丽,将烧红的烙铁插入她的身体,还制造了一出玛丽得到圣痕、成为圣女的假象,以掩盖自己的罪行。

至此,利奥波德修女虚伪可憎的真实面目已经暴露无遗。为了成为圣徒式的人物,她极尽各种手段来虐待摧残自己的肉体,通过精心的伪装将自己塑造成上帝的忠实奴仆,制造出种种迷惑世人的神迹假象,以此来骗取人们的信

① ERDRICH L. Tracks [M]. New York: Henry Holt and Company, Inc., 1988: 144.

任和尊敬,从而赢得在教会中的崇高地位。实际上,利奥波德的所作所为更多地是在对白人的宗教信仰进行模仿。霍米·巴巴(Homi K. Bhabha)在其文化混杂理论提出,"模拟"是宗主国殖民者施行的一种殖民控制形式,它表现为,一方面殖民宗主国要求被殖民者采纳殖民者的外在形式并内化为其价值,引导鼓励被殖民主体逐步改进并接近殖民者之文明;而另一方面又通过强调本体论的差异和被殖民主体的劣等性等观念以抵制被殖民主体的改进。宝琳在幼年时代由于受到白人同化政策的影响,崇尚基督教,希望通过改宗基督来改变自己的奥吉布瓦身份,加入白人的行列。但一方面作为混血印第安人,她既不了解基督教深厚的文化传统,又未得到天主教神职人员的正确引导,外在的改宗无法使她进入真正的基督世界,参悟到基督劝导世人弃恶从善、相互关爱的精神实质,她只能一味机械地模仿圣徒的言行,迫切渴望得到上帝的眷顾和神启;另一方面,年幼时受到的家庭暴力已在她幼小的心灵中播下仇恨的种子,因此她在修行过程中不断诉诸于严苛的惩罚与暴力,以致误入歧途,最终演变为一种畸形变态的自我折磨,而她所创造的神迹不过是精神无助的人们幻拟出的虚妄的心灵寄托和以讹传讹。弗勒的第二个孩子和情人拿破仑的死以及玛丽的悲惨童年皆是宝琳一手造成的。事实证明,作为"被殖民主体"的印第安人根本无法通过模拟白人"殖民者"的宗教文化获得与其平等的地位。

从混血的印第安少女,到利奥波德修女,再到铁石心肠的恶魔,宝琳的自我毁灭真实地再现了白人的宗教同化政策给印第安人带来的巨大灾难。在天主教的影响下,宝琳一步步放弃了奥吉布瓦人的传统信仰,在奥吉布瓦社群中,宝琳是一个背叛者;后来,宝琳虽然被天主教会所接纳,但作为一个混血印第安人,宝琳很难在修道院获得白人的认同感。在白人的世界中,她永远都是一个外来者。因此,宝琳的修行之路走向了极端,在她身上体现出的既非奥吉布瓦人的乐观向上,又非白人基督教的仁爱怜悯,而是冷酷无情、畸形变态和走向死亡。可以说,宝琳对基督的信仰越虔诚,她离死亡就越近了一步。

### 三、《米姆神父》:黑袍掩盖下的罪恶

《米姆神父》是杰拉德·维泽纳于2008年创作的一部长篇小说,讲述了一个被称为米姆的天主教神父凭借自己的神职身份,多次性侵数名土著祭坛男孩却逍遥法外,最终被土著男孩们以智取胜,将其祭献上帝的故事。米姆神父

原名科南·威蒂(Conan Whitty),因其长了一堆光亮的红头发,被土著祭坛男孩们戏称为"米姆神父"(Father Meme),meme 在阿尼施那比语中是"红头啄木鸟"的意思,土著男孩们给神父起了这个诙谐的绰号,对其厌恶之心不言自喻。维泽纳在一次采访中坦言,"法庭文件和其他的调查信息都是把神父从一个教区调到另一个教区,以逃避人们的注意和起诉,鲜有关于数以千计的土著居民在保留地上遭受神父虐待的报道。"①维泽纳创作《米姆神父》,就是为了撕开天主教神职人员虚伪的面纱,揭露出这一掩盖在神父黑袍下的罪恶,为保留地的土著居民,尤其是土著儿童伸张正义。

　　米姆神父的神职生涯可谓劣迹斑斑。他最初在明尼苏达州的圣约翰修道院做僧侣,因性侵了多名神学院的学生而被遣送到圣灵仆人会②(The Congregation of the Servants of the Paraclete)接受秘密治疗。一年后,他再次被派往印第安保留地的教堂担任神父。"将心怀淫念的神父派驻到土著美国人的教堂,结果他们在那里性侵更多的孩子,这种令人怀疑的做法是主教们的惯例。"③县检察官起诉米姆神父在圣灵仆人会接受治疗期间性侵两名未成年人———一个土著男孩和他的妹妹。米姆神父本应在部落法庭接受审判,州法院却取得了该案的司法权。主教管区的律师和治疗的辩护律师在法庭上辩词很有说服力,米姆神父也一口咬定是两个孩子试图偷他的钱财,用枪逼着他脱掉衣服。最后县治安官向法庭提交了法医物证,是从两个孩子身上提取出来的精子。米姆神父无可辩驳,在律师的间接怂恿下,通过缄默保留(mental reservations)来保护教会免受耻辱。换句话说,就是牧师宣誓做伪证。教会曾允许双重法院体系——教会法院和民事法院。依据教会法,有宣誓证词和缄默保留的特殊做法可以免受处罚,至少不会公开处罚,米姆神父便从此逍遥法外,之后他性侵幼童的行为也未得到起诉。为了维护清誉,教会利用特权制度使神职人员在法庭上享受到特殊的保护,包庇和纵容了神职人员的性侵行为,而饱受蹂

---

① ROSTKOWSKI J. Conversation with Gerald Vizenor, Series Editor, Poet, Novelist, and Art Critic [C] // ROSTKOWSKI J. Conversations with Remarkable Native Americans. Albany, NY: State University of New York Press, 2012: XLV.

② 该会由杰拉德·菲茨杰拉尔德(Gerald Fitzgerald)神父 1947 年在新墨西哥的赫梅斯普林斯(Jemez Springs)创立,旨在治疗在对滥用药物以及有性侵犯倾向的牧师。

③ VIZENOR G. Father Meme [M]. Albuquerque: University of New Mexico Press, 2008: 26.

蹦的土著儿童却得不到应有的正义。叙述者愤怒地控诉,这种包庇行为是在"牺牲孩子来拯救罗马天主教堂",而正义的做法应该是"牺牲米姆神父来拯救祭坛男孩。"①

除了教会的庇护,米姆神父还不止一次凭借神父的身份逃脱法律的制裁。一次米姆神父和他的同性伴侣斯威拜克修士(Brother Swayback②)带着三个祭坛男孩开船来到美加边界的小岛企图实施性侵,被三个男孩用计粉碎了他们的阴谋,并把神父和斯威拜克丢在了岛上。当地人巴尔巴(Barba)好心将米姆神父两人救回,邪恶的神父却散布谣言,说是三个祭坛男孩偷走了他们的船只和财物,将他们弃之荒岛,还诬陷巴尔巴是男孩们的同谋。在治安官眼中,米姆神父是品格高尚的神职人员,他的话必定值得信赖,而三个男孩子是土著人,天生就有犯罪的嫌疑,他们的辩解自然不可信。于是米姆神父再次逍遥法外。

事实上,天主教神职人员的淫乱行为由来已久,米姆神父不过是在效仿他的前辈们。五百多年前,一些天主教的僧侣来到密西西比河的源头。一些人无法忍受寒冬大雪、僧侣的孤寂和天主教的清规戒律,便经不住土著疗愈者的诱惑,放纵形骸,追求肉欲享乐,于是造成了教徒内部的分裂。第一修道院继续遵守天主教高雅严格的教规,维护上帝的优雅恩惠;而第二修道院则分离出来,宣布修改天主教的教规,建立了所谓的圣本笃圣规,里面竟包含了与某些动物的性愉悦行为,因为他们认为与动物的性行为不会违背独身的誓言。古书收藏者佩莱格里尼·特里维斯(Pellegrine Treves)还发现了当时用来满足修道院僧侣兽欲的插图手稿《马那伯周黄书》(Manabosho③ Curiosa),而米姆神父手中就有这样一本修订版的《马那伯周黄书》的副本。在他要满足自己的性欲时,还将这些不堪入耳的性故事讲给祭坛男孩们,以期勾起他们的欲念。

---

① VIZENOR G. Father Meme [M]. Albuquerque：University of New Mexico Press，2008：29.

② Swayback 在英语中是"凹背"的意思,暗指该修士品行不端。

③ 马那伯周(Manabosho)是米沙伯兹(Mishaabooz)的变形。在阿尼施那比文化中,恶作剧者那那伯周(Nanabozho)总是以兔子的身形出现在世人面前,这时他便被叫作米沙伯兹(Mishaabooz),意为"大兔子"或者"野兔"。

　　在米姆神父的五斗橱上摆放着两幅马歇尔·马西埃尔①(Marcial Maciel)的照片,这位曾创立了基督军团(Legion of Christ)并为罗马天主教会募集到数百万美元善款的墨西哥神父是天主教的元老级人物。但令人震惊的是,这样一位"德高望重"的天主教神父竟然也是一位劣迹斑斑的恋童癖者。数十年间,他以法袍为掩护,将魔爪伸向了无数神学院学生和十来岁的男童,甚至还谎称"基督将十字架放在他的肩膀上,这种痛苦必须通过手淫来治疗"②。然而,在梵蒂冈圣庭的庇护下,马歇尔神父的滔天罪行直到他临死前不久才被揭露出来,至死他都没有受到正义的审判。米姆神父将马歇尔神父视为顶礼膜拜的偶像,自然也将其虚伪狡诈、残害幼童的恶行如法炮制过来,变本加厉地加诸于土著祭坛男孩的身上。

　　小说中有一个特殊的细节,米姆神父每一次产生邪恶之念的时候都会流鼻血,鼻血既暗指了米姆神父体内旺盛的性欲,也突显了他的残忍和毫无人性,对天真无辜的祭坛男孩们犯下血淋淋的罪行。同时,这一细节也暗示了米姆神父的每一次恶行都必然要接受血的惩罚,预示着土著祭坛男孩们将他献祭给天主的最终结局。

　　迫于天主教强大的势力,土著居民对于神父们的淫乱行为只能选择忍让,以求息事宁人。在小说中,叙述者的母亲和一些胆小怕事的老人们虽然对神父性侵儿童的事情有所耳闻,却经常劝诫叙述者要尊重教会,尊敬神父,保守忏悔的秘密,原谅他人,尤其是神父的虐待行为。叙述者作为受害的土著祭坛男孩之一,无法从父母、族人那里得到帮助,也无法诉诸法律寻求正义,曾一度陷入迷惘和痛苦之中不能自拔。他自述道,"自杀在夜晚和去教会的路上是我最亲密的伴侣""我被自杀的念头迷昏了头,幻想着这样就可以完全隔绝,我的

---

①　全名马歇尔·马西埃尔·迪哥拉多(Marcial Maciel Degollado),生于 1920 年 3 月 10 日,卒于 2008 年 1 月 30 日,墨西哥天主教神父,基督军团(Legion of Christ)和"基督的国度"(Regnum Christi)运动的创始人。1941—2005 年间任军团领导人,被誉为"现代罗马天主教会最伟大的资金募集者"。在晚年,他被曝出长期滥用毒品,性侵数名男童。他死后又被曝光与至少四名女性保持着性关系,其中一名当时仍是未成年人。他有六个子女,其中两人声称也遭受过他的虐待。

②　VIZENOR G. Father Meme [M]. Albuquerque: University of New Mexico Press, 2008:
91.

手不会再颤抖,耻辱和记忆也会结束。自杀本能够成为我的天堂。"①

即使在多年以后,这段悲惨的经历仍会在某些外界的刺激下涌入脑海。一次叙述者以记者的身份去报道一个十三岁土著男孩的不幸死亡。男孩名叫戴恩·怀特(Dane White),性格温和,只因逃离学校跨越州境去看望外祖母,被当做犯人刑拘在明尼苏达威尔金县监狱长达四十余天,最终在孤独绝望中结束了自己年轻的生命。叙述者站在戴恩曾经住过的牢房,感觉米姆神父又一次出现在他的眼前。他描述了那种可怕的感觉:"我无法忍受神父一个又一个冰冷的触摸,即便只是回忆,即便他已经祭献获得免罪。我无法轻松地描述出那个像冬天般寒冷的神父内心的邪恶,同样,谁能指望神秘力量将心灵从教会的恶魔们手中拯救出来? 这些强大的精神力量和极度的愤怒都来自同样的避难所,神父们背道而驰的做法也同样来自神学院和布道所。我永远忍受着这种折磨。"②天主教的神职人员在教会的庇佑下,不仅试图控制土著居民的精神信仰,还肆意侵犯人们的身体,这种肉体和精神上的双重压迫带给土著居民,尤其是土著儿童的创伤无以复加。

天主教的禁欲主义认为, 人的肉体、感官、情欲乃是罪恶的渊薮,是理应诅咒和抛弃的东西, 为了表示对上帝的虔诚,天主教的神职人员必须放弃人的自然情欲,将自己完整的人生奉献给上帝。由于基本的性需求长期受到强制性的压抑,米姆神父和斯威拜克修士等人体内自然的性欲逐渐异化为一种变态的兽欲,神职人员之间的相互慰藉已无法满足他们对肉体的"消费欲望",他们试图将这种令人不齿的邪恶欲念灌输给纯真无邪的土著祭坛男孩,以获得更大程度的纵欲快感。

小说中的一个精妙之处是将故事叙述的场景设置在一个名为 Mayagi Ashandiwin 的土著赌场酒店。Mayagi 在阿尼施那比语中意为"异域的,外国的",Ashandiwin 有"商品食物或配给"的意思。食物短缺一直是土著居民面临的重要的生存问题,尤其在土著居民被迫迁入保留地之后,由于土地贫瘠狭小,土著居民无法实现粮食自给自足,而联邦政府许诺提供的食物配给或是时常被

① VIZENOR G. Father Meme [M]. Albuquerque:University of New Mexico Press, 2008: 27.
② VIZENOR G. Father Meme [M]. Albuquerque:University of New Mexico Press, 2008: 31.

拖延,或是被利欲熏心的印第安事务局官员克扣,土著居民总是不得不忍饥挨饿。而今,这个名为"异域商品食物配给"的酒店向以白人为主的高档消费者源源不断地提供各色土著美食,无疑与土著居民长期以来在饥饿边缘挣扎求存的苦难经历形成了鲜明的对比,产生了强烈的讽刺效果。

　　另一方面,叙事者在品尝美食的过程中向法国女律师讲述米姆神父性侵土著祭坛男孩的丑行,故事的叙述穿插着对各种土著美食的介绍,这样的巧妙设计使读者很自然地将餐桌上的美食消费与米姆神父、斯威拜克修士等人对土著祭坛男孩的性侵犯联系在一起。对土著美食的消费成为充满邪念的神职人员性侵行为的隐喻,这些道貌岸然的神父修士们就如同高级餐厅里的消费者,看似举止优雅,礼貌得体,但摆在他们餐桌上被消费的却是土著祭祀男孩们血淋淋的肉体和圣洁的灵魂。维泽纳将对土著美食的消费与天主教神职人员对土著祭坛男孩身体的消费并置,意在揭露一个严峻的现实:在每个场合,无论在教堂的法衣室、忏悔室,还是在祭祀的圣坛上,教会的神职人员都在通过殖民者携带的疾病、性侵和强行改变土著居民精神信仰等各种手段召唤对土著身体实施更大规模的蹂躏和侵犯。

　　小说中还有一个值得注意的细节,米姆神父第一次侵犯叙述者的日期是七月四日。"就在星条旗明亮的颜色在城中码头的上方迸发的时候,米姆神父伸出手臂抓住了我的手……我当时十二岁,记得自己非常困惑,那个盛大、温和、潮湿的夏夜,脸被照得通亮,烟花在头上绽放,他冰冷、贪婪的手抓着我的手。那是他第一次触摸我的手,但不是最后一次。"①维泽纳将米姆神父实施性侵的时间设定在美国民众举国欢庆独立日的时刻,可谓别有深意。七月四日是美利坚民族独立的日子,经过艰苦卓绝的努力,北美十三个殖民地最终摆脱了英国长期的殖民统治,实现了真正的独立。然而,就在美利坚民族摆脱殖民压迫的同时,他们立即将自己所遭受的迫害和折磨变本加厉地复制并加诸于土著居民身上,正如米姆神父那只邪恶的手伸向无辜的土著祭祀男孩一样。因此,在这样一个特殊的日子米姆神父对叙述者身体的侵犯,实际上喻指了美国政府对土著美国人主权的侵犯,即对所有土著美国人的非正义之举。

---

　　①　VIZENOR G. Father Meme［M］. Albuquerque:University of New Mexico Press,2008:
　　　　17.

## 第三节　探寻宗教自由之路

自哥伦布率领白人殖民者踏上北美大陆至今的五百余年里,土著居民的宗教信仰从最初的被异化、被压制到19世纪被同化,20世纪晚期逐步得到承认,走过了一个漫长而艰辛的历程。而今,美国政府虽然已经出台了多项法案,保护土著美国人的宗教自由和举行宗教活动的权利,但要彻底消除民众对土著宗教的歧视与误解、确保势微的土著宗教在强大的白人宗教的影响下健康发展、切实保障土著美国人自由行使宗教权利,依然任重而道远。美国土著作家们深切意识到土著宗教在提高部落凝聚力、帮助土著美国人走出精神困境、恢复民族自信心方面起到不可替代的作用,他们从文学的角度出发,以诗性的语言向世人展示土著宗教的神奇魅力,努力为土著美国人探寻一条发扬土著宗教、维护宗教自由的希望之路。

**一、超越杂糅:艾格尼丝的精神旅程**

欧洲殖民者踏上北美大陆后,土著居民的宗教信仰很快受到了来自基督教等白人宗教的威胁和挑战,随着欧洲殖民者的军事政治实力日益增强,土著宗教在与基督教的抗衡中逐渐处于下风。尤其在美国政府实施同化政策后,土著宗教更是遭到了毁灭性的打击。面对基督教的全面入侵和土著宗教的势微,一部分土著居民采取暴力反抗,坚决抵制白人宗教的传教活动,把传教士们赶出保留地,但不可避免地遭到了白人政权的残酷镇压。还有一部分土著居民表面上皈依了白人宗教,但并没有完全抛弃自己的传统信仰,他们认为这两种从不同角度看待世间万物的宗教可以互补,自觉地将白人宗教元素融入土著宗教,走出了一种创造性的中间途径——杂糅。

杂糅是霍米·巴巴在20世纪80年代提出的后殖民理论的又一重要概念。巴巴认为,杂糅存在于殖民文化与被殖民文化的"居间"空间,在这个混杂的空间中,被殖民文化与殖民文化相互关联、协调,建构对方的主体性,身为"他者"的被殖民文化从边缘走向中心,挑战殖民文化的权威,生成新质。正如罗宾·科恩(Robin Cohen)评价的那样,霍米·巴巴"将杂糅视为一种挑战殖民者权威、价值观和殖民再现的越界行为,从而构成了自我授权和反抗。"①

　　作为一个具有敏锐洞察力的土著小说家,厄德里克充分意识到在复兴土著宗教信仰的过程中采用"杂糅"策略的必要性和重要性,在其早期的作品中,宗教杂糅特征较为明显。以小说《爱药》为例,首先,作品中章节的标题就表现出了明显的宗教杂糅特征。如"圣徒玛丽"(耶稣的母亲为圣母玛利亚)、"桥"(象征着耶稣是联系着人类与上帝之间的沟通桥梁)、"荆棘之冠"(耶稣受难时被人戴上了由荆棘编成的头冠)、"复活"(耶稣的复活)、"渡河"(耶稣在水面上行走)等,这些标题带有明显的基督教色彩;而"小岛"(摩西·皮拉杰隐居的马奇马尼图湖上印第安神灵时常出没的小岛)、"念珠"(古老的克里族人送给琼的能够得到神灵保护的念珠)、"爱药"(齐佩瓦人古老的秘方)等标题则体现了土著宗教的传统。

　　此外,厄德里克对《爱药》中的人物描写也蕴含着宗教杂糅的思想。玛丽·拉扎雷起初是一个狂热的天主教信徒,"居留地上没有哪个女孩会如此卖力地祈祷。"②玛丽的名字来自耶稣基督的母亲圣母玛利亚,这使她一直梦想着成为受人膜拜的圣徒,而她最终也做到了这一点。玛丽曾经对天主教深信不疑,认为土著宗教是与撒旦为伍的邪恶势力。"我相信邪恶的存在。有几次撒旦会在睡觉前来到我身边,用灌木丛里的古老语言在我耳边低语。我听着。他告诉我一些他只对印第安人说的事。"③然而利奥波德修女的暴戾和虚伪使她逐渐意识到了自己的盲从和无知,在极度失望中,她毅然离开了修道院。从此,她不再向上帝祈祷,"去教堂的目的只是为了让那些老母鸡知道我并没有泄气"④,但有时候,玛丽却会不自觉地碰琼留下来的一串念珠,那些念珠是古老的克里族人送琼的,据说可以帮助人得到神灵的庇佑。此时宗教杂糅思想已经在玛丽身上得到充分的体现,去教堂做礼拜成了她应对宗教压迫的一种策略,而她心灵的归属感已经不自觉地与象征着土著宗教的念珠融为一体。

　　可以说,在宗教领域,杂糅是"对天主教的强迫性同化政策的文化抵抗行为,以及对保存印第安文化和身份的努力"⑤,是土著居民追寻宗教自由的一

---

①　COHEN R, KENNEDY P. Global Sociology [M]. London:MacMillan, 2000:377.

②　路易斯·厄德里克. 爱药 [M]. 张廷佺, 译. 南京:译林出版社, 2008:45.

③　路易斯·厄德里克. 爱药 [M]. 张廷佺, 译. 南京:译林出版社, 2008:48.

④　路易斯·厄德里克. 爱药 [M]. 张廷佺, 译. 南京:译林出版社, 2008:99.

⑤　陈靓.《痕迹》和《爱药》的宗教杂糅特征 [J]. 外国文学研究, 2013(2):109.

种有效策略。然而,在厄德里克的中期创作中,我们又看到了一种有别于杂糅的新的宗教形式——不同宗教间一种自然而然的完美融合。在《报告》这部小说中,厄德里克对此做了深入的探讨和积极的尝试。

《报告》是一部以天主教神父为主人公的作品,书中讲述了女扮男装的达米安神父在小无马保留地传教八十余载的传奇经历。厄德里克在该书出版后接受采访时坦言:"(这本书)我花了很长时间,不是由于形式方面的问题,而是因为它是有关精神的探寻。我想我也开始了自己的精神探索之旅。"①

在《报告》中,艾格尼丝的精神探索之旅源于她对天主教义的困惑和对上帝的质疑。艾格尼丝在少女时代曾进入修道院,成为塞西莉亚修女。她被迫"剪了短发,领受圣餐,穿着黑色的毛衣,裹着颜色惨白的上过浆的亚麻布围巾",单调乏味、戒律森严的修行令充满活力的艾格尼丝感到无比的压抑,只有音乐能给她带来一丝生气,她的琴声中交织着"忠诚与疑惑,成为基督新娘的炽热情怀,她的孤独、羞愧和最终救赎"②。渐渐地,她迷恋上了肖邦,那种微妙的心灵上的契合使她忘记了与上帝的"婚约",把自己的灵魂交付给了这位伟大的音乐家。那浪漫细腻而又略带忧伤的旋律使修道院里的修女们禁不住黯然神伤,使女院长想起了与自己生生分离的七岁的孩子,也不由得对上帝心生怨怒。为了让修女们虔心修行,女院长阻止塞西莉亚修女弹奏除巴赫③以外的任何作曲家的作品。在修道院里,上帝的神圣权威与人性的渴望出现了第一次交锋,一边是忠于与上帝的婚约,放弃一切凡人的情愫,全身心侍奉天主;一边是遵从内心的召唤,忠于自己的心灵伴侣,违背对主的誓言。两难之中,塞西莉亚选择脱去法袍,离开修道院,回归了她的本来身份——艾格尼丝。少女时的艾格尼丝还没有确立对上帝的坚定信仰,她所接受的教义教规完全都是被强行灌输的,她对上帝的认识是模糊的,上帝对她来说是一个看不见、摸不到、虚幻缥缈而又无处不在的至上权威。

---

① FARNSWORTH E. Author Louise Erdrich's "The Last Report on the Miracles at little No Horse"[EB/OL]. PBS:Public Broadcasting Service,2001-07-11.

② ERDRICH L. The Last Report on the Miracles at Little No Horse [M]. New York:HarperCollins Publishers, Inc. , 2001:14.

③ 约翰·塞巴斯蒂安·巴赫(Johann Sebastian Bach),德国作曲家,巴洛克时期的代表人物。他笃信宗教,因此其作品大多数都是宗教音乐,其中有影响力的作品有《马太受难曲》《b小调弥撒》等。

　　然而冥冥中似乎注定艾格尼丝无法割断与上帝的联系。一场洪水过后，侥幸生还的艾格尼丝在精神恍惚中仿佛看到上帝化身为一个男子，喂她肉汤，指引她前行。这次获救的经历深深触动了她的心灵，"尽管只遇见他那么一次，知道他化作了一个男子，我怎能不爱他至死？我怎能不追随着他？"①与上帝的这一次近距离接触，彻底改变了艾格尼丝的人生。她决定听从上帝的召唤，披上死去的达米安神父的法衣，前往小无马保留地完成上帝赋予她的神圣使命。

　　从此，艾格尼丝开始了以两种身份在小无马保留地上的传教生活，直到她生命的结束。白天，在保留地的教民们面前，她是身着法衣的达米安神父，向人们宣讲天主教义，举行弥撒施洗礼，聆听人们的忏悔；晚上，一个人独处时，她才可以脱下法衣，卸下沉重的伪装，恢复到本真的自我。

　　尽管双重身份使艾格尼丝时常感到焦虑不安，但更令她苦恼的是对信仰的动摇和迷惘。初到保留地，她满眼所见都是饥寒交迫的奥吉布瓦人，到处都是荒芜萧瑟的景象，而身为神父的她却无力改变这一切。她费尽心力说服了奥吉布瓦人卡什帕接受了白人的一夫一妻制，皈依天主教，结果原本团结和睦的一家人四分五裂，卡什帕和妻子奎忧在请回神像的途中遭遇不测而双双身亡；严重的瘟疫横扫保留地，一个个鲜活的奥吉布瓦生命在病魔的蹂躏下转瞬即逝，她却只能心痛地为他们收尸；心狠手辣的利奥波德修女残忍地折磨亲生女儿玛丽、杀害了奸污她的拿破仑，却被奉为圣徒；奥吉布瓦人的土地被政府一点点蚕食吞并，他们面临无家可归的绝境……每每看到保留地上的一幕幕人间惨剧，看到奥吉布瓦人遭遇的不公正，艾格尼丝都会陷入无尽的迷茫与困惑，她需要来自正义的声音，她需要上帝的启示为她指引方向。然而她写给教皇的信件，一封封都石沉大海，杳无回信。

　　黑狗恶灵的报复使艾格尼丝又一次陷入了严重的精神危机，年轻的格里高利神父被黑狗恶灵安排来保留地做达米安神父的助手，艾格尼丝情不自禁地爱上了他。在天主教严格教规的束缚下，她一次次地对自己默念，"要理

---

① ERDRICH L. The Last Report on the Miracles at Little No Horse [M]. New York: HarperCollins Publishers, Inc., 2001: 43.

智"①。在两人就寝的床中间,竖着一堵高高的书墙,这堵墙不禁使艾格尼丝想起了修道院的砖墙,每块砖上都刻着"Fleisch"的字样。"Fleisch"是一个德语词汇,意为"肉,肉类",引申指"人的肉体"。在修道院,一块块砖筑起的高墙压迫着人的肉体,禁锢人的情欲;而今在教堂,竖立在艾格尼丝和格里高利神父之间的这堵书墙"包含了数以千计、也许是数以百万计个字,然而在她心中只有一个字(fleisch)。"②艾格尼丝渴望自由、渴望摆脱禁锢的心再一次受到压制。而格里高利神父睡梦中踢倒书墙,两人相拥相爱,则具有更深层的寓意。一方面,艾格尼丝摆脱了天主教对人的肉体的束缚,与格里高利神父的拥吻,表明她冲破了天主教的清规俗律;另一方面,书墙的倒塌意味着传统宗教正义观在艾格尼丝心中的彻底崩塌,她终于有勇气面对真实的自我,遵从自己的内心,开始追寻她心中的正义。

然而艾格尼丝不得不面对人生的又一个关键选择:是继续假扮达米安神父,留在保留地传教;还是做真正的艾格尼丝,与格里高利神父私奔? 艾格尼丝最终选择了前者。尽管她并不知道这种选择是否正确,尽管她还不确定自己是否能够独自承受离开恋人的痛苦,但她还是留了下来。这种坚守与其说是出于对上帝的虔诚信仰,还不如说是对奥吉布瓦居民难以割舍的情怀,艾格尼丝深有感触地说:

> "很多印第安人(他们称自己为阿尼施那比人、有激情的人或者原住民)开始依赖我。我觉得没有人能替代我的位置,没有人能如此全身心地致力于他们的福祉,专注于他们的信仰。我正成为他们中的一员,来更好地带领他们进入伟大的基督圣体。离他们越近,我越能感受到他们的痛苦。"③

这时,艾格尼丝已经把自己视为奥吉布瓦人中的一员,她把自己的命运与

---

① ERDRICH L. The Last Report on the Miracles at Little No Horse [M]. New York: HarperCollins Publishers, Inc., 2001:198.

② ERDRICH L. The Last Report on the Miracles at Little No Horse [M]. New York: HarperCollins Publishers, Inc., 2001:199.

③ ERDRICH L. The Last Report on the Miracles at Little No Horse [M]. New York: HarperCollins Publishers, Inc., 2001:209.

奥吉布瓦人的命运紧紧系在一起,感受到自己肩上的重担和责任,她下定决心要帮助奥吉布瓦人走出困顿,使他们获得心灵的救赎,实现上帝的正义。

艾格尼丝在宗教信仰上的重大转变来自那那普什为她疗伤。对格里高利神父的思念之情使艾格尼丝一度变得精神恍惚,她偷偷服食了大量的镇定药片,意欲结束自己的生命。忠心耿耿的玛丽一直守候在她的身旁,进入她的梦中,用奥吉布瓦人的古老方式唤回了她的灵魂。清醒后的艾格尼丝试图再次轻生,于是,智慧的纳纳普什老人把达米安神父请进了奥吉布瓦人的宗教圣地——"汗屋",艾格尼丝亲身经历了一次心灵的洗礼:

"当门帘合上,四周一片漆黑时;当炽热的岩石上溅撒着水,然后洒上浓烈的药,散发出具有疗效的烟气时;当纳纳普什开始祈祷,冲着造物主、各个方向的神灵和各种动物讲话时,……纳纳普什说得很真诚,他没有用双重智慧,这就是她朋友真正的教堂,这个教堂让他贴近大地,亲密地接触火、接触水、接触涤荡着他们心肺的炙热的空气、接触脚下的泥土、接触筑在汗屋上的鹰的巢穴。"①

那一晚,艾格尼丝伸展开四肢,静静地躺在火堆旁,不再有疲惫、不再有焦虑、不再有忧伤、不再有迷茫,她彻底放松下来。奥吉布瓦宗教与万物和谐的精神深深地感染了艾格尼丝,她在那盈盈的火光中,在与大自然的亲密接触中重新找回了生命的意义,奥吉布瓦宗教神奇的精神力量好似一剂强心剂注入了艾格尼丝的体内,她终于从绝望的阴霾中走了出来。她爱上了世间万物,也爱上了她的小火炉,那个火炉使她想起了孩提时送给她面包和胡萝卜吃的一位慈祥的老婆婆,那香甜的味道、温馨的画面至今仍历历在目。艾格尼丝忽然意识到,这种人与人之间最真挚、纯朴的感情是使人眷恋生活、热爱生活的源泉,而"她的救赎也是如此,既有伟大的壮举,也有微小的善行"②。

这场奇妙的汗屋仪式使艾格尼丝深切感受到了奥吉布瓦宗教触动人心的

---

① ERDRICH L. The Last Report on the Miracles at Little No Horse [M]. New York: HarperCollins Publishers, Inc., 2001: 215.

② ERDRICH L. The Last Report on the Miracles at Little No Horse [M]. New York: HarperCollins Publishers, Inc., 2001: 216.

震撼力。在她彷徨绝望时,上帝没有赐予她心灵的启示;在她困惑无助时,教皇没有回复她只言片语;唯有奥吉布瓦人的真诚与友善,奥吉布瓦宗教的心灵净化,使她感受到了人性的美好与纯真,懂得了生命的意义和价值,给予了她战胜黑狗恶灵、走出情感危机的力量。

从此,艾格尼丝开始了一种独特的传教方式:她美妙的钢琴音乐吸引来一群特殊的听众——藏身在岩石下面的蛇群。与西方宗教中"邪恶、狡诈"的意象不同,蛇被奥吉布瓦人视为"一种极富灵性的神秘的生物,(它们)了解生活在石头下和深深的泥土中的所有冰冷神圣的神灵。是大蛇盘踞在大地的中心,使万物不致四处飞散。"①优美圣洁的音乐陶冶人们的情操,而天主教布道中蛇群的加入,使奥吉布瓦人更产生一种亲密的归属感。此外,教堂新定做的圣母玛丽像也一改传统的圣母形象,她不再是西方宗教中那个"美丽端庄"的女子,而是被雕刻师滑稽般地塑造成了他未婚妻的样子,虽然"丑陋",却长了一双"美丽、忧郁、善良"的眼睛,"伏在圣母脚下的蛇不仅栩栩如生,而且看起来似乎一点也没有被压碎"②。这尊融合了奥吉布瓦宗教元素的圣母像得到了达米安神父的首肯,"谁说上帝就应该在万物中选择一个美丽的女子做他儿子的母亲呢?"③在艾格尼丝看来,神的形象与外表无关,只要仁慈善良便好。

在祈祷时,她更愿意用奥吉布瓦语,anama'ay 这个词会让她感到提升。她开始把三位一体(trinity)称为四位一体(four),把每个方位神(spirit of direction)都囊括其中——那些坐在大地的四个方向的神。她把自己想象成这些方向的中心,然后让自己四分五裂,化成碎片。"真是一种解脱啊!此时此刻,什么也不是,就是一堆碎片,什么也不用想,什么也不用期待。上帝会捡起这些碎片把它们粘在一起,还是会随便把它们扫开,无论对艾格尼丝还是达米安神父来说,都不重要了。"④

在奥吉布瓦宗教中获得了精神的力量,艾格尼丝的信念更加坚定,举止也

---

① ERDRICH L. The Last Report on the Miracles at Little No Horse [M]. New York: HarperCollins Publishers, Inc., 2001: 220.

② ERDRICH L. The Last Report on the Miracles at Little No Horse [M]. New York: HarperCollins Publishers, Inc., 2001: 225 - 226.

③ ERDRICH L. The Last Report on the Miracles at Little No Horse [M]. New York: HarperCollins Publishers, Inc., 2001: 226.

④ ERDRICH L. The Last Report on the Miracles at Little No Horse [M]. New York: HarperCollins Publishers, Inc., 2001: 182.

更为从容。在利奥波德修女威胁要将她的真实身份公布于众的关键时刻,艾格尼丝在措手不及的情况下表现得异常镇定,她不但严厉斥责利奥波德对自己男儿身的怀疑,还巧妙地寻出对方的破绽,将其厉声喝退。在这次正邪交锋中,艾格尼丝能够成功地化解危机,不仅是源于她的聪明机智,更是她内心自信坦然的体现。在无数次精神的煎熬与洗礼之后,艾格尼丝已经领悟到了传教的真谛:传教士的职责就是将上帝的福音广为传播,带给人们福祉,使人的心灵得到救赎。因此,个人的荣辱成败与奥吉布瓦居民的福祉相比是多么的微不足道! 无论她的真实身份是否被揭穿,她都不会为自己的"欺骗"行为而感到忏悔,因为她已将奥吉布瓦人的幸福当作自己的幸福,她正在践行着她深信不疑的正义!

　　到底何为正义? 也许在下面达米安神父(艾格尼丝)与裴德神父的一段对话中,我们能够得到一点启示。

　　　　"……对,错。这些都是极易区分的。黑就是黑,白就是白。"(裴德神父)

　　　　"混在一起就是灰色的。"(达米安神父)

　　　　"我的哲学观念中没有灰色地带。"裴德神父说。

　　　　"要是不眯缝着眼睛,我从来看不到真相。生活是疯狂的。"达米安神父说。

　　　　"我们的职责就是使它不那么疯狂。"(裴德神父)

　　　　"我们的职责是去理解它。"(达米安神父)

　　　　"在理解中去原谅不道德的行为?"裴德神父显得极为不安。

　　　　"那不会使人受到伤害。"(达米安神父)①

　　这段对话是裴德神父和达米安神父关于"性"的讨论的一部分。裴德神父认为天主教神职人员不应该染指"性"这个问题,它是罪恶的;而在阅尽人世沧桑的艾格尼丝看来,所谓的对与错其实并没有一个泾渭分明的界限,"性"是人类与生俱来的情感属性,为什么不能尝试着去理解它,而非要一味地遏制它

---

　　①　ERDRICH L. The Last Report on the Miracles at Little No Horse [M]. New York: HarperCollins Publishers, Inc. , 2001:135.

呢?"性"的问题本无所谓对错,而许多其他的问题也是如此。譬如人的宗教信仰,信奉上帝并不意味着绝对的正义,而信奉奥吉布瓦宗教也不等于违背正义,无论信奉哪一种宗教,只要秉承宽厚仁爱、一心向善的宗旨,最终都会使心灵得到救赎。

于是达米安神父(艾格尼丝)"拥有了双重信仰,抽烟斗,翻译赞美诗,引进鼓"①。此时的达米安神父已经潜移默化地将天主教的平等博爱思想与奥吉布瓦宗教的人生哲学自然而然地融为一体,达成了一种和谐的平衡。这种宗教的融合使达米安神父感到释怀,曾经对天主教义的质疑和迷惑,对假扮神父行为的不安,对与格里高利神父恋爱的自责,都在这种天人合一的宗教境界中一点点融解消散,他终于获得一种久违的宁静与平和。

厄德里克在早期作品中表现的宗教杂糅,是奥吉布瓦人在强势的基督教势力的影响下而采取的一种抵抗策略;而在《报告》中,艾格尼丝假扮的白人神父能够祛除种族偏见,在奥吉布瓦宗教中得到心灵的释放,领悟到人生真谛,成功实现宗教融合的过程,则凸显了奥吉布瓦宗教存在的合理性以及它神奇的魅力。厄德里克试图表现一种新的宗教融合形式,它突出了在平等意识下两种宗教自然而然的共通与融合。可以说,天主教的殖民力量在达米安神父身上已经被逐渐消解,两种宗教的融合对他而言是一种主动的选择,而非被动的接受和调整性的接纳,因而,在达米安神父身上所体现的已不仅仅是一种后殖民语境下的宗教杂糅,更是对宗教杂糅的超越。厄德里克在追寻宗教自由方面的这一思想变化,一方面体现了厄德里克对土著宗教表现出更为强烈的民族自信,另一方面也反映出厄德里克开放、包容的正义思想,即在宗教领域,只要是合理的、符合人类福祉的宗教思想都是值得尊重的,这些思想之间存在着共通的部分,我们完全可以冲破宗教之间的壁垒,寻求人类精神世界中最本真的东西,从而达到灵魂的升华。

## 二、《神圣的荒野》:土著宗教与基督教的和解与共存

除了美国政府同化政策的干预和影响,土著居民的宗教自由受到限制的另外一个主要原因在于白人社会对宗教的理解和定义问题。"'什么可以算作

---

① 　ERDRICH L. The Last Report on the Miracles at Little No Horse [M]. New York: HarperCollins Publishers, Inc., 2001: 276.

宗教',这个定义很自然地形塑了政教关系,它也暗含了一个国家内的宗教之间的相互联系。"①可以说,定义宗教的权利就是赋予人们信仰的合法性与尊严的权利。出于对土著宗教的无知和歧视,更是出于殖民统治的需要,白人殖民者一直否认土著居民宗教信仰的合法性。正如福柯所指出的那样,"一种文化用划定边界来谴责处于边界之外的某种东西"②。土著宗教因其独特而神秘的特质,很长一段时间以来被白人殖民者斥为装神弄鬼的异教邪说,拒之于文明宗教的大门之外。他们认为,土著宗教是阻碍土著美国人走向文明的绊脚石,土著居民若想融入现代文明,必须放弃自己落后的信仰。那么,土著居民信奉的宗教到底是怎样的?它们真的是充满鬼神之说的异端邪教吗?土著宗教与基督教注定是矛盾对立、水火不容的吗?土著作家苏珊·鲍尔在小说《神圣的荒野》中以开放包容的心态对这些问题作出了巧妙的解答。

《神圣的荒野》是立岩苏族女作家苏珊·鲍尔的第四部作品,小说的女主人公坎蒂丝(Candace)是莫霍克后裔,她自幼丧母,部落文化的纽带发生断裂。婚后她随丈夫居住在一个豪宅里,生活优渥,但精神无比空虚。后来在印第安女管家格莱蒂丝(Gladys)和超自然人物玛利亚姆(Maryam)的帮助下,坎蒂丝重新找回了自己的部落身份,与丈夫一起开始了全新的生活。小说的主线虽然以文化身份为主题,但其中插入的"记忆中的族母"这一部分将读者带回了17世纪早期的莫霍克部落领地,极富想象地再现了土著居民与基督教传教士的初次相遇,有力地驳斥了土著宗教是异端邪教的荒谬论调,也引发读者对土著宗教与基督教的关系及宗教本质的深入思考。

(一)土著宗教与基督教的正面交锋

基督教是一种建立在善恶二元对立思维模式上的西方宗教,这种非此即彼的思维模式使基督教在新大陆的传播过程中产生了强烈的排他性,白人传教士们在传教过程中视自己所信奉的基督教为绝对权威,以高高在上的姿态来对待生活在新大陆的土著居民,将他们的传统信仰视为鬼神作祟,极力诋毁土著宗教的合理性。这一点在《神圣的荒野》中白人传教士巴塞洛缪的身上表

---

① DURHAM W C Jr, SCHARFFS B G. Law and Religion: National, International, and Comparative Perspectives [M]. New York: Aspen Publishers, 2009: 43.

② 刘北成,杨远婴. 疯癫与文明·译者后记 [G] // 福柯,米歇尔. 疯癫与文明. 刘北成,杨远婴,译. 上海:生活·读书·新知三联书店,2003: 274.

现得尤为突出。

白人传教士巴塞洛缪的到来打破了土著村庄往日的宁静。他声称自己怀着博爱之心为拯救土著居民脱离危险而来,然而在与土著居民交流的过程中,他却表现得咄咄逼人、很不友好。他坚称土著村民向土著神灵祈祷是无用的,因为除了上帝和他的儿子耶稣,没有人能够听到他们的声音。他威胁说不相信基督的人在精神世界中要永远遭受折磨,在烈火中被炙烤。除了上帝,没有人会怜悯他们,减轻他们的苦难。他还谴责印第安人的灵视,认为那是不可靠的。他说:"你们谈论的这些梦都是危险的东西。你们怎么知道它们来自何处?要我说,它们从恶魔那里来找你们,想给你们施魔法,迷惑你们的心智——让你们远离通往幸福的良途。不能理会这些梦,要把它们通通忘掉。"①

面对白人传教士盛气凌人的态度和恐吓威胁的话语,莫霍克部落首领阿尤旺萨(Ayowantha)则表现得落落大方,不卑不亢。当巴塞洛缪起初表明来意,坚称要拯救土著部落于危难的时候,阿尤旺萨礼貌地作出了回复:

> "当我们在这样的时刻聚集在一起进行重要的讨论时,我们必须以 Ohen:ton Karihwatekwen 作为开始,我们要向一生环绕在我们周围所有神奇的事物表示感谢。我们的名单很长,有让我们繁衍生息的大地母亲、土地本身、植物和树木、花草和庄稼、动物昆虫和鸟儿、雷电太阳和月亮、风,有我们各种各样的人类——祖父母和母亲、老人和孩子、英明领导我们的首领、我们周围的族群,有各种神灵——包括天空女人(Sky Woman)和她的子孙,尤其是擎天者(He Who Holds Up the Sky),有圣灵们——包括教给我们'和平大法'的和平使者(Peacemaker),还有创造了我们的创世主(Creator)。如我所言,我们的名单很长,因为感恩使我们心中充盈着幸福,很荣幸能够说出这许多让我们快乐的事物。但是今天我们出于对来访者的敬意做一个简短的感谢祈祷,尽管他的感谢方式与我们的不同。我们的感恩之心远超过我的这些只言片语。我们尊重给予我们的礼物,对此我们意

---

① POWER S. Sacred Wilderness [M]. East Lansing: Michigan State University Press, 2014: 133.

见一致。"①

　　阿尤旺萨的这番话一方面表达了土著居民来访客人热情友好的态度和尊重,另一方面也在向巴塞洛缪暗示,土著居民有自己的宗教信仰和传统,不需要外来宗教的干涉。在这段话中,我们可以比较清晰地了解土著居民的宗教信仰。首先,与基督教的一神论不同,土著居民尊崇多个神灵。如小说中的莫霍克人崇拜天空女人、擎天者、和平使者、创世主等。此外,其他土著部落也有自己信奉的神灵,如奥吉布瓦人尊奉四个风神(Four Winds)、水下神灵马尼托(Underwater Manito)、雷鸟(Thunderbirds)、自然物主(Owners of Nature)、那那伯周(Nanabozho)等。众神之间并无高低贵贱之分,一律平等。

　　其次,土著居民还坚信,万物皆有灵性,人类、动物、植物和自然界的所有物质皆有自己的灵魂。在《神圣的荒野》中,阿尤旺萨感谢巨石让他在上面休息,他还和蚂蚁交谈,赞叹它的勇敢。"在美国印第安的生态文化中,人类是大地,是他们所呼吸的空气的一部分,这是一种生存意义上的信念,它融入到日常生活的点点滴滴中。"②正是这种众生平等、尊重自然的宗教信仰使土著居民"以敬仰之情对待环境中的方方面面,犹如对待亲人一般,将之看作神和智慧的化身。"③

　　此外,土著居民认为自己的部落与大自然中的某种动物具有血缘关系,因此,很多氏族都有自己的图腾,如鹤、雄鹰、潜鸟、翠鸟、熊、猞猁、麝鼠、驯鹿、貂、狼等等。有关这些图腾的传说构成了部落的起源和历史,它是人们氏族身份的象征。图腾还提醒人们,哪些动物可以捕猎,哪些则不能;哪些动物能够将信息传递给造物主,哪些动物能够帮助人们与已逝的亲人沟通交流。在《神圣的荒野》中,村子里住着龟族、狼族、熊族等不同氏族的人,每个长屋的入口都标记着氏族的标志。

　　土著宗教作为一种原始宗教,与犹太教、基督教和伊斯兰教等犹太源流的宗教存在着巨大差异。然而,这种形式上的差别并不能成为剥夺其享有合法

---

①　POWER S. Sacred Wilderness [M]. East Lansing: Michigan State University Press, 2014: 140.

②　陈靓. 路易斯·厄德里克访谈录 [J]. 英美文学研究论丛, 2015(1): 31.

③　ERDRICH L. Tracks [M]. New York: Henry Holt and Company, Inc., 1988: 60.

宗教地位的借口。事实上,尽管土著美国人的传统语言中并没有欧洲人所谓的"宗教"一词,但这并不等于说他们没有宗教信仰。土著居民的宗教与他们的日常生活有着千丝万缕的联系,宗教生活不单单是一周里某一天的事,宗教习俗也不仅仅是一套特殊的仪式,它已经融入到人们生活的方方面面,如狩猎、打渔、聚会、做饭、治疗疾病、抚养孩子、供养家庭、管理社区、农耕收割、长途跋涉等,都与宗教有着千丝万缕的联系。土著居民以自己独特的方式阐释着对世界的认识和看法,对信仰的虔诚与追求。

在与巴塞洛缪的交流中,阿尤旺萨一直在努力化解由两种宗教信仰冲突而导致的剑拔弩张的气氛,并有理有据地反驳了巴塞洛缪对土著宗教的污蔑之词:

> "你很好地遵从你的造物主给你的指示,但是耶稣从未在莫霍克领地上生活过,他的教义不是在这片土地上发展起来的。我们的和平创立者作为圣灵被派来教给我们和平的方式,他绝不是恶魔。什么样的恶魔会播种和平,教导我们与曾经作战的敌人牵手?要我说,你尊重我们,与我们分享充满力量的故事,但它们不能替代那些从我们屹立的土地上生发出来的故事。我们的故事对我们来说是真实的,因为它们是鲜活的。我们看到这些故事,听到这些故事,离开它们我们的生活将不复存在。"①

阿尤旺萨这段朴素的话语揭示了一个深刻的道理:宗教的产生与发展离不开地域和文化的土壤。不同民族在社会发展的过程中,由于地域和文化的差异而产生对于宇宙万物不同的理解和认识。因此,在宗教信仰上不存在孰优孰劣之分,只要是能够一致而连贯地表达了对世界的认识和理解,有自己尊奉的神灵,都是合乎理性的完备性学说,都理应受到尊重和平等对待。强行迫使他人改变宗教信仰的行为是不合理的,也是非正义的。

阿尤旺萨还用莫霍克人生活中常见的大白松作比喻来表明土著居民对于宗教的理解:

---

① POWER S. Sacred Wilderness [M]. East Lansing: Michigan State University Press, 2014: 142.

"代表着我们和平大法的大白松(The Great White Pine)是一棵活着的树,它一直在长,根向远处伸展跨越了它出生的这片土地。的确,我们的邻居和我们的生活方式并不总是一样的,但他们聆听故事,和平的种子就会越播越远、越扎越深。只要故事存在,我们并不完美,但我们会努力摸索前行。"①

大白松将根深深扎在土著居民生活的土地上,表明土著宗教牢固地根植于传统的土著文化,是土著居民生存的基础和力量之源。大白松的枝叶不断向上生长,高耸入云,象征着土著居民视野开阔,拥有开放包容的心态,能够在更高的层次审视外部世界,认识和理解其他民族的宗教和文化,尊重他人的观点和选择。

面对莫霍克首领阿尤旺萨情真意切、无法驳回的言辞,白人传教士巴塞洛缪变得理屈词穷。为了达到自己的传教目的,巴塞洛缪竟然使用卑鄙伎俩,暗地里勾结阿尤旺萨的弟弟沙威斯卡拉(Shawiskara),将阿尤旺萨诱骗到白人殖民者手中,致使其最终葬身大海。尽管迫害阿尤旺萨的阴谋得逞,但土著居民对世间万物的尊崇敬畏之情和光明磊落的行事作风却使巴塞洛缪逐渐对自己的信仰产生了质疑和动摇。狭隘的思想使他无法充分拓展自己的精神信仰,无法理解周围陌生的世界与固有思维的冲突,他开始怀疑自己来土著村庄传教的正义性,这种难以化解的矛盾思想让他感到困惑和迷惘。眼前的一切感到无能为力的巴塞洛缪不得不诉诸于写给上帝的书信来表达他的痛苦和疑惑。然而,具有讽刺意味的是,最终让他摆脱困扰获得心灵解脱的不是上帝的神启,却是人类内心深处的同感和关爱。当远远地看到疲惫而懊悔的沙威斯卡拉回到村庄时,巴塞洛缪突然间深切感受到了沙威斯卡拉内心的悔恨和痛苦,一股对土著居民从未有过的爱与连接油然而生,"这种顿悟的喜悦充盈着,一浪又一浪洗涤着他的全身",尽管沙威斯卡拉的斧子劈开了他的心脏,他体内的爱却"溅向四方",在生命的最后时刻,他的心灵终于得到了升华,发出

---

① POWER S. Sacred Wilderness [M]. East Lansing:Michigan State University Press, 2014:146.

"分离无用"的精神领悟。①

在白人传教士巴塞洛缪与莫霍克首领阿尤旺萨的这次正面交锋中,阿尤旺萨虽然遭受迫害却占据道义的上风,巴塞洛缪尽管一时得逞却被逼入了精神世界的绝境。纵观巴塞洛缪的一言一行,我们可以清晰地看到欧洲中心主义和白人种族优越论的印迹。白人殖民者们一直站在以自我为中心的立场,以西方人的基督教文化为评判尺度来审视其他一切宗教,拒绝倾听和接纳土著居民的信仰,将其尊崇的灵视和梦境贬斥为恶魔施展的法术。巴塞洛缪虽然身负在新世界传播基督教的使命,但是由于持有狭隘的世界观,他并不能充分理解基督的博爱精神,因而也无法有效传达基督信仰的价值,最终无法走出精神的困境。与此形成鲜明对比的是莫霍克首领阿尤旺萨的心态更为包容,尽管他不赞同巴塞洛缪过激的言论,但他试图以开放的态度去理解另一种不同的宗教,甚至提出了这样的假设:"也许是同一个造物主造出了我们,但以不同的方式与我们交谈,因为他知道我们不喜欢同样的故事。"②一句话道出了不同民族的人们与造物主的沟通方式不同,但应相互尊重彼此信仰的道理。

(二)土著宗教与基督教的和解与共存

如果说巴塞洛缪和阿尤旺萨之间的辩论是基督教与土著宗教的一次正面交锋,那么莫霍克族母吉冈萨瑟与耶稣之母玛利亚之间跨越时空的对话则代表了基督教与土著宗教的和解与共存。阿尤旺萨离开村庄远行未归,忧心忡忡的母亲吉冈萨瑟只身来到村外的松林,请求与耶稣的母亲玛利亚会面。在两人的谈话中,吉冈萨瑟既表明了自己坚定的宗教立场,也表现出宽容开放的态度。她指出,"我们的故事不能妥协,但当我与您交谈时,故事与故事交织在一起——它们各不相同,但不会发生争执。"玛利亚极为赞同基督徒与土著居民的故事"互为补充"的观点,她认为,"我们在这里用我们的杰作来修复世界。我们一点一点地修补被撕裂的部分,将它们汇聚成一种光,这光比一百个被绑

---

① POWER S. Sacred Wilderness [M]. East Lansing: Michigan State University Press, 2014: 176.

② POWER S. Sacred Wilderness [M]. East Lansing: Michigan State University Press, 2014: 144.

缚成一个球体的太阳还要明亮。"①

众所周知,基督教是起源于西方的一神教,而土著宗教则是由土著文化孕育出来的拜物教、多神教,两者在教义、形式等诸多方面可谓天壤之别。然而,这两种看似矛盾冲突的宗教却最终达成和解,实现和平共存。这并非作家异想天开的主观臆想,而是存在一定的内在合理性。

首先,基督教与土著宗教达成和解的前提是对话双方都秉承着友好包容、乐于倾听和反思的态度。莫霍克族母吉冈萨瑟首先提出与耶稣的母亲玛利亚会面,因为她深知,在事关信仰这个严肃的问题上,她不能只听白人传教士的一面之词,唯有"倾听一个故事中各方的声音"②,才能够作出正确的判断。而前来赴约的玛利亚也显得非常坦诚大度,她批评了那些误读了基督精神的传教士们,指出"耶稣口中的话被歪曲,夹杂着评判,原本要表达爱的语言变成了圈套"③。于是,两位伟大的女性在这样一种开诚布公的氛围中开始了交流,因为她们都懂得"一只开放的手比拳头更有力"④的道理。

其次,两种宗教达成和解的基础是它们内部都蕴含着相似的精神实质。作为母亲,圣母玛利亚和易洛魁祖先的母亲有过相似的人生经历。玛利亚在少女时代还没有结婚,没有被男子触碰过,就被上帝选中为上帝之子的母亲。"上帝用闪电刺进你的身体,那闪电的力道使你害怕它会烧掉你周围的房子和你身体的碎片,甚至烧焦你的灵魂"⑤。而在易洛魁人的故事中,易洛魁的和平使者德干纳维达(Deganawidah)也有一位伟大的母亲,她从小就远离人群独居,因为她的母亲不想让她沾染上周围人的坏习气。她从未见过一个男子,却知道自己会诞育一个男孩。

---

① POWER S. Sacred Wilderness [M]. East Lansing: Michigan State University Press, 2014: 155.

② POWER S. Sacred Wilderness [M]. East Lansing: Michigan State University Press, 2014: 151.

③ POWER S. Sacred Wilderness [M]. East Lansing: Michigan State University Press, 2014: 152.

④ POWER S. Sacred Wilderness [M]. East Lansing: Michigan State University Press, 2014: 150.

⑤ POWER S. Sacred Wilderness [M]. East Lansing: Michigan State University Press, 2014: 158.

　　作为受人顶礼膜拜的神圣,基督耶稣和易洛魁和平使者德干纳维达也都是历经磨难、凭借非同凡人的智慧和坚毅,为信徒和族人造福。玛利亚曾这样转述儿子耶稣对她说过的话:"当你碾碎一朵花的时候会怎样?它的芬芳会倍加浓郁,它的香料会塞进你的手指,你把无用的花瓣扔掉,它的香气依然会久久不散。母亲,他(上帝)碾碎我的时候将会释放我的力量。我必须做我要做的事情,我们两个都必须承受这一切。"①而德干纳维达也是克服了重重困难,在战乱不断的岁月促成了五大部落联盟的建立,为易洛魁人带来了宝贵的和平。

　　圣母玛利亚与耶稣、德干纳维达母子都是通过自己无私的奉献和牺牲,为人类带来福祉,这也充分展示出基督教和土著宗教在更高的层面上都体现了对人类的无私关爱。基督教彰显的是上帝和耶稣对人类的舍己无私的博爱,土著宗教所倡导的是人类与自然、人与人、人与万物的和谐共生,归根结底也是一个爱字。因此,只要拥有开放性的思维和平等的意识,基督教徒和土著居民也能够达成对彼此信仰的尊重和理解,从而实现基督教与土著宗教的和解与共存。

　　在小说中,苏珊·鲍尔还通过两件物品暗示了基督教与土著宗教的和谐共处。一件是吉冈萨瑟赠送给圣母玛利亚的仿贝壳串珠(wampum)样式的腰带。贝壳串珠是美国东部林地土著居民广泛使用的一种物品,在欧洲殖民者到达美洲大陆之前,这些串珠可以用来讲故事、作为仪式中的礼物,或者记录重要的条约和历史事件。吉冈萨瑟送给玛利亚的串珠腰带上带有两个小人牵着手的图案,代表了两个拥有不同信仰的民族的理解与协议。每个小人都站在各自不同的小路上,小路蜿蜒伸向远方。就像一条河的两个支流,尽管流经的路径不同,最终必将归于大海,而串珠腰带的两头也必会系在一起,合二为一。一条小小的串珠腰带,其象征意义令人回味无穷。基督教和土著宗教虽然是两种截然不同的思想体系,但它们的宗旨和核心都是在传递着爱的信息,其内在精神殊途同归,因此它们相互之间并非对立的关系,而是能够实现和解与共存的。

---

　　①　POWER S. Sacred Wilderness [M]. East Lansing: Michigan State University Press, 2014: 163.

　　另一个蕴含深意的物件是吉冈萨瑟披在圣母玛利亚身上的"熊袍"。这是一件不同寻常的袍子,其背后有一段引人深思的故事。很久以前,一个莫霍克女孩在经期没能控制好自己体内狂躁的情绪,莽撞地杀死了一头带着两个幼崽的母熊,打破了当地人与自然的平衡秩序。作为惩戒,她不得不远离亲人去密林中抚养那两个失去母亲的幼熊。在她的精心养育下,幼熊们渐渐长大已经能够独立生活。女孩决定返回村庄,但已经与她建立起亲密关系的公熊依依不舍,悄悄跟踪她进入了人类的领地,不幸被猎人射杀。女孩得知公熊被杀的消息悲痛万分,从此她无论走到哪里都披着公熊的皮,一刻也不分离。后来那块被泪水浸透了的熊皮被一代一代传了下来,成为悔恨的良药。为了给玛利亚御寒,吉冈萨瑟将熊袍披在她的身上,作为回报,玛利亚将自己的容貌留在了熊袍中,那是"一道闪亮的色彩,仿佛羽毛鲜艳的鸟儿飞了进去驻留在那里"[1],仔细看去,可见一张完美的玛利亚的模仿小像印在熊袍上。这张熊袍是莫霍克人的圣物,其背后的故事带有强烈的劝诫、警示后人之意;玛利亚的小像显现在熊袍里,是基督教所谓的一种神迹,预示着上帝要向人类昭示的某种讯息。两种宗教的启示在一件土著居民的熊袍中合二为一,体现了基督教与土著宗教"教义不同却能够和平共存"[2]的思想。

　　白人殖民者在踏上北美大陆时,将这片土著人世代生活的土地视为一片杳无人烟的荒野,一片充满邪恶的蛮夷之地。而土著居民则用自己代代相传的故事告诉世人,他们和西方人一样拥有自己的信仰和尊奉的神灵,他们脚下的土地是神圣的荒野,广袤、开放、渴望和平。苏珊·鲍尔在《神圣的荒野》中通过阿尤旺萨与巴塞洛缪的交锋和吉冈萨瑟与玛丽娅的对话,有力地驳斥了白人殖民者对土著宗教的诋毁和污蔑,给予了土著宗教与基督教同等的地位。正如罗尔斯在政治自由主义框架下所提出的,"各种宗教学说和哲学学说分别表达或一起表达了我们整个的世界观和我们相互间的生活观……不同的世界观念可以从不同的立场出发理性地加以详尽的阐述,而多样性则源于我们不

---

① POWER S. Sacred Wilderness [M]. East Lansing：Michigan State University Press，2014：160.

② POWER S. Sacred Wilderness [M]. East Lansing：Michigan State University Press，2014：163.

同的视景。"①宗教本不分高低贵贱,只要是合理地表达了对世界的认识,只要是劝人向善、给人以积极指引的,都理应得到认可和尊重。苏珊·鲍尔通过将土著宗教置于与基督教同等的地位,并构建出两种宗教和解共存的美好图景,意在表达土著居民摆脱宗教压迫与束缚,渴望宗教自由的正义诉求。

---

① 约翰·罗尔斯. 政治自由主义 [M]. 万俊人,译. 南京:译林出版社,2011:53.

# 第四章

## 不再"等于零"①
### ——土著美国人对司法主权的正义诉求

"我们在努力地为部落的主权打下一个坚实的基础,我们努力去挤压我们得到允许的边界,越过边界一小步。总有一天我们的案宗会让国会仔细查阅,最终决定是否扩大我们的司法权。**我们希望,对于在原始界限内的所有土地上犯罪的人,无论什么种族,我们都有权起诉。**"②

——《圆屋》

司法(administration of justice),又称法的适用,通常是指国家司法机关及其司法人员依照法定职权和法定程序,具体运用法律处理案件的专门活动。司法是实施法律的一种方式,对实现立法目的、发挥法律的功能具有重要的意义。如果说法律是维护公平正义的一架天平,那么司法就是那个操纵天平的人,他决定着法律的天平能否真正地发挥作用。对于土著美国人来说,司法权力无疑是部落自治法律地位的重要内容和标志。部落政府自治权力包括在其政治和社会边界内管辖民事纠纷和刑事犯罪司法之权,这被视为"部落主权的奠基石"③。

本章首先对联邦政府介入干涉部落司法、部落司法不断遭受英美司法体系侵蚀和"粗暴正义"在西部边疆猖獗一时等法律问题作发生学的考察,然后

---

① 在厄德里克的《圆屋》中,主人公乔质问身为部落法官的父亲:"你的权力等于零,老爸,一个大大的零!"土著美国人在司法领域要追求的正义就是扩大土著部落的司法主权,使部落法官手中的权力"不再等于零"。最后一句话原文为斜体,意在强调。

② ERDRICH L. The Round House [M]. New York: HarperCollins Publishers, Inc., 2012: 229 – 30.

③ PORTER R B. Strengthening Tribal Sovereignty through Peacemaking: How the Anglo – American Legal Tradition Destroys Indigenous Societies [J]. Columbia: Human Rights Law Review, 1997(28): 238.

详细分析《爱药》《鸽灾》《圆屋》《米姆神父》等作品中对土著美国人面临的正义难申的困境的再现方式,并探讨土著作家们对土著美国人如何捍卫部落法律主权的深入思考。

# 第一节　司法介入与法律真空

## 一、联邦政府对部落司法的介入

司法权是国家主权的重要标志之一,也是土著居民行使自治权利的一个主要方面,它赋予部落保护本族居民生命财产安全及其传统文化的权力。早在殖民时期之前,北美大陆上的土著部落已经建立了内部解决正义问题的机制,尽管他们并不称其为"法庭"。加文·克拉克森(Gavin Clarkson)撰文写道:

> "认为新大陆在欧洲殖民之前不存在法律制度完全是无稽之谈。事实上,许多部落已经拥有高度发达的法律司法体系;他们的法官不穿黑袍,不戴白色的假发。某些部落,比如夏延人,已经具有了政府的构成形式,他们通过口头传统将其保留下来。还有一些部落有更为复杂的宪政和书面律法。易洛魁联盟成立于 1570 年前,乔克托人在 1825 年首次将他们的规章制度记录下来。"[1]

欧洲殖民者来到北美大陆,尤其是美利坚合众国成立后,联邦政府通过签署一系列不平等条约、强制迁徙等手段,夺走了土著居民的大片土地,各土著部落的主权遭到不同程度的侵害,其司法主权也不断受到联邦政府的限制和干涉。1817 年的《普通犯罪法》(General Crimes Act)。[2] 授权将联邦法律适用于非印第安人针对印第安人的犯罪行为和印第安人针对非印第安人的非重大

---

[1]　CLARKSON G. Reclaiming Jurisprudential Sovereignty：A Tribal Judicial Analysis［J］. The University of Kansas Law Review，2002（3）：474.

[2]　该法律亦被称为《联邦飞地法》(Federal Enclaves Act)或《印第安领地犯罪法》(Indian Country Crimes Act)

犯罪行为,仅有三种情况除外。① 自此,联邦政府侵犯部落司法主权的脚步再没有停歇。

1883 年,印第安犯罪法庭建立,取代了部落的司法法庭,其目的是使各部落得到"文明开化",由印第安事务专员指派的法官和执法人员被强行安排在这些法庭中任职,这一举措极大地削弱了传统部落法律和司法程序的作用。同年还发生了一桩轰动一时案件——"克劳·道格案"(Ex Parte Crow Dog)②,该案虽为命案,但由于涉事双方均为印第安人,案件交由部落法院审理,部落法官依据苏族部落的司法传统做出了合乎情理的判决。然而白人社会对该判决结果却存在较大争议,国会以此为由,在 1885 年通过了《印第安人重罪法》。该法案授予联邦政府审理保留地上所有"重罪"案件的司法权,无论犯罪嫌疑人是否为印第安人。法案几经修改,涉及的重罪由最初的谋杀、过失杀人、绑架、强奸等 7 项罪行增加至 14 项,新增的罪行还包括致残、抢劫、盗窃、乱伦、纵火、对未成年人的性侵犯、严重虐待儿童、用危险武器对他人进行攻击等罪行。1885 年的《重罪法》"实际上推翻了马歇尔时代定义的印第安人部落独立司法权"③,它标志着美国联邦政府开始对部落刑事司法权进行全面介入。一年后,在"合众国诉卡加玛"(United States v. Kagama)案中,国会干预部落司法主权的做法得到了最高法院的支持,最高法院指出,根据马歇尔大法官的裁决,国会有权以合适的方式干预印第安部落的事务,由此演绎出所谓的"任意权力原则"(plenary power doctrine),为联邦政府进一步削弱部落司法主权提供了法律依据。1898 年,国会又通过了《同化犯罪法》(Assimilative Crimes Act),规定,所有在各州联邦司法属地内发生的刑事犯罪,即使没有触犯联邦法律,也

---

① CANBY Jr, WILLIAM C. American Indian Law [M]. St. Paul: West, 2004: 156.
这三种例外情况为:1. 由印第安人对印第安人实施的犯罪。2. 已得到部落惩罚的印第安人实施的犯罪。3. 条约给予部落专属管辖权的犯罪。

② 1881 年,布鲁尔族印第安人克劳·道格(Crow Dog)在大苏族保留地上杀死了族长斑尾(Spotted Tail)。鉴于克劳在事发过程中有自卫情节,根据苏族的部落司法传统,克劳被判对斑尾的家属给予物质赔偿。显然克劳不会再对保留地的和平产生任何威胁,该案本已了结,但公众对此案的争议并未结束,后来克劳被起诉至联邦地方法院,法院判决克劳犯有谋杀罪,应处以绞刑。最高法院最终裁决,除非国会授权,否则联邦地方法院无权审理此案,因为只有部落法庭才拥有对该案的司法权。

③ 马克劳德. 印第安人兴衰史 [M]. 吴泽霖,苏希轼,译. 北京:商务印书馆,1947:442.

可以依据州法律进行处置。印第安保留地属于联邦司法的范畴之内,这就意味着州法律在一定程度上已经开始介入部落司法。同年 6 月,作为《道斯法案》修正案的《柯蒂斯法》(Curtis Act)废除了俄克拉荷马印第安保留地的部落法庭,将印第安保留地的所有人置于联邦法律的管辖之下,五大文明部落①的司法主权几乎丧失殆尽。在 1903 年的"孤狼诉希契科克案"②(Lone Wolf v. Hitchcock)中,最高法院再次将土著主权抛置一边,支持国会对土著美国人享有全面立法权威的"任意权力"。

20 世纪 30 年代罗斯福新政期间,国会通过了《印第安重组法》,宣布恢复部落制度,许多部落重新建立起自己的立法机构和部落法庭,部落司法权力在一定程度上得到恢复。然而好景不长,20 世纪 50 年代,印第安新政宣告终结。1953 年美国国会颁布的《第 280 号公共法》再一次侵犯了部落的司法权力。该法案将加利福尼亚州、威斯康星州(梅诺米尼保留地 Menominees Reservation 除外)、明尼苏达州(红湖保留地 Red Lake reservation)、内布拉斯加州、俄勒冈州(暖春保留地 Warm Springs reservation 除外)和阿拉斯加州(1958 年新增)六个命令州(Mandatory States)的印第安领地③司法权交由州政府。其余 44 个"自选州"(Option States)可以根据本州的实际情况选择是否在保留地上行使刑事司法权。对于各印第安部落来说,这意味着州司法部门可以未经部落许可就处置部落司法事务,也就是说,联邦政府和州政府均可以干预部落的司法,这无疑使印第安领地上的司法局面变得更为混乱和复杂,部落的司法主权再一

---

① 五大文明部落指的是克里克人(Creek)、奇克索人(Chickasaw)、乔克托人(Choctaw)、切洛基人(Cherokee)和塞米诺尔人(Seminole)等文明开化程度最高的五个印第安部落。

② 此乃美国最高法院审理的一起案件。伦·伍尔夫是基奥瓦族首领,居住在依据 1867年《梅迪辛·洛奇条约》建立的印第安领地上。1892 年,国会试图改变授予部落土地的性质,大量修改了条约的条款,将二百万亩保留地土地向非印第安人开放。伦·伍尔夫向哥伦比亚区的最高法院起诉,指控国会的行为违反了 1867 年条约。法院宣称美国国会的"任意权力"给了它单方面废除与部落条约的权力。该判决表明国会已剥夺了印第安部落的主权地位,它们已不再具有自治权利。

③ 1948 年,美国国会对"印第安领地"一词做了概念上的界定,它指的是:1. 在美利坚合众国政府司法权管辖下的所有印第安保留地,而不管任何专属权利的保证,同时也包括保留地的通行权。2. 在美利坚合众国领土范围之内的所有独立印第安社区,他们的领土是天然就存在还是随后而获取的和该领土是否受到州的限制都不予考虑。3. 所有的印第安人定居点。

次受到严重损害。《第 280 号公共法》不仅遭到部落政府的强烈反对,也招致了各州政府的不满,因为它们在既没有得到联邦政府的额外资助、又没有获取保留地税收的情况下,被迫承担了更多的司法责任,这也是各州所不愿接受的。

在一片反对声中,国会不得不对 280 号公共法进行重新修订,于 1968 年出台了《印第安民权法》(Indian Civil Rights Act),允许州政府将司法权重新交还给联邦法院,并规定其他各州今后未经部落许可不得在印第安领地行使司法权。该法案虽然防止了部落司法再次受州政府的干预,对保护部落司法权起到了较为积极的作用,但它同时也对部落法庭的审判权限加以限制,如法案规定,部落法庭对罪犯的最重惩罚为监禁六个月,罚款 500 美元,1986 年该法案经过修订,将惩罚上限增至监禁一年,罚款 5000 美元,或两者并罚。① 1978 年,一个名叫奥列芬特(Oliphant)的男子因殴打部落官员并拒捕,遭到华盛顿州苏跨米西(Suquamish)印第安保留地部落法庭的起诉。奥列芬特辩称,作为保留地的非土著永久居民,他不受部落刑事司法的管辖。最高法院依据《印第安民权法》,同意了奥列芬特的上诉,剥夺了部落法庭审判在印第安领地违反部落或联邦法律的非印第安犯罪分子的权力。奥列芬特诉苏跨米西族印第安部落的判决(Oliphant v. Suquamish Indian Tribe)是对部落刑事司法权的又一个沉重打击,它意味着部落法庭无权审判非土著或非部落成员的被告人。因此,土著部落的刑事司法权已经变得极为有限,这在无形中助长了保留地刑事犯罪的滋生和蔓延。

20 世纪 80 年代以来,随着印第安自治运动的蓬勃发展,各土著部落的司法权得到了一定程度的恢复。尤其在奥巴马总统任职期间,通过了一系列法律法规,如 2010 年颁布的《部落法和命令法》(Tribal Law and Order Act of 2010)、2013 年颁布的《反对妇女暴力再授权法》(Violence Against Women Reauthorization Act of 2013)等,授予部落法庭一些扩大了的司法管辖权力,旨在遏制印第安领地不断上升的犯罪率。但这些法律同时也对部落法庭作出了种种限制,如《反对妇女暴力再授权法》虽然给予部落法院审理非印第安人的

---

① Indian Alcohol and Substance Abuse Prevention and Treatment Act of 1986, Pub. L. No. 99 – 570, §4217, 100 Stat. 3207 – 146[codified at 25 U. S. C. §1302 (2006 & Supp. IV 2011)].

权力,却又将执法权限严格限定为以下几种情形:一、仅限于家庭暴力和约会暴力等犯罪。二、受害者或被告至少有一方为印第安人。三、若非印第安人为被告,至少要符合下列条件之一:在部落居住;受部落雇佣;为部落成员的配偶、亲密伙伴或约会对象。① 由此可见,联邦政府一方面迫于客观形势的压力不得不授予部落法庭更大的权限,以期维护印第安领地内稳定的治安状况;另一方面,联邦政府又不愿轻易放松对各土著部落的托管权,人为地给部落的司法权设定诸多限制,在联邦政府和部落政府司法权限的角力之中,印第安领地的刑事司法系统变得错综复杂,犯罪分子是否会得到正义的审判,由谁来进行审判,取决于诸多因素,如犯罪者的身份、犯罪地点、所犯罪行的轻重程度等。这种迷局般的司法体系给犯罪分子带来可乘之机,他们利用司法体系的漏洞,逃脱法律的制裁,而最终的受害者依然是土著美国人,他们往往在遭受人身侵害或财产损失后投诉无果,正义难伸。

**二、英美法律体系对部落法律的侵蚀**

在法律领域,美国联邦政府不仅多方面干涉部落法庭的司法事务,不断限制部落的司法管辖权,还设法强制土著居民放弃古老而传统的部落法律,接受英美体系的法律规范。

在与西方殖民者的最初接触中,土著居民就经历了与各国殖民者在法律原则上的冲突。比如在土地所有权方面,土著居民认为,土地是神圣不可侵犯的,任何人都不能买卖土地;而在殖民者眼中,土地和其他物品一样都是个人的私有财产,可以进行自由交易。很多土著居民遵循的是母系制度,而西方殖民者沿袭的则是父权制度。土著法律基本上是口头的,没有成套的法律条文,法庭审判具有很大的灵活性;而西方殖民者的法律是书面的,法庭审判有严格的程序规范。土著居民崇尚人与世间万物和谐共处的世界观,因此部落法庭的司法理念强调的是通过调停使当事双方达成和解,在最大程度上对受害者进行赔偿,进而恢复部落的安宁与和谐;而西方殖民者的司法体系则是典型的对抗式的,目的是对罪犯进行报复式的惩罚。显然,土著文化与西方文化在价值观上的巨大差异造成了两种司法体制间难以弥合的冲突与矛盾。

以1968年颁布的《印第安民权法》为例,客观地讲,该法案将《民权法案》

---

① Violence Against Women Reauthorization Act of 2013, sec. 904, §204, 127 Stat. at 120.

对公民的保护扩大至印第安领地,并禁止自选州在未经部落许可的情况下干涉部落的司法权,具有积极的进步意义;但该法案在扩大部落司法权的同时,却将欧美法律标准强加于部落司法体系之上,如法案允许联邦法院凭借人身保护令(writ of habeas corpus)审查部落依据部落法令拘留嫌犯的合法性;该法还要求部落法庭为刑事被告提供诸多适用于联邦和州法庭的正当法律程序的权利。这些要求反映的都是英美司法原则,与土著司法传统存在着明显的冲突。

《印第安民权法》的最初构想是将部落法庭纳入《民权法案》的某种保护中,这样部落法庭与部落居民、部落政府的关系就会像联邦法院与美国公民、联邦政府的关系一样。也就是说,联邦政府的目的是使部落法庭转变为一个更类似于联邦司法的正式机构。受文化传统和部落习俗的影响,土著居民的生活原本随意且不拘礼节,而《印第安民权法》突然间要求土著居民放弃原有的随意性,用严格的法律制度来规范部落政府的行为,考量部落成员的权利是否受到侵犯,这显然从根本上改变了土著居民的生活方式。从哲学的角度来说,传统的土著社会被视为一个责任与义务的集合体,人们在从事个体活动时要充分考虑到自己在社会中应尽的责任和义务,而《印第安民权法》则完全颠覆了这种观念,它试图将土著社会转变为一个建立在抵制政府的公民权利之上、消除人与人之间相互责任感的社会,逐步西化的部落法庭作为一个机构被安插在部落居民和他们的责任之间,人们不必再当着社区民众的面相互对质,解决纠纷,他们只需要向部落法庭上诉就可以了。

强迫土著社会接受英美体系的法律原则和诉讼程序会产生诸多负面影响。一方面,它侵犯了土著部落的司法主权,对独特的土著文化造成了巨大的破坏。法律是文化体系中的一个重要组成部分,法律学者劳伦斯·罗森曾指出,"法律不会孤立地存在。因此,要理解一种文化如何被组合在一起,如何运作,就不能不考虑它的法律;要考虑法律,就不能不把它视为文化的一部分。"①许多土著法律中融入了印第安人的语言和社群的古老故事,只要印第安人与某块特定的领地联系在一起,这些故事和准则对他们来说就有意义,就存在关联。从这个意义上来说,如果用英美法律体系来取代传统的部落法律,

---

① ROSEN L. Law as Culture: An Invitation [M]. Princeton, NJ: Princeton University Press, 2006: 5.

西方文化的思维方式就会潜移默化地渗透到土著文化当中,土著文化就被改变了。另一方面,英美体系的律法不是从土著的历史文化中演变形成的,它缺乏坚实的文化根基,因而它难以从土著美国人的实际情况出发,提出解决土著社区内部的法律纠纷和处理犯罪问题的最好方案。而且,当英美司法体系的理念与部落社群的传统价值观相抵触时,土著美国人与英美法律体系之间的鸿沟就会越来越深,这样一来,部落司法系统所采用的英美律法的有效性就会大打折扣。

因此,联邦司法大力推动部落司法改革,强行以英美体系的法律取代部落传统的法律习俗,虽然在一定程度上促进了部落司法的规范与发展,但这种强制干预既没有充分尊重部落司法的特殊性,也没有切实考虑到土著美国人的实际情况和接受习惯,因而无法给土著美国人带来真正的正义。

### 三、法律真空:文明国度中的粗暴正义

在司法领域,一方面,联邦政府对部落司法体系的诸多介入与干涉,使土著美国人运用法律武器维护自身权益的努力变得愈加困难和复杂;另一方面,19世纪中后期至20世纪上半叶,美国南部、中西部及西部的广大地区曾一度出现了司法的真空,猖獗一时的"粗暴正义"严重威胁着包括土著美国人在内的少数族裔的生命安全。

"粗暴正义"的英文表述是"rough justice",在《麦克米伦高阶英汉双语词典》①中,"rough justice"被解释为"不公正的待遇;不公平的惩罚"(1813)。2004年美国学者迈克尔·普法伊费尔(Michael J. Pfeifer)在《粗暴正义:私刑与美国社会1874—1947》一书中把私刑称为"粗暴正义"。厄德里克的小说《鸽灾》中讲述了一起极为不公的"处私刑"事件,书中亦明言,私刑在"当时被人们称之为'粗暴正义'"。因此,本文将沿用这一称谓来指代私刑。

美国社会学家詹姆斯·卡特勒(James E. Cutler)在一本关于私刑的专著中有这样一段话:"有人曾说过,我们的国家罪行是私刑。……民众抓捕涉嫌犯罪的人,并在没有经过任何法律程序的情况下将他们处决的做法……在其他具有高度文明的国家从未见过。虽然暴乱和民众处决行为在其他国家也有发生,但却没有哪个国家如此频繁地实施所谓的大众司法,在美国,大众司法

---

① 麦克米伦高阶英汉双解词典[M]. 北京:外语教学与研究出版社, 2005.

(popular justice)简直堪比林奇法诉讼程序。"①诚然,私刑并非美国所特有的社会现象,但正是在美国,它演变为一种极为残忍的种族主义迫害行为,私刑是对向来以"民主""法治"自居的美利坚合众国的一种莫大的讽刺和质疑。

何为私刑? 多年来学者们给出的定义不尽相同,然而学界普遍将1896年俄亥俄州立法机构通过的一项法律中的说明视为对私刑的"第一个法律定义"。该法律条款指出,"任何出于非法目的聚集起来,旨在给他人带来破坏或伤害,或通过暴力以实施纠正权为借口而没有获得法律受权的群体将被视为'暴徒',他们对任何人身体所实施的暴力行为就构成了'私刑'。"②这个定义中指出了私刑的几个重要特征:1.未得到法律许可;2.对他人造成伤害或致人死亡;3.以维护正义或传统为名义;4.由多人参与实施。

"私刑"(lynch)一词的起源有很多版本,其中人们比较认可的一种说法是,它来自美国独立战争时期的查尔斯·林奇(Charles Lynch)上校。当时弗吉尼亚中部地区战火不断,盗匪横生,以林奇上校为首的当地民兵组织抓捕了一些不法之徒。如果把他们押送到威廉斯堡的法庭受审,路途遥远,犯人们很可能在中途逃跑或者被同伙劫走,因此林奇上校下令对嫌疑犯就地进行审判。整个审理过程还算公正,嫌疑人可以找证人为自己辩护,犯罪证据不足的嫌犯被宣布无罪释放。有罪者被处以鞭刑等刑罚,没有人被判处死刑。后来这种"自行执法"的形式被人们称为"林奇法"(Lynch Law),渐渐在弗吉尼亚周围的地区传播开来。③

林奇上校此举无疑是超出了法律规定的权限,事后时任州长的托马斯·杰斐逊虽然对林奇上校在危急时刻的坚毅果敢大加赞赏,但也一再强调了将叛国者移送正规法庭审判的必要性。战争结束后,弗吉尼亚州马上恢复了原有的司法秩序,所谓的"林奇法"在东北部各州悄然退出了历史舞台。

然而私刑这种形式却没有从此销声匿迹,它逐步蔓延到美国南部各州、中西部乃至西部的广大地区,并与白人至上的种族主义思想相结合,成为白人种

---

① CUTLER J E. Lynch – Law: An Investigation into the History of Lynching in the United States [M]. New York: Longmans, Green, 1905: 2.

② BLACK P W. Lynchings in Iowa [J]. Iowa Journal of History and Politics, 1912(2): 152.

③ BERG M. Popular Justice: A History of Lynching in America [M]. Chicago: Ivan R. Dee, 2011: 18 – 19.

族主义分子假借正义之名迫害美国黑人和其他少数族裔的工具。在美国南方,白人民众对黑人实施私刑的现象最为猖獗。黑人遭受私刑的起因有很多,大到社区内出现无法破获的刑事案件,如白人被谋杀、白人女性声称遭受黑人性侵、白人居民的财产被盗或遭到损坏,小至日常生活中黑人表现出的所谓不当言行,如模仿白人的举止、发表种族平等的言论,有时甚至偷看白人女子一眼,就会给黑人招来杀身之祸。私刑的执行方式也极为残忍,最常见的做法是把受刑者当众绞死或者活活烧死,有时愤怒的民众还会将受刑者肢解,刺瞎他的双眼,割掉他的耳朵、鼻子、生殖器,挖出他的内脏,简直惨绝人寰,令人发指。

由于南北战争后大部分的私刑事件都发生在美国南部,以至于人们一提到"私刑"这个词,往往就会把它与吉姆·克劳法时期白人种族主义分子对美国黑人实施暴力的行为联系在一起。然而一个不容忽视的事实是,19世纪80年代至二战期间,在所有被私刑处决的人当中,有至少四分之一的受害者并不是非裔美国人,他们大多为墨西哥裔、土著或华裔美国人。① 对后三类少数族裔实施的私刑多发生在美国中西部和西部地区,人们往往把在该区域内出现的私刑事件称为"粗暴正义"②。

土著美国人是"粗暴正义"的主要受害者之一。在保留地境内,享有部分主权的土著美国人依旧恪守着古老的部落司法传统,但作为联邦政府的"受监护人",他们的司法权力一直受美国国会的掣肘,难以发挥实际的作用。一些痛恨印第安人的白人,尤其是白人边疆居民,极力将其妖魔化,把他们形容为嗜血的野人;人类学家们也给土著居民宣判了死刑,认为他们最终注定要消亡。尴尬的法律地位,加上白人严重的仇印心理,使土著美国人不可避免地沦为私刑的牺牲品。

但从数字上来看,死于私刑的土著美国人要远远少于非裔和墨西哥裔美国人,这主要有两个原因:一是土著居民的人口相对较少。整个19世纪,土著居民在与白人的交锋中一直处于劣势,他们遭受了白人政府大规模的暴力与

---

① BERG M. Popular Justice: A History of Lynching in America [M]. Chicago: Ivan R. Dee, 2011: 117.

② PFEIFER M J. Rough Justice: Lynching and American Society, 1874—1947 [M]. Urbana and Chicago: University of Illinois Press, 2004: 3.

屠杀,有的战争惨烈到近乎种族灭绝的程度。19世纪末期,美国的土著居民人口急遽下降,据美国人口统计局1900年的调查显示,全美的注册的土著美国人仅有25万人左右,不到当时美国总人口的百分之一。因此,即使有一些土著居民被处以私刑,也仅占受害者总人数的很少一部分。二是大部分土著美国人在19世纪中后期已被美国政府和军队强制迁入保留地,与怀有敌意的白人在日常生活中没有过多的接触。即便发生印白冲突,土著居民也大多采取集体作战的形式,不会与白人单打独斗。由于土著美国人在死于私刑的总人数中所占比例并不大,私刑事件对土著居民的影响还远未引起民众和社会研究者的足够重视。事实上,土著美国人如果离开保留地迁移到白人居住的区域,或是生活在保留地与白人居住区的交界地带,他们往往被当地白人视为令人怀疑的异类。一旦被指控犯罪,土著美国人就会面临被白人暴民处以私刑的危险。

1889年6月,在爱荷华州西南的贝德福德(Bedford)市郊,一伙白人农民合力将一个名为奥拉夫(Olaf)的土著流浪汉绞死。据称,奥拉夫在格拉斯曼太太独自一人在家时潜入农场强奸了她,后来奥拉夫被周围的邻居扭送到贝德福德的监狱。不久,七十多个白人男子手持大锤闯入监狱,他们在法庭大院里当着五百余民众的面,两次对奥拉夫实施绞刑。[①] 类似的事件在西部已经不足为奇,参与私刑的人几乎无一被追究法律责任。白人边疆居民普遍认为,土著居民是嗜血的野蛮人,根本不配受到和白人一样的法律保护。在他们看来,土著居民和白人从来就是暴力敌对的关系,彼此水火不容,所以对待受到犯罪指控的土著人,无须走正当的法律程序,他们完全有权对其自行处置。而一个白人如果因为对土著居民实施犯罪受到当局起诉,在多数情况下,他不是被民众强行从监狱里救出,就是在庭审中得到当地陪审团的支持而被无罪释放。

更有甚者,在公众的心中,西部边疆的私刑事件竟然被镀上了神话色彩,人们认为在充满暴力、缺乏有效法律制度约束的西部边疆,实施私刑是维护正义的一种必要手段。以研究美国西部而著称的历史学家弗雷德里克·杰克逊·特纳(Frederick Jackson Turner)曾为西部的私刑现象辩解道,"边疆居民不受拘束,他们甚至在没有法律权威的情况下也知道如何维护秩序。如果有人

---

① BLACK P W. Lynchings in Iowa [J]. Iowa Journal of History and Politics, 1912 (2): 243 – 244.

偷盗牲畜,私刑法是快速而有效的解决之道。"①新闻媒体也在助长着这种风气,"报纸,甚至原本持保守观点的报纸,也对那些鼓励陪审团成员将正义感置于'法律术语'之上的法官们大加赞扬。"②

借着这样所谓的正义之名,白人边疆居民无视法律的权威,随意处置他们认为触犯了行为底线的人,而在白人的刻板印象中早已被定义为暴力、残忍、酗酒、愚昧无知的代名词的土著美国人,自然成为刑事案件重要的可疑分子。在"粗暴正义"悄然盛行的年代,他们被无情地挤出白人社会的法律保护之外,沦为白人暴民泄愤的对象。

# 第二节　"无牙主权"下的司法窘境

在美国联邦司法和州司法的双重干涉下,部落司法主权不断受到排挤和限制,处处掣肘。由此,厄德里克在《圆屋》中形象地运用了"无牙主权"(toothless sovereignty)这个比喻。老虎没有了牙齿,就会失去威力,主权如果没有了"牙齿",就成了没有效力、不起作用的主权。这一比喻无疑是部落司法主权受联邦司法干预而处于形同虚设局面的生动写照。

## 一、联邦司法:一架失衡的天平

在厄德里克的成名作《爱药》中有一个传奇式的人物——盖瑞·那那普什(Gary Nanapush)。年轻时他因与一个白人牛仔斗殴而获刑三年,在此期间他成功越狱。盖瑞似乎在越狱出逃方面"很有天赋","没有什么狗屁钢筋混凝土的房子"困得住他。③"他一次又一次地越狱,每次都被抓回去,很有规律。"④可以说盖瑞"差不多有一半的时间不是在坐牢,就是越狱、被通缉"⑤。在狱

---

① BERG M. Popular Justice: A History of Lynching in America [M]. Chicago: Ivan R. Dee, 2011: 45.
② DALE E. Criminal Justice in the United States, 1789—1939 [M]. Cambridge: Cambridge University Press, 2011: 90.
③ 路易斯·厄德里克. 爱药 [M]. 张廷佺, 译. 南京: 译林出版社, 2008: 202.
④ 路易斯·厄德里克. 爱药 [M]. 张廷佺, 译. 南京: 译林出版社, 2008: 201.
⑤ 路易斯·厄德里克. 爱药 [M]. 张廷佺, 译. 南京: 译林出版社, 2008: 196.

中,他也非常活跃,曾因"在州立监狱里发动了一次绝食运动而声名大噪"①。后来有一次他逃到了松树岭,据说在一次枪战中他开枪打死了州里的一个骑警,为此被判连续两次无期徒刑,注定余生将在监狱里度过。这就是盖瑞,在齐佩瓦人心中,他是"有名的政治英雄""美国印第安人运动组织的领袖",而在白人当局眼里,他却是一个"携带武器的危险罪犯,擅长柔道和逃跑……和众多极端团体的成员一样用烟斗吸食烟草代用品。"②

　　事实上,厄德里克塑造的盖瑞这个人物,其原型是美国历史上著名的印第安活动家伦纳德·佩尔提尔(Leonard Peltier)。1975 年 6 月 26 日,在美国南达科他州松树岭印第安人保留地(Pine Ridge Indian Reservation),联邦政府与美国印第安人运动(American Indian Movement)成员之间的矛盾升级,演变为一场暴力冲突。③ 在交火中联邦调查局警员杰克·科勒(Jack R. Coler)和罗纳德·威廉姆斯(Ronald A. Williams)中弹身亡,作为该运动领导者之一的佩尔提尔被指控为杀害两名警员的凶手。1976 年 2 月他被捕入狱,一年后被判处连续两次无期徒刑。该判决在当时引起了极大的争议,因为针对佩尔提尔的多项指控存在疑点。首先,联邦调查局的无线电截听显示,当时警员们正在追寻的是一辆红色小卡车,而有证据表明佩尔提尔当时开的是一辆大旅行车,车体红色但顶棚为白色。其次,弹道专家在庭审中的证词宣称,在死亡警员尸体

---

①　路易斯·厄德里克. 爱药 [M]. 张廷佺, 译. 南京: 译林出版社, 2008: 197.

②　路易斯·厄德里克. 爱药 [M]. 张廷佺, 译. 南京: 译林出版社, 2008: 343.

③　20 世纪 70 年代初,松树岭印第安人保留地部落内部的关系日益紧张,这种长期的分裂是由根深蒂固的政治、民族和文化差异造成的。越来越多的部落居民对 1972 年当选的部落主席迪克·威尔逊专制而高压式的领导表示失望和不满,不再支持部落政府,转而支持美国印第安人运动。1973 年 2 月 21 日,部落委员会召开会议打算弹劾威尔逊。有 500 名奥格拉拉部落成员参加了会议。他们指责威尔逊任人唯亲,不听取部落委员会的意见,私设民兵组织,打压政治对手等。经过一系列会议后,部落的老酋长和奥格拉拉苏族民权组织决定召拉皮特城的美国印第安人运动成员过来帮忙。2 月 27 日,大约 200 名 AIM 成员占领了伤膝地村,他们要求威尔逊下台,恢复与美国政府的条约谈判,纠正美国政府未能履行条约权利的错误。南达科他州的国会议员、联邦特工以及美国司法部的代表都先后赶来,媒体报道一度铺天盖地,后来被尼克松政府的水门事件渐渐冲淡。在该事件中,印第安人运动成员与美国执法人员对峙长达 71 天之久,其间双方各有伤亡。后来对峙结束,但威尔逊依旧没有下台。接下来双方的公开冲突不断,死伤无数。据统计,1973 年 3 月 1 日至 1976 年 3 月 1 日间,当地的谋杀死亡率达到每 10 万人 170 起,居全国之最。佩尔提尔遭到指控的松树岭枪战事件就是其中的恶性案件之一。

附近发现的弹壳与佩尔提尔佩带的来复枪相匹配,但并没有对该枪的撞针进行法医鉴定,因为该枪已在炮火中被毁。而多年后,在自由信息法的要求下进行的法医鉴定推翻了联邦调查局弹道专家的证词。① 另外,在证人签署的宣誓书中,一个名叫默特尔·贫熊(Myrtle Poor Bear)的土著女人自称是佩尔提尔的女朋友,并目睹了枪战的全过程。但据佩尔提尔和其他在场的人称,贫熊根本不认识佩尔提尔,枪战时也不在现场。后来贫熊承认是联邦调查局特工逼她作伪证,她试图在庭审时将真相揭露出来,却被法官以精神上无行为能力为由而拒之庭外。② 该案中诸如此类的疑点不下十余处,然而法庭最终还是坚持判定佩尔提尔为凶手。《多伦多太阳报》的前发行人彼得·沃辛顿曾尖锐地指出,佩尔提尔"被人以捏造不实之罪投入监狱,证据乃是被人操控,强加于身。"③当时年仅22岁的厄德里克就在庭审现场,她在一次接受采访时回忆了参加庭审时的反应,"当陪审团带着那份有罪的判决回来时,我起身大声尖叫。那是一种真正的错位,从小到大我一直都以为有正义存在,然后目睹了这一过程,我知道他们作出那样的判决是错误的。"④

松树岭事件中佩尔提尔遭受的不公正审判给厄德里克带来的震撼是巨大的,为了揭露美国联邦司法系统中的审判不公和监察漏洞,厄德里克在《爱药》的第十一章中精心设计了"地磅"(scales)这个意象,并借盖瑞这个人物的传奇式经历,以辛辣而幽默的方式讽刺了美国司法体系内普遍存在的种族意识,揭示了印第安人在刑事司法审判中遭遇的不公正对待。

"scales"本义为"天平"。古往今来,在西方世界中,各国的正义女神虽名字不同,相貌各异,但手持的物品却惊人地一致,即一手提着天平,一手握着宝剑。德国学者鲁道夫·封·耶林(Rudolf von Jhering)对此解释道,"剑如果不带着天平,就是赤裸裸的暴力;天平如果不带着剑,就意味着法软弱无力。"⑤

---

① Democracy Now. As Clinton Contemplates Clemency for Leonard Peltier, a Debate Between the FBI and Defense Attorneys[EB/OL]. Democracy Now,200 – 12 – 11.

② Democracy Now. Leonard Peltier Speaks from Prison[EB/OL]. Democracy Now,2016 – 11 – 27.

③ LOBO S, TALBOT S, MORRIS T L. Native American Voices:A Reader [C]. Upper Saddle River, NJ:Prentice Hall, 2010:198.

④ OWENS L. Burning the Shelter [C] // DEMING A H, SAVOY L E. The Color of Nature Culture, Identity, and the Natural World. Garamond:Milkweed Editions, 2002:200.

⑤ 鲁道夫·封·耶林. 权利斗争论 [J]. 潘汉典, 译. 法学译丛, 1985(2):8.

宝剑是惩罚的工具，象征着严厉的制裁；天平则是估算衡量的工具，唯有在司法过程中祛除偏见，不偏不倚，才能确保真正的公平公正，因此，"天平"成为"正义"的象征和代名词。在《爱药》中，厄德里克巧用"地磅"为意象，揭示了看似公正的美国司法系统背后隐藏的玄机。

叙述者齐佩瓦女孩艾伯丁受公司雇佣在州际公路的建筑工地上为卡车计重，同时州政府安排多特①检查她的计重结果是否准确。在她之前，多特既负责计重工作，还担任检查员的角色。计重过程有一套固定的程序，待称重的车辆"驶到称重臂上的秤台上"②，艾伯丁把称重的数字写在粉色的小纸片上，交给司机，再把该数据抄到黄色纸片上投进文件盒就可以了。

艾伯丁承担计重工作后，整个过程看似严格而周密，一人负责计重，一人负责监督，可以避免计重员的失误和舞弊行为，保证计重结果准确有效。但在实际的操作中，却存在诸多漏洞。首先，多特整天都在"睡觉、织衣服或是吃东西"，而艾伯丁也会"趁卡车装卸货物的间隙干同样的事"，监督员的职位形同虚设。其次，在计重过程中，艾伯丁"甚至用不着从凳子上站起来"就能通过一个矩形小孔看到称重臂上显示的数字，记下数字后她把粉色纸片用"晒衣夹夹在扫帚柄上，递给司机"。这样一来，计重工作变得更加轻松，然而精明的司机却可以抓住计重员坐在屋里视野受限的机会动些手脚，来改变称重的结果。更为糟糕的是，这一人为操纵性很大的结果被投入文件盒之后"从来没人整理过"，③因此计重员的失职很难被发现。

不难看出，整套卡车计重过程与美国司法审判有异曲同工之处。美国的刑事司法制度决策流程主要分为四个阶段：警方拘捕—检察官起诉—法庭审判—惩戒。对于案件的审理过程，并没有专门的机构进行监督。为了保证司法的公正性，在起诉阶段，由随机选取的公民组成的大陪审团会参与决定是否对嫌疑人进行起诉；在庭审阶段，由 12 人组成的公民陪审团参与决定被告人是否有罪。尽管如此，检察官和法官在提起诉讼和裁夺量刑过程中仍拥有较大的自由裁量权。因此，且不说美国警察在治安管理中的"种族形象定性"问题，仅在刑事起诉和法庭审判过程中，"社会阶级、种族和性别影响了检察官决

---

① 盖瑞·那那普什的女友
② 路易斯·厄德里克. 爱药［M］. 张廷佺，译. 南京：译林出版社，2008：199.
③ 路易斯·厄德里克. 爱药［M］. 张廷佺，译. 南京：译林出版社，2008：199.

定是否起诉或宽大处理"①,而法官和陪审团的种族偏见也会影响最终的审判结果。北卡罗来纳大学法学教授伯格 2001 年在针对该州 1993—1997 年间约4000 宗杀人案进行研究后指出,"在我们的司法系统中,肤色很大程度上决定人的生死。"②伯格教授的研究数据显示,在非白人杀害白人的案件中,死刑比例高达 11.6%,而在白人杀害非白人的案件中,死刑比例仅为 5%,非白人杀害非白人案件的死刑比例则更低,为 4.7%。显然少数族裔被判死刑的比例要远远高于白人,同时白人受害的案件比非白人受害的案件更能引起法院的重视。另外,有数据显示,1994 年,尽管土著美国人仅占美国总人口的 0.6%,他们在联邦监狱和州监狱中所占的比例却均为 2.9%。这一巨大差距在州一级别更为明显。在阿拉斯加,土著美国人占监狱人数的 33.2%,在南达科他州占 23.6%,在北达科他州占 16.9%,在蒙大拿州占 17.3%,而土著美国人仅为蒙大拿州总人口的 6% 左右。③ 无论美国政府如何掩饰和辩解,美国刑事司法领域存在着种族歧视的现象毋庸置疑,《爱药》中法院对盖瑞的审判就是一个典型的例子。

盖瑞第一次被捕入狱源于和一个白人牛仔的口角,他们因齐佩瓦人是否是黑鬼的问题争论起来。在酒精的作用下,盖瑞一脚踢中了牛仔的睾丸。这种打架斗殴的行为如果发生在齐佩瓦人之间,或者是白人伤害了齐佩瓦人,在起诉阶段很可能被从轻处理,如建议庭外和解。然而事情发生在盖瑞身上,受害者又是白人,这一脚就可以被检察官视为"重伤致残",依据《重罪法》,该案无疑要移交联邦法院来审理。

在法庭审判中,法官及陪审团的种族偏见也使盖瑞一直处于不利地位。一些印第安目击者没有及时出庭为盖瑞作证,好不容易找到的几个人也没兴趣正视法官或陪审团,他们"并不相信美国的司法体系",陈述证词时只是"低头对着膝盖咕哝着"。在白人法官和陪审团看来,这些印第安人"没有任何身份证明",他们在法庭上消极的表现更是令人觉得"他们的话不可信"。而与印

---

① CAFFERTY P S J, ENGSTROM D W. Hispanics in the United States: An Agenda for the Twenty - first Century [M]. New Brunswick: Transaction Publishers, 2000: 296.

② BUTTERFIELD F. Victims' Race Affects Decisions on Killers' Sentence, Study Finds [N]. The New York Times, 2001 - 4 - 20.

③ CAMP C, CAMP G. The Corrections Yearbook [M]. South Salem, NY: Criminal Justice Institute, 1995.

第安目击证人相比,白人目击证人的支持显然更为有利,"因为他们有名字、住址、社保号和工作电话号码",一旦得不到他们的支持,就如同"请印第安人目击者作证一样,是十分可怕的"①。这里,厄德里克充分发挥了她幽默诙谐的写作风格,将白人目击证词的优势与印第安人目击证词的劣势并置,一针见血地揭露了种族歧视思想在法庭审判过程中产生的不容忽视的影响。哈珀·李在她的代表作《杀死一只知更鸟》中对这种由种族歧视导致的司法不公进行了严厉的谴责,"在这个世界上,有一种东西可以使人丧失理智——即使他想公正也办不到……法庭应该是保证一个人受到公平待遇的唯一场所,不管是什么肤色的人。可是,人们却以一种特殊的方式把他们的怨恨带到陪审席上。"②最终法庭判处盖瑞有期徒刑三年,这一结果完全出乎盖瑞的意料,而厄德里克却以挪揄的口吻说道,"对于初犯那偏重了一些,不过对印第安人来说,还不算重。有人还说他算幸运的。"③不言而喻,白人法庭在对印第安人量刑时,正义的天平已经发生了严重倾斜。

除了严重的种族偏见,白人与印第安人在刑法条文和司法程序上的巨大差异也是导致盖瑞遭遇司法不公的另一个重要原因。盖瑞和白人牛仔动手时,他"只相信居留地的规矩",上去一脚踢中了牛仔的睾丸。在保留地,这不过是一场普通的斗殴,盖瑞认为即使闹到法庭上,事情也"应该很快就会平息"④。然而依照州法律的规定,盖瑞的行为已经造成了较为严重的人身伤害,构成犯罪,必须负法律责任。事实上,很多印第安部落有自己传统的法律制度,他们通常依据传统的习俗来规范日常行为。然而联邦和州司法的介入使保留地的司法局面变得复杂起来,由于印第安人普遍对白人的法律和司法体系缺乏起码的了解,结果一些人在毫无意识的情况下像盖瑞一样触犯了法律,糊里糊涂地被送进了监狱。

在法庭审判中,一些印第安目击者没有出庭为盖瑞作证,他们这样做并非出于恶意,而是因为当时正在举行帕瓦仪式,在印第安人看来,参加宗教仪式远比出庭作证要重要得多;而为数不多的几个出庭的印第安人也因出于对白

---

①　路易斯·厄德里克. 爱药 [M]. 张廷佺, 译. 南京: 译林出版社, 2008: 203.
②　LEE H. To Kill a Mockingbird [M]. New York: Harper Perennial, 2006: 217－221.
③　路易斯·厄德里克. 爱药 [M]. 张廷佺, 译. 南京: 译林出版社, 2008: 204.
④　路易斯·厄德里克. 爱药 [M]. 张廷佺, 译. 南京: 译林出版社, 2008: 203.

人司法机构的不信任而表现得不够配合。可以说印第安人的证词完全没有起到为盖瑞辩护的作用。更为糟糕的是,盖瑞竟然在法庭上直言不讳自己是因为"喝了两瓶啤酒"才失手打伤了白人牛仔,①这无疑加重了盖瑞的犯罪情节。由此可见,司法理念和程序上的差异导致印第安人在法庭上无法像白人那样有效利用法律赋予的权利为自己的不当行为作出有利辩解。正如土著学者德洛里亚所指出的,"对印第安人的定罪量刑依旧存在问题,因为他们并不了解依据现有的联邦法和州法律自己拥有什么权利。"②

至于盖瑞为什么屡教不改,一次次被抓,却依然一次次设法越狱,也许下面这段话能给我们提供一个准确的解答:

"他只知道自己不属于监狱,尽管他也承认,年轻时,当他还不知道如何成为罪犯时,待在监狱里对他还是有好处的,惯犯可以让他长见识。既然该会的都会了,他不知道在监狱里待下去、重复学习相同的东西还有什么意义。'一个制造仇恨的工厂。'他曾这么说监狱,说监狱在他心里制造了邪恶毒药,尽管他用手指抠喉咙,想让毒药呕出来,做个清白的正常人,但无论如何,他还是无法摆脱。"③

这里,厄德里克又不失时机地幽默了一把。显然,白人的监狱根本不是帮助罪犯改过自新的地方,而是让涉世未深的单纯少年"长见识",浸染暴力,学会恃强凌弱、尔虞我诈的肮脏之所。盖瑞之所以要越狱,就是要逃离这个充满罪恶的世界,做一个干净的人。但是极具讽刺的是,白人的司法系统并没有给盖瑞重新做人的机会,他因被指控在松树岭射杀了一个白人骑警而被判连续两个无期徒刑,从此只能在监狱中度过余生。对于这个判决结果,厄德里克借叙述者利普夏之口作出了这样的评述:"你觉得美国的司法系统不会无缘无故连续两次判人无期徒刑。除非你哪一天与司法系统产生摩擦。肯定会让你震惊。你肯定会的,我敢保证。"④

---

① 路易斯·厄德里克. 爱药 [M]. 张廷佺, 译. 南京:译林出版社, 2008:204.
② DELORIA V Jr, LYTLE C M. The Nations Within: The Past and Future of American Indian Sovereignty [M]. New York: Pantheon Books, 1984:239.
③ 路易斯·厄德里克. 爱药 [M]. 张廷佺, 译. 南京:译林出版社, 2008:202 - 203.
④ 路易斯·厄德里克. 爱药 [M]. 张廷佺, 译. 南京:译林出版社, 2008:366.

　　丹宁勋爵 1959 年在题为"通向正义之路"的演讲中告诫人们:"当你开始这一路程的时候你应记住,有两个伟大的目标去实现:一个是去领悟法律是正义的,另一个是务必使它们被公正地施行。两者都是重要的,但法律应被公正地施行更为重要。有正当的法但由坏法官或腐败的律师不公正地执行那就等于零。"①美国的宪法和法律虽然规定了所有美国公民在法律面前人人平等的权利,但是司法过程中的诸多人为因素往往会导致法律不能够被公正实施。在《爱药》中,正是渗透在美国联邦和州立司法体系的每一个毛孔的种族歧视思想,将盖瑞从一个心怀坦荡的齐佩瓦族铮铮铁汉,变成联邦警察眼中"十恶不赦""屡教不改"的惯犯。佩尔提尔在《狱中手书:我的生命就是我的太阳舞》(Prison Writing:My Life Is My Sun Dance)中写道:"我们也许分属不同的民族,但我们仍旧生活在同一个社会中,我们分享着同一片土地。我们都想要正义、平等和公平……美国就是建立在这些原则基础之上的,并通过宪法赋予这片疆土上的所有人,甚至是印第安人。这样的要求过分吗?"②可见,司法的公正对于一个公民,尤其是少数族裔的公民有多么的重要,这一点白人法官也许从来都无法体会得到。正如艾伯丁说的那样,"虽然我每天称量的东西重达好几吨,但除非一吨重的东西真的压到我身上,否则我永远也不知道一吨究竟有多重。"③事实上,美国社会中少数族裔的分量和话语权实在太微不足道,在他们眼中好似铅块一般的重量,在法律的天平上,"指针几乎都没有偏一下。"④

**二、《鸽灾》:粗暴正义的历史真相**

　　《鸽灾》是厄德里克创作的"正义三部曲"中的开篇之作,小说通过四个叙述者的轮番讲述,向人们展现了发生在白人小镇普鲁托与印第安人保留地交界地带的一起暗杀——处私刑事件的始末。土著男子塞拉夫·米尔克(Seraph

① 周文华. 论法的正义价值 [M]. 北京:知识产权出版社,2008:167.
② PELTIER L. Prison Writing:My Life Is My Sun Dance [M]. New York:St. Martins Griffin,2000:203.
③ 路易斯·厄德里克. 爱药 [M]. 张廷佺,译. 南京:译林出版社,2008:212.
④ 路易斯·厄德里克. 爱药 [M]. 张廷佺,译. 南京:译林出版社,2008:213.

Milk)是小说中第一个叙述者埃维莉娜(Evelina)的穆夏姆①(Mooshum),他是一个极具传奇色彩的人物,一生共经历了两次私刑事件,均侥幸活了下来。第一次发生在他的少年时代,由于受到富有侠义心肠的大胡子莫德的庇护,他和未婚妻朱妮丝(Junesse)成功逃过一劫。然而他经历的第二次私刑却极为凶险,虽然事情已经过去了几十年,但每当想起那场暗杀——处私刑事件,穆夏姆的内心依然久久难以平静。

故事发生在1911年初夏的一天,穆夏姆和另外三个族人在回家途中听到路边农场里传来婴儿持续不断的嘶哑的啼哭。他们寻声走进院内,只见几具白人的尸体杂乱地横卧在草地上,房门上血迹斑斑,屋内的摇车里躺着一个七个月大的女婴,哭声已经声嘶力竭。到底救不救这个婴儿,四个人展开了激烈的争执。最终,他们虽然没有带走婴儿,却在白人治安官的信箱里留下字条,告知他农庄还有幸存者。结果,婴儿成功获救并得到了妥善的抚养,而穆夏姆等四个印第安人却被误认为是杀害这户人家的凶手,被附近的白人私自施以残忍的绞刑,其中最小的一个只有十三岁。穆夏姆的妻子和其中一个施私刑的人有亲缘关系,他才侥幸活了下来。

事实上,厄德里克创作这部小说的灵感来自1897年在北达科他州埃蒙斯镇(Emmons)发生的一起真实的处私刑事件。那年的2月17日,白人农民斯拜瑟(Spicer)一家六口惨遭杀害,涉嫌的五名印第安人先后被捕入狱,其中一人被判绞刑。但最高法院认为此案证据不足,要求地方法院重审。因为担心重审后这几个印第安人会被无罪释放,11月14日凌晨,三四十个当地白人突然闯入威廉斯波特(Williamsport)法院监狱,拖走了当时在押的三名印第安嫌犯②,将他们全部绞死。

---

① 该词在印第安克里族语中是"外祖父"的意思。参见 http://www.thephotoforum.com/forum/people-photographyA60578-mooshum.html 等网页。笔者在之前公开发表的两篇研究《鸽灾》的文章中,误将"穆夏姆"一词视为人名来引述,幸得北京外国语大学的梁路璐在其翻译学硕士论文"'亲''疏'之间看译者'隐''显'——论厄德里克小说《鸽灾》和《布鲁托的灾难邮票》"指出笔者的这一错误,详见该硕士论文第29页的注释部分。在此向梁路璐表示感谢,并对其严谨求实的学术精神致以崇高的敬意。鉴于在《鸽灾》《圆屋》等作品中孩子们对塞拉夫·米尔克的称呼多使用的是 Mooshum,因此笔者在行文中仍使用"穆夏姆"一词,特此说明。

② 因该监狱空间所限,另外两名印第安嫌犯被关押在威廉斯波特监狱以北40英里的俾斯麦(Bismarck)监狱。

　　实际上,斯拜瑟一家被谋杀的案件存在诸多疑点,关于此案真相的描述就有好几个版本①,而且虽然有两个嫌疑人指证另外一个印第安人亚力克(Alec)参与了谋杀,但北达科他州最高法院的首席法官科利斯(Corliss)已经明确指出"亚力克有案发时不在现场的有力证据"②。然而媒体对于整个暗杀——处私刑事件的报道从一开始就朝着不利于印第安人的方向发展。谋杀事件发生后,北达科他州的好几家报纸③都在对该案细节的披露中暗示,印第安人有重大嫌疑,一时间几乎所有人都认为凶手是印第安人。就在处私刑事件发生的前两天,一家名为《曼丹先驱报》的报纸发文称"对埃蒙斯镇杀人犯的审判是一件太昂贵的奢侈品"④,公开批评最高法院下令重审该案的决定,认为此举耗费财力物力,却不能将罪犯绳之以法。虽无确切证据表明此文对处私刑事件到底有多大的影响,但两天后三个印第安嫌犯就被白人暴民绞死了。针对处私刑事件的报道,大部分报纸都对处私刑的白人表达了支持(至少不是批评)的态度,《圣保罗环球报》甚至称,"对于这种事情(判决印第安人死刑证据不足)自然的反应就是设立由私刑法主导的简易法庭。"⑤在社会舆论一边倒的

---

① 关于谋杀案大致有四种说法:1. 一个叫弗兰克·布莱克·霍克(Frank Black Hawk)的本土和非裔混血美国人计划了此次谋杀行动,另外四个印第安人亚力克·库道特(Alec Coudotte)、保罗·圣迹(Paul Holy Track)、菲利普·爱尔兰(Philip Ireland)和乔治·迪范德(George Defender)是其同伙,但由于担心弗兰克分赃不均,他们绕过弗兰克实施了对斯拜瑟一家的杀害。2. 弗兰克和亚力克受酒吧老板的怂恿去斯拜瑟家买酒,并杀害了他们全家。3. 只有保罗·圣迹和菲利普·爱尔兰去了斯拜瑟家并实施杀害。4. 五个被指控的印第安嫌疑人均是无辜的。

② BEIDLER P G. Murdering Indians: A Documentary History of the 1897 Killings That Inspired Louise Erdrich's The Plague of Doves [M]. Jefferson, North Carolina: Mc Farland & Company, Inc., 2013: 181.

③ 认为印第安人有重大嫌疑的报纸有《俾斯麦每日论坛报》(Bismarck Daily Tribune)、《埃蒙斯镇记事》(Emmons County Record)、《格兰德福克斯每日邮报》(Grand Forks Daily Herald)、《圣保罗环球报》等。参见彼得·贝德勒(Peter G. Beidler)编写的《杀害印第安人:为厄德里克〈鸽灾〉带来灵感的 1897 年杀人案历史纪实》(*Murdering Indians: A Documentary History of the 1897 Killings That Inspired Louise Erdrich's The Plague of Doves*)。

④ BEIDLER P G. Murdering Indians: A Documentary History of the 1897 Killings That Inspired Louise Erdrich's The Plague of Doves [M]. Jefferson, North Carolina: Mc Farland & Company, Inc., 2013: 164.

⑤ BEIDLER P G. Murdering Indians: A Documentary History of the 1897 Killings That Inspired Louise Erdrich's The Plague of Doves [M]. Jefferson, North Carolina: Mc Farland & Company, Inc., 2013: 165.

情况下,所有参与处私刑的白人都没有被当局提起公诉。

　　身为作家的厄德里克在阅读当年对该事件的新闻报道时,无疑敏锐地捕捉到了隐藏在处私刑事件背后的权力话语。谋杀案发生后,当地的白人新闻媒体牢牢掌握着报道整个事件的话语权,它们在案件尚未侦破时,就开始对几个印第安人的行为进行猜测和揣度,这严重左右了公众对事件的认知,加上当地白人长期以来对印第安人的仇恨和恐惧,似乎杀害斯拜瑟一家的凶手已经不审自明了。而后一些报纸对最高法院要求重审的批评,也在很大程度上对白人暴民实施私刑起到了推波助澜的作用。结果,代表着正义与权威的法庭审判被带有种族主义偏见的民意所强奸,在参与处私刑的白人看来,是否有充分证据证明印第安嫌疑人真的杀了人已经不重要了,关键是他们认定这几个印第安人就是凶手,而凶手必须被惩处,这才是真正的"正义"。

　　显然,厄德里克对这种粗暴正义并不认同。为了揭露白人边疆居民推崇的私刑"正义性"背后所掩盖的暴力本质与种族主义思想,厄德里克将该历史事件进行了艺术再加工,在《鸽灾》中改写暗杀——处私刑事件,向读者展现了19世纪末至20世纪上半叶生活在保留地附近的印第安人与白人之间根深蒂固的种族矛盾和印第安人不断遭受误解、怀疑与迫害的不幸遭遇。

　　厄德里克对暗杀——处私刑事件的改写与白人殖民主义的历史书写存在着明显差异。首先,小说中穆夏姆等印第安人遭遇处私刑这样的无妄之灾,不是因为他们贪婪残暴、穷凶极恶,而是由于他们天性过于善良。在目睹了白人一家被灭门之后的惨状时,穆夏姆等人就如何处理唯一幸存的婴儿发生了争执。他们并非不想救助这个可怜的孩子,年迈的阿西吉奈克(Asiginak)的一番话道出了他们心中的顾虑:"我们是坏蛋,我们是印第安人,连我也是。如果你告诉白人治安官,我们会死的。"①这句话一针见血地指出了当时社会上普遍存在的严重的种族偏见,只要在犯罪现场附近有印第安人,他们无疑会成为最值得怀疑的对象。在这种情况下,穆夏姆等人本打算一走了之,以免引祸上身,但遭到了同行的卡斯伯特(Cuthbert)的坚决反对。

　　卡斯伯特在小说中是一个次要人物,厄德里克对他的描写虽着墨不多却令人印象深刻。卡斯伯特相貌丑陋,"黑得像头熊,滚圆的身材,鼻子就像他的

---

①　ERDRICH L. The Plague of Doves [M]. New York:HarperCollins Publishers, Inc.,2008:63.

绰号'土豆'一样",……"占据了他的大半张脸,奇怪地堆成一块。"一见到阿西吉奈克和圣迹售卖篮子回来,卡斯伯特马上"吐掉烟叶,拽住圣迹的胳膊"①,期望能从叔侄俩那里讨杯酒喝,结果招来了一阵嘲笑,最后不得不用荤段子来自我解嘲。这段描写似乎颇为符合白人社会对印第安人的刻板印象——猥琐丑陋、嗜酒如命、好逸恶劳。然而,就是这样一个"令人生厌"的印第安人,却在白人农场主家院子里传出婴儿哭声时不顾一切地第一个冲进去,把女婴抱出来,"他的眼睛瞪得鼓鼓的"②。其他几个印第安人都认为这是一件祸事,还是少管为妙,卡斯伯特却力排众议,坚持认为"我们不能把这个小家伙放回去",不然婴儿会脱水而死。厄德里克对卡斯伯特的生动刻画有力地颠覆了主流社会对印第安人的固有偏见,他们看似放荡懒散,实则纯朴善良。

还有一个值得一提的细节是,他们在农场里看到几头奶牛因为涨奶而不住地呻吟时,还冒着被人发现的危险给奶牛挤了奶,减轻了它们的痛楚,并用奶水喂饱了哭得几乎要虚脱的女婴。在印第安人的文化传统中,自然界的动植物与人类一样都是由神灵创造出来的,因而印第安人会善待动物。厄德里克对这一细节的设计似乎是在提醒人们,试想印第安人一直秉承着与世间万物和谐共存的理念,对动物尚存仁爱之心,又怎会随意挑起事端、残害无辜呢?

可以说,搭救女婴是穆夏姆等人招来祸事的起因,然而正是女婴的获救,使厄德里克笔下的处私刑事件在沉重而悲伤的气氛中略带一丝人间温情,使人们在残忍冷酷的现实中又隐隐看到了一线希望。若干年后,女婴长大成人,她会如何看待这段令人不堪回首的历史? 背负着如此沉重的历史包袱,她又该如何前行?③ 这一独特的情节设计也体现了厄德里克对私刑所带来的正义问题的深入思考。

其次,在《鸽灾》中,白人暴民将穆夏姆等人强行带走的地点颇具讽刺意味。为了躲避白人村民的追捕,穆夏姆决定带着圣迹去教堂找塞维林(Sever-

---

① ERDRICH L. The Plague of Doves [M]. New York:HarperCollins Publishers, Inc., 2008:60.

② ERDRICH L. The Plague of Doves [M]. New York:HarperCollins Publishers, Inc., 2008:62.

③ 这个问题笔者将在第六章第一节作深入的探讨,此处暂不展开。

ine)神父求救。虽然神父对穆夏姆并没有什么好印象①,但却很喜爱圣迹,因为圣迹是一个非常虔诚的天主教信徒。他的母亲曾不幸染上严重的肺病,圣迹不仅每日抬着母亲去教堂祈祷,还熟记拉丁文的弥撒,帮助塞维林神父分发圣餐;而圣迹的母亲为了让儿子能够摆脱病魔的侵袭,特意让穆夏姆在圣迹每只鞋的鞋底钉上一个十字架,认为这样"疾病就不会跟随"他,"灾祸就不会穿过"他的足迹了②。从此,圣迹走过的路都会留下一对十字架的印迹,他的这个名字由此而来,人们竟然忘记了他本来的名字。

然而令人感到讽刺的是,对基督的虔诚和那双钉着十字架的鞋并没有替圣迹免除灾祸,他和穆夏姆恰恰是在教堂门前被白人暴民们强行拖走的。塞维林神父作为上帝的使者,在整个事件中并没有起到主持正义、阻止暴行的作用。神父最先在教堂的忏悔室里发现圣迹时,他的脸色"在怜悯和嫌恶之间徘徊不定,最终定格为一种略带愠怒的失望",怒斥圣迹道,"看你干的禽兽不如的事情!"③显然,塞维林神父此时对外界谣传的圣迹等人就是凶手的说法已经深信不疑。和其他白人一样,身为神职人员的塞维林神父心中也存有对印第安人固有的偏见,尽管圣迹一再辩解,神父似乎并不相信他说的话。在白人暴民逼近教堂的时候,塞维林神父虽然挺身而出,恳求暴民们离开,但他这样做的初衷并不是为了替印第安人主持公道,而是为了彰显主的慈悲。看到被抓的印第安人阿西吉奈克时,神父显得惊慌失措,为老人的祷告也是断断续续的,完全失去了神父应有的威严;当白人暴民将圣迹和穆夏姆押上马车带走时,神父语无伦次的威胁之语更显得苍白无力。虔信基督的圣迹将主持公正的希望寄托于塞维林神父身上,但他最终还是没有得到教会的庇护。也许十字架使他逃脱了疾病的魔爪,却终究没有改变他身为印第安人而注定会遭遇到的悲惨命运。

此外,厄德里克笔下的执行私刑之地平和而宁静。据官方史料记载,圣迹

---

① 在《鸽灾》中,塞维林神父几次三番找到穆夏姆,希望他能够皈依天主,结果每次都受到穆夏姆戏弄。

② ERDRICH L. The Plague of Doves [M]. New York: HarperCollins Publishers, Inc., 2008: 58.

③ ERDRICH L. The Plague of Doves [M]. New York: HarperCollins Publishers, Inc., 2008: 67.

等三个印第安人是被绞死在屠夫用来屠宰牲畜的绞盘架上,场面凄惨而悲凉。①《鸽灾》中对私刑的描述则截然不同,白人暴民行刑的地点是保留地与白人小镇边界的一棵枝繁叶茂的橡树下,那橡树"静静地在那里生长可能有一百年了",有一根特别的树枝"横穿树的两侧,然后向上弯曲,仿佛是一副赞美的姿态"②。那日的"天空是最美妙的蓝色,天边灰蒙蒙的带着一抹绿色,就像知更鸟的蛋,云儿轻轻,只有鸟儿胸口白色羽毛一样大小,向上飞升。"③风和日丽的天气,古老奇特的大橡树,构成了一幅静谧祥和的画面,然而"知更鸟的蛋"这样的比喻却隐隐地令人感到不安。在西方世界,知更鸟因其美丽多彩的羽毛和婉转清丽的歌声而深受人们的喜爱,象征着天真善良的人们。在美国著名女作家哈珀·李(Harper Lee)的传世之作《杀死一只知更鸟》(*To Kill a Mockingbird*)中,诚实憨厚的黑人汤姆·罗宾逊无端遭受小镇白人诬陷,最终含恨而死。小说以主人公艾迪克斯(Atticus)童年时射死一只知更鸟来隐喻汤姆的死,谴责了白人种族主义分子对黑人的歧视与迫害,由此知更鸟成了种族迫害的代名词。不幸的是,在《鸽灾》中,知更鸟的悲剧又一次在几个善良无辜的印第安人身上上演。

厄德里克对于白人暴民行刑过程前的所作所为作了更为详尽的描述,其中有三处细节尤为值得关注。白人治安官在得知消息后,立刻赶来制止暴民们的鲁莽行为,并提醒道:"将嫌犯押回监狱是我的职责"。为首的暴民埃米尔·布肯多夫只是轻蔑地哼了一声,对治安官的警告不屑一顾。显然,在这些白人暴民眼中,法律已失去了它正义的权威,他们不需要确凿的证据,不允许嫌疑人的辩护,也无须经过民众的审判,就可以堂而皇之地实施他们所谓的粗暴正义,而他们所认定的事实不过是基于那片血淋淋的现场和固有的种族偏见而作出的草率而冲动的判断罢了。第二个细节是,治安官劝村民们放过圣

① BEIDLER P G. Murdering Indians: A Documentary History of the 1897 Killings That Inspired Louise Erdrich's The Plague of Doves [M]. Jefferson, North Carolina: Mc Farland & Company, Inc., 2013: 163.
② ERDRICH L. The Plague of Doves [M]. New York: HarperCollins Publishers, Inc., 2008: 77.
③ ERDRICH L. The Plague of Doves [M]. New York: HarperCollins Publishers, Inc., 2008: 75.

迹,"你们抓的那个人只是个孩子"①,有村民却反问他是否有良知,是否亲眼目睹了谋杀案的现场。在文明社会中,对未成年人的量刑必须慎之又慎,一般多以教化改造为主,即使犯了滔天大罪,也要待罪犯成年才可执行死刑。面对年仅 13 岁的圣迹,白人村民们既没有盘问事情的真相,也没有表现出丝毫的怜悯之心。厄德里克这里对良知的拷问,发人深省。还有一个值得注意的细节,白人暴民们在行刑前为如何实施私刑、由谁来动手等细枝末节曾一度争论不休,场面十分混乱,如同一场杂乱无序、毫无意义的闹剧一般。

与此形成鲜明对比的是,几个即将面对死亡的印第安人却显得颇为镇定。他们没有失声恸哭,也没有哀声求饶,在几次向白人暴众洗刷清白未果后,他们反而变得异常平静。卡斯伯特告诉圣迹,只要把奥吉布瓦人的名字告诉给"那个将在世界的另一头一直等你的人,那么你就会进入到阿尼施那比人的神灵世界,你的爸爸妈妈就在那里等着你。"带着这份美好的愿景,阿西吉奈克和卡斯伯特在白人暴民行刑前大声唱了起来,"这些白人没什么了不起 / 他们所做的一切不能伤害我 / 我会看到神秘的脸",声音"滑过天空"②,回荡着无尽的勇气与力量。在弥留之际,圣迹听到了母亲的轻声呼唤,他睁开眼睛,看到"缕缕轻云化作翅膀,向上飞升。它们现在掠过了天空,越飞越快。"③在印第安萨满教中,鸟儿被视为生命与灵魂的居所,它能飞入云霄与众神沟通。圣迹在临死前看到朵朵白云似鸟儿振翅高飞,预示着他的灵魂即将在另一个世界与母亲重逢。在种族主义横行的保留地,圣迹虽然皈依天主,虔心修行,却没有得到白人应有的承认和尊重。在离开这个冷酷无情的世界时,圣迹终于在母亲的引导下,心灵得到升华,完成了自己的圣化。厄德里克通过将土著居民面对死亡泰然处之的态度和极具仪式化的临终告别与白人暴民们的粗暴、冷酷和无序并置,创造性地颠覆了官方历史对私刑事件的叙述,有力地驳斥了"粗暴正义"所标榜的正义性。彻底解构了白人边疆居民秉持的"粗暴正义"的所谓正义性。

① ERDRICH L. The Plague of Doves [M]. New York: HarperCollins Publishers, Inc., 2008: 73.

② ERDRICH L. The Plague of Doves [M]. New York: HarperCollins Publishers, Inc., 2008: 78.

③ ERDRICH L. The Plague of Doves [M]. New York: HarperCollins Publishers, Inc., 2008: 79.

厄德里克在《鸽灾》中创造性地改写了私刑事件。一方面,私刑的滥用体现了法律的缺失和执法不力问题。在整个案件的处理过程中,界定正义与否的话语权完全掌握在白人暴民手中,没有警方的详细调查和批捕许可,没有检察官和陪审团,没有法庭上的证词和审判,更没有给予被告人申辩和上诉的机会,所有的判断与裁决只不过基于白人村民们头脑中根深蒂固的种族偏见而已。另一方面,厄德里克的改写一针见血地揭示了私刑的本质,它是种族仇恨的产物,是对土著美国人赤裸裸的非正义。一直以来,白人都将土著美国人界定为劣等民族,这使两个种族之间的误解与隔阂不断加深。在白人看来,土著美国人的出现是对白人定居者安定生活的极大威胁。正如穆夏姆年少时经历的第一次私刑事件那样,只要发生了什么谋杀案,白人首先想到的就是"能找得到的离得最近的印第安人"①。由此可见,"粗暴正义"毫无正义可言,它公然藐视法律的权威,是一种赤裸裸的复仇行为,其背后隐含的是白人种族主义分子居高临下的种族优越论,它无情地将土著美国人等弱势族群置于正当的法律保护之外,使其沦为种族迫害的牺牲品。

### 三、《圆屋》:一场正义难申的司法困局

《鸽灾》中的处私刑事件发生在 1911 年,如果说赤裸裸的种族暴力和种族歧视只是美国历史上一段不太光彩的过去,任何一个新兴国家在发展过程中都难免出现暂时的司法真空,那么在民主与司法已经高度发展的现代美国,保留地上的土著美国人依然面临着种种无牙主权的司法困局,尤其是处于弱势地位的土著妇女,一直处于性暴力的潜在威胁之下,这种恶劣的生存环境不应不引起人们的重视和反思。

在《圆屋》中,厄德里克从主人公乔——一个刚满 13 岁的土著少年的视角出发,讲述了其母遭遇性侵犯却正义难伸的暴力案件,发人深省。1988 年春一个周末的午后,奥吉布瓦人口登记员杰拉尔丁在去办公室取文件的路上遭遇不测,凶犯不仅打伤并强暴了她,还将她的全身淋上汽油,企图焚尸灭迹。机智果敢的杰拉尔丁最终虽然成功地逃脱了凶犯的魔爪,但这一飞来横祸给她身心造成的重创无以复加。

---

① ERDRICH L. The Plague of Doves [M]. New York: HarperCollins Publishers, Inc., 2008: 17.

杰拉尔丁曾是一个美丽优雅、又不失活泼的女性,她有着"咖啡奶油色的皮肤,乌黑光滑的卷发,十分热辣。有了孩子之后身材依然苗条。她冷静沉着、性格直爽,眼神中仿佛一切尽在掌握,嘴唇像影星一样迷人。"开心的时候,她又会变得毫无顾忌,"不由自主地大笑起来"①。然而在遭到强暴之后,杰拉尔丁完全变了一个人。"往日的沉静矜持不见了——她的脸上涌现出紧张的恐惧。几处瘀伤已经显现出来,给眼睛镶上了一个浣熊似的黑眼圈。她的太阳穴旁青筋暴起,下巴发青。曾经写满了爱与讥嘲的眉毛如今痛苦地紧锁着。额头上皱起的两条垂直的黑线,仿佛是用记号笔画出来的一般。"②作为一个具有敏锐观察力和感知力的女性作家,厄德里克用细腻入微的语言将杰拉尔丁肉体上与精神上的双重痛楚淋漓尽致地呈现在读者面前。

表面上看,这只是一起普通的刑事案件,只要杰拉尔丁积极配合警方,提供有价值的线索,侦查人员顺藤摸瓜,凶手便会落入法网,得到应有的制裁。然而无论丈夫安东尼如何劝慰,无论联邦调查局的特工人员如何询问,杰拉尔丁一直都缄默不语,她把自己关在房间里,终日以泪洗面,陷入了无尽的沉默之中。杰拉尔丁出现暂时"失语",一方面是身心遭受的巨大创伤所致。在身体受到暴力侵犯后,那种极大的羞辱感使杰拉尔丁即使在亲人面前也感到难于启齿;同时,她也不愿重新去回忆那段噩梦般的经历,身心俱疲的她无力诉说。事实上,杰拉尔丁非常清楚凶手的身份,她之所以选择沉默,更为重要的原因是,"没有证据能够证明是他干的"③。狡猾的凶手在作案时用枕套蒙住了杰拉尔丁的双眼,使她无法断定自己遭到性侵的准确地点,而这恰恰是整个案件的关键所在。

事实上,对保留地刑事案件的调查审理远比想象中要复杂得多。如前文所述,自 1885 年国会通过《重罪法》,联邦政府就开始全面介入保留地的刑事司法领域,其后的百余年间,国会又颁布了《同化犯罪法》(1898)、《柯蒂斯法》(1898)、《印第安重组法》(1934)、《第 280 号公共法》(1953)、《印第安民权法》

---

① ERDRICH L. The Round House [M]. New York: HarperCollins Publishers, Inc., 2012: 10.

② ERDRICH L. The Round House [M]. New York: HarperCollins Publishers, Inc., 2012: 23.

③ ERDRICH L. The Round House [M]. New York: HarperCollins Publishers, Inc., 2012: 158.

（1968）等诸多涉及印第安保留地司法权限的法律，部落司法权一直处于被严重侵犯、部分恢复、再次侵犯、适当恢复的反复不断的波动之中。到了 20 世纪 80 年代，虽然部落的民事司法获得了较大的自主权，但刑事司法领域依然是乱象丛生，司法主体错综复杂，部落法官时常不得不面对"无牙的主权"这一窘境。小说开篇的场景就形象地刻画出了部落司法权不断遭受外界力量干预的严峻现实，"小树已经侵蚀了我家的地基，它们只不过是长了一两片挺实叶子的小树苗，然而，茎上的新芽已经从装饰在水泥砖上的棕色木瓦的裂缝中挤了出来，它们钻进了看不到的墙里，难以撬动。"①显然，联邦政府与州政府的干预力量已经悄无声息地侵蚀了保留地的根基，尽管它们的破坏力目前还不易令人觉察，但其影响之深，已经难以根除。以杰拉尔丁遭受性侵的案件为例，案发地点在奥吉布瓦保留地的圆屋附近，该地位于"部落托管地、州属地和白人的份地""三类土地的交汇处"②（160）。如果案发地州属地，案件由州法庭负责审理；若发生在白人的份地上，则由联邦法庭负责审理；即使发生在部落托管地范围内，如若罪犯不是印第安人，该案依然不能交由部落法庭来审理。换句话说，部落法庭只有权审理发生在印第安领地上印第安人对印第安人实施的暴力犯罪。而杰拉尔丁遭到侵犯时双眼被蒙住，她根本无法说出凶手作案的确切地点，那么即使凶手被抓住，如何对他进行起诉？用那种法律对其量刑——部落法律、州法律还是联邦法？三个司法主体相互掣肘，每一个环节都盘根错节，令一桩原本普通的刑事案件审理起来举步维艰。

　　杰拉尔丁的沉默不语实际上是一种无奈的选择，因为她的不幸遭遇并非一例个案，而是当代美国千千万万"印第安女性悲惨境遇的一个缩影"③。《圆屋》的编后记中有这样几个令人震惊的数字："三个印第安女性中就有一人会遭到强暴（当然实际数字还要更高些，因为印第安妇女通常不会报告这种事情）；而针对她们的强奸和性骚扰案 86% 都是非印第安裔男子所为。"④保留地

①　ERDRICH L. The Round House [M]. New York：HarperCollins Publishers, Inc., 2012：1.

②　ERDRICH L. The Round House [M]. New York：HarperCollins Publishers, Inc., 2012：160.

③　杨恒. 弱者的失语 法律的缺位——评美国国家图书奖获奖作品《圆屋》[J]. 博览群书, 2013(6)：85.

④　ERDRICH L. The Round House [M]. New York：HarperCollins Publishers, Inc., 2012：319.

上针对印第安妇女的犯罪率何以居高不下？这与联邦政府和州政府对保留地的司法干预有着密不可分的联系。部落法庭在行使刑事司法权时既要受到联邦政府的诸多牵制，又要面对州政府的介入，一直无法拥有完全的刑事司法权，这既造成了司法主体的混乱，又使办案程序变得冗长繁琐。印第安妇女在遭受性侵后，首先要联系部落当局，弄清楚由哪一级司法机构负责此案的调查，再联系该司法机关，等待相关人员来到保留地展开调查。由于联邦和各州的警方缺少专门警力负责印第安领地的事务，整个过程往往要长达数月之久。此外，受到性侵的印第安妇女难以寻求正义还有一个不容忽视的原因，即使受害人向法院提起诉讼，联邦法官和律师通常也会以这样或那样的理由拒绝接手此类案件，因为在他们看来，审理印第安领地的案件有点自降身价，而且官司很难打赢。有联邦法官曾坦言，"要是我想审这类案子，那待在州法庭就好了。"①司法主体不清，调查长期延误，司法官员和律师的相互推诿，保留地司法领域的这些痼疾给不法分子带来了可乘之机。强奸杰拉尔丁的凶犯白人林登就是这样一个善于钻法律空子的人。他在作案后猖狂地叫嚣道，"我不会被抓到的……我一直都在研究法律……我和法官一样懂法律。认识法官是吗？我不怕。"②保留地的司法困局无疑助长了犯罪分子的嚣张气焰，一些白人变得有恃无恐，因为他们在犯下重罪后，依旧可以凭借保留地司法的漏洞，逃脱应有的法律制裁。印第安人一直是美国社会中的弱势群体，长期被排斥在社会的边缘地带，他们寻求正义的呼声微乎其微，根本无法引起主流社会的重视；而印第安女性作为弱势中的弱势，她们的境遇则更为艰难。面对保留地日益严重的暴力威胁，她们纵然反抗，也无法得到正义的伸张，最终只能缄默不语。"失语"成为杰拉尔丁这样一个遭受暴力又无力申诉的弱者的必然结局，而这种"失语状态"也一针见血地影射了部落司法主权屡受侵犯、不得不面对"无牙主权"的残酷现实。

为了真实再现部落司法面临的"无牙主权"之窘境，厄德里克在《圆屋》中通过对法律案件卷宗的模仿和拟写，将印白关系史中真实的历史人物和立法事件与虚构的保留地法律案件卷宗混杂在一起，以仿真的方式为故事的叙述

---

① 见 Riley. *supra note* 1
② ERDRICH L. The Round House [M]. New York：HarperCollins Publishers, Inc., 2012：161.

提供了一个可靠的法律语境,巧妙地将文学想象转变为接近真实的生活场景,使我们再一次看到了厄德里克小说作品中的历史指涉性。书中出现的诸多历史、法律文献并非杜撰,它们大多有史可寻。比如那本由乔的祖父传给父亲的《联邦印第安法手册》(*Handbook of Federal Indian Law*),尽管"锈红色的封皮被磨破,书脊已经开裂",却依然被父亲视为珍宝,"每一页都密密麻麻写满了批注"①并称其为保留地上的《圣经》。历史上费利克斯·科恩(Felix S. Cohen)确有其人,他是美国著名的学者和法律专家,其著作《联邦印第安法手册》是第一部完整记录数百年来美国政府与印第安部落之间签订的条约、联邦政府颁布的有关印第安的法令和决策的文献,因而成为印第安部落索取主权、维护部落权益的重要法律依据。此外,小说中还提到马歇尔大法官在1823—1832年间作出的三项重要判决②:"伦·伍尔夫诉希契科克案""奥列芬特诉苏跨米西族案"③"克劳·道格案",《重罪法》《280号公共法》④等联邦印第安法中一系列影响深远的重大法案,为小说构建了一个宏大而坚实的历史维度,使读者深切感受到印第安部落的司法主权在联邦政府强权干涉之下历经风雨的坎坷之路。

　　然而,在这部浸润着强烈历史感的小说中,厄德里克巧妙地插入了安东尼作为部落法官审理过的案件卷宗,这些部落法庭处理的日常案件与上述重大的历史性法案形成了鲜明的对比,引人深思。其中一个案件是1987年8月16日审理的"德尔林·皮斯诉宾戈宫莱曼·拉马丁"案。宾戈宫的看门人德尔林因风流韵事见罪于自己的老板莱曼,被指控偷盗了公司财物——六个垫圈,每个垫圈约值15美分——并因此遭到解雇。在法庭上,安东尼认为对德尔林盗窃的指控证据不足,判其仍留在公司任职。最令人感到可笑的是,整个案件涉及的财产金额竟然不到1美元!乔曾经以为自己的父亲是一个威风凛凛的大法官,处理的都是"规定条约权利、收复土地"这样的大问题,想象着他在法庭

①　ERDRICH L. The Round House [M]. New York:HarperCollins Publishers, Inc. , 2012:2.

②　ERDRICH L. The Round House [M]. New York:HarperCollins Publishers, Inc. , 2012:228.

③　ERDRICH L. The Round House [M]. New York:HarperCollins Publishers, Inc. , 2012:229.

④　ERDRICH L. The Round House [M]. New York:HarperCollins Publishers, Inc. , 2012:142.

上"双眼直视凶手"。然而当乔亲自帮助父亲整理案件卷宗的时候,他才意识到父亲每天处理的不过是一些"微小、荒唐、琐碎"的事情①。

于是,当读者看到小说中身为部落法官的安东尼面对妻子惨遭施暴却无能为力的尴尬情景时,也许就不会感到惊讶和诧异了。在联邦政府和州政府的强势司法干预下,部落法庭只能处理一些无关痛痒的民事纠纷和偷鸡摸狗之类的小案子,即使这样,它们的司法权限依然不时受到联邦政府的掣肘,举步维艰。厄德里克以虚构法律文本的形式对历史进行"补充性干预",真实而完整地呈现出保留地"无牙主权"的司法窘境。

此外,杰拉尔丁在圆屋附近遭到强暴,事后林登又将其拖至圆屋旁企图把她活活烧死,这一特殊的作案地点也值得仔细研究。圆屋曾是保留地上印第安人举行宗教仪式的圣地。"在过去印第安人不能从事宗教活动的日子里——实际上也没有那么久远:1978 年以前——圆屋是用来举行仪式的。人们假装把它当作一个社交舞厅,或者带着《圣经》来参加聚会……当牧师或者印第安事务局的督察来的时候,水鼓、雕羽、药袋、桦皮书卷和神圣烟斗都已经装上几艘汽船驶进湖里。"②可以说,圆屋是奥吉布瓦人古老宗教与文化的象征,在联邦政府同化政策的高压下,奥吉布瓦人以圆屋为根据地,坚守着本民族的宗教习俗。林登将作案地点选择在圆屋,除了考虑地理位置之便,似乎还隐含着一个更深的意图。林登对杰拉尔丁的强暴,与其说是出于一时性欲的满足,不如说是一种长久以来积压在心底里的对印第安人仇恨的发泄。在杰拉尔丁面前,他毫不掩饰内心对印第安人的厌恶之情,"我想我就是那些憎恨印第安人的人中的一个,他们很久以前就和我们白人不和,尤其是我觉得印第安女人就是——"③"所有的事都弄颠倒了……但是在我这儿,我会把它们都捋顺清楚。强者应该统治弱者,而不是让弱者统治强者!"④林登的这番话,将其内心根深蒂固的种族主义思想暴露无遗。这起针对印第安妇女的暴行已非

---

① ERDRICH L. The Round House [M]. New York:HarperCollins Publishers, Inc., 2012:48.

② ERDRICH L. The Round House [M]. New York:HarperCollins Publishers, Inc., 2012:59–60.

③ 这是杰拉尔丁在复述林登的一段话,后面的话没有复述完,显然那是对印第安女人的侮辱之辞,杰拉尔丁觉得难以启齿。

④ ERDRICH L. The Round House [M]. New York:HarperCollins Publishers, Inc., 2012:161.

简单意义上的强奸案,它实际上具有双重的象征意义:一方面它代表了怀有仇印思想的白人对所有印第安人实施的身体和精神上的双重暴力;另一方面,在圆屋附近强暴奥吉布瓦妇女,更是对古老的奥吉布瓦宗教信仰的严重亵渎和对奥吉布瓦民族的公然蔑视。因此,在圆屋附近发生的这起强奸案可以被视为具有对奥吉布瓦部落主权侵犯的双重隐喻。

小说中乔第一次看到圆屋时的情景发人深省,圆屋"没有门,曾经有一个,但是那块长方形的大厚木板已经被扳掉了,扔在一旁。草从木板中间的缝隙中长了出来……里面模糊不清,虽然四个破烂不堪的小窗户在每个朝向都开着。"①奥吉布瓦人曾经引以为豪的宗教圣地如今已经杂草丛生,一幅残破衰败的凄凉景象。作为保留地精神象征的圆屋被卸掉了大门,随时都有可能有人闯入,侵犯它的领地。昏暗的房屋内设更令人们对保留地的未来充满了深深的忧虑:在司法主权遭受侵犯、暴力事件频发的保留地,印第安人能否突破司法困局,看到重获正义的希望之光?

## 第三节　捍卫司法主权之路

在美国土著小说世界中,我们看到了印第安保留地上的种种司法乱象:部落居民因缺少对西方法律制度的了解,在法庭审理中居于劣势,往往被罪加一等;在西部边疆地区,针对白人对印第安人滥用私刑的现象屡禁不止,而白人暴民在实施暴力后却总是能够免受起诉,法律条款形同虚设;即使在法律观念深入人心的当代社会,由于联邦和州政府对部落司法的多重干预,很多犯罪分子依然能够利用司法体系的漏洞,逃脱法律制裁;甚至由于教会的包庇和纵容,淫乱无度的神父性侵多名土著祭坛男孩也能逍遥法外。面对保留地上日益猖獗的暴力犯罪,面对复杂的部落司法困局,土著居民如何才能保护自己,维护合法权益,使正义得到伸张呢? 土著作家们对此进行了深入的思考和探寻。

---

①　ERDRICH L. The Round House [M]. New York: HarperCollins Publishers, Inc., 2012: 59.

**一、以暴制暴还是诉诸法律？**

在土著小说中,保留地充斥着各种暴力——种族暴力、家庭暴力、性暴力,与此相伴的"以暴制暴"行为屡见不鲜。《圆屋》中年仅 13 岁的乔为了保护遭受性侵的母亲,在挚友凯皮的协助下亲手杀死作恶多端的林登。《米姆神父》中的土著祭坛男孩们与邪恶的米姆神父斗智斗勇,最终将其祭献,还保留地以安宁。《龟壳舞者》中的奥达·比利(Auda Billy)在祖先神灵的帮助下将自己的丈夫——滥用职权的部落首领雷德福德·麦卡莱斯特(Redford McAlester)开枪打死。《鸽灾》中的印第安男子比利深陷于宗教狂热而不能自拔,在外面他广纳信徒,牢牢控制着他们的思想,并借宗教之名收纳多名女子为情妇,供其享乐;在家里他对妻子莫恩百般蹂躏,甚至对自己的亲生骨肉也动辄拳脚相加。莫恩最终不堪忍受丈夫的残暴行径,亲手用蛇毒结果了比利的性命。《踩影游戏》中的印第安画家吉尔试图通过绘画来完全掌控妻子艾琳的身体和灵魂,而艾琳在这场真实与想象的游戏中,也以其人之道还治其人之身,利用虚构的红色日记来不断激怒和折磨吉尔,致使吉尔精神崩溃,选择溺水而亡。

这些"以暴制暴"的故事不断重复上演,是否意味着暴力复仇的方式才是土著美国人伸张正义的最佳途径呢？ 2012 年 5 月,厄德里克在接受法学教授布鲁斯·杜图的采访中曾指出,"社区中长期存在的不公正对所有人的正常生活都产生了巨大影响。当人们觉得无法获得正义的时候,他们或者表现出挫败感,或者试图报复。"①事实上,如果细读文本,我们会发现,土著居民实施复仇的行为在很多情况下实属无奈之举。

在《圆屋》中,尽管乔对侵犯母亲的凶手恨之入骨,但他和父亲安东尼一样,依然期望法律会还受害的母亲一个公道。他们一直在努力寻找凶手,目的就是将其绳之以法。然而凶犯林登被毫发无损地释放出来的事实,彻底摧毁了乔对司法系统抱有的最后一丝希望。当他看到已经年迈的父亲在超市里与邂逅的林登厮打在一起、导致心脏病突发而被送往医院的时候,当他听到母亲

---

① DUTHU N B. Louise Erdrich: A Reading and a Conversation[C]. Montgomery Fellow Lecture. Dartmouth College, 2012 – 05 – 22.

斩钉截铁地说"林登要吃掉我们,我不会让他得逞的。我要阻止他"时①,一种强烈的责任感和使命感油然而生,乔意识到,只要林登一日不伏法,一家人就会一直笼罩在恐惧和不安的阴影中,母亲遭受的心理创伤、情感创伤和精神创伤就无法得到彻底地修复,"我突然想到我该怎么做了"②。因此,与其说乔是在为母复仇,不如说他要以弱小的身躯来保护他深爱的家人,保护母亲免受无处不在的恐惧的威胁以及随时可能遭遇的袭击,保护父亲不再遭受强烈的刺激而心脏病复发,保护他们这个曾经完整而温馨的家庭。在下定决心要独自除掉林登之后,巨大的压力和焦虑感使乔一度心神不定,他甚至希望,"如果拉克搬走了或者溜之大吉,或是像条狗一样被毒死了,或者由于什么原因被抓来,我就解脱了。"③但当他回想起母亲"瘫坐在汽车后座浑身是血",父亲"无助地坐在杂货店油毡地板上"的时候④,乔意识到他已别无选择。厄德里克坦言,在创作这本书的时候,一直萦绕在她心头的一个问题是:"如果一个部落法官——一辈子都在从事法律工作的人——都不能为他心爱的女人找到正义,正义何在? 这本书还涉及数代人遭受非正义所遗留下来的后果,它会带来什么。因为当人们发现无法通过法律体系找到正义的时候,其结果就是个体需要以他们自己的方式来寻求正义。这就带来了混乱。"⑤

与《圆屋》中的乔相比,《米姆神父》中受到性侵的祭坛男孩们的反抗精神则显得更为坚定。由于教会的包庇和神职身份的掩护,米姆神父多次性侵神学院学生和土著祭坛男孩都逃脱了法律的制裁。"只有圣人、恶魔、迷失的神父、某些间谍和总统才享有这样的庇护、恩赐和绝对豁免。"⑥土著祭坛男孩们意识到,只有奋起反抗,才能保护自己,伸张正义。他们制定的方案是,先通过

① ERDRICH L. The Round House [M]. New York: HarperCollins Publishers, Inc. , 2012: 248.

② ERDRICH L. The Round House [M]. New York: HarperCollins Publishers, Inc. , 2012: 249.

③ ERDRICH L. The Round House [M]. New York: HarperCollins Publishers, Inc. , 2012: 272.

④ ERDRICH L. The Round House [M]. New York: HarperCollins Publishers, Inc. , 2012: 281.

⑤ HANSEN L. In "House", Erdrich Sets Revenge on a Reservation [N]. All Things Considered, 2012 - 10 - 02.

⑥ VIZENOR G. Father Meme [M]. Albuquerque: University of New Mexico Press, 2008: 89.

严厉的惩罚措施逼迫米姆神父离开保留地;此法若不奏效,则只能将其献祭。祭坛男孩们采用的惩罚手段别出心裁,他们受天主教苦路十四处(the Fourteen Stations of the Cross)①的启发设计出"十四刑"。这既是对天主教基督受难的一个绝妙讽刺,也是"以彼之道,还施彼身"。具体说来,祭坛男孩之一的叙事者在另两个伙伴的配合掩护下,在暗处狙击米姆神父,目标从神父身边的日常物品,如天主教神父的画像、火炉、煤油灯、浴缸、收音机等,到他手中的物件,如黄书、铁锹、柴禾等,再到他身上穿的雪地靴、头上戴的帽子。这些行动看似凶险,却不致命,充分体现了土著居民嫉恶如仇却诙谐幽默的性格。

　　然而这些略带戏谑的惩罚措施并没有令欲火中烧的米姆神父知难而退,他依旧我行我素。最后,祭祀男孩们不得不决定将米姆神父献祭。在《旧约》中,一个人如果冒犯了上帝,就要提供祭献以求平息上帝的怒火。据《利未记》记载,出现类似情况将执行严格的律法。例如,如果以色列人犯了罪过,他要带来一头山羊或者小母羊,"将手放在羊头上,宰于耶和华面前,宰燔祭牲的地方。"(《利未记》4:33)《圣经》中还记载有赎罪日,这一天,大祭司把手按在一只活山羊的头上,承认人们犯下的诸般罪过。然后这只被称为"替罪羊"的山羊被放到旷野中,仪式性和象征性地带走了所有人的罪愆。(《利未记》16:20-22)《新约》里记载,耶稣牺牲自我被钉在十字架上为人类赎罪,后来才停止了这种祭献活动。土著祭祀男孩们决意将米姆神父杀死来作为对上帝的祭献,看似是一种暴力的行为,实则是在无法通过世俗的律法和司法系统来获取正义的情况下,以上帝的名义伸张正义的无奈之举。维泽纳在一次采访中指出,"我决意在小说中展现土著祭坛男孩们虽然遭受神父的性侵,但从生存的

---

① 苦路十四处源自耶稣在耶路撒冷受难时背着十字架从彼拉多巡抚房到其受难被葬处所经过的道路,基督教称之为十字架路(via cru - cis)或苦路(via dolorosa)。后来方济各会将之发展为一种祈祷和参拜的方式。其十字架景点一般设置在天主教教堂、修道院、墓地或医院内的通道上,或是设在通往教堂、修道院或圣地的道路和山脚上。朝拜者依次前行,每一处都要停下默祷。这14处所展示的耶稣受难主题按此顺序分别为:1. 耶稣被彼拉多判处死刑;2. 耶稣背起十字架;3. 耶稣第一次跌倒在十字架下;4. 耶稣遇见圣母玛利亚;5. 古利奈人(Cyrene)西门(Simon)帮助耶稣背十字架;6. 妇人维洛尼加(Veronica)为耶稣擦汗;7. 耶稣第二次跌倒;8. 耶稣对为他痛哭的耶路撒冷妇女们讲话;9. 耶稣第三次跌倒;10. 耶稣被剥掉衣服;11. 耶稣被钉在十字架上;12. 耶稣在十字架上死去;13. 耶稣的尸体被从十字架上卸下;14. 耶稣被安葬在墓穴中。有些堂区加上第十五处——耶稣复活,为苦路的终极目标画上了完美的句点。

观点来看,他们不是受害者。我创作了一个土著祭坛男孩智胜神父的故事,而非人们所熟知的土著受害者的故事。"①

因此,笔者认为,厄德里克和维泽纳等土著作家是在通过处于弱势的土著居民的复仇行为给当政者敲响警钟,长期的非正义已经严重影响了保留地人民的生活,如不及时采取措施还土著居民以正义,土著居民也有勇气有智慧为获取正义而抗争到底。汉娜·阿伦特对于暴力有过精辟的论述,"暴力不能促进事业的发展,也不能推动历史的进步或革命的进展,但它的确能把不幸形象生动地表现出来,并使它们引起公众的注意。正如克鲁斯·奥布朗所说,'有时我们需要暴力来让人们听到温和的声音'。"②

尽管暴力复仇在某些情况下情有可原,但它带来的后果却影响深远。弗朗西斯·培根在《论复仇》中有云:"最可容忍的一类复仇是针对那种没有相应的法律可以主持公道的罪行的报复:但即便如此,实施复仇的人也需注意不要触及刑律;否则此人的仇敌仍然占上风,与仇敌相比,复仇者则会遭受双倍的困苦。"③这段话一针见血地指出了复仇者需承担的法律风险和责任。《圆屋》中乔的复仇经历似乎恰好验证了这段话的警世效应。首先,虽然复仇计划成功,乔却无法摆脱巨大的心理压力和无尽的恐惧感。他不敢直视父母关切的目光,极力掩盖自己内心的慌乱;每当人们提到林登的名字,他就忍不住一阵作呕;此后他时而噩梦缠身,在梦中大喊大叫;时而看到"后院的鬼魂"在步步靠近,乔知道"他就是警察"④。乔一度感到困惑和迷惘,"我会受到拉克的传染,成为温迪戈吗?"⑤显然,杀死林登后的乔毫无快感,他不得不时刻承受暴力复仇给他带来的沉重的负罪感。更为糟糕的是,乔的复仇将自己的好友凯

①  ROSTKOWSKI J. Conversation with Gerald Vizenor, Series Editor, Poet, Novelist, and Art Critic [C] // ROSTKOWSKI J. Conversations with Remarkable Native Americans. Albany, NY: State University of New York Press, 2012: XLV.

②  汉娜·阿伦特,等. 暴力与文明:喧嚣时代的独特声音 [M]. 王晓娜,译. 北京:新世界出版社, 2013: 28.

③  弗朗西斯·培根. 论君权(英汉双语)[M]. 樊阳程,译. 北京:中国对外翻译出版公司, 2010: 1.

④  ERDRICH L. The Round House [M]. New York: HarperCollins Publishers, Inc., 2012: 307 - 308.

⑤  ERDRICH L. The Round House [M]. New York: HarperCollins Publishers, Inc., 2012: 294.

皮也卷入了这场无妄之灾。出于对好友的兄弟情谊,凯皮在得知乔刺杀林登的计划后一直在暗地里保护着乔,当乔的第一枪射偏后,凯皮及时补中致命的一枪,结果了林登的性命。之后他"双膝跪地""身体前倾,额头贴着地面,双臂抱着头,就像龙卷风眼中的婴儿。"①这个比喻也形象地暗示了凯皮后来的艰难处境,他陷入了杀人的恐惧和情路受阻的双重漩涡中而无法自拔。凯皮带着乔驱车前往蒙大拿去寻找心上人也许是齐丽雅一家即将搬家的形势所迫,但这又何尝不是兄弟二人逃避眼前残酷现实的一个极好的托词呢?然而逃避并不能解决问题,小说结尾处,凯皮不幸死于车祸。

同样的悲剧性一幕也发生在《踩影游戏》的终篇,艾琳在看到丈夫吉尔被水淹没后毅然向他游了过去,最后两人一起从水面上消失。莫恩在复仇后也一直无法摆脱碧利斯的纠缠,可以想见等待她的必将是法律的惩罚。《米姆神父》中作为祭坛男孩之一的叙事者在看到米姆神父被打得浑身是血、无力还击的时候,变得沉默不语,"为我自己的暴力行为而感到羞愧"②。小说结尾的一句话更是引人深思,"亲爱的女士,祭坛男孩们所牺牲的远比那个冬夜温迪戈湖中的邪恶神父多得多。"③祭坛男孩们遭受性侵,牺牲了他们的肉体;更为重要的是,结果了米姆神父的性命,尽管无人追查下去,但这样血淋淋的代价也许他们一生也无法洗清。在《米克王》中,穷其半生以暴力反抗美国政府的黑人女斗士贾斯廷娜(Justina)在晚年接受采访时,对自己年少时的暴力行为后悔不已,她说道:"它(暴力)改变不了任何事情……剩下的唯有留在我们身上的伤痕。"④土著作家莉安·豪在接受笔者采访时也曾坦言:"……我们遭受了太多的暴力,所以这些小说中的人物不得不做出这样的抉择。我认为暴力不是没有代价的,所有事件——驱逐、谋杀、掠夺土地,这些事情都给我们留下了深深的伤痕。所以当我们为此复仇的时候,都已伤痕累累,我们都在撕裂这些

---

① ERDRICH L. The Round House [M]. New York: HarperCollins Publishers, Inc., 2012: 285.

② VIZENOR G. Father Meme [M]. Albuquerque: University of New Mexico Press, 2008: 119.

③ VIZENOR G. Father Meme [M]. Albuquerque: University of New Mexico Press, 2008: 120.

④ HOWE LA. Miko Kings [M]. San Francisco: Aunt Lute Books, 2007: 77.

旧伤。"①这些小说的结局无疑在警示人们,在获取正义的诸多方式中,复仇必定是代价最为昂贵的一种,诉诸暴力也会使复仇者付出沉重的代价。

　　既然以暴制暴的复仇方式并非解决问题的良途,印第安人又应通过何种方式来寻求正义呢? 对于这个问题,厄德里克在《圆屋》中并没有给出明确的答案,但是法官安东尼一直以来所坚守的信念以及为此作出的不懈努力也许会给我们一些有益的启示。

　　安东尼出身于法官世家,其父约瑟夫·库茨在经历了西部拓荒的九死一生后大彻大悟,成为一名部落法官。安东尼在父亲的影响下也进入了司法领域,面对部落司法"无牙主权"的窘境,安东尼虽然也时常感到力不从心,但他依然在为部落司法主权的扩大不懈努力着。汤米·托马斯等齐佩瓦部落居民起诉维兰德超市的案件就是一个典型的例证。该超市被指控在交易中非法向"年纪大了有痴呆症状、年幼的孩童、有精神问题、酒醉或者头脑混乱的部落居民"增收 20%的附加费②。根据相关的民法规定,当原告为印第安人而被告为非印第安人时,案件的审理权由诉讼地点决定。若诉讼地点为除了非印第安人所有土地外的保留地,案件可交由部落(如果法律许可)或州法庭审理;若诉讼地点为非印第安人所有土地外的保留地,则交由各州法庭审理,有时也会由部落法庭审理;若发生印第安人保留地外,则必须由州法庭审理。③ 该案的被告维德兰超市是由白人拉克夫妇经营的产业,且诉讼地点位于被部落托管地环绕的份地上,按民法规定应由州法庭审理。但经验丰富的安东尼在查阅卷宗后指出,维德兰超市和加油站虽然建于份地范围内,但它的"停车场、垃圾装卸场、人行道、水泵、消防栓、污水处理系统"等一系列配套设施都在部落托管地上,"86%的超市顾客都是部落居民"④,每日开车走路都要经过部落托管地,因此部落法庭理应拥有对该案的审判权。这尽管只是一桩普普通通的民事案件,但安东尼不愿放过任何一个案件——无论是民事还是刑事——的审

①　笔者根据此次采访记录整理出访谈文章:《穿行于历史间的讲故事者——美国土著作家莉安·豪访谈录》,即将发表于《外国文学动态研究》2020 年第五期。

②　ERDRICH L. The Round House [M]. New York: HarperCollins Publishers, Inc. , 2012: 49.

③　PEVAR S L. The Rights of Indians and Tribes: The Authoritative ACLU Guide to Indian and Tribal Rights, 3rd [M]. New York: New York University Press, 2004: 225.

④　ERDRICH L. The Round House [M]. New York: HarperCollins Publishers, Inc. , 2012: 49.

理权,多审理一个类似的案件,就意味着又有一部分涉事部落居民的权益得到了应有的保护,意味着部落的司法权限又向外扩展了一小步。当林登钻了法律的漏洞被释放出来时,乔曾大声地质问安东尼,"你抓的不过是些醉鬼和偷热狗的贼……你的权力等于零,老爸,一个大大的零!你什么也管不了,你还管它做什么?"①面对儿子对自己工作的误解和质疑,安东尼耐心地解释道:

> "我们所做的每一件事,无论多么微不足道,都要精心盘算。我们在努力地为部落的主权打下一个坚实的基础,我们努力去挤压我们得到允许的边界,越过边界一小步。总有一天我们的案宗会让国会仔细查阅,最终决定是否扩大我们的司法权。我们渴望得到在我们的领地内对所有种族的罪犯进行起诉的权力。这就是我为什么要在法庭上严格执法的原因。乔,我现在所做的一切都是为了将来,尽管这在你看来可能微不足道、琐碎、无聊。"②

作为部落法官,安东尼坚持从法理出发,在法律许可的范围内以和平的方式竭力维护并力争逐步扩大部落的司法主权。面对妻子遭受恶人强暴的残酷事实,安东尼虽一度失控,在超市里与逍遥法外的凶犯林登动起手来,但他并没有忘记自己作为部落司法代表应尽的职责,一直在努力通过法律手段来解决正义问题。安东尼曾坦言:"我希望能把他(林登)绞死……我把自己想象成一部老西部片里的绞刑法官③;我会很高兴作出那样的判决。但我想到的是,除了扮演牛仔,还有传统的阿尼施那比正义。我们会坐下来决定他的命运。"④乔在杀死林登后曾一度感到困惑和迷惘,他不断地反问自己,"我会受

---

① ERDRICH L. The Round House [M]. New York:HarperCollins Publishers, Inc. , 2012:226.

② ERDRICH L. The Round House [M]. New York:HarperCollins Publishers, Inc. , 2012:229 – 30.

③ 指因对罪犯处以绞刑而著称的法官,也可指在死刑已被废除的情况下对罪犯判以重刑的法官。艾萨克·查尔斯·帕克(Isaac Charles Parker)是历史上著名的绞刑法官之一,他在美国阿肯色西区联邦地区法院担任法官长达21年之久,在他审理过的13,490桩案件中,有160人被宣判死刑,其中79人被处决。

④ ERDRICH L. The Round House [M]. New York:HarperCollins Publishers, Inc. , 2012:196.

到拉克的传染，成为温迪戈(Wiindigoo)①吗？"②显然，乔的个人复仇行为使他陷入了道德与法律的困境，他无法给自己的暴力行为找到合理的解释，因此也无法摆脱挥之不去的罪恶感。安东尼提到的"阿尼施那比正义"恰好为乔的极端行为提供了合理的法律依据，他指出，林登"符合温迪戈的定义"，他的死"满足了一个古老律法的要求"③。

那么，什么是温迪戈？何为温迪戈法律呢？相传温迪戈是在加拿大东北部讲阿尔冈昆语的在印第安部落居住地区流传的一种令人敬畏的神灵。它体形硕大，力大无比；张着血盆大口，呼吸时发出可怕的嘶嘶声。它最大的特点就是喜食人肉，心是用冰做成的。④ 更为恐怖的是，"温迪戈能够把自己的灵魂附在人的身体里，那个人就会变成动物，将同胞视为猎物。"⑤因此，温迪戈逐渐成为贪婪与暴力的代名词，任何贪婪无度、滥用暴力、威胁人们生命的邪恶之人都可以被称为温迪戈。同时人们将温迪戈神话加以整理和归纳，"提供了各种机制，以用来让小的狩猎部群在涉及生死问题时作出艰难的法律抉择"，由此演变出一套完善的"温迪戈法律"。

哈德蕾·弗里德兰(Hardley Friedland)在她的硕士论文"温迪戈法律原则：惩处克里、阿尼施那比和索尔托社群中的恶人"["The Wetiko (Windigo) Legal Principles：Responding to Harmful People in Cree, Anishinabek and Saulteaux Societies"]中指出，"温迪戈法律程序"应包括三个方面：一、判决必须集体公开；二、权威的决策人为部落首领、药师和温迪戈的亲人；三、确定温迪戈

---

① 温迪戈(Wiindigo)一词的拼写有多种变体，如 windigo, wiindigoo, wintego, wihtigo, wetigo, windego, wendigo, wendago, windago, wintigo, wintsigo, wehtigoo, windagoo, windikouk, wendigo, wentiko, wiitiko, whittico, wiindigoog, weendegoag, weendago, weetigo 等。

② ERDRICH L. The Round House [M]. New York：HarperCollins Publishers, Inc., 2012：294.

③ ERDRICH L. The Round House [M]. New York：HarperCollins Publishers, Inc., 2012：306.

④ TEICHER M I. Windigo Psychosis：A Study of a Relationship Between Belief and Behavior among the Indians of Northeastern Canada [M]. Seattle：American Ethnological Society, 1960：2 – 3.

⑤ TEICHER M I. Windigo Psychosis：A Study of a Relationship Between Belief and Behavior among the Indians of Northeastern Canada [M]. Seattle：American Ethnological Society, 1960：180.

必须采取一定的步骤,如识别警示信号,观察、质询、收集各种证据以确定一个人是否属于温迪戈,以及确定应对措施,包括治疗、监视、隔离、惩罚,使之失行为能力。①

厄德里克在《圆屋》中借助穆夏姆的梦中呓语讲述了圆屋的来历,以此来强调古老的奥吉布瓦温迪戈律法的一个重要原则——审慎。在一次严重的饥荒中,纳纳普什的母亲阿琪克薇(Akiikwe)不得不割破胳膊,用自己的血来喂食襁褓中的孩子,早已厌倦了她的丈夫米拉杰(Mirage)借此诬陷阿琪已经成为食人魔,几个族人在米拉杰的蛊惑下,草率地断定阿琪为温迪戈。善良的纳纳普什帮助母亲逃离了部落,途中,与母亲失散的纳纳普什得到了老野牛女人的庇护,挨过一场罕见的暴风雪。最后老野牛女人指引纳纳普什修建一座圆屋来警示人们,"寻求温迪戈正义必须加倍小心"②。

《圆屋》中的林登·拉克无恶不作,他因得不到少女梅拉而怀恨在心,将其残忍杀害;他仇视印第安人,强奸了杰拉尔丁之后还想将她活活烧死;即使对待自己的亲妹妹他也薄情寡义,接受了琳达捐赠的肾脏后全无感激之情。毫无疑问,林登是一个典型的温迪戈。正如安东尼所言,将林登杀死"不是私刑。他的罪行毋庸置疑……拉克杀人是错的,他的罪行适用于理想正义……拉克凭借着土地所有权的法律条款而不受起诉,理想正义恰好厘清了这一不公正的迷局。只有他死了才有出路。"③由此可见,杀死林登是正义的,但乔的做法仍然值得商榷。一方面,按照西方的律法,乔在没有任何法律授权的情况下,以暴力的手段结束了林登的生命,显然违反了联邦法律,无疑要受到法律的惩处。另一方面,乔杀死林登的主要动机是保护父母的安全不再受到威胁,他并没有清晰地意识到自己行为的深刻含义,没有意识到自己正在实施古老的阿尼施那比正义。缺少了社群的支持和传统文化的滋养,乔铤而走险,独自采取行动,结果陷入了深深的恐惧与迷茫。

---

① FRIEDLAND H L. The Wetiko (Windigo) Legal Principles: Responding to Harmful People in Cree, Anishinabek and Saulteaux Societies Past, Present and Future Uses, with a Focus on Contemporary Violence and Child Victimization Concerns [D]. Edmonton: University of Alberta, 2009: 83 – 105.

② ERDRICH L. The Round House [M]. New York: HarperCollins Publishers, Inc., 2012: 187.

③ ERDRICH L. The Round House [M]. New York: HarperCollins Publishers, Inc., 2012: 306.

　　厄德里克在《圆屋》的后记中指出,约翰·鲍罗斯(John Borrows)教授的著作《制定法律:神灵的指引》(*Drawing Out Law: A Spirit's Guide*)对她理解温迪戈法律启示颇多,该书中有这样一番话:

　　"如果我们试图与遇到的每个非正义斗争到底,就会毒害自己的生命。我们必须明智,选择好反击的时机。没有人能够单独面对挑战,有些非正义必须搁置一旁,这样你才能继续生活下去。我不是在为非正义和伤害辩解,这些终究是要处理的,但也许你还没有为所有的补救做好准备。这就是我们为什么要一起努力建立起相互联系的社群的原因。"①

　　在上述土著小说中,我们看到了乔杀死林登后面临的种种挑战,看到了祭坛男孩们杀死神父后的不安,看到了黑人运动领袖的忏悔,也看到了安东尼对保留地不公现象的隐忍和对部落司法的坚守。由此,笔者大胆推断,在美国土著作家们看来,以暴制暴是土著美国人为了自我保护、获取正义而迫不得已的一种做法,但并不是获取正义的最佳方式,盲目的、独自的反击很有可能使施暴者自身也受到伤害;只有依靠社群的通力合作,从部落传统中汲取力量,通过合理的途径进行司法抗争,才能最终实现土著美国人努力追寻的正义。

　　令人略感欣慰的是,2013 年,也就是《圆屋》问世的第二年,保留地的司法乱象终于引起了美国政府的关注,美国国会通过了《反对妇女暴力再授权法》,在一定程度上扩大了部落法庭的司法管辖权力,有力地遏制了保留地上针对印第安女性的犯罪现象,但该法案依旧对部落法庭的执法权限有非常严格的界定。当然,我们还应注意到,美国政府的印第安政策并不稳定,在印第安主权问题上,经常会出现停滞甚至倒退。要寻求部落的司法主权,土著美国人还有很漫长的路要走,正如乔在《圆屋》的结尾所说的那样,"我们继续前行"②。

---

① BORROWS J. Drawing Out Law: A Spirit's Guide [M]. Toronto: University of Toronto Press, 2010: 224.
② ERDRICH L. The Round House [M]. New York: HarperCollins Publishers, Inc. , 2012: 317.

## 二、"沙孟瓦的故事":小提琴与修复式司法

尽管美国的多数土著部落目前都有自己的司法系统,但它们大多效仿的是西方司法体系,并没有融入土著部落传统的法律和习俗。在多数人看来,西方世界的法律体系建设优越而完备,远胜于落后的土著司法传统,以先进的法律体系取代落后的传统律法是社会进步的需要。然而鲜有人知晓或者说愿意承认:

> "美国人生活中独特的政治理想是在印第安人浓厚的民主传统中生发出来的。男女共享的普选权,以州为基础我们称之为联邦制的政治模式,将领袖视为人民的仆人而非主人的惯例,强调社群必须尊重人的差异、尊重人们的多元梦想的做法——所有这一切在哥伦布踏上北美大陆之前就已经成为美国人生活方式的一部分。"①

实际上,易洛魁宪法(Iroquois Constitution)早于美国宪法数百年,它规定设置了一个类似于美国国会的委员会,以检验五大部落之间的权力是否均衡。该宪法提倡和谐一致的理念,促进和平,尊重和维护地方自治,保护言论自由,给予女性选举的权利。代表人民的领袖如果不能恰当地履行职责就会被清出委员会。权力由人民掌握,汇集到领袖们手中,而领袖们必须为人民服务。由此可见,印第安人的许多传统司法实践中蕴含着深邃的哲理和社会法则,至今仍具有宝贵的现实意义。

修复式司法(restorative justice)就是一个典型的例子。所谓的修复式司法,是"一种解决犯罪与冲突的司法过程,它侧重于对受害者所受伤害进行补救,使违法者对自己的犯罪行为负责,并使社区参与到冲突解决的过程中来。"②显然,修复式司法强调的是"修复"和"疗救",目的是恢复社区的和谐与安宁,这在根本上区别于西方司法系统侧重"惩罚"的理念。在小说《鸽灾》中,

---

①　GRINDE D A Jr, JOHANSEN B E. Exemplar of Liberty: Native America and the Evolution of Democracy [M]. Los Angeles: UCLA American Indian Studies Center, 1991: 235.

②　LAW COMMISSION OF CANADA. Transforming Relationships Through Participatory Justice [R/OL]. Ottawa: Law Commission of Canada, 2003.

厄德里克通过艺术的手法向读者展现了古老的土著修复式司法的独特魅力和神奇效力。

"沙孟瓦的故事"(Shamengwa)是《鸽灾》中的一个重要章节,它主要以法官安东尼为叙述者,以小提琴为主线,讲述了沙孟瓦老人、科温·皮斯、皮斯兄弟等奥吉布瓦人与小提琴之间的传奇故事,揭示了土著居民一直以来推崇的修复式司法理念的内在精神及其强大的修复力量。

首先,修复式司法体现在对以沙孟瓦为代表的奥吉布瓦人心灵的修复。沙孟瓦曾经有一个快乐的家,父亲能歌善舞,尤其拉得一手好琴。然而在他四岁的时候,小弟弟不幸死于白喉,母亲因悲痛过度而性情大变,改宗信奉了天主教,不允许父亲再拉小提琴,也不许他再唱歌跳舞。没有了音乐,家里从此失去了往日的欢声笑语。母亲每日都冷冰冰的,经常把年幼的沙孟瓦一个人孤零零地遗忘在角落里。沙孟瓦难过地以为自己失去了母亲的爱,"她强有力的臂膀、她的亲吻、她脸上肥皂的香味、她安抚我的声音,所有的这一切都不见了。"①一次偶然的机会,沙孟瓦发现了父亲藏起来的小提琴,在偷偷练琴的过程中,沙孟瓦渐渐明白了一个道理,原来"自由不仅在于身体的逃避,还在于心灵、头脑和双手的释放。"②"这是一个生存的问题,"沙孟瓦回忆道,"如果没有发现音乐,我会因沉默而死去。"③

沙孟瓦的名字也因小提琴而得名。一次他的手臂骨折,为了不影响练琴,他就自己用一条布把骨折的手臂绑起来,结果造成了永久的残疾。因为他弯曲的手臂很像翅膀,学校里的孩子们就给他起名叫"沙孟瓦",意思是"黑色和橙色相间的蝴蝶"。沙孟瓦欣然接受了这个名字,他庆幸手臂的残疾并没有妨碍他拉小提琴。尽管拉小提琴造成了他身体的畸形,但小提琴也"塑造"了他的艺术人生。沙孟瓦曾感叹道,"能够拉小提琴拯救了我的生命"④。

不仅如此,小提琴还化身为幻象,在沙孟瓦最迷惘无助的时刻为他指引迷

① ERDRICH L. The Plague of Doves [M]. New York:HarperCollins Publishers, Inc., 2008:201.

② ERDRICH L. The Plague of Doves [M]. New York:HarperCollins Publishers, Inc., 2008:202.

③ ERDRICH L. The Plague of Doves [M]. New York:HarperCollins Publishers, Inc., 2008:203.

④ ERDRICH L. The Plague of Doves [M]. New York:HarperCollins Publishers, Inc., 2008:204.

津。许多印第安部落都坚信,部落的神灵会通过幻象(vision)赋予人们超凡的能力,使人们能够预见未来,控制疾病,成为部落的药师、领袖等等。据记载,奥吉布瓦人的祖先原本居住在圣劳伦斯河口附近,大约在1660年左右,他们的祖先受到幻象——一个漂流的贝壳——的指引向西迁徙,当他们到达麦基诺水道(Straits of Mackinac)时,幻象消失了,人们便分作三支队伍朝不同的方向行进,其中一支在苏必利尔湖东岸定居下来,成为现在的奥吉布瓦人。奥吉布瓦人对幻象的重视由此可见一斑。在奥吉布瓦人看来,寻求幻象是对人生目的和意义持续不断的追寻,它对于一个人的成长来说至关重要。人们寻求幻象的方式主要有三种:一是通过举行仪式来寻求幻象。如果年轻人已经为此做好了充足的准备,如沐浴斋戒等,他对自己的幻象就会清晰而完整。二是在面临各种挫折与考验时,人们有可能获得幻象,从中得到新的启示和领悟。三是幻象会进入人的梦境,它的力量非常强大,往往会把人从睡梦中惊醒,最终使做梦的人对自己有更为清醒的认识。这种幻象被称为 Apowawin,在奥吉布瓦语中的意思是"(自我)觉醒"①。

当不堪忍受压抑生活的父亲带着小提琴不辞而别时,沙孟瓦感到"所有的呼吸、所有的思想、所有的感觉"都离他而去了。在没有小提琴的日子里,沙孟瓦的生活重新陷入了死一般的沉寂。这时,一个神奇的幻象进入了沙孟瓦的梦中,第三个叙述者的声音出现了,"去到湖边,坐在南边的石头旁等着,我就会来。"②遵照部落的古老传统,沙孟瓦在湖边为神灵敬献了烟叶,静静地等候。三天三夜后,一个木筏载着黑色的琴匣从湖面深处向他缓缓漂来,这就是沙孟瓦一生中的第二把小提琴。

沙孟瓦是不幸的,他的家庭和许多奥吉布瓦族人一样,遭受了流行病的侵袭,经历了亲人早逝、分崩离析,整个家庭一直笼罩在痛苦和绝望之中。然而沙孟瓦又是幸运的,在痛苦迷惘的时候,小提琴给他带来生活的希望;在陷入绝望的时候,小提琴用幻象指引他在奥吉布瓦的古老传统中汲取力量,重新找回了自我。是小提琴在为沙孟瓦疗伤,帮助他不断自我修复,从孩童成长为男人,完成了他最重要的人生转变。

---

① NATIVE ART IN CANADA. Vision Quest[EB/OL]. Native Art in Canada.
② ERDRICH L. The Plague of Doves [M]. New York:HarperCollins Publishers, Inc., 2008:205.

其次,修复式司法体现在小提琴对科温·皮斯的改造,是小提琴挽救了他,使他重新成为一个对社会有用的人。原来的科温·皮斯在人们心中一直是个问题少年,为了弄到钱经常参与赌博,到处招摇撞骗,醉酒驾车,女朋友成群……可谓劣迹斑斑。有些人认为像他这样的"反社会分子,边缘人物,一个自从辍学就玩弄毒品的人"①,没有什么挽救价值了。然而部落法官安东尼却一直没有放弃对他的关注。在科温·皮斯偷窃沙孟瓦小提琴这个案子上,安东尼法官决定"开创先例",利用自己手中的一点小"特权",基于部落传统的修复式司法理念对科温量刑。首先,他把自己的想法告诉了沙孟瓦,征得受害人的同意和谅解,然后才宣布判决结果:判科温给小提琴大师沙孟瓦作学徒,"每周六天,每天上午两个小时,下班后有三个小时的练习时间,他可以选择学习拉小提琴,或者服刑。"②

安东尼法官作出这样的判决,主要出于三方面的考虑:首先,安东尼相信科温并非不可救药。科温身世可怜,很小就失去了家庭的关爱,他之所以到处惹是生非、偷鸡摸狗,与"他父亲犯下的弥天大罪"③和"母亲后来的酗酒"不无关系。④ 其次,安东尼认为科温身上蕴含的音乐天赋也许能够帮助他改邪归正。科温在偷走小提琴后,并没有恶意将它损坏,还渐渐地迷上了小提琴,这使安东尼想到了科温·皮斯的先人——亨利·皮斯和拉斐特·皮斯⑤,也许科温遗传了祖先们的音乐天赋。皮斯兄弟的小提琴声曾经在危急时刻挽救了安东尼的祖父,也许小提琴也会挽救他们的后人科温。更为重要的是,安东尼在

---

① ERDRICH L. The Plague of Doves [M]. New York:HarperCollins Publishers, Inc., 2008:197.

② ERDRICH L. The Plague of Doves [M]. New York:HarperCollins Publishers, Inc., 2008:209.

③ 科温·皮斯的父亲叫约翰·维尔德施特兰德(John Wildstrand),他本已与尼芙·哈普 (Neve Harp)成婚,却与印第安女子麦琪·皮斯(Maggie Peace)有了私情。为了供养已经怀孕的麦琪,约翰决定铤而走险,与麦琪的弟弟比利·皮斯合谋绑架自己的妻子尼芙以索取赎金。麦琪得知真相后不再理睬约翰,并让儿子随自己的姓氏。尼芙后来也知道了事情的来龙去脉,她报了警,约翰被捕入狱。

④ ERDRICH L. The Plague of Doves [M]. New York:HarperCollins Publishers, Inc., 2008:197 - 198.

⑤ 在《小镇狂热》一章中安东尼讲述了他的祖父约瑟夫·库茨随镇址考察队去西部勘测的故事,其中就有亨利·皮斯和拉斐特·皮斯两兄弟,他们悠扬的小提琴声曾帮助队员们在一场猛烈的暴风雪中幸存下来。

思考如何对蒙受损失的受害者进行赔偿。沙孟瓦老人在丢失小提琴后,身心受到了严重的打击,精神一度萎靡不振;同时,小提琴也是部落居民生活中不可或缺的一部分,它的失窃对整个社区也产生了不小的影响,人们的欢乐与痛苦、回忆与梦想都和失踪的小提琴一起被带走了,往日热闹活跃的社区一时间变得死气沉沉。如果仅仅把科温关进监狱,施以报复性的惩罚,显然无法有效弥补沙孟瓦老人和社区居民遭受的精神损失。

事实证明,安东尼基于修复式司法理念作出的判决是完全正确的。科温对小提琴表现出了极大的热情,不到两年时间,他的演奏技艺就突飞猛进,人们有时甚至可以从他的小提琴声中听到老沙孟瓦的风范。安东尼欣慰地感到,"历史有时候是站在我们这边的,把一个老人和顽固不化的少年犯放在一起,这样具有理想主义色彩的做法居然也行得通,或者说有些效果,至少没变得更糟。"①

可以说,安东尼法官对科温·皮斯的审判完美地诠释了部落法庭修复式司法的理念。所谓"修复",就是既让受害者受伤的心灵得到平抚,又使罪犯的灵魂得到拯救,获得康复,恢复为一个心灵健全的人。修复式司法的目的就是"恢复社区内部的和平与平衡,使被告与自己的良心和解、与受害者个人或其家庭达成和解。"②因此,法庭的判决一方面给科温带来了改过自新的机会,使他在学习小提琴的过程中找到了生活的乐趣,发现了人生的意义,并通过刻苦的训练修复了破损的人格,实现了自己的人生价值;另一方面,这一判决充分体现了土著部落崇尚的传统价值观念,如对部落传统文化的传承、对部落信仰的尊重。沙孟瓦老人将自己的小提琴技艺传授给科温,实现了古老的传统文化在部落内部代代相传,对于一个年逾古稀的老艺人来说,还有什么比这更让人感到安慰的呢!更为重要的是,部落居民之间的关系也因此得到了令人满意的修复。沙孟瓦去世后,科温成了保留地上新的小提琴手,他和师父一样无偿地为社区居民演奏小提琴,为所有人带去精神上的愉悦。整个社区最终又恢复了往日的欢乐与祥和。

---

① ERDRICH L. The Plague of Doves [M]. New York：HarperCollins Publishers, Inc., 2008：210.

② ABORIGINAL JUSTICE INQUIRY OF MANITOBA. Volume 1：The Justice System and Aboriginal People [R]. Winnipeg：Queens Printer, 1999：22.

出人意料的是,这把由沙孟瓦传给科温的小提琴,背后竟然还隐藏着一个尘封多年的秘密。原来小提琴最初的主人是法国神父杰西普林(Jasprine),他在去世前把它送给了祭台助手,也就是亨利·皮斯的父亲。小提琴深受皮斯一家人的喜爱,皮斯兄弟都对它心仪已久。父亲在临终前留下遗嘱,让兄弟俩以赛木筏的方式来决定小提琴的归属。为了得到心爱的小提琴,兄弟俩暗地里在对方的木筏上做了手脚,结果弟弟拉斐特再也没有回来。亨利虽然最终得到了小提琴,却永远地失去了亲爱的弟弟。为了赎罪,亨利远离社区居住在湖边,每日为拉斐特拉小提琴。当他老去之时,他把小提琴绑在木筏上,把他送还给弟弟拉斐特。这个看似由小提琴引起的兄弟相残的故事,实际上也体现了奥吉布瓦人一以贯之的修复式司法理念。事实上,兄弟俩在木筏比赛中都违反了公平竞争的原则,不幸的是弟弟为此尝到了苦果,哥哥通过每日在湖边拉小提琴来赎罪,也是对自己过失的反省和修正。最终小提琴随木筏漂流而下找到了它的新主人,喻指了奥吉布瓦人的这种修复式司法精神会代代相传,生生不息。

皮斯兄弟、沙孟瓦和科温·皮斯是不同时代奥吉布瓦人的代表,他们各自的经历反映了几百年来奥吉布瓦人的苦难历史和人生际遇:赖以生存的土地一点点被白人蚕食殆尽,白喉、天花等传染病在保留地肆虐横行,传统的宗教信仰在西方宗教的侵蚀下日渐式微,失去土地的人们酗酒赌博成风……残酷的历史与现实使奥吉布瓦人伤痕累累,而小提琴"细腻而优美""能激发出人们内心的情感"①。

"小提琴的乐音超出了音乐本身的范畴——至少不是我们通常所听到的那种,他的音乐有生命,能让人瞬时感受到某种深邃而欢乐的东西。那一个个领悟真知的时刻如此深奥、如此强大,以致我们不得不用日常生活去掩盖。那音乐拍打着我们恐惧的背脊,让我们想到曾经经历过的、但再也不想重复上演的事情。那些被撕成碎片的幻想、自欺欺人的憧憬、恐惧和出人意料的喜悦。不,我们不能活在那样的音调里。但是不时地会有东西会像冰一样破碎,使我们陷于

① ERDRICH L. The Plague of Doves [M]. New York: HarperCollins Publishers, Inc., 2008: 197.

生活的逆流之中。我们意识到了这一点,不知怎的,通过这音乐,通过沙孟瓦的弹奏意识到了这一点。"①

音乐是无言的话语,它蕴含着人生的体验与真理。沙孟瓦的小提琴声勾起了土著居民极为复杂的情感,对部族古老传统和悠久历史的追忆,对近百年来部落苦难历程的反思,还有对未来生活的美好憧憬。他的琴声好似一剂良药,默默地抚平人们心头的伤痛。

小提琴不仅在不同时空中具有神奇的疗救修复功能,也能以修复式司法的形式来惩治人的恶行。在《鸽灾》开头的独奏部分,一个神秘的枪手举枪对准了婴儿床里的女婴,留声机里的小提琴声"甜美中透着一丝怪异,在渐强中达到高潮"②。原来这就是1911年发生在保留地附近的那场暗杀事件中的一幕,后来几个印第安人被白人村民误认为是凶手而活活绞死,这一事件对私刑的受害者、参与者及双方各自的后代人均产生了深远的影响,但谁才是暗杀事件的真凶,人们一直众说纷纭,莫衷一是。在小说的结尾处,科温·皮斯去州立医院为在那里实习的埃维莉娜演奏小提琴。一个名叫沃伦·沃尔德(Warren Wolde)的患者在听到小提琴声后"一下子崩溃了","当天夜里就离开了人世"③。直到此时,暗杀事件的真相才彻底浮出水面。在沃伦举枪对准婴儿的生死关头,是一段超凡脱俗的小提琴独奏,触动了他心头最柔软的部分,唤醒了他内心一丝尚未泯灭的人性,使女婴在枪口下逃过一劫。数年后,又是一段奇妙的小提琴乐曲,揭开了沃伦灵魂深处难以愈合的伤疤,几十年来对良知的拷问、内心的折磨、痛苦与悔恨、恐惧和忏悔一起涌上心头。"这段小提琴演奏是世上独一无二的,音乐中隐含着模糊的信念。音乐能够理解,无论我们沉浸在痛苦中还是头脑清醒,虽然清醒也令人痛苦,音乐总会在那里。"④虽然沃伦最终没有被送上法庭,但无时无刻不在的罪恶感早已使他接受了道德的审判,

① ERDRICH L. The Plague of Doves [M]. New York:HarperCollins Publishers, Inc., 2008:196.

② ERDRICH L. The Plague of Doves [M]. New York:HarperCollins Publishers, Inc., 2008:1.

③ ERDRICH L. The Plague of Doves [M]. New York:HarperCollins Publishers, Inc., 2008:310.

④ ERDRICH L. The Plague of Doves [M]. New York:HarperCollins Publishers, Inc., 2008:246.

他一直偷偷为科迪莉亚送钱,在临终时又留给她一大笔钱,都是在为他当年的恶行赎罪。最后时刻,小提琴以一种独特的司法形式结束了沃伦罪恶的一生,还无辜死去的人们以公道,但它留给后人的已不再是痛苦和仇恨,而是一种释然与和解。这不正是修复式司法的意义所在吗?

值得一提的是,在故事情节的设计中,厄德里克选取小提琴作为构建贯穿整个故事的象征意象,而不是更为古老的鼓、风笛等印第安传统乐器,确是别具深意。沙孟瓦所钟爱的小提琴(fiddle)与英文中的violin虽然在制作工艺、使用材质和外形等方面极为相似,但它们的演奏风格和方法却迥然不同。确切地说,fiddle是一种民间乐器,与violin相比,它演奏的乐曲活泼欢快、节奏感强,弓法复杂而富于变化,适合舞蹈伴奏和节日的庆祝活动,曾在英国、爱尔兰和北欧的一些国家非常流行,后来随欧洲殖民者传入北美大陆。到了18世纪,印第安人开始演奏这种小提琴,并在乐曲中融入了本民族的风格元素,渐渐地小提琴成为深受印第安人喜爱的一种乐器,有些印第安人创作的小提琴曲目如今已被视为重要的印第安传统音乐。① 印第安人热爱音乐,他们认为音乐是神圣的,可以被用来治愈心灵的创伤、建立与社群的联系。小提琴虽然起源于西方,但它轻松欢快的演奏风格和口传心授的传承方式与印第安人纯朴爽直、亲近自然的性格是非常契合的。

此外,"沙孟瓦的故事"的叙事模式具有一种循环往复性,从结构上呼应了奥吉布瓦人相互关联、和谐修复的价值理念。整个故事中共有四个叙述者,安东尼是这个故事中的第一个、也是最主要的叙述者,他的讲述构建起整个故事的框架——沙孟瓦的小提琴失而复得的经过、小提琴对科温·皮斯的改造、小提琴对部落居民生活的影响……在安东尼的叙述中,又嵌入了另外三个叙述者:沙孟瓦在"第一把小提琴"一节中讲述了自己生命中的两把小提琴的故事;"静默的乐章"一节表面上看采用的是第三人称全知视角,讲述了科温·皮斯偷走小提琴后的一举一动,然而这个全知视角实则就是保留地居民的成百上千双眼睛。法官安东尼曾说过:

"通过法院系统或者部落警察的情报网,我会了解一些情况,什么八卦新闻、谣言、传闻、废话之类的,或者就是些错误信息。……这

① LEVINE V L. Music History of the Native Americans[DB/OL]. Encyclopedia Britannica.

172

些情报有时候是错的,或者被夸大了,但仍然会包含点儿有用的真相。就拿这个案件来说,科温·皮斯总是挂在人们的嘴上,尽管没有直接的证据表明他犯了罪。"①

安东尼的这段话表明,部落居民之间的关系是互通的,人们相互熟悉、彼此了解,共同编织了一张错综复杂的部落关系之网,任何人的异常举动或者不法行为都会被周围的人捕捉到,因此偷走小提琴的科温即使躲藏在地下室里,也无法逃脱部落居民凝视的目光。最后一个叙述者印第安男子亨利·皮斯在写给弟弟拉斐特的信中,讲述了兄弟二人为了小提琴手足相残的故事,这封忏悔书恰好揭示了沙孟瓦第二把小提琴的来历,整个故事由此首尾相连,画上了一个完整的句号。

"在奥吉布瓦神话中,它(四)是一个表示圆满的数字……一个幸运数字。"②在这个故事中,四个叙述者的讲述相互联系、环环相扣,互为补充,构建起一张精妙的叙事之网,就如同部落成员之间关系之网一样,触动这张网上的任何一根丝线、一个节点都会在整个部落中掀起不小的波澜。"奥吉布瓦人的世界观强调的是互惠的社会关系的重要性,这种社会关系远远超出了建立在血缘关系之上的亲属关系。"③因此,社群的和谐与安定永远都是土著部落的最重要的价值追求,这也是修复式司法的核心与基石。

约翰·鲍罗斯教授的《制定法律:神灵的指引》中有这样一段话:"当我们的传统与周围的世界互动起来的时候,它们就变得生机勃勃,意义重大。如果我们不运用它们,我们看待法律的独特视角就会被人忘却。"④厄德里克通过"沙孟瓦的故事"中小提琴背后的修复式司法,生动地再现了奥吉布瓦人对人与人、人与社群之间互动、互惠、互助关系的深刻理解,同时也向世人证明,奥吉布瓦人拥有自己独特的律法,而且这些传统法律在当代土著社会依然发挥

---

① ERDRICH L. The Plague of Doves [M]. New York:HarperCollins Publishers, Inc., 2008:197.

② CHAVKIN A, CHAVKIN N F. Conversations with Louise Erdrich and Michael Dorris [M]. Jackson:University Press of Mississippi, 1994:45.

③ DOERFLER J. Centering Anishinaabeg Studies:Understanding the World through Stories [M]. East Lansing:Michigan State University Press, 2013:119.

④ BORROWS J. Drawing Out Law:A Spirit's Guide [M]. Toronto:University of Toronto Press, 2010:219.

着不可替代的作用。因此,有必要继承和发扬传统的部落法律。

复兴古老的土著法律对于土著美国人争取部落司法主权、获取正义具有特殊的意义。法学教授伊斯莱塔普韦布洛部落成员克里斯汀·祖尼·克鲁兹(Christine Zuni Cruz)指出,"如果一个土著民族的法律基于它的内在价值和规范,它的主权就会得到巩固……而且,它会使不同土著民族的人采用各自的司法体系的需求得到加强。"①在白人长期的殖民统治下,土著美国人的传统司法不可避免地受到了西方司法体系的冲击,要维护部落的司法主权,部落政府一方面要努力恢复部落的传统律法,将其作为土著部落司法基础的一个重要部分,以保护土著居民的生活方式和法律途径;同时在传统司法与西方司法之间寻求一种平衡,努力将两种司法体系融入当代土著司法的结构、规范和实践中,建立一种全新的司法体系,为部落政府更好地管理社区服务。

---

① CRUZ C Z. Tribal Law as Indigenous Social Reality and Separate Consciousness:[Re]In-corporating Customs and Traditions into Tribal Law [J]. Tribal Law Journal, 2000—2001 (1):2.

# 第五章

## 土著历史由我们自己来书写

### ——土著美国人关于历史书写的正义诉求

"过去，美国印第安人完全有理由不信任甚至蔑视专业研究者。他们无数次地歪曲印第安人的历史，错误再现他们的生活方式。现在有必要更正这些记录，按照应有的样子来书写历史，以正确的方式解释土著居民的过去。……印第安人的朋友可以加入我们伟大的工程，帮助我们但不要领导我们，协助我们但不要逼迫我们，参与进来但不要接管一切。"①

——《印第安历史学家》第一期《政策声明》

美国土著拉科他人有句谚语："一个没有历史的民族就像吹过野牛草的风。"也就是说，如果不重视本民族的历史，就无法掌握前进的方向。因此，一个民族是否能将历史和传统代代相传对于民族文化的延续至关重要。一旦历史被刻意掩盖或歪曲，人民与过去的联系纽带就被割断，社群内部就会失去凝聚力，逐步走向瓦解；人民精神上无所依托，最终陷入身份危机。土著美国人就经历着这样的遭遇：在以白人历史学家为主导的历史叙述中，土著历史不仅被边缘化、消音化，而且在为数不多的有关土著美国人的历史文献中，往往充斥着种族偏见、事实歪曲和去人性化的刻板印象。

---

① Editor. A Statement of Policy [J]. Indian Historian, 1964, 1(1): 536–541.

## 第一节　被歪曲的历史与印第安想象

### 一、白人历史学家书写的土著历史

以1492年哥伦布发现美洲大陆为起点的美国主流历史叙事对于美国土著居民的记述从来都是极为不利的。在欧洲白人的道德框架下,白人移民总是高高在上,殖民叙事将这段历史描述成一群勇敢无畏的白人移民踏上一块广袤无垠、荒无人烟的新大陆,给这片野蛮而蒙昧的土地带来开化与文明。尽管一些学者对这一叙事的诸多因素,如"蛮荒的处女地""野蛮"与"文明"的对立等说法提出质疑,但大部分人仍然认为,在他们的祖先到达美洲大陆之前,这里的确是一块蛮荒之地,蒙昧无知,于是这种建立在欧美移民世界观基础上的顽固偏见在北美历史的编纂史中变得根深蒂固。即使将某些显而易见的反土著思想去除出去,对美洲大陆的殖民假想和文化编码依旧影响着对美国土著居民历史的正确书写。

美国历史教科书是从欧洲中心论,尤其是白人盎格鲁—撒克逊新教徒的视角进行编写的,自从哥伦布到达美洲大陆以来,最初欧洲移民的后代们依旧掌握着美国政治、社会和经济的命脉,许多美国历史书上的歪曲书写都是试图在为白人先辈的所作所为正名,这已俨然成为他们继续掌握权力的策略。以史书对1871年亚利桑那州发生的一起屠杀印第安人事件的记载为例。1871年4月的一个早晨,一队美国联军杀死和奴役了数十个西部的阿帕奇人(A-pache),他们大多是手无寸铁的妇女和儿童,当时已经向美军投降。屠杀事件发生一周后,《亚利桑那公民报》(The Arizona Citizen)编辑约翰·沃森(John Wasson)撰文道:

> "此次屠杀事件事出有因,完全是出于自卫。按照圣皮德罗、索诺伊塔(Sonoita)和圣克鲁兹(Santa Cruz)几个河谷人口锐减的速度,对于剩下的农民、牲口贩子和邮递员等人来说,要么就走这条路,要么就是死。要是说这件事表明我们的人民身上具有野蛮性,那显然是诽谤,我们相信,在亚利桑那州过去的这些年每周关于屠杀的报道

以及报道数量的上升,都足以使我们读者以外的所有人确信,令人吃惊的不是现在发生了这样的杀戮,而是这样的杀戮延迟了如此长的时间。"①

在沃森看来,印第安人是威胁白人定居者安全的罪魁祸首,早就应该被铲除掉。八年后,此次屠杀的主要领导者和参与者威廉·S·欧利(William S. Oury)在图森当地的报纸《每周之星》(Weekly Star)上发表文章讲述了该事件。他解释说,之所以屠杀这些阿帕奇人,是因为他们并没有真正屈服,而是凭借堡垒作为掩护,进行袭击和掠夺。② 1885 年,欧利在亚利桑那历史协会作报告时再次辩解道:"印第安人展开了谋杀的狂欢,洗劫了我们所有的定居点,令我们的人民惊恐万状,近乎麻木。"③欧利想以此证明屠杀阿帕奇人的合法性,使人们相信这是一种正义的复仇行动。于是在这样的殖民叙事中,受害者变成了侵略者,"土著居民成为入侵者,而殖民者成为土著"④。欧利只是当时"改写"历史的众多殖民者之一,此类歪曲事实的历史书写不胜枚举。接下来的数十年间,有关此次事件的大量专著、文章相继涌现,然而几乎所有文本都是从美国白人的视角来重复叙述这些屠杀事件,将所有的罪责完全推卸到印第安人身上。

美国白人的历史书写也是有选择性的,在对历史事件的记述中,白人历史学家们往往会刻意放大那些有利于扩大白人影响力的方面,而对于无益于突出白人丰功伟绩的部分则一带而过甚至略过不提。在讨论路易斯—克拉克(Lewis and Clark)远征这一历史事件时,白人历史学家们的着眼点在于此次远征在美国发展史上的重大意义,他们津津乐道地描述两个冒险家如何指挥一队探险者深入腹地,在穿越北美大陆、抵达太平洋的途中获取关于美国西部广泛的地理知识,绘制主要河流山脉的地图,了解地质、土壤和动植物的分布情

---

① WASSON J. Bloody Retaliation [N]. Arizona Citizen, 1871 – 05 – 06.

② OURY W S. Historical Truth: The So – Called "Camp Grant Massacre" of 1871 [N]. Arizona Weekly Star, 1879 – 07 – 03.

③ OURY W S. Article on Camp Grant Massacre [R]. Tucson: Arizona Historical Society, 1885: 13.

④ COLWELL – CHANTHAPHONH C. When History is Myth: Genocide and the Transmogrification of American Indians [J]. American Indian Cultural and Research Journal, 2005 (2): 115.

况,观察、记录数以千计的动植物物种,强调他们为美国政府作出的伟大贡献,认为他们的壮举既为人们认识广阔的西部世界提供了极为宝贵的资料,也为随之而来的西进运动做好准备。而鲜有历史学家提及此次远征给西部印第安人带来的重要影响。路易斯—克拉克远征开启了美国对西部的入侵,以确保西部为美国提供充足的牛羊、谷物和资金。这就意味着牛羊进来了,北美野牛灭绝了;杂交谷物引进来,大草原的草消失了;资本源源不断地流入,那些不适应资本主义进程的人和文化逐渐消亡了。路易斯—克拉克的故事又是一个为征服者高唱赞歌、为掠夺土地行为寻找正当理由的殖民叙事。

在对克拉克远征的记述中,印第安人往往被描述成凶暴残忍的野蛮人,给远征队员们的西部之旅带来了诸多麻烦和危险。事实上,在很多情况下,印第安人非但不是远征队前进路上的障碍,反而是他们重要的盟友。人们往往把路易斯—克拉克远征视为古希腊奥德赛的翻版,这种说法并不准确。从对远征队的日志和其他旅行者记录下来的材料进行的分析表明,在远征的两年多时间里,印第安人曾数次伸出援手,在危急时刻挽救了远征队员的生命。可以毫不夸张地说,没有印第安人的帮助,远征队员可能早已命丧荒野,或者在半途无功而返了。此外,路易斯、克拉克探险的美国西部也并不是荒无人烟的空旷之地,印第安人世世代代在生活在那片土地上,他们不是好莱坞大片中千篇一律的印第安人,他们有名有姓,如曼丹(Mandan)首领黑猫、肖肖尼部落(Shoshone)莱姆哈伊族(Lemhi)首领凯米哈维特(Cameahwait)和少女萨卡加维亚(Sacagawea)、克莱措(Clatsop)村庄首领考伯卫(Coboway)等等。可以说,美国土著是路易斯—克拉克远征历史事件的中心,而非为白人冒险故事增色的调色板。

进入 20 世纪 70 年代,随着美国国内少数族裔民主运动的蓬勃发展,迫于舆论的压力,白人历史学家们已经不再将诋毁土著居民的文字赤裸裸地见诸于笔端,而是在叙事中采用更为隐蔽的去语境化策略,以达到歪曲历史、推卸白人殖民者罪责的目的,这种做法具有很强的迷惑性和欺骗性。在谈论土著问题时,语境非常重要,很多白人评论家往往拒绝承认这些语境,因为在政治、经济上遭受压迫而导致的落后与人性上的缺陷导致的落后有巨大的区别,因美国政府单方面破坏与部落签订的条约而导致的印白冲突与印第安部落无端袭击和俘虏白人也有巨大的区别。这些关于土著居民能力低下、凶暴残忍的历史叙事是殖民罪恶的外化,而去除了白人的殖民语境,历史学家们才能够将白人殖民者的劫掠行为合法化,从而将他们的罪行洗白。在南达科他州克莱恩博物馆(Klein Museum)前树立着一块历史纪念碑,是1973年以博物馆为首的当地几个机构联合为纪念"愚人士兵"的英勇事迹而设立的,碑上的献词写道:

> "1862年,一队怀有敌意的桑蒂苏族人(Santee Sioux)扣押了白人掳囚,一场惊心动魄的营救行动在该址附近展开。11月一个寒冷的日子,一支由11名提顿苏族(Teton Sioux)青年组成的队伍离开皮埃尔堡(Fort Pierre)⋯⋯用他们带去的食物和毛毯来交换9名妇女和儿童。⋯⋯桑蒂人极力讨价还价,提顿青年们为了能够成功交换掳囚,不得不交出了包括枪支和马匹在内的所有物质财产,只留下一辆马车拉着身心俱疲的掳囚步行百余里,⋯⋯提顿青年们长途跋涉,把自己的衣物都让给白人妇女和儿童。他们这种基督徒般的仁慈义举从未得到美国政府的奖赏,也没有记录表明他们交换出自己的个人物品后得到了任何补偿。当时桑蒂人已经开始交战,他们获胜的几率很大,因此,这些提顿青年被称为'愚人士兵团'。"①

表面上看,这段文字是在大力颂扬"愚人士兵"不顾个人安危、历尽千辛解救白人掳囚的壮举,似乎承认了印第安人中也不乏深明大义、怀有基督徒式的慈善之心的仁义之士,印第安人也有好坏之分。然而,很少有人注意到,在这段所谓"真实"的叙事背后,许多历史真相被刻意忽略了。

首先,联邦政府对印第安人实施的种族灭绝政策在叙述中只字未提,这是事件发生的起因。囚掳事件的背景是1862年在明尼苏达州爆发的小乌鸦战争(The Little Crow War),当时美国政府破坏与部落签订的协议,窃取部落的土地,致使苏族人遭遇了严重的饥荒。达科他马德瓦坎顿(Mdewakantonwan Dakota)苏族首领小乌鸦不得已向美国政府宣战,他在写给亨利·H·西布利(Henry H. Sibley)上校的信中讲述了联邦事务局官员的腐败欺诈行为,讲述了

---

① From the inscription on the Fool Soldiers monument at the Klein Museum, Mobridge, South Dakota.

族人在忍饥挨饿。他宣称:"我们已经囚禁了一些俘虏,我们会善待我们的俘虏。"①由此可见,囚掳行为实属处于饥寒交迫之中的印第安人的无奈之举,并非他们生性残暴,肆意挑衅。忽略事件发生的起因,实际上就是在否定桑蒂苏族人奋起反抗美国政府欺骗行为的正义性。其次,以拓荒者历史模式叙述的献词表明,激励提顿青年有此义举的不是拉科他人的传统,而是基督教的正义思想,也表明这和 19 世纪的拓荒者叙事模式毫无二致。从印第安人的角度来说,"愚人士兵"的解救行动实际上是对部落联盟的一种背叛,如果将他们的行为颂扬为英勇无畏,则表明为殖民入侵者做事与为部落效忠两件事之间并无矛盾,这显然是对公众的误导。因此,对于那些想遵从部落传统而非基督教正义思想的印第安人来说,殖民历史叙事根本就没有留给他们任何再现的空间。此外,还有一件被略去不提的事实是,后来在被搭救的白人掳囚中,有位女子声称在返回途中遭到了性侵,为此,美国军事法庭最终处决了"愚人士兵"中的几个人。这难道不是一个极大的讽刺吗? 而单方面聚焦整个事件中白人妇女和儿童被囚禁的部分,无疑会加深社会公众对印第安人的负面印象。

对此,伊丽莎白·库克林曾有过一段精辟的阐释,"……当历史将印第安人的空间缩短为时间,将事件置于没有语境的维度,当历史书写处于一个孤立的空间,这样的历史必然带有殖民主义的意图,因为考虑到事件在缺少理性分析和解读的思维方式中可能得到合法化,事件的真相就会变得固化,能够被任意拆分,放置于任何模式中。"②

美国历史学家还善于使用文字游戏,以一套特殊用词为美国政府的殖民行为洗白。他们通常把美国政府破坏与部落关系的行为描述为"不幸的"或者"具有讽刺意味的",在提及美国政府的暴行时尽量采用被动语态,如"错误被犯",从而巧妙地避免提及真正的罪魁祸首。在讨论美国政府与部落政府问题的历史著作中,历史学家们往往称美国政府为"政府"(the government),这里的定冠词 the 隐含的意思就是唯一合法的政府,它凌驾于其他部落政府之上,无形中消解了部落政府的地位。政府鼓吹的经济发展(economic development),

---

① Documents in the Doane and Will Robinson Collections, 1904 – 54, Department of History, South Dakota State Historical Society, Pierre.

② COOK – LYNN E. The Lewis and Clark Story, the Captive Narrative, and the Pitfalls of Indian History [J]. Wicazo Sa Review, 2004, 19(1): 32.

实际上是掠夺土著居民的土地和自然资源;所谓的印白和解(reconciliation),实质是启动国家程序,将对土著居民家园的持续占领合法化;媒体上报道的抗议(protest)行动,其实是土著居民在保护他们的家园;一个轻描淡写的战斗(combat),也许就是对土著居民的一场大屠杀;而所谓的同化(assimilation),对土著居民而言则意味着种族灭绝。

白人历史学家利用语言发展并持续维护一种意识形态,他们将美国领土对外扩张、屠杀印第安人的罪责推到印第安人头上,试图利用类似的屠杀事件和各种历史渠道,建立起一种叙事,用以解释为什么白人殖民者可以驱逐北美大陆的印第安人,占领他们的土地,使他们无家可归,甚至将他们屠杀殆尽。白人历史学家们不断重复这样的论调,以仪式般的讲述来强化一种信念,即美国白人的做法都是对的,而一切阻碍他们前进步伐的人都是邪恶的,理应被铲除。历史文本变成了角逐话语权的竞技场,显然以口述传统来传承历史的印第安人在以白人为主导的历史叙事中长期以来处于失声状态,他们或者被写出正史,或者被歪曲,或者被去语境化。

## 二、土著刻板印象的演变与消费

自欧洲殖民者踏上美洲新大陆,在社会主流思想中对印第安人有两种居于主导地位且看似相互矛盾的刻板印象:一方面,他们被视为嗜血、复仇、残虐成性的野蛮人,人类文明与进步之路上的绊脚石。另一方面,他们又被推崇为高尚的野蛮人,如同生活在伊甸园一般纯真无邪,是白人定居者可信赖的朋友。到了19世纪末,嗜血的印第安人这一形象在公众心中占据了主导地位,这是美国政府为了给打着"昭昭天命"旗号的领土扩张寻找的正当借口,即白人得到上帝的授命以"文明"来教化"野蛮"、征服甚至摧毁"原始的"印第安人。对此,印第安学者欧文斯曾一针见血地指出:印第安人是"文学、历史和艺术的产物;这一虚构出来的产物与生存在现实中的美国印第安人几乎没有相似之处"①。

直到20世纪50年代,一些西部片才开始表现出对印第安人的同情,将他们塑造成附属于某一特定部落的个体,而不是笼统地称为"红种人"。而后,随

---

① OWENS L. Other Destinies: Understanding the American Indian Novel [M]. Norman: University of Oklahoma Press, 1992: 4.

着六七十年代黑人民权运动、女性解放运动和红色权力运动的蓬勃发展,好莱坞对印第安人的态度发生了重大转变,他们一度被包装为明智的环保主义者。即便如此,这些新的印第安形象仍然摆脱不了传统刻板印象的藩篱,印第安人依旧是被用来阐释欧美文化并为其辩护的陪衬而已。历史学家罗伯特·贝克霍弗尔(Robert Berkhofer)指出,利用印第安人来反映现代工业社会的碎裂、异化和破坏性的新的反文化运动"并不等同于现实主义形象描述,它只不过是对惯常刻板印象的一种反向评价。"①20世纪90年代,在修正主义大潮中出现的一些西部片,如《与狼共舞》(1990)、《黑袍》(Black Robe,1991)等广受赞誉,被认为是准确而真实地还原了历史。尽管在这些影片中,印第安人被塑造成有血有肉的鲜活个体,他们生活在各自的部落中,有自己的情感和追求,但这些影片的主角依旧是白人,印第安人始终扮演着陪衬的角色,以白人英雄故事发展的背景出现,他们身上充满着悲情色彩,摆脱不了即将消失的命运。这些影片不仅继续在与欧美裔白人和欧美文化的互动中阐释土著美国人,而且还将这种互动置于过去的历史中,这还是在暗示人们:真正的印第安人已经消亡。②

随着大众消费文化的蓬勃兴起,人们对印第安人刻板形象的态度也悄然发生了变化,印第安人的形象和名字被大量使用在商品和体育界。当代美国社会中充斥着大量带有印第安标识的产品,小到日常生活用品,如"莫霍克"(Mohawk)地毯、"佩科特"牌(Pequot)床单、"奥奈达"牌(Oneida)餐具、"大首领"牌(Big Chief)写字板、"红人牌"(Red Man)嚼烟等,大到汽车、飞机等交通工具,如"切诺基"(Cherokee)吉普车、"雷鸟"(Thunderbird)汽车、"庞蒂克"(Pontiac)汽车、"夏延"(Cheyenne)卡车、"温尼巴格"(Winnebago)房车、"阿帕奇"(Apache)直升机、"科曼奇"(Comanche)直升机、"纳瓦霍人"(Navaho)轻型飞机等,林林总总,不一而足。

在大众消费时代,生活方式营销通过在广告中融入能够激发人们情感需求和心理驱动力的微妙信息来刺激其消费行为,而公众对美国土著的刻板印象恰好符合这种隐含信息的标准,成为广告设计师们绝佳的创作素材。如"切

---

① BERKHOFER R F, Jr. The White Man's Indian: Images of the American Indian from Co-
lumbus to the Present [M]. New York: Knopf, 1978: 104.

② CHURCHILL W. Fantasies of the Master Race: Literature, Cinema and the Colonization of
American Indians [M]. Monroe, ME: Common Courage, 1992: 232 - 39.

诺基"牌(Cherokee)吉普车、"夏延"牌(Cheyenne)卡车、"温尼巴格"牌(Winnebago)房车等,这些品牌名很容易使人与印第安生活方式联系起来,极大地满足汽车消费者对广袤的边疆等待你去征服这种消失已久的观念的心理需求。驾驶这些牌子的汽车,似乎能够使人获得一种自由感,仿佛远离尘嚣,进入西部广袤无垠的旷野。此外,还有"莫霍克"牌独木舟、"易洛魁"牌睡袋、"莫多克"(Modoc)牌背包、"艾玛拉"(Aymara)牌靴子等户外运动用品,也无非是想利用这种潜在的带有刻板印象的文化内涵,诱使消费者产生购买冲动。

在体育界,带有印第安元素的名字成为很多球队冠名时的首选,其中尤以棒球运动最为明显,如华盛顿红皮队("Redskins")、亚特兰大勇士队("Braves")、克利夫兰印第安人队("Indians")、堪萨斯城酋长队(Kansas City Chiefs)等等。亚特兰大勇士队的球迷在比赛中还经常高唱起斗志昂扬的"战斧之歌"(Tomahowk Chop),做出标志性的"战斧"手势,以鼓舞球队的士气。

在美国流行文化中,人们对印第安人的刻板印象通常是凶猛、残暴的勇士。一些球队以印第安人的名字命名,显然希望自己的球队能够与这一传统形象联系在一起。也许大多数体育迷们并无恶意,也没有觉得他们的模仿之举有所冒犯。然而对于美国土著居民来说,这是把他们视为神圣的形象与传统当作比赛游戏,无论是歌曲、舞蹈,还是服装、油彩,都是他们所珍视的仪式传统的一部分,无论是为病患的祈祷,还是对土地的祭祀,都浸润着丰富的宗教涵义。"我为我的祖先和家人们编写追忆他们的歌曲,编写葬礼的歌曲。当看到人们在体育赛事,如棒球比赛中模仿我的时候,我感到很难过。我们并不像他们那样来唱歌。"①1992 年的"超级碗"(Super Bowl)比赛中,当华盛顿红皮队上场比赛时,3000 余名印第安人在场下发起抗议,反对红皮队在未经印第安人许可的情况下使用印第安人头像作为球队的标识,参加抗议的实际人数可能比估计的数字还要多一倍。②

事实上,这种印第安形象消费化现象给土著美国人带来的负面影响是难以挽回的。这些业已形成的文化符号严重干扰了当代美国土著美国人一直以

---

① DAVIS L R. Protest against the Use of Native American Mascots: A Challenge to Traditional American Identity [J]. Journal of Sport & Social Issues,1993, 17(1): 13.

② DAVIS L R. Protest against the Use of Native American Mascots: A Challenge to Traditional American Identity [J]. Journal of Sport & Social Issues,1993, 17(1): 11.

来在努力向美国公众传达的一个重要信息——土著美国人的现实经历与好莱坞和消费产业所呈现的印第安形象完全不同。另一个影响深远的后果是,它将土著美国人"历史化",这些无处不在的印第安标识——带着羽毛头饰的酋长、涂满油彩的红色皮肤、硕大的战斧、古老的烟斗——潜移默化地向人们灌输着这样一种思想,即土著美国人属于遥远的过去,他们在现代美国社会没有立锥之地。因此,土著美国人当下面临的很多紧迫的现实问题,如捕鱼权利、保留地的贫穷和失业率上升、环境恶化、酗酒成风等都被这种"历史化"趋势所掩盖,他们维护自身权益的正当诉求也极易在"消费化"的语境下被忽视。这些形形色色的吉祥物再一次将土著美国人困于历史的藩篱,正如他们曾被困于保留地的藩篱一样。正如一位美国土著运动领袖所呼吁的那样,"要尊重活着的印第安人,不要纪念我们……(那些吉祥物)就像是为已经消失的美国印第安人树立的纪念碑。"①

## 第二节　被尘封被消费的土著历史

### 一、被尘封的乔克托棒球队史

《米克王》讲述了 1907 年俄克拉荷马州成立之前艾达城(Ada)乔克托"米克王"棒球队建立、兴盛和衰亡的故事。莉安·豪在小说中设计了三个主要的时间背景:第一个时间背景是 1904—1907 年间,乔克托人在印第安领地努力筹建和经营自己的棒球队。第二个时间背景是 1969 年,曾为棒球队重要成员的投手霍普(Hope)在病榻上度过生命的最后时光,弥留之际回忆起自己的少年时光和"米克王"棒球队当年辉煌的历史;在这一时段还插入了对黑人社会活动家贾斯蒂娜·莫里帕(Justina Maurepas)的采访,从而揭开她与印第安球手霍普一段跨越种族的爱情故事。第三个时间背景是 2006 年,乔克托后裔莉娜(Lena)在祖先的召唤下回到祖母的老宅,无意间发现了有关"米克王"的史料,在先人伊佐(Ezol)魂灵的帮助下,莉娜决定重写印第安棒球队的历史。莉安·

---

① DAVIS L R. Protest against the Use of Native American Mascots: A Challenge to Traditional American Identity [J]. Journal of Sport & Social Issues,1993, 17(1): 13.

豪将这三个时间背景巧妙地穿插在一起,立体呈现了乔克托人的历史、现在与未来。小说中涉及了棒球运动、部落身份、爱情、暴力等多个主题,但最引人瞩目的是小说中体现出的历史观——印第安人的历史必须由印第安人自己来书写。

在小说《米克王》中,关于这支曾在球场上叱咤风云的乔克托棒球队的历史,有三个版本:电影再现版、作者虚构版、伊佐与莉娜改写版。其中的电影版源于著名电影制片人卡尔·拉姆勒(Carl Laemmel)于 1909 年拍摄的无声电影《最后的比赛》(*His Last Game*),是白人对乔克托棒球队历史的虚构,也是存在诸多不实之处的一个版本。电影中的男主角比尔·戈因(Bill Going)是乔克托棒球队的一名出色的投手。在一场重大的比赛前,两个赌徒用钱贿赂比尔输球,被其严词拒绝。他们又试图用下了迷药的饮料灌倒比尔,被其识破诡计。双方发生了激烈的肢体冲突,比尔失手打死了其中的一名赌徒。按照当时流行的“西部迅速正义”(swift western justice),比尔被立刻宣判死刑。此时棒球赛开赛在即,为了确保乔克托棒球队取胜,治安官特批暂缓对比尔行刑,让他重返球场,条件是必须有人留在刑场作为人质。在比尔的助力下,乔克托棒球队大胜对手。举起胜利的酒杯时,比尔忽然想起即将到来的行刑,他飞奔回刑场救下将要为他受过的同伴,英勇赴死。然而具有讽刺意味的是,就在比尔倒下的那一刻,治安官的特赦令刚刚送到。

这部电影是展现印第安历史的一个窗口,但绝不是那段历史本身。不可否认,电影故事情节的设计表现出了对印第安人境遇的同情,比尔被塑造为一个正直不阿、信守诺言、具有献身精神的正面形象。制片人拉姆勒先生声称“想要拍一部关于真正的印第安人的电影”①,然而无论是从故事的结局还是影片的细节来看,这部电影中依旧存在很多对于印第安人的刻板印象和错误再现。首先,作为一个“高贵的野蛮人”,比尔依旧摆脱不了“最好的印第安人是死了的印第安人”的命运。尽管他帮助球队取得了胜利,获得了治安官的特赦,最终还是死在了白人的枪口之下,也许只有这样的情节安排才能满足观众普遍的心理期待。

其次,莉安·豪在小说中敏锐地指出,影片中很多球员的装扮并不符合乔克托人的生活习惯。上镜前的霍普化了妆,“看起来像一个苍老、坚韧的平原

①  HOWE LA. Miko Kings [M]. San Francisco:Aunt Lute Books, 2007:9.

印第安勇士"，头上"戴着黑色的假发，垂着两个长长的辫子""系着绑腿，穿着鹿皮靴"。这套装束显然是为了迎合观众心目中的印第安人的"刻板印象"，尤其是拉勒姆先生给霍普编的小辫子，被队友们嘲笑为 Ohoyo Holba，在乔克托语中意思是"像女人但不是女人的人"。制片人拉姆勒先生显然并"不知道强壮的勇士留的辫子和小姑娘梳的辫子之间的区别"。① 这也从一个侧面反映了白人对土著文化的无知，即便是像拉勒姆先生这样信誓旦旦要拍摄印第安人电影的制片人，对美国印第安各部落的风俗习惯也所知寥寥。

　　实际上，拉勒姆所关注的并非影片内容的真实性，而是它是否能够满足观众对"高尚的红种人"猎奇的心理需求。莉安·豪还借小说中"米克王"棒球队老板亨利·戴之口，指出了又一个令人啼笑皆非的乌龙：1907 年 8 月 10 日《芝加哥论坛报》在对"米克王"棒球队的胜利进行报道时，使用的标题是"卡斯特背水一战，击出两记好球"。"卡斯特背水一战"原指卡斯特中校率领的第七骑兵团与平原地区印第安拉科他苏族和夏延族之间爆发的小巨角战役，媒体竟然将参加棒球赛的乔克托人（美国东南五大文明部落之一）与北部平原的印第安苏族混为一谈，白人社会对印第安人的无知再一次暴露无遗。②

　　白人主流媒体对棒球队的历史再现不仅失真，而且随着时间的推移，曾经叱咤风云的"米克王"棒球队彻底湮没在历史长河中。在小说中，"米克王"棒球队的命运与艾达城印第安人的命运紧紧相连。1907 年 11 月 16 日，双子领地③（位于东部的印第安领地与西部的俄克拉荷马领地）合并，产生了美国第 46 州——俄克拉荷马州。"随着俄克拉荷马州的建立，随着部落土地私有化，

---

① HOWE LA. Miko Kings [M]. San Francisco：Aunt Lute Books，2007：7.
② HOWE LA. Miko Kings [M]. San Francisco：Aunt Lute Books，2007：9.
③ 从 1890 年至 1907 年俄克拉荷马州成立这段时间，"双子领地"指的是俄克拉荷马领地和印第安领地。俄克拉荷马州现在的大部分区域在 19 世纪时都被称为印第安领地，这片土地上最初居住的是奥赛奇（Osage）、夸波（Quapaw）等平原印第安人，19 世纪上半叶，东南地区五大部落（克里克、切洛基、乔克托、奇克索、塞米诺尔）的印第安人被美国政府强制迁离故土，重新安置在这里。根据 1866 年的一系列重建条约，印第安领地大概只有现在俄克拉荷马州东半部分土地面积大小。1889 年，现俄克拉荷马州中部未分配的土地向非印第安人开放，成为非印第安人的定居地，根据 1890 年的《组织法》，这片区域被称为俄克拉荷马领地。随后，通过圈地、抽奖和竞拍等方式，俄克拉荷马领地不断向西扩张，最终占据了现俄克拉荷马州西半部分的区域。1906 年，国会通过《俄克拉荷马授权法案》（Oklahoma Enabling Act），将双子领地合并，于 1907 年 11 月 6 日正式成为俄克拉荷马州。

一切都发生了改变。印第安人被写出了俄克拉荷马州的图景,也被写出了它的历史。"①

多年之后,乔克托后裔莉娜决心探寻"米克王"棒球队的历史,她去翻看俄克拉荷马州历史协会的档案,在浩如烟海的史料中,没有找到任何有关印第安棒球队的记录。她去查找一百年前当地旧报纸的微缩胶片,期望能够读到关于棒球队球员的事迹报道,结果依旧一无所获。在世纪之交,印第安领地上并没有体育新闻记者,而普通的记者只会报道"枪击、持刀伤人、绞刑、纵火、讣告"②之类的事情,没有人会去关注印第安球队的比赛和球员的家庭生活。曾经辉煌一时的"米克王"棒球队就这样无声无息地湮没在历史长河中。

小说中的多处细节也暗示了这一结局。就在印第安领地被并入俄克拉荷马州前夕,一场大火吞噬了伊佐的生命,"米克王"球队老板亨利·戴(Henri Day)关于棒球队的所有记录也同时被付之一炬,暗示了乔克托人的历史正在被美国政府一点点抹除。纵火之后,出于内疚和悔恨,珂拉(Cora)将伊佐的日记、剪报、信件、照片等遗物都装进一个小袋子,塞入墙洞中。这也进一步暗示印第安人的历史从此被尘封起来,不能见光,不能公诸于世。直到若干年后,珂拉的孙女莉娜整修祖母遗留下来的房子时,那段不为人知的历史才渐渐浮出水面。

历史的缺失往往会导致身份的缺失。莉娜自幼丧母,她有一种被母亲抛弃的感觉,感到"连接着她(母亲)身体中心的脐带已经以某种方式被剪断",在"出生前就完全分离",使她"漂泊无依,只能自己保护自己"。③ 这充分表明她与土著文化的疏离和断绝。在纽约这个喧嚣的大都市,莉娜想忘掉自己的身份——"一半乔克托血统、一半萨克—福克斯(Sac and Fox)④血统"⑤,因为她可以轻而易举地被人认作是意大利人、墨西哥人或是法国人。

---

① HOWE LA. Miko Kings [M]. San Francisco:Aunt Lute Books, 2007:23.

② HOWE LA. Miko Kings [M]. San Francisco:Aunt Lute Books, 2007:22.

③ HOWE LA. Miko Kings [M]. San Francisco:Aunt Lute Books, 2007:17.

④ 在麦斯奎基语(Mesquakie)中称为"塞基瓦基人"(Thakiwaki),联邦政府认定其为"俄克拉荷马州密西西比河萨克—福克斯印第安部落"。他们原居住在休伦湖和密歇根湖地区,19世纪70年代被迫迁徙到印第安领地(现在的俄克拉荷马州)。"萨克—福克斯"这个名字实际上是个误称,它是"萨克"(Sac),也称为"塞基瓦基"(意为来自水域的人)与"福克斯"(Fox),也称为"麦斯奎基"(Meskwaki)(意为来自红土地的人)两个部落名字的合并,1804年美国政府在与部落进行条约谈判的时候闹出了这个乌龙。

⑤ HOWE LA. Miko Kings [M]. San Francisco:Aunt Lute Books, 2007:18.

不了解部落历史的印第安人总有一种无根的感觉。莉娜从 23 岁起就远离家乡，在世界各地工作游历。在约旦安曼生活的那段日子，莉娜开始"书写西奈沙漠里 6 世纪的圣凯瑟琳修道院、大马士革世界上最古老的露天市场、帕尔米拉古城、约旦南部纳巴泰人的贸易中心佩特拉"①。莉娜最初的写作动机也许是为了赚钱糊口，但她这样做的目的绝不仅于此。从某种程度上来说，中东地区的人民与乔克托民族有一定的契合之处，它们都曾经拥有古老的历史和灿烂的文化，但在他们生活的土地上又充满了种族的矛盾和冲突：一个是殖民主义者笔下的"东方"，漫长而瑰丽的古老历史在战火不断的动荡岁月已经掩埋于茫茫的沙海之中；一个是几百年来遭受殖民者欺凌和压迫的民族，最终连部落的历史都被排除在美国正史之外。它们都是被西方霸权话语书写的"他者"。莉娜撰写了许多有关中东地区历史和人文风情的文章，事实上，她对中东地区历史遗迹表现出的浓厚兴趣恰恰是乔克托族历史的缺失在其身上的一种折射，她极度渴望探寻这些湮没在黄沙下面的历史，渴望将那些不为人知的故事重现于世人面前。

迷失自我的莉娜在外漂泊二十余年，直到她心爱的朋友赛义德（Sayyed）在一次爆炸事件中身亡，她才陷入了深深的反思。她不断地拷问自己，"我是谁"？答案是"一个来自俄克拉荷马的印第安人"，然而"一直是来自，却永远不在那里"。莉娜并不想漂泊，却成了一个流浪者，在世间寻找"某种难以名状的东西"，②显然这种"难以名状"的东西就是她的根和归属感，四月的一个黄昏，在一个神秘声音的感召下，莉娜踏上了归家之旅。莉娜需要了解部落的历史来找回自己的身份，而"米克王"棒球队的历史也随着莉娜的不断挖掘和探寻一点点显露出来，可以说，重新构建"米克王"棒球队历史与莉娜的乔克托身份建构是同时并行的。

### 二、被消费的"血泪之路"

《走过血泪之路》（*Riding the Trail of Tears*）是美国土著作家布莱克·M·豪斯曼（Blake M. Hausman）2011 年出版的一部科幻小说。故事将时空设定在

---

① HOWE LA. Miko Kings [M]. San Francisco：Aunt Lute Books, 2007：19.
② HOWE LA. Miko Kings [M]. San Francisco：Aunt Lute Books, 2007：20.

不久的将来位于北佐治亚州一个名为 TREPP（Tsalagi ①Removal Exodus Point Park）的旅游景点。5709 团的 11 名游客在女导游塔卢拉·威尔逊（Tallulah Wilson）的带领下游历虚拟现实的血泪之路②。这趟旅行充满了无数的意外和挑战：刚出发不久，一名犹太裔老妇与旅行团队失去了联系，随后旅行团不断遭遇意想不到的暴力事件，几名游客在途中相继失去意识，人们感觉恐怖袭击正在悄然迫近，而曾经对 TREPP 的一切都了如指掌的塔卢拉也陷入深深的无力感……小说看似在讲述一个离奇的科幻故事，实则意在揭露"后现代消费文化背景下利用美国土著居民经历的苦难作为盈利手段的行为"。③

TREPP 的灵感源于一个切洛基族的发明家，即主人公塔卢拉的祖父阿瑟（Arthor）。他把一辆老旧的切洛基吉普车改造成了一个模拟时空穿越的机器，称其为"环绕视觉"（Surround Vision）。人坐在车里，就能亲身体验到切洛基人走过"血泪之路"的那段悲惨经历。阿瑟去世后，切洛基印第安博物馆接收了他所有发明的知识产权，几年后又把"环绕视觉"的构思卖给了亚特兰大的投资商吉姆·坎贝尔（Jim Campbell）。在塔卢拉的参与设计下，TREPP 很快建成并成为当地小有名气的旅游景点，甚至一些价格不菲的欧洲旅行团都把 TREPP 门票作为其中的一个卖点。

---

① 在切洛基语中是"切洛基"（Cherokee）的意思。

② 1830 年，受金矿和土地的刺激，安德鲁·杰克逊总统任下的美国国会以微弱优势通过了《印第安人迁移法》。随后，美国政府强令生活在密歇根、路易斯安纳和佛罗里达之间的大概十万土著居民（主要包括切洛基、克里克、奇克索、乔克托、塞米诺尔等部族）迁离至密西西比河以西地区。这一举措遭到了切洛基人的强烈反对。1835 年，少数切洛基人与美国政府签订了《新埃可塔条约》（the Treaty of New Echota），该条约将密西西比河以西的切洛基土地拱手让给美国政府，换得五百万美元的补偿。这一举动被视为对切洛基国族的绝对背叛，参与签订条约的三个主要头目后来于 1839 年被切洛基人暗杀。1836 年，美国国会批准了《新埃可塔条约》，限定两年期限让切洛基人搬迁。同时，美国军队开始修建栅栏，为迁移做准备。切洛基人拒绝搬迁。1838 年 5 月至 1839 年 3 月间，联邦军队与州民兵动用武力，强迫田纳西、佐治亚、阿拉巴马和北卡罗来纳的切洛基人迁往印第安领地，即现在的俄克拉荷马州。一路上道路艰险，气候恶劣，粮食不足，切洛基人饥寒交迫，至少有四千人（约占总人数的四分之一）病死饿死在途中。因此这条迁徙之路被称为"血泪之路"。从广义上讲，"血泪之路"也可指代美国强迫印第安人西迁的这一灾难性事件。

③ BRIDGE STAFF. Interview with Blake Hausman about "Riding the Trail of Tears" [EB/OL]. The bridge,2015 - 04 - 10.

这个鼓吹能够给游客带来"非凡的历史之根沉浸式体验"①的 TREPP 无处不渗透着对切洛基历史的消费和利用。首先,TREPP 最受欢迎的卖点智慧老药师(the Wise Old Medicine Man)这个角色就是一个商业化的产物。老药师是 TREPP 的程序设计员在塔卢拉的帮助下设计出的一个印第安人物形象,他的声音经过特殊处理,能够使"最焦虑的游客沉静下来"②。老药师会"利用你的评论和提出的问题来确定你的信仰,然后向你播撒只有死人才能散发出来的土著灵性,再次肯定你个人的意识形态。"③例如,他颂扬卡门"是一个勇士,但需要自律";他鼓励曼迪"应该相信自我";他告诉丹尼,"生活是一个充满了无数意外波折的旅程,幸福的关键不是避开这些挫折,而是在你感觉它们到来之际学会慢下来";他还预言斯宾塞"会以千鹰的力量展翅翱翔"④。很多游客表示,与在血泪之路上惊心动魄、挣扎求存的体验相比,他们更喜欢与老药师在一起。有的游客宁愿在路上被美军士兵干掉,只是为了能够早点一睹老药师的真容。老药师极大地满足了白人对印第安宗教的猎奇心理,他给普通游客灌输了富有神秘色彩的心灵鸡汤,也为"人类学专业的学生提供了他们所渴望得到的那种真实的宗教信息"。⑤

其次,TREPP 为游客提供的虚拟现实套装也暗藏玄机。这套衣服配上护目镜不仅可以让增加旅行体验的真实感,使游客身临其境,而且穿着一段时间后,它会刺激人体的某些特殊器官,使男人的阳物变大,女性的胸部隆起,给游客带来特别的愉悦感受。

另一方面,尽管 TREPP 自称是以历史体验为内容的旅行,但游客报名参团的目的却是五花八门,以塔卢拉带领的 5709 团为例,前来参观体验的学生主要是为了完成学校要求的教育实习,或者是为了得到额外的学分;而成年游客们

---

① HAUSMAN B M. Riding the Trail of Tears [M]. Lincoln: University of Nebraska Press, 2011: 14.
② HAUSMAN B M. Riding the Trail of Tears [M]. Lincoln: University of Nebraska Press, 2011: 58.
③ HAUSMAN B M. Riding the Trail of Tears [M]. Lincoln: University of Nebraska Press, 2011: 57.
④ HAUSMAN B M. Riding the Trail of Tears [M]. Lincoln: University of Nebraska Press, 2011: 335.
⑤ HAUSMAN B M. Riding the Trail of Tears [M]. Lincoln: University of Nebraska Press, 2011: 180.

有的是对 TREPP 的电脑程序技术感兴趣,有的则纯粹是为了与家人共度一个愉快的周末,很少有人是为了了解真实的历史而来。

以上种种充分揭示出,在后现代消费文化的背景下,切洛基人被迫迁徙、流离失所的苦难历史已经完全沦为被消费的商品,在 TREPP 的包装下变成了一个彻头彻尾的"用户友好型、消费者驱动型"的商业之旅,当代美国人对土著居民的观念已经被迪士尼化,这个虚拟现实的血泪之路貌似再现了历史,但是对于美国主流社会而言,几乎所有关于土著居民的事物只不过发生在模拟再现的层面上。塔卢拉最后一次走出 TREPP 时看到这样的一幕,入口大厅里挤满了"游客、顾客、服务专员、零售商人、导游、记者、警察、国土安全特工、厨师、书商、看门人——整个建筑本身看起来就像一个异彩纷呈的明信片,一个面向不同种族和职业人群的商业广告"。① TREPP 俨然已经成为一个对切洛基历史疯狂消费的狂欢场。

TREPP 声称,游客在三个小时的时间里会体验到切洛基人在血泪之路上几个月时间里的各种经历,如饥饿、寒冷、流离失所、疾病、甚至死亡,但实际上游客可以自由选择准备体验的暴力等级,一般来说,带有孩子和老人的旅游团建议选择第一级,这样游客遭受的不公正对待会相对温和;如果选择第四级,游客不仅会暴露于许多血淋淋的场景面前,还有可能被虚拟的美国士兵直接击中面部,死于非命。当切洛基民族的苦难经历沦为消费者手中一种差异化的选择权时,这种商业行为无疑已经使那段真实的历史创伤平庸化(trivialization),切洛基人无法摆脱的悲剧命运在消费者看来不过是一种可以被轻易改变和自由选择的"经历"而已。

豪斯曼还用塔卢拉对血泪之路的个人反应和感受来表现 TREPP 是如何将土著美国人的苦难平庸化的。作为导游,塔卢拉每次带领游客走上血泪之路,都要一遍遍地重复同样的脚本,用标准化的答案来回答游客们的提问;都会一次次地目睹切洛基人在迁徙路上被驱赶、被屠戮的悲惨境遇,却又要故作镇定,尽力安抚面对突如其来的灾难而惊慌失措的游客。无数次地接触这种暴力叙事之后,塔卢拉已经变得麻木,再惨烈的屠戮场景也无法激起她对受害者

---

① HAUSMAN B M. Riding the Trail of Tears [M]. Lincoln: University of Nebraska Press, 2011: 366.

的同情之心。她对科恩的死表现得"无动于衷"，①对游客丹尼在途中死亡的一幕也异常冷漠，"塔卢拉不需要问曼迪任何细节，这些她以前已经司空见惯了的。"她甚至这样安慰曼迪，"放松些，这不过是场游戏。"血泪之路历史的平庸化，使塔卢拉在面对暴力时丧失了人类最基本的同情心，成为一种隐性的内部殖民的推动者和牺牲品。这样的血泪之路，即使游客亲身体验过，也不会对土著美国人的悲惨遭遇产生应有的悲愤和同情之感，因为那毕竟只是"一场游戏"而已。②

面对科恩·格林德的死，她的丈夫迪尔·库克的反应也引人深思。"他没有反击，没有对杀害妻子的士兵长存怨恨，当另一个美军士兵拽着他的胳膊把他拉回到血泪之路的时候他都没有做任何反抗。"③显然，TREPP 设定的逻辑是：科恩违背了美军士兵的命令而被杀，她被当作一个反面教材，她的死是对其他试图反抗者的严重警告。而迪尔则扮演了一个模范印第安人的角色，只有悲痛，没有反抗，这是 TREPP 空间中被鼓励的一种做法。而当塔卢拉作为导游指示游客按照士兵要求的那样去做的时候，她更是在强化这种屈从压迫的行为。如果游客试图抵抗，如果他们试图保护切洛基家乡和文化，他们也将像科恩一样受到攻击，甚至在游戏中早早丧命。尽管塔卢拉在设计 TREPP 之初的目的是让游客了解切洛基人真实的历史遭遇，但这种游戏模式的设置已经潜移默化地将 TREPP 这个游戏场所转变为一个潜在的内部殖民空间，游客身处其中，已经在不知不觉中被灌输了为生存要屈服的殖民思想，沦为虚拟的被殖民的对象。只要饱受欺压的切洛基人被设置成屈服的模式，只要游客被不断鼓励要顺从暴力，那么 TREPP 这个所谓的切洛基空间就不会是真正的土著空间。迪尔被杀的整个过程表明，一种内部殖民已经在游戏中建立起来，对于那些被设置成悲痛模式，甚至被设置成死亡模式的数字人物来说尤其如此。

关于这种隐含的内部殖民机制，豪斯曼在小说中通过对食物的描写也有所暗示。"格格不入者"（Misfits）的厨师曾精心准备了一大盘水果沙拉，蜜瓜

---

① HAUSMAN B M. Riding the Trail of Tears [M]. Lincoln：University of Nebraska Press，2011：178.

② HAUSMAN B M. Riding the Trail of Tears [M]. Lincoln：University of Nebraska Press，2011：226.

③ HAUSMAN B M. Riding the Trail of Tears [M]. Lincoln：University of Nebraska Press，2011：178.

被切成一口大小的块儿,与葡萄、橙子、菠萝、芒果等其他的水果搅拌在一起。艾玛在一旁禁不住感叹,"这真是一份足量(serious)的水果沙拉。"①实际上,这里的 serious 除了表现沙拉数量充足外,还体现了这份沙拉在质量上也是货真价实。细心的读者可能会发现,制作沙拉的这些水果大多出自热带地区,并不是美国的本土特产,而加勒比海、赤道等热带地区种植园经济多为殖民主义的产物,因此这盘由热带水果制成的沙拉不免会引发人们关于热带种植园和殖民主义的关联与遐想。后来,两个傲慢无礼的"适者"(Suit)大摇大摆地走进厨房,不消片刻就将厨师刚刚准备好的一大盘热带水果沙拉风卷残云般地囊入肚中,这种贪婪无度的食物摄取不正是殖民者对殖民地大肆掠夺的真实写照吗?

　　这种对历史的消费行为给土著居民带来的不利影响在小说主人公塔卢拉·威尔逊身上体现得尤为明显。塔卢拉·威尔逊是一个有四分之一血统的混血切洛基人,在她九岁的时候父亲死于车祸,但他至死都没有告诉塔卢拉她的祖父是切洛基人。父亲死后,塔卢拉的母亲毅然决定让她与祖父母相认,并经常将她送到北卡罗来纳州的群山之中与祖父母一起生活。12 岁的时候,塔卢拉第一次乘坐了祖父发明的带有"环绕视觉"的切洛基吉普车。尽管祖父安慰她在车窗屏幕上看到的切洛基人都是数字模拟的,坐在车里的塔卢拉仍然感觉窗外有无数只眼睛在盯着她,她仿佛看到"无数扭曲残断的身体绵延十英里直到旅途的起点"②。这段经历给从未接触过切洛基历史的塔卢拉留下了深刻的触动,也激发了她对土著历史的浓厚兴趣。但祖父去世后,她在大学图书馆里能找到的所有关于血泪之路的资料读起来都像是"对詹姆斯·穆尼③书

---

① HAUSMAN B M. Riding the Trail of Tears [M]. Lincoln：University of Nebraska Press，2011：160.

② HAUSMAN B M. Riding the Trail of Tears [M]. Lincoln：University of Nebraska Press，2011：33.

③ 詹姆斯·穆尼(James Mooney, 1861—1921)美国民族志学者,曾与切洛基人一起生活过几年。他的主要研究对象是美国东南部的印第安人,同时对大平原地区的印第安人也有一定研究。他以对印第安人的鬼舞研究而著称,其著作有《切洛基人的神圣方案》(The Sacred Formulas of the Cherokees, 1891)、《切洛基神话》(Myths of the Cherokee, 1900)等。

中印第安人大迁徙一章的重述"①。

塔卢拉渴望了解部落的历史,也希望能够让更多的人知晓土著居民所遭受的苦难,这也是她参与设计 TREPP 项目的主要初衷。然而加入 TREPP 之后,塔卢拉也成了 TREPP 中被消费的对象。TREPP 雇佣她,不仅仅是需要她来充当文化顾问和导游,更重要的是看中了她身上的印第安特质:宝嘉康蒂式的高颧骨、留着印第安人的长辫子和一个切洛基的混血身份。她的肖像被悬挂在 TREPP 的各个角落,宣传资料上的照片特意"突出了她的头发,印第安人的头发"②这些噱头足以吸引游客的眼球,勾起他们的好奇心,迎合人们对印第安文化的自我想象。被消费了的塔卢拉曾一度认为自己就是一个"历史妓女",她出卖的是自己印第安人的外貌和身份,"TREPP 需要一个象征物,而塔卢拉需要钱。"③

塔卢拉时常被一个噩梦缠绕:她坠下悬崖,落地后却安然无恙。周围寂静无声,她感到有人在暗处注视着她,她想和那人说话,但怎么也发不出声音,急得她喘不过气起来,只有吞下无尽的空虚。④ 这个不断重复的梦境是塔卢拉内心压抑与空虚的一种内在影射。塔卢拉虽然身体里流着切洛基人的血,有一张带有印第安特征的脸,但那只是一副貌似土著人的空壳,因为土著性不仅仅体现在外貌生理上或血统上,它还是一种文化身份,而后者比前者更为重要。少年时从祖父那里接触到切洛基文化后,塔卢拉渴望去深入了解和感受传统的部落文化,那是她生命的根与源,然而在白人主导的现实生活中,以消费主义为核心价值的流行文化频繁对土著历史进行虚饰性话语建构,足以摧毁土著居民传统文化的根基,不断被消费的切洛基历史使塔卢拉不可能接触到真实的切洛基文化,这种与部落历史文化的疏离使她无法在现实生活中寻找到生命的意义,成为她心中挥之不去的隐痛。当游客们在游览途中遇到突发状况的时候,塔卢拉会耐心安抚他们一切很快都会过去。在虚拟的世界里,切洛

①　HAUSMAN B M. Riding the Trail of Tears [M]. Lincoln: University of Nebraska Press, 2011: 173.

②　HAUSMAN B M. Riding the Trail of Tears [M]. Lincoln: University of Nebraska Press, 2011: 361.

③　HAUSMAN B M. Riding the Trail of Tears [M]. Lincoln: University of Nebraska Press, 2011: 27.

④　HAUSMAN B M. Riding the Trail of Tears [M]. Lincoln: University of Nebraska Press, 2011: 11.

基人的悲剧很快就会结束,然而对于塔卢拉来说,在现实生活中,"这些从未结束"①,历史的重负将一直伴随着她,让她感到沉闷和窒息。

小说中有这样一幕颇具深意:塔卢拉的祖父第一次向她展示那台能够再现切洛基历史的旧吉普车时,"他将防水布的各面都卷到车顶,然后猛地一拉把它扯下来,就像撕下一块巨大的绷带。"②如果说旧吉普车象征着切洛基人苦难历史的话,那么这段被包扎已久的历史的伤痕,绝不会在后现代消费文化的浸润中轻易地愈合,一旦那层虚伪的绷带被撕扯下来,呈现在世人面前的必定是一段血淋淋的历史真相。

## 第三节　土著作家的历史书写策略

### 一、"逆写"棒球队史:《米克王》的历史书写策略

小说《米克王》是莉安·豪早期的重要作品,莉安·豪在小说中揭示了印第安人的历史被湮没、印第安人的形象被歪曲的现实,其锋芒所向是印第安人在历史再现中遭遇的非正义。如何抵制这种历史书写中的非正义,豪在小说中基于"部落书写"的创作思想,运用"逆写"的历史书写策略,以全新的方式重新书写印第安棒球队的历史,向世人再现了一个真实的乔克托民族。

### (一)从棒球走入历史

一直以来,美国历史的书写主要是从欧洲中心论,尤其是白人盎格鲁—撒克逊新教徒的视角进行编的,关于美国土著居民的历史记述不是被歪曲,就是被忽视。有些白人历史学家认为,"美国的历史是'人们在一片无人之境上创造文明的历史'。"③因此,一些史书将1492年哥伦布发现新大陆视为美国历史的起点,而对在此之前已经在美洲大陆生活了数千年的土著居民的历史视而

---

① HAUSMAN B M. Riding the Trail of Tears [M]. Lincoln：University of Nebraska Press, 2011：60.

② HAUSMAN B M. Riding the Trail of Tears [M]. Lincoln：University of Nebraska Press, 2011：32.

③ CALLOWAY C G. First Peoples：A Documentary Survey of American Indian History [M]. Boston and New York：Bedford/St. Martin's, 2012：14 – 15.

不见或一笔带过。由对于这种不公正的历史记述,土著学者作出了有力的驳斥和反击,以各种形式宣称和捍卫印第安人作为美洲大陆原住民所具有的和理应享有的重要地位。

莉安·豪在《美国故事:部落书写》一文中指出,土著居民是北美大陆的主人,白人移民是外来者,他们初次踏上这片土地的时候受到了土著居民的热情接待,他们在土著居民的帮助下渡过了难关。是土著故事塑造了白人移民,教会了他们如何生存。尽管后来的白人殖民者在人数和力量上超过了土著居民,但仍旧改变不了土著居民是北美大陆主人的地位。在《部落书写》的话语中,豪成功将土著居民与白人殖民者异位,实现了土著居民地位的翻转。在小说《米克王》中,豪采用了"逆写"这一颠覆性的策略,被称为"美国国球"的棒球入手,通过讲述"米克王"棒球队的故事,详细讲述了美国东南土著部落,尤其是乔克托人与棒球的历史渊源,坚定地声称"早在白人到达新大陆之前,在整个南北美洲都有土著人在玩(棒球)这种游戏",从而颠覆了"棒球始于美国"这一传统认知,成功地挑战了白人殖民者的中心地位。

长期以来,人们对棒球的起源说法不一。很多学者认为棒球起源于英国和爱尔兰,后来在北美得到发展。① 美国棒球历史学家大卫·布洛克(David Block)在他的著述《棒球前传:探寻棒球运动起源》中提出,英国的圆场球(rounder)就是早期的棒球,只是因地域不同而略有变化,而棒球最直接的祖先是英国类似板球的一种古代球戏。② 棒球一词最早在伦敦书商约翰·纽伯瑞(John Newbery)1744 年出版的儿童读物《美丽小书》(*A Little Pretty Pocket - Book*)中被提及。③ 也有一些学者声称现代棒球始于美国。④ 尽管对于棒球的起源尚存争议,但人们普遍认为棒球是一种传统的西方体育项目。

在《米克王》中,莉安·豪却大胆地提出,原本被美国人视为"国球"的棒球

---

① BLOCK D. Baseball Before We Knew It: A Search for the Roots of the Game [M]//RADER B G. Baseball: A History of America's Game (3rd) Lincoln, Nebraska: University of Nebraska Press, 2005: 86 – 87.

② BLOCK D. Baseball Before We Knew It: A Search for the Roots of the Game [M]. Lincoln, Nebraska: University of Nebraska Press, 2005: 86 – 87.

③ RADER B G. Baseball: A History of America's Game (3rd) [M]. Chicago: University of Illinois Press, 2008: 139.

④ 见 WARD J M. Base - ball: How to Become a Player [M]. Philadelphia: The Athletic Publishing Company, 1888.

实际上是印第安人发明的。她借小说人物伊佐之口指出："棒球(base – and – ball)是一种在东南部古老的广场上进行的比赛。两条相互交叉的线穿过土丘,投手就站在那里。早在白人到达新大陆之前,在整个南北美洲都有土著人在玩这种游戏,形式略有不同。投手是中心柱的化身,以土丘为起点,它能够进入中界、上界和下界。"①这种说法绝非莉安·豪的随意杜撰,她在《具化的部落书写》一文中坦言,为了创作《米克王》这部小说,她专门对棒球这项古老的运动作了细致的研究。在探寻棒球与地面工程和宇宙空间的关系时,豪考虑到了很多因素,如举行比赛的地面工程、东南地区仪式建筑群的非写实图腾、历史文献、口述传统、当代土著社区进行棒球部落联赛的方式等等。她还思考了北半球水与风的运动模式,认为"这也许能够解释为什么东南地区的土著居民以逆时针的方式跳舞,创造一种以逆时针顺序进行的土著球赛,他们在模仿或表现水流、龙卷风和飓风。"她还指出,棒球比赛没有时间限制,投手站在球场的中央,就如同乔克托人举行仪式时所使用的中心柱,将所有三个世界连接在一起。②

棒球对于印第安人来说,具有重要的特殊意义。首先,它是一项平等的运动,任何人持一球一棍都可以参与进来;而白人的棒球运动中却掺杂着不平等和种族歧视,"在内战时期,白人做的第一件事就是把黑人从他们的棒球队里踢出来,后来他们又把犹太人排除在外。"此外,在印第安人看来,棒球还是一项神圣的运动。它不仅是一种消遣(recreation),也是一种再创造(re – creation)。印第安人将棒球视为"部落与部落、部落与世界和宇宙、部落与脚下的土地和天上的繁星之间相互交流的一种方式。"他们举行棒球比赛是"为了把所有人都纳入进来""为了与其他的部落合作,与星星、与伟大的神秘世界和谐共存。"③印第安人认为棒球是一项没有限制的运动。所谓的"没有限制",不仅指比赛没有时间限制,它的另一层意思是没有队与队之间的界限。如果客队的某个队员在比赛前突然生病,他们可以在主队的队员中任选一位来顶替,而这位顶替的主队球员要宣誓在场上比赛要像为本队打球一样卖力。因此,棒球已经不仅仅是一项运动,而且成为乔克托人加强部落团结、联结各部落之

---

① HOWE LA. Miko Kings [M]. San Francisco: Aunt Lute Books, 2007: 39.

② HOWE LA. Miko Kings [M]. San Francisco: Aunt Lute Books, 2007: 174.

③ HOWE LA. Miko Kings [M]. San Francisco: Aunt Lute Books, 2007: 43 – 44.

间关系的纽带。这也是亨利要倾尽全力建立一支印第安棒球队的原因,他希望"来自五大文明部落的印第安人开始为自己投资,要拥有某种共同的东西,即便这东西仅仅是棒球。"①

莉安·豪在《米克王》中以棒球为切入点,通过讲述印第安棒球队的历史,从一个侧面来反映整个美国土著的历史,这一做法具有深远的象征意义和重要的政治意义。她通过声称印第安人是棒球运动的鼻祖,将土著美国人置于"先驱""创始人"这样的合法地位,不仅动摇了人们对很多典型"美国"事物的传统认知,使许多曾被认为源于欧美的东西失去了原有的西方属性,更强有力地颠覆了殖民者与被殖民者之间"中心——边缘"的地位,使土著美国人从边缘走向中心,挑战了殖民者固有的权威,为土著居民抵制殖民者的历史书写、准确再现土著历史提供了一种新的思路。

(一)以口述为主、文字为辅的方式逆写历史

是否可以将口头叙述作为史料来源是土著历史学家与美国白人历史学家之间具有争议的话题之一。历史学家小阿瑟·史列辛格(Arthur Schlesinger, Jr.)曾说过:"历史很大程度上来自于文献,历史学家认定文献有意义,基于文献写成的历史也具有意义。"文字被历史地选择为权力化的表述方式。然而,美国土著居民对过去历史的建构主要是基于口述传统,由讲故事者一代一代传承下来,或者通过贝壳念珠腰带(wampum belts)等形式保存下来。非土著学者通常对此持否定态度,他们认为这种非书面的叙述会在每次讲述中出现变化,就如同小孩子的讲故事游戏一般,缺乏可靠性。因此,土著居民口述产生的史料来源在白人传统的历史学观念中被认为是不可靠的,往往被排除在正规史料之外,土著居民叙述的事件也往往会受到尖锐的质疑。

事实上,贬低和不承认美国土著居民口头叙述历史记录形式的价值是殖民主义体系的一部分。白人殖民者将书面文字作为掌控权力化知识传承的一种有效工具,通过贬抑土著居民的口述传统,他们可以极其便利地掌握书写土著历史的权力。克里斯托弗·B·条顿(Christopher B. Teuton)在其著作中指出,"给予书写记录话语的优先权使人们认为,诸如土著美国人所采用的口头和图像传统之类的依赖语境的意义形式是较为低级的文化形式",因而"使学

---

① HOWE LA. Miko Kings [M]. San Francisco: Aunt Lute Books, 2007: 186.

者们无视口头和图像传统以相互依赖的方式在表述土著知识过程中所发挥的
作用。"①演述理论家戴安娜·泰勒(Diana Taylor)也曾指出,"整个美洲殖民计
划的一部分就包括使人们对土著居民保存和传承历史的方式产生怀疑。"她还
写道,"如果这些印第安人的祖先早期会文字书写的话,那么他们的生活至今
都不会淡出人们的视线。"②换言之,土著历史与文化的消失主要是因为土著
的口述传统无法像文字书写那样完整而准确地记录过去。这样的观点极其便
利地证明了由殖民机构和白人历史学家书写土著历史的正当性,轻而易举地
掩盖了殖民政府歪曲土著历史的意图,剥夺了土著居民书写自己历史的权利。

　　豪在《美国故事:部落书写》一文中,一针见血地指出了白人历史学家贬抑
口头传统背后的权力动因:

　　　　"我有意把'故事(story)''历史(history)''理论(theory)'作为
　　可以互换的词来使用,因为它们在用法上的区别是为了使书写优于
　　口述而人为构建的。所有的历史都是写下来的故事,你听到的故事
　　取决于书写者的视角。从某种角度上来说,历史就是被文字化了的
　　'事实',这是一个富有理论深意的词汇。事实可以改变,但是故事使
　　我们一直存在。"③

　　在这段话里,豪通过挖掘历史编纂中的意识形态、话语权力等因素,解构
了历史的客观性与权威性。白人所谓的历史书写,不过是当权者为压制异质
文化而进行的一种建构行为。历史并非客观叙述,而是由官方政权基于统治
利益随意解释的文本,旨在服务于国家意识形态。因此,历史是话语权力运作
的产物,谁掌握了话语权力,谁的历史叙述就具有真实性。美国土著居民的口
头叙事早于白人历史学家数千年,但这些来自土著社群的口头历史叙事大多
被白人历史学家所忽视或者否定。面对白人历史学家对口述传统可靠性的质

---

① TEUTON C B. Deep Waters: The Textual Continuum in American Indian Literature [M]. Lincoln: University of Nebraska Press, 2010.
② TAYLOR D. The Archive and the Repertoire: Performing Cultural Memory in the Americas [M]. Durham, NC: Duke University Press, 2003: 34.
③ HOWE LA. The Story of America: Tribalography [G] // HOWE LA. Choctalking on Other Realities. San Francisco: Aunt Lute Books, 2013: 30 – 31.

疑,土著学者们反唇相讥,口口相传造成的偏差再大,也大不过白人历史文档中赤裸裸的偏见和殖民者对土著历史的刻意歪曲。在豪看来,要准确真实地书写土著人民的历史,不仅要揭露美国政府殖民历史书写的虚伪性,还要给予保留和获取历史知识的土著模式以优先地位。因为"故事使我们一直存在",有意识地将曾被排斥于体制外的土著口述方式和认识论纳入土著历史叙事,这无疑是土著历史得到公正书写的有效途径。

在《米克王》中,莉安·豪巧妙地采用了口述传统与文字书写相结合的方式,重新书写了印第安棒球队的历史。在小说的开篇部分,具有乔克托血统的印第安女性莉娜在一个神秘声音的感召下回到家乡,在改造外祖母的老屋时,她意外发现了塞在墙壁夹层中的一个皮袋,里面装着一些书信、文件、剪报和一张印第安棒球队的照片。这个意外的发现勾起了莉娜强烈的好奇心,她开始探寻照片上"米克王"棒球队的历史。莉娜走访了几家当地的图书馆和历史协会,仔细查阅当年的旧报纸的微缩胶片,几乎一无所获。因为在十九、二十世纪之交,印第安领地上并没有体育新闻记者,而普通的记者只会报道"枪击、持刀伤人、绞刑、纵火、讣告"之类的事情,没有人会关注印第安球队的比赛和球员的家庭生活。就在莉娜一筹莫展之际,乔克托先人伊佐的灵魂跨越时空来到她身边,"将球队的历史置于我(莉娜)的肩上,像外国肩章一样沉重。"①

于是,她们开始了一种全新的历史记录形式。伊佐作为乔克托的先人和历史见证者向莉娜口述,带有乔克托和萨克—福克斯双重血统的印第安后辈莉娜负责执笔记录。伊佐是印第安棒球队历史的讲述者;莉娜则是"中介、媒介,是速记员,为故事服务。"这是一次新的创举。首先,这是一段由土著居民自己来书写的历史,它摆脱了非土著学者对土著居民带有偏见的、错误的殖民想象,将土著居民和社群置于历史叙述的中心,反映的是土著居民自己在现实生活中的行为和动机,着力从土著视角撰写美国土著人的历史。其次,这种历史编纂方式打破了故事与文件的界线,历史编纂不再是单一的西方文字书写或是纯粹的印第安口述传统,而是将两种写作方式有机结合在一起,通过印第安口述形式将过去的历史真实完好地传承下来,再通过文字书写的形式准确客观地记录下来,从而达到准确、真实、客观地记述土著历史的目的。更为重

---

① HOWE LA. Miko Kings [M]. San Francisco:Aunt Lute Books, 2007:22.

要的是,在两种方式的结合中,口述传统居于主导地位。在整个记录历史的过程中,莉娜一直处于从属地位,她只是在记录伊佐口述的内容,而且要做好这样的记录,她"必须消失,教会自己隐身其后,为叙述注入生机,使其跃然纸上,然后与文字和形象并排存在于那里。"①在这种新的历史叙述中,西方的字面书写让位于土著居民的口述传统,口述传统终于获得了应有的地位和重要性。虽然讲话的声音是莉娜的,但故事的声音却是伊佐的。伊佐的口述起主导作用,并与莉娜的记录和发现的材料相结合,共同揭开并修复那段尘封已久、被世人遗忘的历史。

伊佐为什么会成为历史的讲述者?莉安·豪的选择另有深意。在小说中,伊佐具有多重身份。首先,她是寄宿学校的幸存者,父母双亡的她很小的时候就被送进白人的寄宿学校,接受军事化的管理。她常常因一点点小事就被校监指责为违反校规而遭到严厉的惩罚。伊佐把她在寄宿学校的各种经历都详细地写在日记里,这本日记成为后人了解寄宿学校生活的第一手资料。其次,伊佐是一位理论家,在寄宿学校学习时,她研读了大量的图书,并对时间的概念产生了浓厚的兴趣,为此她还撰写了相关论文,系统阐述乔克托人对时间的看法,令人振聋发聩。伊佐也是艾达城的一名邮件管理员,负责将邮件从寄信人那里送达收件人手中,在现实生活中她是一个信息传输者,也暗示了她作为过去与未来的信使,必将会在部落历史传承和书写中发挥重要作用。伊佐还是一个时间穿梭者,可以在不同的时空自由穿行。从她20世纪初穿越到21世纪,把一个世纪前的历史向莉娜娓娓道来,她连接着过去与现在,并指引着年轻一代的土著居民如何面向未来。值得注意的是,在拉姆勒的电影《最后的比赛》中,伊佐还扮演了一个掘墓人(gravedigger)的角色,这又是一个象征性的隐喻。正是在伊佐的引导下,尘封已久的印第安棒球队历史才一点一点地被挖掘出来。寄宿学校的幸存者、理论家、邮件管理员、时间穿梭者、掘墓人,这些多重身份使伊佐成为印第安棒球队历史叙述者的不二人选。

(三)"米克王"棒球队命运的逆写

小说《米克王》对棒球队历史的"逆写"还体现在对"米克王"棒球队命运

---

① HOWE LA. Miko Kings [M]. San Francisco:Aunt Lute Books, 2007:24.

的逆转。"米克王"棒球队自诞生之日起就命运多舛。1887年《道斯法案》颁布后,大批白人觊觎印第安人的土地而涌入保留地,他们或从政府手中购入分配印第安人后剩余的土地,或以欺诈的方式从印第安人那里低价购得大片土地,有的甚至冒名顶替将自己注册成印第安人,想浑水摸鱼分得一杯羹。大量白人的涌入使保留地上乱象丛生,赌场林立,酗酒成风。为了扭转乱局,重振印第安人的士气,恢复部落的凝聚力,乔克托企业家亨利·戴萌发了创建一支印第安人自己的棒球队、并最终成立印第安棒球队联盟的想法,他认为,"一个全部由印第安棒球队组成的联盟将向世人昭示,来自不同部落的人们共同拥有一样东西,它将是全国第一个部落间的商业组织,一个遍布整个美国的联盟,没准儿还会遍及整个美洲。"①

1904年,亨利·戴倾其所有,在艾达城修建了一座棒球公园,并成功组建了"米克王"棒球队。然而球队的日常运作却并不顺利。一方面,为了让贫穷的印第安人能够买得起棒球队的股份,亨利刻意压低了股票的价格,这就为球队的资金运营埋下了隐患。另一方面,有人建议亨利球赛的组织中引入博彩,这样可以为球队赢得巨额的商业利润,却被亨利一口回绝。为了遏制保留地上的不正之风,他甚至颁布了严格的观赛规定,如不许携带烈酒进入场地,不许说污言秽语,不许赌博等等。好赌之徒博勒加德·哈什(Beauregard Hash)等人盯上了米克王棒球队,企图买下棒球队的股份,来操控棒球队的管理和球赛的运营,也被亨利义正词严地拒绝了,从而招致了这些心术不正之人的嫉恨。

1907年10月7日,"米克王"棒球队将在双子领地系列赛的最后一场比赛与俄克拉哈马领地的"第七骑兵团"棒球队一决雌雄。赛前,哈什等人发出威胁,如果"米克王"输掉了此次比赛,亨利就会破产,他们届时将收购"米克王"的所有股权。于是,与"第七骑兵团"的比赛成为决定"米克王"棒球队生死命运的一战。双方在前八场比赛中打成4:4平,在决定胜负的第九场比赛前,

---

① HOWE LA. Miko Kings [M]. San Francisco:Aunt Lute Books, 2007:112.

"米克王"的核心人物之一——投手霍普在女友贾斯廷娜不辞而别的情况下①,轻信了哈什等人的挑拨离间,被人以5000美元收买,导致"米克王"球队在关键时刻输掉了比赛。球队的老板亨利因此破产,霍普被愤怒的队友剁掉了双手,几个主力球员在与不法之徒的打斗中不幸身亡,曾经辉煌一时的"米克王"棒球队分崩离析。

这是一个悲怆的结局,令人不禁为印第安棒球队的悲剧命运而扼腕叹息。然而,在伊佐和莉娜重写的"米克王"历史中,我们看到了一段精彩的逆袭。在比赛的紧要关头,

　　　　"霍普挥肩作准备,目光直视着太阳,仿佛在向乔克托的力量之源哈什塔力(Hashtali)祈祷。他消失在那片光中。当他抽身而出之时,他奋力将体内所有的力量抛向'骑兵团'。休·斯科特再次挥棒击球,却只是轻轻触碰了一下,球径直飞入霍普的手套中。
　　　　印第安人雷鸣般的欢呼响彻在返回希尔堡的路上,备受尊崇的阿帕奇领袖杰罗尼莫(Geronimo)被捕22年后依旧作为一名战犯被软禁在那里。"②

在伊佐和莉娜逆写的"米克王"历史中,霍普从太阳神那里汲取力量,以倾尽全力的一投,帮助球队以1比0力克"第七骑兵团",赢得了1907年双子领地棒球锦标赛的冠军。"米克王"球队历史第三个版本的颠覆性逆转结局,并非对历史的肆意篡改,而是作者莉安·豪为重新思考土著居民的前途命运而

---

① 贾斯廷娜·毛瑞帕斯(Justina Maurepas)是一个黑人民族主义者。在幼年时,她亲历母亲和几个舅舅时刻面临着种族迫害的危险。1892年,她被父亲送进了一所专为黑人和印第安人开设的寄宿学校。在此期间,年纪最长的舅舅被枪打死,最小的舅舅也被殴打致死,当时他只有19岁,全身筋骨断裂。母亲因此精神崩溃,得疟疾去世。种族仇恨的种子深深地埋在贾斯廷娜心中,20世纪初,她两次参与黑人民族主义暴力运动,但都因证据不足而被无罪释放。在寄宿学校期间,霍普与贾斯廷娜相识并成为恋人。1907年9月,在双子领地系列赛前,贾斯廷娜再次受到3K党徒的袭扰,惊恐万分。她劝说霍普接受贿金,离开棒球队与她远走高飞,过平静的生活。霍普一时犹豫不决,贾斯廷娜认为他过于软弱,在最后一场决赛前愤然离去。贾斯廷娜的出走,加上哈什等人的挑拨离间,使霍普最终背叛了自己的球队。

② HOWE LA. Miko Kings [M]. San Francisco: Aunt Lute Books, 2007: 218.

开启的新思路。

　　回顾近代美国土著的历史,自欧洲移民踏上北美大陆,尤其是美国建国以后,他们就逐渐陷入白人政府的殖民统治——贸易被限制、资源被掠夺、无辜被屠杀、形象被歪曲、被强行重新安置、被强制同化等等。到了 19 世纪末 20 世纪初,绝大部分土著居民已经失去了土地,丧失了信仰,舍弃了传统,土著部落走向了灭亡的边缘。在《米克王》中,寄宿学校的校长甚至断言,"四年以后,在即将到来的 20 世纪,将不再有野蛮的印第安人。"①电影《最后的比赛》拍摄于 1909 年,在影片的结尾,投手比尔虽然助乔克托球队获得大胜,依然不得不因为误伤恶人而走上刑场,在特赦令到来的那一刻命丧黄泉。两个版本的棒球队故事都令人感到悲痛和惋惜,它们与残酷的现实一样,似乎都在预示着土著居民最终会走向衰退和消亡的悲剧命运。

　　土著美国人到底要走向何方? 他们一定要循着被殖民者强行规定的道路走向一个没有光明的未来吗? 莉安·豪给出的答案显然是否定的。白人殖民者一方面在政治、经济、宗教、文化等各个领域不断压制和同化土著居民,另一方面他们利用历史书写、新闻媒介等手段大肆宣扬印第安人注定灭亡的宿命论,意在彻底摧垮土著居民的精神意志和民族认同感。但是对于土著居民来说,"历史不应该被掌控,而应当被想象。历史不应该成为社会和政治权利的象征或工具,而是个人和群体强化自身的途径。历史不应该奴役他人,而应当解放思想。"②在这个问题上,莉安·豪与杰拉德·维泽纳的观点应该是一致的,"一个民族要求得生存,他们必须不断地拓展想象的空间……受害者的身份作为一种权宜之计固然有其政治意义,但我们切记不可低估叙述的力量,它可以治愈心灵创伤,使人青春焕发、充满活力。"③因此,在莉安·豪看来,对于渗透着殖民文化权力意识的历史书写,最有效的抵制策略就是去解构这些虚构叙事,把受害者的命运悲剧转化为抵抗者的生存喜剧。伊佐和莉娜共同书写的新版"米克王"历史,将有助于缓解长期殖民压迫给土著居民造成的历史

① HOWE LA. Miko Kings [M]. San Francisco:Aunt Lute Books, 2007:61.

② BLAESER K M. Gerald Vizenor:Writing in the Oral Tradition [M]. Norman:University of Oklahoma Press, 2012:96.

③ VIZENOR G . Manifest Manners:Postindian Warriors of Survivance. Hanover [M]. NH:Wesleyan University Press, 1994:108.

重负,平复他们身心曾经遭受的创伤,给予他们获取生存和赢得主权的希望,也为土著美国人积极面向未来树立坚定的信心。

值得注意的是,在小说中,莉安·豪将"米克王"棒球队获胜的时间定格在1907年10月5日,这一时间的设定,既在哥伦布日(Columbus Day)①之前,又在俄克拉荷马州成立日②之前,绝非巧合。1492年哥伦布率领的探险队踏上美洲大陆,开启了世界历史的新纪元。对于西方国家来说,新大陆的发现为它们带来了巨大资源和无限商机,但是对于土著居民而言,这是他们噩梦的开始。此后,欧洲殖民者在北美大陆对土著居民发动的殖民战争、经济掠夺和文化渗透,使土著居民人口剧减、环境恶化、资源枯竭、文化式微。哥伦布这个名字由此成为殖民侵略和殖民统治的隐喻。而俄克拉荷马州的成立对于当地土著居民的影响也是巨大的,它加速了部落土地私有化的进程,进一步摧毁了土著部落的组织结构和民族凝聚力。莉安·豪在小说中将"米克王"棒球队的比赛日设置在这两个极具殖民色彩的日期之前,意在挑战殖民主义的时间和空间概念,帮助土著居民摆脱美国政府的殖民控制。

"米克王"棒球队荣辱兴衰的历史从一个侧面代表了作为一个整体的所有土著美国人的历史。莉安·豪以印第安人喜爱的棒球运动为切入点,以口述为主、文字为辅的方式逆写这段历史,有力地颠覆了白人历史书写的主导地位。在小说结尾,她以富有创造力的想象逆写了"米克王"棒球队的命运,逆写的历史与先前的历史叙事构成互为参照的两种话语,探讨了土著各部落未来具有的新的可能性。

## 二、重新走入历史的小小人:《走过血泪之路》中的抵抗力量

在布莱克·豪斯曼的小说《走过血泪之路》中,TREPP是一种历史、消费文化和内部殖民的隐喻性存在。在虚拟现实的血泪之路上,切洛基人的苦难历

---

① 哥伦布日又称哥伦比亚日,是为纪念哥伦布1492年首次登上美洲大陆而设立的节日。哥伦布日是美国于1792年首先发起纪念的。1792年哥伦布到达美洲300周年纪念日,纽约市坦慕尼协会发起举办了纪念活动,这是在美国首次庆祝这一节日。1937年,富兰克林·罗斯福总统宣布10月12日为哥伦布日。后来在1971年,该纪念日被正式定为10月的第二个星期一。

② 俄克拉荷马州成立日为1907年11月6日。

史成为人们休闲娱乐时的消费对象,在商业化的运作下成为这个主题公园里不断重复上演的事件,土著居民遭受的痛苦被平庸化。无辜的切洛基人在迁徙途中被杀,她的族人们敢怒不敢言;游客们也要按照导游的指示对遭遇的暴力和不公逆来顺受,TREPP 通过程序设定在内部空间建立起一套完整的殖民机制,并不断地循环往复。这种殖民主义的暴力循环是否能够被打破? 历史是否还能以真实的面貌示人? 小说中努尼人(Nunnehi)的出现给处于压迫中的人们带来了希望。

《走过血泪之路》的故事是由一个体积微小的努尼人来叙述的,他称自己为"努尼叙述者"(Nunnerator)。为了方便,也可以称其为"小小人"①。这个小小人具有超常的本领,他能够潜伏在塔卢拉的头上,以一个亲历者的身份观察塔卢拉的一举一动;他又能悄无声息地改变 TREPP 的操作程序,掀起疾风骤雨般的革命风暴。这个形体微小却无所不能的人物使人自然而然地联想到印第安神话中的恶作剧者,他们不受社会规范的约束,自由穿行于禁忌和边界内外。② 事实上,切洛基神话中的确有努尼人这样的人物,他们是一群对人类、尤其是切洛基部落非常友好的不朽灵族,在切洛基语中,Nunnehi 的字面意思是"生活在任何地方的人们",他们通常隐身不见人。有的故事把他们描绘成身材微小的勇士,有的则认为他们身材和形体都与人类无异,但相貌超凡脱俗。著名学者斯蒂文·塞莱特(Steven Salaita)认为:"文学中的恶作剧者是对文化偶像有意识的利用,旨在建立一种与其他话语抗衡的话语形式。一旦恶作剧者从口头文学转移至文学作品中,他就具有明确的文学功能。"③在《走过血泪之路》中,小小人游走于 TREPP 的殖民机制内外,以一种抵抗力量的身份,唤醒土著居民的民族意识,帮助建立起一套与殖民话语相抗衡的土著历史话语。

首先,在叙述方式上,小小人传承了恶作剧者特质,在叙述的同时以解构性的方式进行自嘲。他不时打断自己的叙述,毫不掩饰地提醒读者他的叙述是不可靠的,"说老实话,我不可能记住所有的事情。我过去记忆力很好,但是

---

① HAUSMAN B M. Riding the Trail of Tears [M]. Lincoln: University of Nebraska Press, 2011: 6.

② JANIK V K. Fools and Jesters in Literature, Art, and History: A Bio – bibliographical Sourcebook [M]. London: Greenwood Press, 1998: 156.

③ SALAITA S. The Holy Land in Transit [M]. New York: Syracuse University Press, 2006: 144.

摔下来的时候细节就变得模糊了,"①"我被怀疑者包围着"②我说得越多,人们就越怀疑。"③。小小人在叙述中自曝其短的一个主要目的是影射土著居民的口头叙述不断遭到白人历史学家质疑和忽视的现实。据小小人自述,13 世纪时,一群腐化堕落的牧师趁男人们出去打猎的机会强暴了他们的妻子,引发了革命浪潮。革命带来的后果是所有牧师被杀,政府权力被分散,而努尼人的故事也从此被从人们的记忆中抹去,"所有人——讲故事者和听众——都忘记了故事原来的模样"。小小人认为,这种记忆被抹除的行为就如同塔卢拉在一次转移文件的过程中于半睡半醒间删掉了她的整个 iTunes 图书馆一样,无法恢复,"无法撤销操作"。虽然有重建的可能,但太"消耗精力",太"昂贵"。小小人质问,"你能想象出将我们的存在重新插入部落神话中需要多少代价吗?那将会比从坏死的硬盘中恢复文件要难上无数倍。"④萨义德认为,"叙述的权力,或者说阻止其他叙述形成或产生的权力"⑤是殖民者的一个主要政治工具。长期以来,为了达到内部殖民的目的,美国政府极力剥夺土著居民发声的权利,或是将他们歪曲成嗜血的洪水猛兽,或是把他们贬抑为愚钝无知的野蛮人,土著美国人的历史被写出美国历史的正史之外,土著口述传统在以白人为主导的历史编纂中备受质疑,导致土著美国人作为一个群体在官方宏大叙事中的失声。小小人所面对的怀疑之声显然是土著美国人口述传统在现实世界中屡遭质疑的一种隐喻再现。

　　小小人的自嘲式叙述还有一个重要目的,即展示故事的主观性与不确定性,意在消解白人殖民话语的权威性。品钦曾指出,所谓宏大叙事"只是历史的一部分,而且是历史中外在的、表面的部分,它用强权压制和抹杀了其他没有讲述的、被剥夺了话语权的历史"⑥,而小说家的责任就是"让那些在历史中

---

①　HAUSMAN B M. Riding the Trail of Tears [M]. Lincoln：University of Nebraska Press,
　　2011：1.

②　HAUSMAN B M. Riding the Trail of Tears [M]. Lincoln：University of Nebraska Press,
　　2011：2.

③　HAUSMAN B M. Riding the Trail of Tears [M]. Lincoln：University of Nebraska Press,
　　2011：3.

④　HAUSMAN B M. Riding the Trail of Tears [M]. Lincoln：University of Nebraska Press,
　　2011：5.

⑤　SAID E. Culture and Imperialism [M]. New York：Alfred A. Knopf, 1993.

⑥　PYNCHON T. Gravity's Rainbow [M]. New York：Penguin Books, 1973：612.

被淹没、消失的他者的声音重新显现,确立其在历史中的地位"①。小小人在小说开篇一再声称自己对过去的记忆已经模糊,一方面是为了强调历史必须尽快被记录下来,不然就会被世人淡忘;另一方面也是为了突出叙事的不可靠性,旨在通过语言内部的自我消解来解构宏大历史叙事的主导控制地位,解构白人殖民文化一直以来努力构建的宏大叙事,从而为重新构建土著历史话语积蓄力量。

在小说中,尽管努尼人的故事被永远删除,尽管他们不再被人提及,努尼人都没有放弃讲述自己的故事并赢得新的听众的努力,小小人倔强地向世人宣告,"你们在听,这次我不会轻易地让你们走掉。"②努尼人再次走上历史舞台,发出自己的声音。正如白人殖民者通过权力话语来构建一段歪曲的土著历史,对于土著美国人而言,要重构本民族的历史,最有效的方式也是通过话语层面来讲述故事。

其次,小小人以坚定的反抗行为有力地粉碎了白人殖民者强加于土著美国人身上的刻板印象。在小说中,生活在 TREPP 的努尼人被灌输了一种思想——"数字世界的东西无法完全进入到有机体的意识中,努尼人"也不可能存在于血泪之路的数字世界之外"。③ 小小人不愿屈从于这种强制的设定,它独自一人在管道中漂浮数周,栖身于塔卢拉的体内,观察她的一言一行,体察她内心的感受;它还设法脱离塔卢拉的身体,悄无声息地改变了 TREPP 的程序设置,帮助长期饱受压迫的"格格不入者"改变了命运。

"格格不入者"(Misfits)是由 TREPP 中的统治者"适者"(Suits)创造出来的数字土著,他们的命运自诞生之日起就已被人为设定,"我们是靶子,我们被设计出来就是让人杀的,然后再活过来……我们总是死后再重新开始……再次被杀。"④在 TREPP 中,"格格不入者"被高度边缘化,他们没有能力掌握自己的命运,他们的使命就是在虚拟游戏的不同轮回中死去。面对一次次被屠

---

① PYNCHON T. Gravity's Rainbow [M]. New York: Penguin Books, 1973: 290.
② HAUSMAN B M. Riding the Trail of Tears [M]. Lincoln: University of Nebraska Press, 2011: 6.
③ HAUSMAN B M. Riding the Trail of Tears [M]. Lincoln: University of Nebraska Press, 2011: 2.
④ HAUSMAN B M. Riding the Trail of Tears [M]. Lincoln: University of Nebraska Press, 2011: 119 – 120.

杀的命运,"格格不入者"采取了一种消极的抵抗策略,即放弃自己的名字。他们认为,"人没有名字就不会成为靶子""一旦你谁也不是,他们就不能再征服你了。"①"格格不入者"的悲惨遭遇就是土著居民苦难史的缩影。19世纪30年代,白人殖民者为了占有北卡罗来纳和佐治亚等州的大片土地和自然资源,强迫美国南部的五大部落迁往土地贫瘠、气候恶劣的俄克拉荷马。背井离乡的途中,无数土著居民或因疾病、严寒和饥饿而死亡,或因反抗而命丧美国士兵的刀下,土著居民的命运被完全掌握在白人殖民者手中。在人类社会中,名字是个体身份的重要象征,赋予个体在世界上生存的意义。TREPP中的"格格不入者"为了生存不得不放弃价值、尊严,甚至拥有自己名字的权利,表明他们的群体身份已经被从史册中抹除,成为历史长河中的隐形人,这既是土著居民过去屈辱经历的真实写照,也是白人殖民者加诸于土著居民身上的刻板印象之一——土著居民已经成为过去时,他们正在逐渐消失。

然而小小人的出现打破了"格格不入者"周而复始遭受压迫和屠戮的恶性循环。他通过改变系统程序,升级了TREPP内部的暴力等级,并诱使犹太裔游客艾尔玛误入另外一条通道与"格格不入者"邂逅。"格格不入者"认为艾尔玛是神的启示来拯救他们,他们终于鼓足勇气,决定改变行进的轨迹,踏上归家之旅。"今天我们将最终面对我们生存的问题""过了今天我们将重新开始,永远和平!"②这既是"格格不入者"出发前的誓言,也是数代土著居民长久以来的美好愿景。行进途中,"格格不入者"偶遇被层层包围、陷入困境的5709号旅游团。一千多"格格不入者"向美军士兵发起了排山倒海般的进攻,他们"像一千个纸板盒突然被压平,多米诺牌断断续续倒下来;像一千个篮球场回荡着气泡包装膜爆裂的声音;像一千块巨石堆靠在狂风怒吼的海岸,随着来自蓝色地球的每一个连绵不断的巨浪相互碰撞翻滚下来。"③长期遭受压迫的"格格不入者"终于在这一刻爆发出无穷的反抗力量,顷刻间将美军士兵全部消灭。最终,"格格不入者"克服重重阻碍,走入了北卡罗来纳的崇山峻岭。故乡对于

---

① HAUSMAN B M. Riding the Trail of Tears [M]. Lincoln: University of Nebraska Press, 2011: 118.

② HAUSMAN B M. Riding the Trail of Tears [M]. Lincoln: University of Nebraska Press, 2011: 240.

③ HAUSMAN B M. Riding the Trail of Tears [M]. Lincoln: University of Nebraska Press, 2011: 268.

土著居民来说不仅是一个名字,更是天堂,是一种美好的期盼,象征着未来和希望。

小小人以土著文化中恶作剧者的身份穿越空间的界线,引导数字土著"格格不入者"主动改变自己的命运,坚决反抗美军士兵的压迫,使 TREPP 从殖民压迫空间转变为革命反抗空间,书写了一段全新的土著历史。这段历史挑战了人们对"消失了的印第安人"的既定认知,向世人宣告,土著美国人不会被从19 世纪抹除,他们依旧生活在传统的家乡。它颠覆了殖民者强加于土著居民的刻板印象,促使读者重新思考对这些历史事件的假设。

最后,作为土著文化中的恶作剧者,小小人在小说中更为重要的作用在于唤醒主人公塔卢拉的民族意识,帮助她重新建立起自己的土著身份。作为TREPP 的导游,日复一日地走过血泪之路使塔卢拉感到厌倦;作为一个混血切洛基人,与传统文化若即若离的关系使塔卢拉时常感到迷茫;作为一个幼年丧父的女孩儿,自九岁起就不断复现的噩梦又令她感到困扰和不安。童年的创伤、历史的重负、虚拟与现实的混杂交错使塔卢拉一直挣扎于土著身份和错位感之间,难以自拔。小小人的介入帮助塔卢拉彻底解开了隐藏已久的心结。

小小人是数字世界的土著,他设法操纵 TREPP,创建了一个虚拟空间,使塔卢拉的梦境有了物理的存在形式。在梦境中,塔卢拉发现自己和一头黑熊同处在黑暗的洞中。她知道熊是她父亲的灵魂,但她却不能与他交谈。她将这段经历比作一个灵视,但却担心自己能力不足,无法看到灵视。塔卢拉最终找到了自己的声音,她说出了自己的不安,说出了对父亲离去的愤怒,说出了压抑在心头的痛苦,"四年来塔卢拉第一次在血泪之路上大哭起来"①。在这个宣泄的时刻,黑熊"温柔地把她揽入怀中,轻轻地抱着她,像搂着一个婴儿一样摇着她"②,告诉她他爱她。塔卢拉在梦境中最终与父亲达成了和解,将压抑多年的情绪释放出来,并准备好面对现实世界中的身份问题。与父亲的梦境相遇使塔卢拉感到释然,而"格格不入者"的暴力反抗行为和回归故乡的决心更是给她注入了打破 TREPP 内部暴力循环的力量。

---

① HAUSMAN B M. Riding the Trail of Tears [M]. Lincoln：University of Nebraska Press，2011：326.

② HAUSMAN B M. Riding the Trail of Tears [M]. Lincoln：University of Nebraska Press，2011：327.

　　塔卢拉没有像以前无数次旅行那样带领游客和数字切洛基人走向俄克拉荷马,而是同意带领团队向西进入北卡罗来纳的崇山峻岭中。这个虚拟的旅程与现实生活中塔卢拉的周末计划遥相呼应:完成这趟旅行,塔卢拉要驾车去位于北卡罗来纳切洛基领地的祖父母家。在整部小说中,她都把这趟旅行视为她开启假期之前的最后一道障碍。在这次血泪之路的旅程之后,塔卢拉终于突破了自己心头的最后一道坎,她毅然辞去了在 TREPP 的导游工作,说明她开始为自己的人生,也为数字切洛基人的生命负责。塔卢拉没有让痛苦的悲剧重演,而是为切洛基人生存和正义的故事尽了自己的一份力。

　　在小说结尾,塔卢拉在离开 TREPP 前剪去了自己的一头乌发。头发是塔卢拉身上"最典型的印第安特征"①,也是 TREPP 宣传手册里她的头像上被特意突出强调的部分,是消费文化打造出的代表土著美国人身份的显著符号。塔卢拉果断地剪掉了一头长发,表明她决意要颠覆官方叙事中塑造的土著美国人的刻板印象,不再做被消费文化利用的工具。此时的她已经找回了自己的土著身份,她无须再凭借所谓的外在特征来为自己贴上切洛基人的标签。

　　尽管小说结尾处没有明确告诉读者发生了什么,但可以确定的是,塔卢拉已经能够直面内心的创伤,厘清自己的情绪,从新的视角理解自己的个人历史。她可能无法改变真实的血泪之路,但作为切洛基社群的一分子,她为自己、为游客,也为和虚拟的和现实世界中的切洛基人民建立了一种新的、更加充满希望的叙事。

　　小说中还有一个巧妙的设计别具深意。塔卢拉在 TREPP 中与主控室进行交流的工具是一个叫作 walkie‐talkie 的小话筒,它代表着塔卢拉在虚拟现实与真正现实之间一种联系。walkie‐talkie 形似切洛基创世纪故事中体型微小的水甲虫。在神话故事中,世间第一女穿过天洞落在一片完全被水覆盖的地方。她轻轻地踩在乌龟背上,动物们全力为她搭建一块落脚之地。几个动物下潜到大洋底部寻找泥巴,水甲虫是第一个成功的。正如塔卢拉所解释的,他"花了数年时间,潜到洋底,再带着小块泥土游回来",②直到运回足够的泥土

①　HAUSMAN B M. Riding the Trail of Tears [M]. Lincoln: University of Nebraska Press, 2011: 361.

②　HAUSMAN B M. Riding the Trail of Tears [M]. Lincoln: University of Nebraska Press, 2011: 97.

搭建出乌龟背大小的地方。这个创世纪故事在提醒人们,世界是由人们集体创造出来的,需要所有人的共同努力,即使微小如水甲虫那样的生物,也是有价值的。

　　水甲虫在开天辟地的壮举中发挥的重要作用,是对小说中努尼叙述者小小人所激发的巨大反抗力量的一种强有力的呼应。小小人作为一个灵活多变、充满活力的恶作剧者,承载了部落复兴的强大力量,他跨越虚拟世界与现实世界的边界,打破 TREPP 内部长期运行的殖民机制,唤醒土著美国人的民族意识,建立起一套与殖民话语相抗衡的土著历史话语,帮助土著美国人重新走入历史。小说向人们暗示,当代土著美国人不会向内部殖民化屈服,不会在这个过程中失去部落身份,而是要勇敢地面对历史创伤,书写新的历史篇章。

# 第六章

## 不能承受之重

—— 白人殖民者及其后代对非正义行为的反思

"人一旦放弃了固有的偏见和疑虑,心灵就可以无限地敞开。"①

——《四灵魂》

二战后,尤其是 20 世纪 70 年代以来,随着国际政治朝着更人道、更民主的方向发展,世界上已有很多国家开始为历史非正义行为向受害群体作出正式的道歉。1970 年联邦德国总理勃兰特访问波兰时,在华沙犹太人殉难者纪念碑前"替所有必须这样做而没有这样做的人下跪",联邦德国的总统赫利同时发表了著名的赎罪书;1997 年英国首相托尼・布莱尔为无数爱尔兰人在土豆饥荒中饿死的悲剧道歉;2008 年 2 月,澳大利亚总理陆克文代表政府为百余年来强加给澳土著族群的同化政策道歉;2008 年 6 月,加拿大总理斯蒂芬・哈珀向生活在旨在同化土著美国人的寄宿学校的受害者作出道歉;同年 9 月,美国国会众议院"代表美国人民为非洲裔美国人及其祖先所受奴隶制和种族隔离法的折磨而向他们道歉"。

然而时至今日,美国政府从未向他们最应该表示歉意的土著美国人作出

---

① ERDRICH L. Four Souls [M]. New York: HarperCollins Publishers, Inc., 2004: 98

正式道歉。① 尽管自 1968 年美国印第安运动②(American Indian Movement)以来,土著美国人的自治权利在一定程度上得到了尊重和保护,保留地的政治、经济、文化等方面发生了显著的变化,土著美国人和非裔、西班牙裔美国人一样在平权运动③(Affirmative Action)中享受到了一些"优先照顾",但美国主流社会对土著美国人拥有的这些"特权"一直质疑声不断。很多美国人显然对土著美国人历史上遭遇的非正义并没有一个清晰的认识和了解。如何促使白人民众对土著美国人遭遇的历史非正义作出冷静的反思,推动政府作出正式的道歉和赔偿,是一个值得思考和探究的问题。本章将深入剖析美国土著作家们在小说中对白人群体的刻画和描写,从而揭示出土著作家们对这一问题的深入思考。

---

① 美国国会在 2009 年曾发文称,"承认长期以来联邦政府对印第安部落造成的破坏和实施的不当政策,代表美利坚合众国向所有土著美国人作出道歉"。然而该道歉书并没有正式公开发表,只是作为长达 67 页的"2010 年国防部拨款法案"["Defense Appropriations Act of 2010 (H. R. 3326)"]的一部分夹在了第 45 页,这种遮遮掩掩的道歉是无法让人接受的。因此,笔者认为美国政府从没有向土著美国人作过正式的道歉。

② 美国印第安运动是一个美国印第安人的倡导团体,1968 年 7 月成立于明尼苏达州的明尼阿波里斯市。该组织成立之初是为了解决印第安主权、条约事项、精神信仰、领导权等问题,同时也为了应对印第安城市社区面临的种种问题,如居高不下的失业率、公开和隐蔽的种族歧视、警方的骚扰和忽视、酗酒成风、家庭暴力、低于标准的住房等。美国印第安运动的首要目的是使印第安人获得真正的经济独立。在美国印第安运动成立的数十年间,该组织领导了提倡维护土著美国人利益的抗议活动,促进文化复兴,监控警方活动,在全美的城市和保留地社区协调就业项目。他们还经常支援美国境外土著美国人。1993 年,该组织分裂为两个主要的派别,一个是位于明尼阿波利斯的美国印第安运动大管理委员会(AIM – Grand Governing Council),另一个是位于科罗拉多州丹佛的美国印第安运动国际自治组织联合会(AIM – International Confederation of Autonomous Chapters)。

③ "平权行动"一词最初出现在 1961 年 3 月 6 日约翰·肯尼迪总统签署的《第 10925 号行政命令》("Executive Order No. 10925")中,该命令要求政府承包商采取平权行动,确保申请工作的人不受种族、信仰、肤色等因素的影响,得到平等雇佣,在工作期间得到平等对待。1965 年,约翰逊总统颁发了《第 11246 号行政命令》,禁止政府用人单位歧视弱势族群。1967 年,性别也被加入到反歧视名单中。平权行动的目的是促进社会上的少数族裔和弱势群体享有与优势族群同等的机会,其正当性在于它有助于弥补少数族裔在过去受到的来自统治阶级的歧视、迫害和剥削,有助于解决现存的歧视问题。平权行动在一定程度上改善了非裔、拉丁裔、土著等少数族裔就业和教育状况,但也一直饱受争议。

## 第一节　白人移民后代的创伤与反思

小说《鸽灾》中有四位叙述者,其中白人妇女科迪莉亚(Cordelia)的讲述最少,然而该部分短短17页的文字却发人深省。科迪莉亚就是小说中暗杀事件唯一的幸存者——那个在儿童床里啼哭的婴儿。当年若不是几个好心的印第安人及时向治安官报信,襁褓中的科迪莉亚也许就会脱水而死。后来,一对白人夫妇收养了她,对她无比宠爱,竭尽全力为她提供好的教育,最终科迪莉亚成为一名医生。曾经有人告诉她,她的命是几个印第安人救的,这些人后来被绞死了。然而生活在白人社区中的她一直误以为是这些印第安人杀害了她的全家。

虽然她平静地接受了这个"现实",虽然她的童年并没有因为家人的离去而缺少关爱和欢乐,但是种族主义的仇恨和失去亲人的痛楚还是在她的潜意识里挥之不去。科迪莉亚坦言:"有时候我在想,恐惧和痛苦的声音、猎枪雷鸣般的巨响是不是隐藏在我大脑的某个地方,某个最隐蔽的角落。"①每当怀抱亲人的遗物时,科迪莉亚都会"疯狂呼吸,无法控制","就像有一阵黑色的风"将她卷起,"飞向一些模糊却无法磨灭的记忆",而这些记忆却"如星尘般,以令人头晕目眩的速度"远离她②。这种莫名的伤痛深刻地影响着科迪莉亚的一生。在行医的过程中,她一直拒绝给印第安人治病,因为有印第安人在场,她会感到情绪不稳、虚弱无力,这种反应是不由自主的,她自己都无法控制。唯一的一个例外就是安东尼·库茨(Antone Coutts),一个小她很多岁的混血族裔男孩,一个她爱得难以自拔的男人。然而由于世俗的偏见和种族的隔阂,科迪莉亚并不敢公开他们之间的恋情,只是在暗地里与库茨私相往来。这种心理的纠结和负罪感使科迪莉亚饱受煎熬,最终她选择嫁给一个自己并不喜欢的白人房地产承包商,来摆脱与库茨的情感纠葛。显然,科迪莉亚的婚姻生活很

---

① ERDRICH L. The Plague of Doves [M]. New York: HarperCollins Publishers, Inc., 2008: 307.

② ERDRICH L. The Plague of Doves [M]. New York: HarperCollins Publishers, Inc., 2008: 308.

不幸福,她的第一任丈夫死得早,第二任丈夫因为工作的原因和她长期分居,后来又娶了自己的学生移居到南加利福尼亚,从此科迪莉亚便孑然一身。更具有讽刺意味的是,在小说的结尾处,凶杀案的谜底被揭开,杀死科迪莉亚一家的凶手竟然是她亲手救治过的一个白人。

另一个与科迪莉亚一样饱受种族伤痛的白人是埃维莉娜的老师玛丽·安妮塔修女(Sister Mary Anita)。玛丽虽然相貌丑陋,但内心却柔软而善良。孩子们因她长相怪异而送给她一个绰号——"哥斯拉"①修女,还经常搞一些恶作剧来取笑她。埃维莉娜公然在玛丽的课堂上画一只穿着修女衣服的恐龙;科温更是肆无忌惮,让一个上了发条的哥斯拉玩偶在修女上课的时候爬到了她的脚边。这些幼稚的挑衅行为深深刺伤着玛丽的心,然而她从没有为此大发脾气,责罚这些顽皮的孩子,而是柔声细语地教导他们,和他们谈心。她温柔的眼神甚至征服了一度叛逆味十足的埃维莉娜,多年以后她们仍是无话不谈的挚友。

玛丽是一个神秘的矛盾体。她虽然长相令人吃惊,"眼睛、鼻子和嘴巴都向外凸出,牙齿参差不齐";但她却有一双圣母玛利亚般的手,"乳白玻璃般白净,手指如青葱般细长",令人着迷。运动场上的她生龙活虎,身手敏捷,姿态优雅,是一个非常棒的球手;然而面对令人尴尬的嘲笑时,她却选择默默忍耐,表现得出奇的镇定,"整张脸空白如纸,就像天空一样,像所有进入天堂的东西一样,没有特征,平淡无奇。"②

埃维莉娜曾认为,玛丽的隐忍源于她对上帝的虔诚,然而事实的真相是,玛丽选择做修女更多的是为了赎罪。数十年前,她的祖父埃米尔·布肯多夫(Emil Buckendorf)参与了那起罪恶的处私刑事件,这令善良的玛丽内心一直充满了负罪感,她向埃维莉娜坦言,"绞刑那件事无疑影响了我,长大了我才发现,竟然有人可以这么残忍。"她决定把一生献给教会,希望用教书来弥补自己的祖辈对奥吉布瓦后人的亏欠,以自己的善行来洗刷祖先遗留在她身上的污点。她以为修女的生活能够带给她内心的平静与坦然,但问题是,她对基督并非坚信不疑,她甚至劝埃维莉娜打消进修道院的念头,因为"当你不信时,才是

---

① 日本系列电影《哥斯拉》中的一个巨大的史前怪物。
② ERDRICH L. The Plague of Doves [M]. New York: HarperCollins Publishers, Inc., 2008: 53.

做修女最难的时候。"①可以说,玛丽一直都生活在矛盾和痛苦之中,祖辈人犯下的罪恶使她背负着沉重的道德包袱,明明对上帝没有那么虔诚还要违背自己的意愿整日与孤灯为伴,上一辈的印白冲突留给玛丽的是一生挥之不去的创伤。

在美国种族主义与殖民扩张的历史中,土著美国人和混血族裔经历了难以磨灭的伤痛,然而白人殖民者的后代也无可避免地受到土著美国人悲剧命运的影响。在《鸽灾》中,厄德里克通过对普路托小镇及其附近保留地上白人后代困顿的人生境遇和复杂的情感经历的细腻描写,使人们再一次反思这段令人悲痛的历史:受害者与广大受众之间是怎样的一种关系? 谁才是真正的创伤制造者?

表面上看,在暗杀——处私刑事件中,参与实施暴行的白人是创伤的制造者,他们武断地认为是几个印第安人杀害了居住在农庄的白人一家,在未经起诉和法院审理的情况下,他们就擅自把所谓的"嫌疑人"抓起来残忍地绞死。然而,参与实施私刑的白人原本并不是什么十恶不赦的恶棍,他们都是一些普普通通、憨厚老实的白人。玛丽·安妮塔修女在回忆她的曾祖父时说,"我爸爸说他的爷爷非常和蔼,是最和蔼的人。但他一直知道,他爷爷也参与了屠杀。"②那么是什么让这样一个和蔼的人沦为杀人凶手的呢? 纵观美国的殖民扩张历史,我们不难发现,美国政府一方面不断掠夺土著美国人的土地,一面利用各种媒介资源扭曲土著美国人的形象。与此同时,"白人作家们也借助自己的书写优势,通过小说或者非小说,对印第安人进行失真性代言,或给他们披上一层浪漫怀旧的薄纱,或将之扭曲为丑陋肮脏的蛮夷,这些作品共同建构了国人之于印第安人的成见。"③从《白鲸》中被定型为"魔鬼的一个强悍使者"④的塔希泰格,到库柏笔下"野蛮凶残"、使用血腥手段折磨白人俘虏的麦

---

① ERDRICH L. The Plague of Doves [M]. New York: HarperCollins Publishers, Inc., 2008: 250.

② ERDRICH L. The Plague of Doves [M]. New York: HarperCollins Publishers, Inc., 2008: 250.

③ JACOBS C A. The Novels of Louise Erdrich: Stories of Her People [C]. New York: Peter Lang, 2001: 2.

④ COX J H. "All This Water Imagery Must Mean Something": Thomas King's Revisions of Narratives of Domination and Conquest in Green Grass, Running Water [J]. American Indian Quarterly, 2000(2): 236.

格瓦;从《红字》中"周身上下涂得乱七八糟的野蛮人"①到《苦行记》中被从人类的行列中剔除出去的"郊狼",土著美国人"暴力、残忍、愚昧、丑陋"的模式化形象逐渐在公众的脑海中固化,进一步加剧了印白矛盾。仇视土著美国人作为一种意识形态,成为白人社会思想的主流,即使土著美国人已经被圈禁在保留地上,他们依然是白人仇恨的目标。这种歧视和仇恨不是针对带有土著血统的个人,而是针对作为一个种族的所有土著美国人。于是,几个偶然路过农庄的善良无辜的土著美国人被自然而然地认定为暗杀事件的凶手,农庄附近的白人堂而皇之地将他们处死,事后,参与处私刑的白人非但没有感到一丝内疚,反而觉得是行了一件大快人心的好事。最终这起草菅人命的事件竟然不了了之,没有司法机关为土著美国人伸张正义,也没有司法部门追查真凶为枉死的人讨回清白。由此可见,暗杀——处私刑事件的施害者绝不仅仅是几个白人村民而已,整个主流社会乃至联邦政府才是真正的罪魁祸首,正是美国政府精心构建起的种族主义意识形态造成了主流社会对土著美国人的严重歧视,导致一幕幕种族主义悲剧不断上演,而白人后代为此也背负起沉重的历史包袱,陷入了深刻的道德危机。因为无论美国政府如何美化和掩饰它们的剥削侵略行径,历史的真相终归有一天会被公之于众。

晚年的科迪莉亚被选为普鲁托镇历史协会的会长,负责撰写小镇的《历史新闻通讯》,她对百余年来小镇白人种种非正义行为的思考与小小的邮票紧密联系在一起。《鸽灾》的最后一章名为"普鲁托的灾难邮票"。在这部分,厄德里克独具匠心地设计了"邮票"的暗喻,意味深长,为人们了解历史真相提供了一个新的视角。

科迪莉亚的好友尼芙·哈普(Neve Harp)的叔叔奥克塔夫(Octave)是一个银行家,但他却对集邮,尤其是灾难邮票极为狂热,他收藏的邮票"价值相当于整个银行里所有的钱"②。一次,为了得到一枚他心仪已久的价值连城的灾难邮票,他甚至带着银行巨款和珍藏的邮票只身离开美国,被人们误以为是携款潜逃,弄得身败名裂,含恨自尽。多年后,尼芙偶然间发现,她继承下来的几辈人代代相传的邮票中居然有很多赝品,她的奥克塔夫叔叔伪造了多封灾难信

①　纳撒尼尔·霍桑. 红字 [M]. 姚乃强,译. 南京：译林出版社,1996：211.

②　ERDRICH L. The Plague of Doves [M]. New York：HarperCollins Publishers, Inc., 2008：300.

件,还试图让伦敦的经销商开具鉴定书证明其真实性。

显然,厄德里克在小说结尾讲述的这个邮票的故事颇具深意。一本集邮册由无数枚小小的、相对独立的邮票组成,每一枚邮票都以精美的图案、斑斓的色彩和深刻的内涵向人们呈现出人类文明的瑰丽宝库,从政治、经济到科技、文化,从天文、地理到体育、卫生,然而这些邮票中有的也有瑕疵,错版的、错色的、无齿孔的、没标面值的、漏印花饰的,各种稀奇古怪的样式不一而足。为了谋取更大的利益,有人甚至不惜伪造书信来以假乱真。从某种程度来讲,历史的撰写就如同人们集邮,每一枚邮票就是对一段历史的记载,它忠实记录着人类漫漫长河中的一桩桩事件、一个个瞬间。但是受到各种条件的制约,它的叙述也会有遗漏、偏差,甚至谬误,也会有别有用心的人为了不可告人的目的刻意篡改历史的真相,然而一个真正追求真理和正义的人必定会潜心研究,去伪存真,拨开虚假的迷雾,还后人一段真实的历史。

晚年的科迪莉亚就是这样一个致力于还历史以真面目的探究者。身为小镇历史协会的会长,她有机会了解到一些鲜为人知的故事,渐渐地,科迪莉亚开始接近普鲁托小镇的历史真相:100多年前,一批白人探险者在“城镇狂热”的驱使下,试图到北达科他州拓荒建镇但遭遇失败。后来“达科他 & 大北镇选址公司”在大北铁路的沿线精心勘测,在一块物产丰富的地方建立了今天的普鲁托小镇。1911年,一个白人家庭的五个成员惨遭杀害,而四个印第安人无辜受到牵连,被执行了“粗暴正义”。1928年……小镇的一桩桩真实的历史事件如同过电影般在科迪莉亚的眼前浮现。作为一个白人,她该如何看待白人祖先殖民扩张的历史?作为暗杀事件的幸存者,她该如何面对善良的印第安人为了挽救自己的生命而惹来杀身之祸的悲剧?作为一名医生,她又该如何评价自己“非白人不医”的行医准则?这些问题的确是太棘手了,科迪莉亚陷入了深深的反思中。正如书中所说,“集邮为迷茫的人提供了精神上的庇护所,为堕落的灵魂注入了新的活力”①,历史的真相也会颠覆人们的长期以来形成的固有的思维观念,引导人们重新审视自我,认识社会。

后来,在好友妮芙·哈普的建议下,科迪莉亚终于作出了正确的决定:将真实的历史原原本本地记录下来,装订成册,捐赠给北达科他大学永久收藏。

①　ERDRICH L. The Plague of Doves [M]. New York：HarperCollins Publishers, Inc., 2008：302.

由此,土著美国人遭受的非正义被光明正大地载入史册,物化为图书馆的典藏。这段历史得到白人移民后代的公正书写,具有重大而深远的意义。它能够促使更多的白人去反思和认识那段被歪曲的历史,以史为鉴,努力修复白人给土著美国人带来的历史创伤,这无疑会给土著美国人追寻正义的荆棘之路带来一缕希望之光。

## 第二节　白人殖民者的转变

社会心理学研究表明,当个体意识到自己所属群体其他成员的不正当行为已对另一个群体构成伤害并应为之负责时,就会产生一种内疚感,心理学家们将其称为群体内疚。① 个体在面对所属群体对其他群体的非正义行为时,会同时出现两种不同的倾向:一是产生群体内疚。根据自我归类理论,当个体认为自己是施害群体的一员时,即使他没有参与施害行动,也会为此而产生内疚,并认为该群体成员应为过去的非正义行为感到内疚,对受害群体进行道歉和补偿。二是试图减弱群体内疚。根据社会认同理论,人们也有维持群体正面形象的愿望,他们会采用各种办法极力弱化对其他群体的伤害程度,以求减轻群体内疚感。② 因此,面对历史中的非正义,如果能够有效地利用群体内疚感,促使施害群体对受害群体作出道歉和补偿,无疑将会改善群体间的相互关系,消除敌意,增进和解,也有助于受害群体获得应有的正义。

群体内疚的产生主要与内群体责任、伤害行为的正当化、知觉到的补偿困难、群体类别化等认知因素有关。首先,当群体成员意识到所属群体对其他群体受到的伤害和遭遇的不幸负有不可推卸的责任时,群体内疚感会上升。③ 其

---

① DOOSJE B, BRANSCOMBE N R, SPEARS R, et al. Guilty by Association: When One's Group Has a Negative History [J]. Journal of Personality and Social Psychology, 1998 (75): 872 – 886.

② WOHL M J A, BRANSCOMBE N R. Forgiveness and Collective Guilt Assignment to Historical Perpetrator Groups Depend on Level of Social Category Inclusiveness [J]. Journal of Personality and Social Psychology, 2005, 88 (2): 288 – 303.

③ IYER A, LEACH C W, CROSBY F J. White Guilt and Racial Compensation: The Benefits and Limits of Self – focus [J]. Personality and Social Psychology Bulletin, 2003(29): 117 – 129.

次,产生群体内疚的另一个重要前提是人们把内群体成员的行为视为不道德的、错误的或者非正义的。此外,群体类别化也是影响群体内疚程度的一个不容忽视的因素。研究表明,当施害群体成员将受害群体视为外群体时,他们往往需要找到更多的证据,设定更高的标准来证明内群体过去的行为是非正义的,因而产生的群体内疚感也较低。如若施害群体成员将受害群体归为自己的同类(都属于人类),他们则比较容易承认内群体过去的所作所为是错误的、不公正的,从而产生较强的群体内疚感。①

另外,施害群体成员的国家认同也是影响群体内疚的一个重要的个体差异变量。研究发现,当信息来源于外群体时,施害群体中国家认同度高的成员往往会质疑信息的真实性和可信度,产生的群体内疚较低;但同样的负面信息如果来自内群体,国家认同度高的成员也无可辩驳,因此会产生较强的群体内疚感。② 同时,视角的选择也与国家认同之间有相互作用。施害群体成员如果从受害群体的角度来审视其非正义行为,更能够对受害群体的不幸遭遇感同身受,产生移情,由此增加了施害群体成员的群体内疚感。③

土著作家们在小说中细致描述了一部分白人殖民者在与土著美国人接触中发生的转变,作为施害群体的内部成员,他们的忏悔和转变无疑能够使白人更深刻地意识到所属群体在历史上施加给土著美国人的非正义行为,加深他们的群体内疚感,促使白人对受害群体作出道歉和经济赔偿,缓和群体矛盾,消除固有偏见,创建和谐的群体间关系。

## 一、毛瑟的忏悔

约翰·詹姆斯·毛瑟(John James Mauser)是厄德里克小说中的一个重要反面人物,是白人投机商的代表人物之一。在美国政府的西部大开发时代,毛

---

① MIRON A M, BRANSCOMBE N R. Social Categorization, Standards of Justice, and Collective Guilt [G] // NADLER A, MALLOY T E, FISHER J D. The Social Psychology of Intergroup Reconciliation. New York: Oxford University Press, 2008: 77 – 96.

② DOOSJE B, BRANSCOMBE N R, SPEARS R, et al. Antecedents and Consequences of Group – based Guilt: The Effect of Ingroup Identification [J]. Group Processes and Intergroup Relations, 2006(9): 325 – 338.

③ MALLETT R K, HUNTSINGER J R, SINCLAIR S, et al. Seeing Through Their Eyes: When Majority Group Members Take Collective Action on Behalf of an Outgroup [J]. Group Processes and Intergroup Relations, 2008 (11): 451 – 470.

瑟凭借着灵活的头脑,巧取钻营,积累了大量财富,成为当地赫赫有名的商界名流。他敛取巨额资本主要通过两种手段:一是通过联姻。来到保留地最初的日子里,年轻的毛瑟英俊潇洒,气度不凡,赢得了不少奥吉布瓦姑娘的青睐。他不断地娶这些刚刚离开寄宿学校的女孩子们为妻,通过婚姻得到她们继承来的份地,然后雇人把土地上的树木全部伐光,运往白人的定居点出售。利用完这些女孩子,毛瑟就无情地将她们一个个抛弃,留给保留地的"只有树桩子和大肚子"①。二是通过投机取巧。毛瑟暗地里与印第安人事务局的官员狼狈为奸,以土著居民未能按期缴纳土地税金等为由,低价从官员们手中买走被没收的土著居民的份地,大肆砍伐倒卖林木,再将资源耗尽的土地转手卖出,在《痕迹》中,弗勒一家位于马奇曼尼托湖周围的林地就是被毛瑟以这种卑劣的手段掠走的。除了投机倒卖土地、销售木材,毛瑟还投资修铁路、建矿场,在土著居民的土地上攫取的财富不计其数。可以说,毛瑟的发家史就是一部土著居民的血泪史。

毛瑟是厄德里克小说中典型的白人殖民者形象,他看准时机,钻了美国政府印第安政策的漏洞,不择手段聚敛财富,给土著居民带来了巨大的伤害。然而厄德里克并没有将毛瑟类型化,把他塑造成一个残酷无情、十恶不赦的冷血动物。在《四灵魂》中,人们发现,毛瑟也有自己脆弱的情感和人性的良知,他也曾对自己的累累恶行作出过忏悔。

毛瑟的忏悔首先源于对弗勒的迷恋。弗勒只身来到毛瑟家,目的是为了复仇,夺回失去的土地。恶病缠身的毛瑟改变了她的计划,她决定先帮助医治好毛瑟的病,在他足够"珍惜自己的生命"时再结果他的性命②。实际上,早在弗勒决定动手之前,毛瑟已经觉察到了一些蛛丝马迹。一个夜深人静的夜晚,弗勒在门外窥探毛瑟动静的时候昏昏入睡,阵阵鼾声惊动了毛瑟,他寻声悄无声息地打开房门,看到弗勒的脸"映照在月光中,好像被泼上了暗淡的银色","他好奇地看了好一会儿,然后忽然笑了。"③发现了弗勒的异常举动后,毛瑟既没有解雇她,也没有声张,而是静观其变,显然他已经对弗勒产生了浓厚的兴趣。当弗勒把刀架在毛瑟脖子上的时候,慌乱中的毛瑟许诺要娶弗勒为妻,

---

①  ERDRICH L. Four Souls [M]. New York: HarperCollins Publishers, Inc., 2004: 24.

②  ERDRICH L. Four Souls [M]. New York: HarperCollins Publishers, Inc., 2004: 43.

③  ERDRICH L. Four Souls [M]. New York: HarperCollins Publishers, Inc., 2004: 29.

做她"灵魂的奴隶"①。这虽然是毛瑟暂求保命的缓兵之计,但也反映出在毛瑟的内心中对弗勒有一种难以名状的迷恋之情。

　　婚后的弗勒从没有给过毛瑟笑脸,在毛瑟面前,她总是一脸严肃、冷若冰霜的样子。毛瑟往往只能悄悄地进屋,远远地看着放下戒备之心的弗勒和小毛瑟尽情地玩耍。显然他已经认命了,但还是"无条件地爱着"②弗勒。连管家波丽都不禁疑惑,"果真有如此不同寻常、如此纯洁、不求任何回报的奉献吗? 真的为了奉献而奉献吗?"③其实,毛瑟对弗勒的迷恋是他弥补心灵空缺的一种反应,他曾向波丽坦言:"我必须拥有她,我向你发誓,没有其他的办法。直到现在我才明白,我必须接近她身上的某种东西,我也不知道那是什么,某种纯净的空间,某种我去北方寻找结果又破坏了的东西。"④亲近自然是人类的天性,然而身处物欲横流的白人上流社会,毛瑟难以抵御物质财富的诱惑,他亲手破坏了保留地原始恬静的森林,挖空了那里丰富的矿藏,毁掉了自己心中的净土。弗勒是大自然的象征,她曾对毛瑟说:"我是风儿曾在上千针叶间弄出的声响,我是树根下的那片宁静。当我走过你的门厅时,我在穿过自己。当我触摸你家的墙壁时,我在抚摸我的脸颊。"⑤弗勒身上散发的自然之美令毛瑟难以抗拒。因此,与其说毛瑟深爱着弗勒,不如说是弗勒唤醒了毛瑟心中压抑已久的崇敬自然的天性,帮助他恢复了人性的本真。

　　促使毛瑟做出反省和忏悔的另一个重要因素是小毛瑟的智障。毛瑟非常渴望有一个儿子,来继承他的万贯家业。他与前妻普拉茜德(Placide)多年没有子嗣,因此当弗勒为他诞下一子时,他欣喜若狂,对这个孩子给予厚望。然而两年后,小毛瑟却被诊断出有智力障碍,毛瑟从此变得沉思不语,虔心事主。每天早上喝咖啡之前他都要去做弥撒,每天他都取圣餐,每个月都要做二十次忏悔。"以前他总是在刻意表现对罗马天主教的虔诚,为了达到目的才冲教堂里的神职人员虚伪地点头招呼,现在他成了一个真正的信徒。"⑥回顾以往的

①　ERDRICH L. Four Souls [M]. New York:HarperCollins Publishers, Inc. , 2004:46.

②　ERDRICH L. Four Souls [M]. New York:HarperCollins Publishers, Inc. , 2004:87.

③　ERDRICH L. Four Souls [M]. New York:HarperCollins Publishers, Inc. , 2004:87 - 88.

④　ERDRICH L. Four Souls [M]. New York:HarperCollins Publishers, Inc. , 2004:129.

⑤　ERDRICH L. Four Souls [M]. New York:HarperCollins Publishers, Inc. , 2004:44 - 45.

⑥　ERDRICH L. Four Souls [M]. New York:HarperCollins Publishers, Inc. , 2004:90.

所作所为,毛瑟开始相信,小毛瑟的病是对上天对他的惩罚,是他应得的报应。他忏悔道:"可能遭遇了厄运,我最终才明白自己做了些什么。她让我充分了解到我留给人们的痛苦。"①与弗勒的接触和交流,使毛瑟意识到自己的种种恶行给奥吉布瓦人带来了无尽的伤痛;只有亲身体验了作为一个智障儿父亲的无助,毛瑟才能对奥吉布瓦人失去土地的悲伤与无奈感同身受。小毛瑟的病终于让毛瑟有机会反省自我,在上帝面前恢复了一丝敬畏和谦卑。

然而,毛瑟作出的忏悔并不彻底,他虽然承认自己曾经犯下的过错,却不愿为此对奥吉布瓦人做出任何补偿,甚至还诋毁奥吉布瓦人的文化:

> "我现在没钱了,即使我有钱,我也不能赔偿一群如此堕落的人。我知道那些人有多愚蠢! 过去的那一套,古老的勇士,都是明日黄花了。剩下的只是些废物、人渣,只有逆来顺受的人才能存活下来。即使她也是剩下来的,我也向她指明了这一点。保留地是衰败之地,最好将它们廉价出售,抹掉旧主的所有痕迹。这就是我的想法。让印第安人迁到城镇里去,或者到他们想去的地方生活。总想着他们的部落会被恢复简直是愚蠢之极,他们已经一无所有了!"②

毛瑟的这种种族主义思想在美国白人社会中十分普遍。他们打着"物竞天择""适者生存"的旗号,把土著美国人的传统文化斥为低劣的文化,将土著美国人视为劣等民族,注定要为白人优等民族所取代,被历史前进的车轮所碾压,以此为白人殖民者的掠夺压迫行径开脱罪责。

毛瑟的忏悔反映了白人殖民者在反省自己的非正义行径时怀有的复杂情绪,一方面,他们深知自己的财富积累源于对土著居民的剥削和掠夺,他们富足的生活是建立在土著美国人变卖土地、流离失所的痛苦之上的,他们亦会为此而感到忏悔和不安;另一方面,由于受根深蒂固的种族优越论思想的影响,他们依然将白人文明与土著文明对立起来,以文明的高低优劣为借口,试图为自己的罪行开脱。他们没有清醒地认识到,没有哪一个民族可以随意剥夺其

---

① ERDRICH L. Four Souls [M]. New York:HarperCollins Publishers, Inc., 2004:126 - 27.

② ERDRICH L. Four Souls [M]. New York:HarperCollins Publishers, Inc., 2004:127.

他民族生存和发展的权利的道理,因而也不会充分意识到自己过去所作所为的非正义性。可以说,毛瑟的忏悔更多的是一种自怜,他并没有为过去的恶行真诚悔过,没有为土著居民考虑,没打算为土著居民作出合理的赔偿。经济危机来袭后,他为了躲避巨额债务,撇下弗勒和孩子,一个人溜之大吉,这进一步印证了他忏悔的不彻底性。

### 二、波丽的转变

在小说《四灵魂》中,波丽·伊丽莎白(Polly Elizabeth)是毛瑟前妻普拉茜德的姐姐,一直在毛瑟的家中管理家务。作为小说的主要叙事人之一,她见证了弗勒在豪宅中的生活,见证了毛瑟思想上的微妙变化,也在与弗勒母子的互动交流中获得了心智的成长和转变。

波丽是一个严肃古板、高傲孤僻的老处女。她自幼在母亲的严格管教下成长,和妹妹一起被送到哈蒙德小姐的学校,接受上流社会的教育。在这样的环境中,波丽被成功地灌输了一整套种族和等级观念。在她看来,土著居民是低贱落后的民族,"对文明人而言,印第安人可能真的很莫名其妙,在思维与行为上,与我们(白人)就像野狼和猎犬那样有差距。"①她对弗勒的最初印象基本上也是负面的,"闭塞、衣衫褴褛、干净、肤色很深、行为迟钝"②。作为小说的叙述者,波丽开篇的第一句话就是"我们纯白色的房子坐落在城里独一无二的脊部,……高高地矗立在白雪覆盖的斜坡上,不受任何树木的遮挡。"③"纯白色""独一无二""高高地",寥寥几个词,就将白人殖民者居高临下的种族优越感暴露无遗。在仆人面前,波丽从不苟言笑,总是一副威严不可侵犯的样子,恪守等级之分。即便对待与自己亲近的人,波丽也牢记大家小姐的行为规范,喜怒不形于色,很少流露出自己的真情实感。可以说,在哈蒙德小姐传授的金科玉律的束缚下,波丽是一个具有强烈种族等级意识、极度自我封闭的人。

是什么促使波丽开始自我反思并发生转变的呢? 首先,一次为毛瑟疗病

① ERDRICH L. Four Souls [M]. New York:HarperCollins Publishers, Inc., 2004:14 – 15.

② ERDRICH L. Four Souls [M]. New York:HarperCollins Publishers, Inc., 2004:12.

③ ERDRICH L. Four Souls [M]. New York:HarperCollins Publishers, Inc., 2004:11.

的经历给波丽带来了心灵的触动。波丽看似是一个冷酷无情的老处女,实则脆弱而敏感,对于"孩子和所有弱小无助的东西"①都有一颗温柔的心,她一直渴望妹妹能够给她生个外甥或外甥女。然而普拉茜德却是个性冷淡者,她长期和毛瑟采用凯萨拉法(Karezza)②以避免怀孕,这令波丽常常感到难过和失望,自己因为相貌不扬而找不到终身伴侣,妹妹又不能为家里添上一儿半女,波丽不得不靠豢养宠物来聊慰寂寞之情。在普拉茜德和毛瑟的婚姻中,她看到的不是夫妻间的恩爱与甜蜜;在毛瑟的家中,她感受到的不是家人间的关爱与温暖,这无疑加重了波丽的孤独和自怜情绪。

普拉茜德的自私行为导致毛瑟身体出现了严重的机能障碍,他的病情不断恶化,经常出现剧烈的神经抽搐。身为毛瑟的妻姐,在护理毛瑟的过程中波丽的心情是复杂的。她一方面关心毛瑟的病情,为他遭受的痛苦而感到揪心;另一方面又不愿看到身为女仆的弗勒在照顾毛瑟时与他的亲密接触;还因富尔默医生(Dr. Fulmer)情急之下要求她本人像仆人一样服侍毛瑟而感到尴尬和委屈。然而事后当波丽回想起当时的情景,映入眼帘的总是毛瑟在绝望中紧握住她的手时流露出的感激之情,这使她第一次明白了"sincere"(真诚)一词的来历。"它源自两个拉丁词汇,sine 意为'没有',cera 的意思是'蜡'。"据传,在文艺复兴时期,雕刻家和画师们常用"蜡"来掩饰大理石雕刻中出现的瑕疵,以蒙混过关。后来人们就把没有用蜡修补过的雕刻称为"sincere 雕刻",后来该词逐渐用来指代一切纯粹的、真实的事物,继而演变为"真诚"之意,即"毫无掩饰和虚假"。由此,波丽突然意识到,"只是表面上了解别人是一件多么糟糕的事,只有撕掉虚假的外表,除去修饰,除去蜡的掩饰,看到他人真正的纹理,生活才有意义,无论那有多么不尽完美,甚至丑陋,甚至本质上粗暴野蛮。"③波丽对"真诚"一词的反思,是她打开心扉,祛除偏见,正视异质文化迈出的第一步。

其次,弗勒的怀孕对于波丽的转变起到了至关重要的作用。波丽对弗勒一直怀有种族偏见,把她视为自己的对立面。最初波丽以管家的身份俯视弗

---

① ERDRICH L. Four Souls [M]. New York:HarperCollins Publishers, Inc. , 2004:32.

② 也被称为"不完全性交",是一种温柔、含情脉脉的性交方式。"Karezza"一词来自意大利语的"carezza",意思是"爱抚"。与多数性交方式不同,凯萨拉法的目的不是为了达到性高潮,而是与性交伴侣达到一种放松、交融的状态。

③ ERDRICH L. Four Souls [M]. New York:HarperCollins Publishers, Inc. , 2004:42.

勒,认为她"愚蠢"但"无害";后来弗勒引起了毛瑟的兴趣,波丽更是将其视为威胁自己和妹妹地位的敌人。两人之间虽然话语不多,但关系却剑拔弩张。然而,弗勒在出现流产征兆的危急时刻大呼的一声"救命",却使波丽长久以来对弗勒构筑的心理防卫之墙顿时土崩瓦解,她"突然意识到,如果放下渺小的轻蔑,我(波丽)也许会把她搂在怀里,我也许能帮助她抚养孩子,我一直渴望着和小宝宝生活在一起,这种渴望远远超出了我自己自私的习惯。"①

正是出于"某种更真实的人性关怀"②,出于对小生命的企盼,波丽常常来看望弗勒。随着接触的增多,波丽慢慢发现,弗勒"和她一样也是有家人、对他们饱含情感的女人"。她开始反思过去的岁月,"那个时候,看到马儿拉着大块儿的石头费力地爬坡,我(波丽)虽然同情它们,甚至抗议过,但我从没想过人类也会遭此虐待。所有的物资、织物、修建我们这栋奢华大房子所需的所有原材料,都是从弗勒的族人手中夺走的。"③可见,摆脱了种族偏见束缚的波丽已经能够从弗勒的角度来审视白人的殖民历史,意识到自己所属的白人群体对奥吉布瓦族群的剥削和压迫,这种移情使波丽产生了一种群体内疚感。

波丽的彻底转变表现在她对上帝的质疑和对正义标准的重塑。当富尔默医生诊断小毛瑟确实存在心智障碍后,毛瑟跑到教堂里去忏悔,弗勒向奥吉布瓦的神灵祈祷,只有波丽"不理睬什么神",她大声谴责上帝"构造了人的生理机能却让它无法正常工作",她甚至质问上帝:"你为什么这么做?为什么这样对待一个孩子?"④对于一个基督教徒来说,上帝是至高无上的权威,代表着毋庸置疑的真理和正义。波丽在目睹了社会的不公、弗勒家庭的不幸之后,开始质疑上帝,挑战上帝的权威,实质上是对长久以来被灌输的带有偏见的正义思想的质疑,是对旧的白人殖民者的正义观的颠覆。波丽发现,她开始"喜欢按照自己的法则而不是哈蒙德小姐的法则来生活"⑤。当风雨飘摇中的毛瑟打算逃之夭夭并劝她离开的时候,波丽坚定地选择和弗勒风雨同舟,这表明她在心中已经构建起了一个新的正义标准,她知道自己应该如何做,能够遵从自己的内心,做自己的主人。

---

① ERDRICH L. Four Souls [M]. New York:HarperCollins Publishers, Inc. , 2004:65.
② ERDRICH L. Four Souls [M]. New York:HarperCollins Publishers, Inc. , 2004:66.
③ ERDRICH L. Four Souls [M]. New York:HarperCollins Publishers, Inc. , 2004:67.
④ ERDRICH L. Four Souls [M]. New York:HarperCollins Publishers, Inc. , 2004:121.
⑤ ERDRICH L. Four Souls [M]. New York:HarperCollins Publishers, Inc. , 2004:119.

摆脱了种族偏见和等级观念束缚的波丽不仅成为弗勒的姐妹,也为自己赢得了一生的幸福。毛瑟的男仆范坦(Fantan)对主人忠心耿耿,在家中勤劳事主,任劳任怨,心高气傲的波丽在他面前却总是摆出一副主子的姿态,从来没有把他当成一个男人,甚至不知道他很聪明。当毛瑟亲口讲述了范坦与他在战壕中同甘共苦的经历,讲述了范坦如何舍命相救的生死情谊时,波丽才改变了她对范坦的固有成见,她禁不住感叹:"人一旦放弃了固有的偏见和疑虑,心灵就可以无限地敞开。"①

波丽的蜕变是从一个封闭狭隘、心存偏见的自我转变为一个宽容大度、多元开放的自我。是亲密的接触和深入的了解,使波丽最终摆脱了长期以来对她影响至深的种族优越论思想,她和弗勒之间由主仆变成了亲人,从敌视转化为和解。波丽的转变表明,只有祛除偏见,敞开心灵,以开放和平等的视角拥抱多元文化,才能实现真正的公平正义。

### 三、罗伊的自我救赎

如果说《四灵魂》中的毛瑟对自己的恶行作出的忏悔还不够虔诚、不够彻底的话,那么《羚羊妻》中白人斯克兰顿·罗伊(Scranton Roy)在残杀无辜的奥吉布瓦村民后幡然悔悟、用自己的乳汁哺育奥吉布瓦女婴来进行自我救赎的故事则感人至深,体现了有良知的白人在寻求解决历史非正义问题上的积极态度。

罗伊的父亲是贵格会教徒,母亲是一个隐居诗人。少年时的罗伊因与一个戏团女子感情受挫而离家出走,加入了驻扎在西布利堡的美国骑兵团。小说《羚羊妻》就是以罗伊所在部队突袭一个偏僻的奥吉布瓦村庄开篇的。那是一场惨烈的屠村行动,一个原本和平而宁静的苏族村落,却被白人骑兵团当成了敌人的窝点。一时间,无数手无寸铁的奥吉布瓦村民纷纷倒在白人骑兵的枪口和刺刀下。年轻的罗伊被裹挟在这片血雨腥风中,渐渐失去了人性和理智。"孤立的个人可能是个有教养、有涵养的人,但是一旦进入群体,他便成了一个野蛮人,他的行为只受本能的支配。他开始变得身不由己,他的感情开始

---

① ERDRICH L. Four Souls [M]. New York: HarperCollins Publishers, Inc., 2004: 98.

狂热并且残暴……"①这是一种"集体潜意识"在起作用。法国社会心理学家古斯塔夫·勒庞在他的著作《乌合之众——大众心理研究》中指出:群体的"一个最普遍特征,那就是非常容易受到暗示,……最开始的一个念头,或者一个提示,通过群体的互相传染,很快就会进入所有人的头脑,群体的感情会一致倾向某个方向,并且这已经成为事实。"②在这种集体心理中,个人的才智和个性被削弱,异质性被同质性所吞没,原始的、野蛮的、无意识的品质占了上风。罗伊心中忽然对四散奔逃的奥吉布瓦村民产生了一种轻蔑,一种莫名的冷漠与仇恨,在端起枪瞄准的时候竟然有一丝快感。

罗伊的转变始于混乱中一个奥吉布瓦老妇人的死。当罗伊把刺刀刺入老妇人的身体时,"她就像他练习时用的被扎破的干草袋,但她的身体却紧紧地裹住刺刀。"当他试图把刺刀抽出来的时候,"他被老妇人的目光牢牢锁住,陷入了出生前所经历的那种无人陪伴的黑暗时刻。老妇人用自己的语言说出了一个词:Daashkikaa。Daashkikaa。混合着热气和鲜血的呻吟。他看到了他的母亲,大叫一声,猛地扔掉了刺刀,策马逃走了。"③Daashkikaa 在奥吉布瓦语中是"分裂,裂开"的意思,在这里它具有两层深意。一方面,人类共同生存的世界被生生分割成白人与土著两个对立的部分,原有的和谐与宁静被打破。白人和土著美国人的对立与冲突始于对土地的争夺。为了从土著美国人手中攫取更多的土地,美国政府把土著美国人塑造为低劣的民族,"嗜血的野蛮人",把对土著美国人的烧杀掠夺美化为保护白人移民生命财产安全的正义行为。在这些赤裸裸的谎言的欺骗下,白人与土著美国人之间被一道深深的种族主义鸿沟割裂开来。另一方面,身为军人的罗伊在种族主义思想的浸染下产生了人格和人性的分裂。当他作为骑兵团的一员血洗奥吉布瓦村庄的时候,受到群体暗示的影响,殖民者的种族偏见与仇恨在罗伊头脑中占了上风,他不假思索地将奥吉布瓦村民视为仇敌,视为低贱的族群,象征着殖民主义、父权主义的暴力冲动将罗伊人性中如母性一般善良的部分从身体里生生切割下来。

---

① 古斯塔夫·勒庞. 乌合之众——群体心理研究 [M]. 亦言,译. 中国友谊出版公司, 2019:23.

② 古斯塔夫·勒庞. 乌合之众——群体心理研究 [M]. 亦言,译. 中国友谊出版公司, 2019:32-33.

③ ERDRICH L. The Antelope Wife [M]. New York: HarperCollins Publishers, Inc., 1998: 4.

直到遭遇被他亲手杀死的老妇人临死前看他的眼神,罗伊的理智和良知才被重新唤醒。那眼神使罗伊想到了自己的母亲,无论是白人还是奥吉布瓦人,人性的本质是共通的,人类的情感是不分种族、不分肤色、不分高低贵贱的,惨死在自己刀下的奥吉布瓦老妇人不同样也是一个为了保护儿女不惜牺牲生命的伟大的女人吗? 这种移情使罗伊情不自禁地将奥吉布瓦人归为了自己的同类,即同为人类社会中的一员。因此,他开始对受害群体——奥吉布瓦人的不幸遭遇感同身受,产生了莫名的内疚感。

可以说,逃离屠杀现场是罗伊摆脱集体心理的支配、恢复理性思维的开始,而背负女婴的狗儿的出现似乎是冥冥中拯救罗伊灵魂的希望。罗伊对女婴的保护细致入微。为了不惊吓到狗儿和绑缚在它身上的女婴,罗伊并没有用枪来捕杀猎物,而是设法用网套来诱捕野兔为食。为了把女婴从狗儿身上解下来,罗伊特意沐浴全身,彻底去除了身上的白人气味,才接近那只狗儿,救下了女婴。为了安抚嗷嗷待哺的女婴,无计可施的罗伊甚至"解开自己的衬衫,让她靠近自己的乳头。她咬住了他,猛吸起来,那吮吸来得猛烈,他全身都感到震撼,尤其是那没有被碰触过的乳头,此前他从未留意或觉察到它,现在尽管痛楚难当,却给他带来了平静。"①

此时的罗伊非常迷茫。一方面,他"抛开了文明社会的判断力,她(女婴)忠实依赖着他,使他的内心充盈着一种痴痴的、温软的快意"。另一方面,他又陷入了深深的忧虑。"他不知道该走哪条路,如何启程返回,他想知道是不是派了人来寻找他,然后又意识到如果他们真的找到了他,他就会被送上军事法庭。"人的善良本性与外部社会的压力在不断撕扯着罗伊,让他难以决断。最终,是真正的哺乳使罗伊发生了质的转变。一天早上,"他感到一丝温热,然后一股热流涌入一侧胸口,产生一种令人愉悦的灼热感。他以为那是一个奇怪的梦,又睡了过去。女婴发出一个响亮的饱嗝才把他惊醒……不可思议的是,她看起来已经吃得饱饱的了。"②罗伊能够像母亲一样为女婴哺乳,性别的跨界暗示着他已经成功汲取了母性的力量,来对抗已被植入体内的殖民思想和

---

① ERDRICH L. The Antelope Wife [M]. New York: HarperCollins Publishers, Inc., 1998: 6.

② ERDRICH L. The Antelope Wife [M]. New York: HarperCollins Publishers, Inc., 1998: 7.

父权思想。这股奇特的能量使罗伊重新获得了母性般的仁慈与善良,修复了自己分裂的人格。更为重要的是,罗伊作为一个白人亲自哺育奥吉布瓦女婴(一个对于白人来讲所谓的"异族"和"他者"),表明罗伊已将这个"他者"纳为内群体成员,即人类大家庭中的一员,这也喻示着西方社会的主体与他者、权威与属下、男性与女性的二元对立由此消解,人类社会恢复了和谐共融。

到此为止,罗伊完成了人生中的一次重大转变,然而他的自我救赎之路还远没有结束。用乳汁喂养女婴只是帮助罗伊进行自我修复,恢复了心理的平衡,但他参与屠村的恶行给奥吉布瓦村民带来的刻骨铭心的伤害尚未弥补,他依然无法消除心中的负罪感。几十年过去了,高烧中的罗伊在梦中再次遇见了那个惨死在他刀下的奥吉布瓦老妇人,老妇人为了保护孙儿们的性命牺牲自我的一幕一遍遍在他眼前浮现。病重的罗伊许诺要找到老妇人所在的村庄,弥补自己的罪过。他带着自己的孙子奥古斯都(Augustus)踏上了救赎之旅。如今的奥吉布瓦村落遗址已经成为印第安保留地,那里依旧生活着"尚未修复的家庭,患病的、痛苦的和已经恢复过来的人们。"①奥古斯都爱上了老妇人的重孙女佐茜(Zosie),留在了保留地。正如朱莉·撒普(Julie Tharp)所指出的,"小说含蓄地要求对死去的生命和失去的财产进行补偿。……虽然这种补偿不需要以眼还眼,但也要遵循部落的传统,用一个新的家庭成员来替代被杀死的那个,提供赔偿,而不是进行报复。"②

小说《羚羊妻》以白人罗伊在骑兵屠村行动中丧失人性、残忍杀害奥吉布瓦村民的恶行拉开序幕,以暮年的罗伊重访奥吉布瓦村庄寻求心灵的救赎落下帷幕。罗伊用一生的时间反省和弥补当年犯下的罪行:他救下了被绑缚在狗背上才得以避开杀身之祸的奥吉布瓦女婴;他用自己身体里神奇般涌出的乳汁哺育了她,并以自己母亲的名字为她命名,把她当作亲生的女儿;他带着孙子一路向东寻找当年被血洗的奥吉布瓦村庄,以获得心灵的康复和平衡。

## 四、达林派尔的悔过与救赎

弗朗西斯·达林派尔是美国黑脚族土著小说家斯蒂芬·格雷厄姆·琼斯

---

① ERDRICH L. The Antelope Wife [M]. New York: HarperCollins Publishers, Inc., 1998: 239.

② THARP J. Windigo Ways: Eating and Excess in Louise Erdrich's The Antelope Wife [J]. American Indian Culture and Research Journal, 2003(4): 128.

创作的小说《铅羽》中的主人公之一。1883 年 9 月,达林派尔被联邦政府派驻到位于蒙大拿州的黑脚族皮埃甘人保留地任事务专员。在联邦政府派遣到该保留地的二十四名专员中,他是任期最短的一个,只有十四个月。在短暂的任期中,达林派尔和其他专员一样做过伤害黑脚族皮埃甘人的事情,但善良的本性和正义感使他不断反思和悔过,在一封封写给妻子的信中记录下了保留地真实的历史和他最深切的忏悔,最终实现了对自己的灵魂救赎。

达林派尔的短暂任期和历史上黑脚族的"饥荒时期"正好吻合,那是1883—1884 年的严冬,北美野牛已经绝迹,短短的一个冬天,蒙大拿州有六分之一到四分之一的黑脚族印第安人死于饥饿和严寒。那是黑脚族历史上生死存亡的关键时刻,《铅羽》就是以此事件为背景。那年冬天,"雪从未融化过,存留在所有太阳照不到的地方",帐篷里的皮埃甘人"身体冰冷,体内所有的脂肪都消耗殆尽,他们的眼睛空洞无神,满是烟气。"①保留地上饿殍遍野,到处死气沉沉。

然而最令达林派尔感到震惊的是他在蒙大拿州草原上看到的一幕,"任何一个事务专员、民族志学者或者印第安事务专员都不会以完整的方式把它记录下来写入书中":一个皮埃甘男孩手里攥着一块猫头大小的黑石头,"他两只手将石头放低到草尖的位置,膝盖朝两侧弯曲,然后尽力把石头猛地投掷到空中,不像是在抛,更像是在把它释放出去。然后他会看着石块,直到它砸向地面,他就努力用头对准石头。"②难以想象的是,这个皮埃甘男孩试图以这种投掷石块的方式结束自己的生命。他一遍又一遍地重复这个动作,直到自己被石块砸的头破血流。在这种情况下,达林派尔无法再做一个旁观者,他跳下马,一把将昏迷的男孩搂入怀中,发誓要将他救活。虽然挽救男孩的生命不是他的"联邦职责",却是他"基本的基督徒的天性"③。

这个黑脚族皮埃甘男孩名为"铅羽",整部小说就是以他的名字命名的,其中蕴含着多层深意。首先,在黑脚族的古老传统中,一个人每做一件有意义的或重要的事情,就会得到一个新的名字。这个皮埃甘男孩由于试图通过抛掷石块来结束自己的生命,因此得名"铅羽"。"羽"毛轻盈,可以飘向远方,象征

---

①　JONES S G. Ledfeather [M]. Tuscaloosa:The University of Alabama Press, 2008:62.

②　JONES S G. Ledfeather [M]. Tuscaloosa:The University of Alabama Press, 2008:57.

③　JONES S G. Ledfeather [M]. Tuscaloosa:The University of Alabama Press, 2008:59.

着被高高抛起的石块;而"铅"是一种非常重的金属,喻指石块的坠落。轻盈的羽毛在天空中自由地随风飘浮,上下翻飞,就像年轻人对未来的美好憧憬;然而保留地饥寒交迫的生活让年轻的土著男孩失去了继续生活下去的勇气,他的心如灌了铅一般沉重,代表着美好梦想的羽毛也只能如石块一样重重地砸落在地。这一轻一重之间所产生的张力,将保留地人民悲惨的生活境遇表现得淋漓尽致,这是"铅羽"的第一层含义。其次,细心的读者会发现,小说的英文名是"Ledfeather","铅"字的"lead"被写成了"led",一字之差的谬误并非无心之失,而是作家琼斯有意为之,意在暗示在白人的官方历史中,黑脚族的历史没有得到准确地书写,类似的谬误不胜枚举。此外,"led"一词是动词"lead"(引导、牵引)的过去分词,"被牵引的羽毛"也暗喻皮埃甘男孩的命运冥冥中被某种东西牵引着,他无法掌控自己的人生。

在其他印第安事务局官员看来,印第安人是低劣的人种,他们"像狗一样活着,交配繁殖",死一两个人无关紧要,"因为他们不会像我们(白人)一样感受到失去家庭成员的痛苦,他们甚至分辨不出正确的家庭关系。"①与之前的殖民官员不同,达林派尔是一个心地善良、充满爱心和柔情的白人,这一点在他写给妻子克莱尔(Claire)的信中可见一斑。他对保留地人民的困境感到深切的同情,对于铅羽的自杀行为,他更是感到深深的不安和自责:"他(铅羽)不会弥补其余人(的死),不会的。但如果他死了,恐怕他增加的重量会掀翻其他人,他们如此沉重地一起叠加在我身上,我无法再爬出来,反而会淹没在我犯下的过失中。"②

达林派尔的不安和忏悔源于美国政府对印第安人的不公正待遇,源于他作为联邦政府殖民官员的身份,更源于他的一次错误决策给保留地人民带来的无法挽回的灾难性后果。1883年秋,皮埃甘人期盼已久的联邦配给物资运送到了保留地。就在即将发放物资的前夜,一条毯子被偷。面对前来视察监督的上司,为了维护印第安事务局的权威,达林派尔宣布延迟向皮埃甘人发放物资以作惩罚。然而,在接下来的几天,不断有配给物资被偷,还有一名皮埃甘妇女在储藏食品的库房里被白人士兵强暴,接二连三的事故使发放物资的日期被一拖再拖,最终储备的食物因为天气突然炎热而腐臭变质。运送物资

---

① JONES S G. Ledfeather [M]. Tuscaloosa: The University of Alabama Press, 2008: 70.
② JONES S G. Ledfeather [M]. Tuscaloosa: The University of Alabama Press, 2008: 65.

的士兵随即撤走,在撤退的人群中,达林派尔发现了前事务专员的身影,他身上正披着一条联邦配给的毛毯。这次失败的物资发放造成那个冬天皮埃甘人遭遇严重的食物短缺,保留地上饿殍遍野。铅羽就是其中的受害者之一。

达林派尔渐渐意识到,他被派驻到保留地,不是为了推行新的政策,也不是为了给前任科林斯(Collins)收拾残局,而是因为"委员会知道(保留地的)局势无可挽回了"①。而他自己作为政府对印第安人实行殖民压迫的工具,一面是上司的威胁和逼迫,一面是保留地土著居民在饥饿边缘的垂死挣扎。两股不同的力量——殖民势力和心中的良知——同时在竭力撕扯着达林派尔,使他产生了严重的人格分裂。达林派尔不断给妻子克莱尔写信,倾诉他内心的痛苦,讲述保留地的残酷现实,不仅是为了确认他的存在,也是为了确认他的身份,为了寻找一个正确的答案。最终,在职责与正义的抉择面前,达林派尔倾向了正义的一方,并坦言"宁愿做印第安人,也不做印第安事务专员"②。

皮埃甘人认为,"话语的表达不总是来描述世界,但是在某种情况下,无论是仪式性的,还是偶然的,这些话语几乎成为事物本身,因而对世界产生影响。"③正因如此,深得达林派尔信任的皮埃甘人黄尾(Yellow Tail)希望他能够为自己的过失虔心忏悔,达林派尔与黄尾达成协议。为了忏悔他的过失导致六百多名皮埃甘人死于饥饿,达林派尔决定在来世"成为黑脚族人,做个皮埃甘人,生活在他创造的保留地上,生活在他留下的那个烂摊子里,用印第安人的一生来替代他的一生,因此他才会亲身了解他颁布的政策所带来的最终后果,了解从去年冬天开始算起几代人以后的归宿,只有这样他才能看到他的所作所为影响到的范围,它仍有可追根溯源的影响。因而,在某种程度上,他才能使自己感受到痛苦。"④后来,达林派尔钻进一只驼鹿的体内,穿越来到一百年后的保留地。

小说的另外一部分发生在20世纪末的同一块保留地上,故事围绕着黄尾的后代黑脚族男孩杜比(Doby)展开,由于历史的原因,保留地上的黑脚族人在20世纪末依旧生活困苦,还要忍受白人的歧视和欺凌,暗淡的前景让很多土著

---

① JONES S G. Ledfeather [M]. Tuscaloosa: The University of Alabama Press, 2008: 49.
② JONES S G. Ledfeather [M]. Tuscaloosa: The University of Alabama Press, 2008: 77.
③ JONES S G. Ledfeather [M]. Tuscaloosa: The University of Alabama Press, 2008: 60.
④ JONES S G. Ledfeather [M]. Tuscaloosa: The University of Alabama Press, 2008: 117.

年轻人对生活失去了希望。两个身处不同时空的主人公在杜比闯入平原印第安人博物馆(the Museum of the Plains Indian)偷走装着达林派尔写给妻子信件的生皮革袋时产生了交集。通过阅读这些信件,杜比了解了黑脚族那段悲惨的历史。这些信件也使达林派尔和黄尾的故事得以继续流传下来,并在杜比的自我挣扎中得到有力的再想象。

在小说的结尾,主人公杜比和一百年前的铅羽一样,试图通过撞车来结束自己的生命。生死关头,三个黑脚族少年驾车驶来阻止了他的自杀行为,不由分说将他推到车后座上,他的旁边坐着一位从立岩保留地(Standing Rock)过来的女孩。接下来的一幕穿越时空:

> "当他(杜比)朝她看过去的时候,好像他等了一百年才见到她,这个从立岩保留地一路过来的疯狂的铅羽女孩,掉转视线看着那头麋鹿,然后转过头透过发丝看着杜比,好像她可能也在一直等着他,有点害怕,想弄清楚。因此杜比张开嘴,在尤尼奥尔(Junior)汽车后座的一侧朝另一侧说出了她的名字,"克莱尔。"就像一朵花在他的嘴里绽放。她抿着嘴,向他点头示意感谢,"是的,谢谢你。"然后咽下了已经到嗓子眼的话,让他们的手再次触碰到一起,好像一切真的已经不重要。"①

杜比和立岩女孩两手相触,使读者不由自主地联想到一个世纪前弗朗西斯和克莱尔在马车包厢里的牵手。显然,作为黄尾的后裔,杜比成为内心充满忏悔之情的达林派尔灵魂转世的化身。杜比将偷来的书信交给立岩女孩,表明达林派尔写给妻子的信在一个世纪后终于被发送出去,完成了他对自己罪恶的忏悔。而这个来自立岩的土著女孩正是一百年前达林派尔拯救的那个饱受折磨的黑脚族男孩铅羽的后人,如今她成了克莱尔的化身,在看到了那些书信后,她认出了转世后的达林派尔。

这次百年后的相聚,不仅使达林派尔和克莱尔两个深深相爱的白人实现了梦寐以求的团聚,又使黑脚族男孩杜比放弃了执意自寻短见的想法,在与立

---

① JONES S G. Ledfeather [M]. Tuscaloosa: The University of Alabama Press, 2008: 211 - 12.

岩女孩的相遇中获得了新生。由此,达林派尔作为一个充满负罪感的殖民者最终完成了对自己灵魂的救赎。也许在琼斯看来,通过重新找回与部落的联系,通过人与人之间的爱,而非进行复仇,一切恩怨才能得以化解,最终恢复平衡。

## 第三节　白人:土著美国人追寻正义的同盟者

很多美国土著小说直接或间接地讲述了土著美国人不幸的历史遭遇和艰难的生存困境,展现了土著美国人遭受的压迫、屈辱、歧视和不公,然而,在这些作品中,土著美国人与白人的关系并非一直针锋相对,剑拔弩张,也并非所有的白人都是冷酷无情、面目可憎,在美国土著小说中,有这样一类白人形象,他们对土著美国人蒙受的非正义深表同情,竭尽所能帮助他们走出困境,在他们身上我们窥见了难能可贵的人性光芒。

《鸽灾》中的胡子莫德就是其中的一个。她居住在北达科他州西部的旷野上,经营着自己的农场。她身形彪悍,平时出入总是女扮男装,有时还留着小胡子。在那片广阔的法外之地,莫德练就了一手好枪法,抽烟、喝酒,堪称当地牧场主里风云人物。她不仅在土著男子塞拉夫①和与他一起私奔的女友走投无路的时候好心地收留了他们,还在几年后为他们举办了盛大的婚宴。她的这一举动不可避免地招来了当地白人移民的怨恨和猜忌。他们无法容忍野蛮低贱的土著人竟然得到如此的礼遇,一口咬定塞拉夫是发生在附近农场的一桩凶杀案的元凶,聚集在莫德的农场前逼迫她交人。机智的莫德软硬兼施,吓退了这伙暴民,帮助塞拉夫和他的女友躲过了这场无妄之灾。

与胡子莫德一样对土著居民心怀善意、给予他们无私帮助的还有《报告》中的达米安神父。在数十年的传教生涯中,他帮助土著居民在土地问题上获得了更多的权益;为贫病交加的奥吉布瓦人送去衣食,给他们疗病;他还为奥吉布瓦居民修建了清洁卫生的厕所;将花生引入土著居民的餐桌;战胜了黑狗恶灵的引诱;学习奥吉布瓦语言,引介他们的哲学思想;发现了奥吉布瓦教义

---

① 即小说中埃维莉娜的穆夏姆。

236

与天主教义相通的地方······①在达米安神父的引导下,奥吉布瓦居民的生存环境得到了较为显著的改善,土著居民与白人之间的紧张关系也趋于缓和。

《圆屋》中的琳达(Linda)更是令人印象深刻。琳达的双胞胎哥哥就是小说中强暴杰拉尔丁并残忍了杀害印第安女孩梅拉(Mayla)的凶手林登。琳达和林登就像一枚硬币的两面,截然不同。他们在母亲的腹中就相克相生,林登吸取了母体内最好的营养,先于琳达两分钟来到人间;琳达一出生就先天不足,医生诊断她智力低下,亲生母亲狠心地遗弃了她。林登一个人独享父母的宠爱,父母以古老的家族名字给他命名,琳达的名字却只是为了和他相配。林登相貌英俊,继承了母亲最好的优点;而琳达却相貌丑陋,资质平平,她有"一张苍白松软如楔子一般的脸""向外鼓的眼睛",让人禁不住想起"双眼凸出的豪猪"②。然而两人最大的不同是他们的品性。林登的父母贪婪狡诈,见利忘义,林登从小耳濡目染,也变成了一个虚伪无耻之徒。他在事业上一事无成,便开始放纵无度,搞垮了自己的身体,接受了妹妹琳达捐赠的肾脏得以活命却没有任何感激之情;琳达一出生就被父母抛弃,但她幸运地被好心的奥吉布瓦妇女贝蒂·韦什考伯(Betty Wishkob)收养。韦什考伯夫妇悉心地照料琳达的饮食起居,每日给她摩擦头部、做身体的拉伸等康复治疗,终于使琳达恢复成一个健康的正常人。更为幸运的是,琳达在韦什考伯家享受到了温暖的亲情,学会了互助友爱,与林登相比,她虽然没有绝好的天资,却拥有一颗善良质朴的心。

在乔的母亲杰拉尔丁遭到强暴的悲剧发生后,琳达自始至终都与乔的一家站在一起。当杰拉尔丁闭门不出、缄默不语的时候,只有琳达的拜访能让她开口说话;当林登因证据不足被无罪释放的时候,是琳达第一个跑来通知乔的家人要提高警惕;当乔决定为母亲复仇的时候,是琳达有意无意间透漏出林登的日常行踪;当乔结果了林登的性命并将猎枪等工具隐藏在琳达家的院子里之后,又是琳达机智地洞察了一切,开车数百里替乔销毁了一切杀人证据。可以说,没有琳达,乔不可能如此顺利地杀死林登,也不可能在复仇后逃脱法律

---

①　ERDRICH L. The Last Report on the Miracles at Little No Horse [M]. New York: HarperCollins Publishers, Inc., 2001: 48-49.

②　ERDRICH L. The Round House [M]. New York: HarperCollins Publishers, Inc., 2012: 110.

的制裁。

作为林登的亲妹妹，琳达为什么要帮助与她毫不相干的一个土著少年乔复仇？在小说的结尾，乔发现了琳达一个不为人知的秘密。在她的房间里，"所有的东西都是成对儿的，尽管并不完全相同。"①一个作家的两部作品，两个不同颜色的迪斯尼玻璃小人儿，两个装着几乎同样干草和空心皮的柳木篮子……就连吃饭她也会多摆一个盘子，里面放着同样的吃食。因为汗屋仪式启示过琳达，她有双重灵魂。琳达在向乔分析林登种种罪行的动机时曾说过：

> "不是每个人身体里都有一个怪兽，大多数存有怪兽的人也把它锁了起来。但是在医院里我看到了我哥哥体内的怪兽，它令我奄奄一息。我知道有一天他会把怪兽放出来，它会裹挟着我的一部分潜伏起来。是的，我也是怪兽的一部分。我付出、给予……它依旧感到饥饿……因为无论吃多少，它都不能得到想要的东西……在他母亲体内缺少的东西。我告诉你它是什么：那就是我——我强大的灵魂。"②

这段话向人们揭示了琳达体内的双重灵魂：一个是她自己，一个是她的哥哥林登。林登体内的怪兽就是他无穷无尽的欲望和仇恨，他渴望得到奥吉布瓦女孩儿梅拉，想带着梅拉和她失身后得到巨额补偿金远走高飞；他蔑视土著居民，扬言要消灭保留地；他憎恶乔一家人，尤其是乔的父亲——代表正义的库茨法官。当这一切都无法实现、无法得到满足的时候，林登终于按捺不住，露出了自己狰狞可怖的真面目，而身为妹妹的琳达，早已感知到了林登的险恶用心，她身体里的双重灵魂在不断地搏斗着：一个是连着骨肉亲情的罪恶之剑，一个是维系部落安宁的正义之盾，最终是正义感占了上风，琳达选择了保护乔的家人。

美国土著小说中这些善良无私的白人形象具有非常重要的现实意义，他

---

①  ERDRICH L. The Round House [M]. New York: HarperCollins Publishers, Inc., 2012: 297.

②  ERDRICH L. The Round House [M]. New York: HarperCollins Publishers, Inc., 2012: 300.

们的的确确代表了白人群体中一部分为土著美国人的正义诉求和命运福祉不辞劳苦、甚至奉献终生的进步人士。约翰·科利尔(John Collier)就是其中最杰出的代表,德洛亚尔称其为"第一个理解、欣赏印第安传统并清楚地表达出来,积极捍卫它的人。"①20世纪20年代,在陶斯普韦布洛(Taos Pueblo)供职的科利尔开始了解土著美国人的文化,他亲眼目睹了同化政策给土著美国人带来的沉重打击,不满印第安事务局官员对土著美国人的蒙骗和欺压。他强烈批评美国政府现行的印第安政策,四处奔走呼吁人们关注印第安事务的改革。1926年美国内政部终于启动了对印第安事务的全面调查,并生成了著名的《梅里亚姆报告》(*Meriam Report*)。在科利尔的强力推动和罗斯福总统的大力支持下,美国国会1934年通过了《印第安重组法》,在一定程度上遏制了同化政策对土著社群的破坏,对印第安民族复兴起到了积极作用。米切尔·红云②(Mitchell Red Cloud)曾这样评述过科利尔:"正义也许眼睛看不见了,但罗斯福先生和科利尔先生却是出色的眼科医生。"③可以说,在土著美国人追寻正义的道路上,如果没有这些白人有识之士的倾力帮助,他们很难走得更远。

---

① DELORIA V Jr, LYTLE C M. The Nations Within: The Past and Future of American Indian Sovereignty [M]. New York: Pantheon Books, 1984: 41.

② 来自威斯康星的温尼贝戈族(Winnebago)印第安人,1950年11月5日战死于朝鲜战场。

③ U.S., Department of Interior, Hayward Indian Congress, mimeographed minutes [C]. Washingon, D. C:1934.

# 结　语

　　厄德里克在"正义三部曲"的终篇《拉罗斯》中讲述了一个修复与和解的故事。土著男子朗德罗·艾恩(Landreaux Iron)在家附近狩猎时误射到邻居拉维奇(Ravich)家的小儿子达斯蒂(Dusty)，致其死亡。为了抚慰拉维奇夫妇的丧子之痛，艾恩夫妇忍痛将自己的爱子拉罗斯(LaRose)送到拉维奇家抚养。拉罗斯是"一个既单纯又充满力量的名字，这个名字属于家族中的疗伤者……百余年来，艾玛琳家族中的每一代都有一个拉罗斯"①。小拉罗斯继承了家族中历代拉罗斯们具有的神奇魔力，以自己的善良和纯真修复了两个濒临破碎的家庭。在小说的结尾，两个家庭终于摒弃了仇恨，冰释前嫌，整个社群恢复了和谐与平静。此外，朗德罗与罗密欧两人之间的恩怨纠葛作为小说的一条副线，也有力地呼应了小说所要体现的"修复与和解"的思想。朗德罗"用古老的部落修复式正义解决了令人棘手的现代社会的正义问题，弥合了拉维奇一家的心理创伤，也向世人彰显了奥吉布瓦人的胸怀与智慧。"②厄德里克在"正义三部曲"的终篇提出"修复与和解"的思想应该不是一种偶然，它也许会成为解决土著美国人几个世纪以来面临的非正义问题的一剂良方。

　　在数百年来的印白关系中，土著美国人遭受的非正义对待无以复加。欧洲殖民者依据"发现理论"轻而易举地剥夺了他们在北美大陆的绝对主权地位，他们先是被定义为"国内依附族群"，然后又被驱赶到荒凉贫瘠的保留地，最终美国政府单方面废除了所有与土著部落签署的条约，从根本上否定了土著部落享有的主权地位。随着主权的丧失，土著美国人的土地也在迅速缩减。

---

①　ERDRICH L. LaRose［M］. New York, NY: HarperCollins Publishers, Inc., 2016: 11.

②　杨恒. 这部小说内外有三个"疗伤者"——评路易斯·厄德里克的新作《拉罗斯》［J］. 博览群书, 2017(4): 120.

《道斯法案》实行的土地私有化更是切断了土著美国人与社群的纽带,严重摧毁了部落传统的基石。在法律方面,由于部落的司法主权经常受到联邦和州司法的介入,土著美国人尤其是土著妇女和儿童遭受性侵后往往正义难寻;同时,长期存在的刻板印象导致很多土著居民在司法审判时遭遇到不公正的对待。作为美国同化政策的一部分,土著美国人的宗教信仰自由也受到诸多限制,很多人被迫改宗,传统土著宗教日渐式微。此外,美国的官方历史中充满了不准确的历史叙事和刻板印象,这些历史叙事将复杂的历史事件降格为简单而便于操控的形式。美国的官方历史通过歪曲土著美国人的形象、将土著美国人的历史排除在正史之外等手段来掩盖美国政府对土著居民犯下的历史罪行。这些非正义行为给土著美国人带来了巨大的精神创伤。

在大多数土著作家看来,要寻求正义,土著美国人首先要学会修复和疗伤,尽快从历史的伤痛中走出来,从悲观失望的阴霾中走出来,而疗伤的第一步就是要重新建立起与部落传统的联系,从部族的传统文化和社群的团结互助中汲取前进的力量,恢复重新振兴部落的信心。正如我们看到的:《四灵魂》中弗勒穿上玛格丽特制作的药裙,回归大地母亲的怀抱;《鸽灾》中的问题少年科温在传承了部落精神的小提琴的指引下改邪归正,成为一名出色的小提琴师;《死者年鉴》中在外流浪数十年的斯特林老年后重回故土,重新建立起与土地的精神纽带;《米克王》中在中东漂泊数载的莉娜回到外祖母的老屋,探寻被尘封已久的印第安棒球队的历史;《走过血泪之路》中的塔卢拉不愿再做被消费的土著,开车奔向北卡的祖居地;《神圣的荒野》中莫霍克后裔坎蒂丝在印第安女管家格莱蒂丝的帮助下重新找回了自己部落身份……在土著作家们的笔下,部落的凝聚力、古老的修复式正义、独特的土著宗教都是土著美国人平复伤痛、重拾自信的良药。

修复创伤是土著美国人寻求正义的第一步,接下来更重要的任务是如何实现土著美国人的正义诉求。很多土著作家们在小说中曾暗示,面对白人社会在政治、经济、文化、科技等领域的强大优势,单枪匹马走强行对抗的极端民族主义道路也许并非明智之举。土著居民唯有积极参与政治对话,团结一心,共同抵制白人政府的不公正政策,捍卫部落的主权和利益,才能实现正义诉求。在这一过程中,正如西尔科在《死者年鉴》中所提出的,尽可能联合一切受剥削受压迫的民族,组成全美洲甚至全世界范围的跨民族联盟,更有助于扩大土著居民索回部落土地,寻求正义的力量。此外,土著作家们在小说中对土著历史的"逆写"亦可被视为土著美国人寻求准确的历史再现、抵制白人殖民的一种途径和方式。这种"逆写"去除了"民族—国家"中心化,通过土著叙事来对抗国家霸权,澄清历史问题,必将有助于重新阐释土著居民的集体身份,激励他们采取行动,向所有非土著美国人解释和证明其行为的正当性,以帮助部落追求他们本应享有的主权。

　　获取正义的最终形式是有关各方达成和解,促进社会的和谐共融。然而要实现土著美国人与美国政府的真正和解,施害的一方美国政府无疑首先要对历史上的非正义行为作出深刻的反省和道歉,摒弃原有的种族主义思想和固有偏见,尊重和承认土著美国人的应有主权和文化传统。美国土著作家们一直致力于消除主流社会对土著美国人的误解和偏见,促进整个社会对土著社群的认识和理解。他们在小说中一方面提醒公众,白人的富裕生活是建立在历史上对包括土著美国人等少数族裔的侵略、剥削与压迫基础之上的,而土著美国人现今艰难的生活境遇并不是因为他们的懒惰与落后,而是因为他们在历史的发展过程中一直处于被奴役被压迫的地位,他们一直没有得到公正的对待。另一方面,土著作家们在小说中对一部分白人角色的塑造也表明,白人殖民者及其后代应该对历史上白人的非正义行为做出反思和忏悔,帮助土著美国人实现他们的正义诉求,这样才能使愧疚的心灵得到救赎,恢复社会的公平正义。

　　正义对于土著美国人来说是一个重要而复杂的问题。因为只有土著美国人寻求到真正的公平正义,他们的生存困境才能得到根本的改善和解决,他们才能更加积极而自信地面对未来。美国土著作家们勇敢挑起为土著美国人匡复正义的重担,努力在小说中挖掘和表现土著居民充满辛酸却又积极乐观的内心世界,为世人展现了土著美国人悲伤苦难的历史、艰辛的生存境遇和他们寻求正义的不懈努力。他们的作品一方面有力地揭露了过去二百多年间美国政府印第安政策的非正义性和虚伪性,探讨了土著美国人获取正义的有效途径和出路;另一方面,面对正义这个复杂而严肃的话题,很多土著作家并未仅仅停留在谴责和控诉的层面上,他们尝试从土著美国人和白人的双重视角来审视正义问题,促使社会公众(土著读者和非土著读者)以同情的态度去了解土著历史,理解土著美国人的正义诉求,摒弃未经反思的歧视和仇恨,为土著美国人最终获取正义赢得政治同盟。

　　进入后911时代,尤其是在特朗普就任美国总统后,美国国内保守主义势

242

力重新抬头,少数族裔与白人之间种族矛盾不断激化,暴力枪击事件时有发生。2020 年 5 月 26 日,明尼苏达州警方在一次逮捕过程中涉嫌暴力执法,导致嫌疑人乔治 – 弗洛伊德窒息死亡,更是引发了整个美国社会的集体抗议。在这种纷乱的局势下,公平正义的问题再一次引起人们的强烈关注和深刻反思。美国土著作家们的正义书写启示我们,在当今这个多元化的时代,不同国家、民族、种族、宗教、文化背景的人对正义都有不同的理解。面对正义问题,我们要开放包容,摒除偏见,表现出对不同种族、不同信仰的人们的理解与尊重,通过沟通和协商达成和解与共识,暴力、歧视和强权注定不会带来真正的正义。

# 参考文献

[1]埃德加·博登海默. 法理学、法律哲学与法学方法［M］. 邓正来等，译. 北京：中国政法大学出版社，1999.

[2]奥利弗·拉·法奇. 图说美国印第安人历史［M］. 杨恒，译. 北京：光明日报出版社，2015.

[3]柏拉图. 理想国［M］. 郭斌和，张竹明，译，北京：商务印书馆，2002.

[4]陈靓.《痕迹》和《爱药》的宗教杂糅特征［J］. 外国文学研究，2013（2）：108－115.

[5]陈靓. 路易斯·厄德里克访谈录［J］. 英美文学研究论丛，2015（1）：25－33.

[6]弗朗西斯·培根. 论君权（英汉双语）［M］. 樊阳程，译. 北京：中国对外翻译出版公司，2010.

[7]格里特·惠泽尔. 美国土著人民宗教概观:抵制同化的源泉［G］//何群. 土著民族与小民族生存发展问题研究. 北京：中央民族大学出版社，2006.

[8]古斯塔夫·勒庞. 乌合之众——群体心理研究［M］. 亦言，译. 中国友谊出版公司，2019.

[9]郭巍. 马克·吐温的夏威夷书写与美国殖民空间生产［J］. 外国文学评论，2015（2）:29－42.

[10]郭巍. 美国原住民文学研究在中国［J］. 天津外国语学院学报》，2007（4）：57－63.

[11]阿伦特，汉娜，等. 暴力与文明:喧嚣时代的独特声音［M］. 王晓娜，

译. 北京：新世界出版社, 2013.

[12]黄玉顺. 中国正义论的重建——生活儒学的制度伦理学思考 [J]. 文史哲, 2011(6)：12 - 13.

[13]李剑鸣. 美国土著部落地位的演变与印第安人的公民权问题 [J]. 美国研究, 1994(2)：30 - 49.

[14]列斐伏尔. 空间与政治 [M]. 李春, 译. 上海：上海人民出版社, 2008.

[15]耶林, 鲁道夫·封. 权利斗争论 [J]. 潘汉典, 译. 法学译丛, 1985 (2)：8 - 12.

[16]路易斯·厄德里克. 爱药 [M]. 张廷佺, 译. 南京：译林出版社, 2008.

[17]罗钢, 刘象愚. 后殖民主义文化理论 [M]. 北京：中国社会科学出版社, 1999.

[18]罗素. 西方哲学史(上卷) [M]. 何兆武, 李约瑟, 译. 北京：商务印书馆, 2009.

[19]马克劳德. 印第安人兴衰史 [M]. 吴泽霖, 苏希轼, 译. 北京：商务印书馆, 1947.

[20]马克思, 恩格斯. 共产党宣言 [G] // 马克思, 恩格斯. 马克思恩格斯选集(第3版, 第1卷). 北京：人民出版社, 2012.

[21]麦金太尔. 谁之正义？何种合理性？ [M]. 万俊人, 等, 译. 北京：当代中国出版社, 1996.

[22]福柯, 米歇尔. 疯癫与文明 [M]. 刘北成, 杨远婴, 译. 上海：生活·读书·新知三联书店, 2003.

[23]纳撒尼尔·霍桑. 红字 [M]. 姚乃强, 译. 南京：译林出版社, 1996.

[24]帕帕斯. 柏拉图与《理想国》 [M]. 朱清华, 译. 桂林：广西师范大学出版社, 2007.

[25]让·博丹, 富兰克林, 朱利安·H. 主权论 [M]. 李卫海, 钱俊文, 译. 北京：北京大学出版社, 2008.

[26]孙国华. 马克思主义法律理学研究 [M]. 北京：群众出版社, 1996.

[27]托克维尔. 论美国的民主(上卷) [M]. 董果良, 译. 北京：商务印书

馆, 1988.

[28]王建平. 美国印第安文学与现代性研究 [M]. 北京：中国人民大学出版社, 2014.

[29]王建平. 后殖民语境下的美国土著文学——路易丝·厄德里齐的《痕迹》[J]. 国外文学, 2006(4): 75 –81.

[30]萧榕. 世界著名法典选编(宪法卷)[M]. 北京：中国民主法制出版社, 1977.

[31]休谟. 道德原则研究 [M]. 曾晓平, 译. 北京：商务印书馆, 2000.

[32]休谟. 人性论 [M]. 关文运, 译. 北京：商务印书馆, 1980.

[33]亚里士多德. 尼各马可伦理学 [M]. 廖申白, 译. 北京：商务印书馆, 2003.

[34]杨恒. 这部小说内外有三个"疗伤者"——评路易斯·厄德里克的新作《拉罗斯》[J]. 博览群书, 2017 (4): 117 –212.

[35]杨恒. 弱者的失语 法律的缺位——评美国国家图书奖获奖作品《圆屋》[J]. 博览群书, 2013(6): 84 –88.

[36]杨真. 基督教史纲(上)[M]. 北京：三联书店, 1979.

[37]约翰·罗尔斯. 正义论 [M]. 何怀宏, 等, 译. 北京：中国社会科学出版社, 1998.

[38]约翰·罗尔斯. 政治自由主义 [M]. 万俊人, 译. 南京：译林出版社, 2011.

[39]约翰·洛克. 论宗教宽容 [M]. 吴云贵, 译. 北京：商务印书馆, 1996.

[40]约翰·洛克. 政府论(下篇)[M]. 叶启芳、瞿菊农, 译. 北京：商务出版社, 1964.

[41]约翰·穆勒. 功利主义 [M]. 徐大建, 译. 上海：上海人民出版社, 2008.

[42]张冲, 张琼. 从边缘到经典:美国土著文学的源与流 [M]. 上海：上海外语教育出版社, 2014.

[43]赵一凡. 美国的历史文献 [M]. 北京：三联书店, 1989.

[44]赵健秀, 陈耀光. 种族主义者的爱 [J]. 李贵苍, 徐纪阳, 译. 华文文

学，2005(3)：30 – 37.

[45]周文华. 论法的正义价值 [M]. 北京：知识产权出版社，2008.

[46]ABORIGINAL JUSTICE INQUIRY OF MANITOBA. Volume 1：The Justice System and Aboriginal People [R]. Winnipeg：Queens Printer，1999.

[47]ALLEN P G. It Goes This Way [G] // HOBSON G. The Remembered Earth：An Anthology of Contemporary Native American Literature. Albuquerque：University of New Mexico Press，1980.

[48]ARMITAGE A. Comparing the Policy of Aboriginal Assimilation：Australia，Canada，and New Zealand [M]. Vancouver：UBC Press，1995.

[49]ARNOLD E L. Listening to the Spirits：An Interview with Leslie Marmon Silko [G] // ARNOLD E L. Conversations with Leslie Marmon Silko. Jackson：University Press of Mississippi，2000.

[50]AZARYAHU M，GOLAN A. (Re)naming the landscape：The formation of the Hebrew map of Israel 1949—1960 [J]. Journal of Historical Geography，2001(2)：178 – 195.

[51]BARKER J. Sovereignty Matters：Locations of Contestation and Possibility in Indigenous Struggles for Self – Determination [M]. Lincoln：University of Nebraska Press，2005.

[52]BARSH R L，HENDERSON J Y. The Road：Indian Tribes and Political Liberty [M]. Berkley：University of California Press，1980.

[53]BEIDLER P G. Murdering Indians：A Documentary History of the 1897 Killings That Inspired Louise Erdrich's The Plague of Doves [M]. Jefferson，North Carolina：Mc Farland & Company，Inc.，2013.

[54]BEMIS S F. John Quincy Adams and the Foundations of American Foreign Policy [M]. New York：A. A. Knopf，1949.

[55]BERG M. Popular Justice：A History of Lynching in America [M]. Chicago：Ivan R. Dee，2011.

[56]BERKHOFER R F，Jr. The White Man's Indian：Images of the American Indian from Columbus to the Present [M]. New York：Knopf，1978.

[57]BLACK P W. Lynchings in Iowa [J]. Iowa Journal of History and Poli-

tics, 1912(2): 151 - 254.

[58]BLAESERK M. Gerald Vizenor: Writing in the Oral Tradition [M]. Norman: University of Oklahoma Press, 2012.

[59]BLOCK D. Baseball Before We Knew It: A Search for the Roots of the Game [M]. Lincoln, Nebraska: University of Nebraska Press, 2005.

[60]BORROWS J. Drawing Out Law: A Spirit's Guide [M]. Toronto: University of Toronto Press, 2010.

[61]BURNS E M. The American Idea of Mission: Concepts of National Purpose and Destiny [M]. New Brunswick, NJ: Rutgers University Press, 1957.

[62]BUTTERFIELD F. Victims' Race Affects Decisions on Killers' Sentence, Study Finds [N]. The New York Times, 2001 - 4 - 20.

[63]CADWALADER S L, Deloria V Jr. The Aggressions of Civilization: Federal Indian Policy since the 1880s [M]. Philadelphia: Temple University Press, 1984.

[64]CAFFERTY P S J, ENGSTROM D W. Hispanics in the United States: An Agenda for the Twenty - first Century [M]. New Brunswick: Transaction Publishers, 2000.

[65]CALLOWAY C G. First Peoples: A Documentary Survey of American Indian History [M]. Boston and New York: Bedford/St. Martin's, 2012.

[66]CAMP C, CAMP G. The Corrections Yearbook [M]. South Salem, NY: Criminal Justice Institute, 1995.

[67] CANBY Jr, WILLIAM C. American Indian Law [M]. St. Paul: West, 2004.

[68]CANT J. Cormac McCarthy and the Myth of American Exceptionalism [M]. New York: Routledge, 2008.

[69]CARLSON D J. Imagining Sovereignty: Self - Determination in American Indian Law and Literature [M]. Norman: University of Oklahoma Press, 2016.

[70] CASTILLO S P. Postmodernism, Native American Literature, and the Real: The Silko - Erdrich Controversy [J]. Massachusetts Review, 1991 (2): 285 - 94.

[71]CAVE A A. Abuse of Power: Andrew Jackson and the Indian Removal Act of 1830 [J]. The Historian, 2003 (6): 1330 – 1353.

[72]CHAVKIN A, CHAVKIN N F. Conversations with Louise Erdrich and Michael Dorris [M]. Jackson: University Press of Mississippi, 1994.

[73]CHURCHILL W. Fantasies of the Master Race: Literature, Cinema and the Colonization of American Indians [M]. Monroe, ME: Common Courage, 1992.

[74]CLARKSON G. Reclaiming Jurisprudential Sovereignty: A Tribal Judicial Analysis [J]. The University of Kansas Law Review, 2002 (3): 473 – 495.

[75]COBB D M, FOWLER L. Beyond Red Power: American Indian Politics and Activism since 1900 [M]. Santa Fe, New Mexico: School for Advanced Research Press, 2007.

[76]COHEN R, KENNEDY P. Global Sociology [M]. London: MacMillan, 2000.

[77] COLWELL – CHANTHAPHONH C. When History is Myth: Genocide and the Transmogrification of American Indians [J]. American Indian Cultural and Research Journal, 2005 (2):113 – 118.

[78]COOK – LYNN E. Anti – Indianism in Modern America: A Voice from Tatekeya's Earth [M]. Champaign, Illinois: University of Illinois Press, 2007.

[79]COOK – LYNN E. The Lewis and Clark Story, the Captive Narrative, and the Pitfalls of Indian History [J]. Wicazo Sa Review, 2004, 19(1): 21 – 33.

[80] COX J H. "All This Water Imagery MustMean Something": Thomas King's Revisions of Narratives of Domination and Conquest in Green Grass, Running Water [J]. American Indian Quarterly, 2000(2): 219.

[81]CRONON W. Changes in the Land: Indians, Colonists, and the Ecology of New England [M]. New York: Hill and Wang, 1983.

[82]CRUZ C Z. Tribal Law as Indigenous Social Reality and Separate Consciousness: [Re]Incorporating Customs and Traditions into Tribal Law [J]. Tribal Law Journal, 2000—2001(1):1 – 22.

[83]CUTLER J E. Lynch – Law: An Investigation into the History of Lynch-

ing in the United States [M]. New York: Longmans, Green, 1905.

[84]DALE E. Criminal Justice in the United States, 1789—1939 [M]Cambridge:Cambridge University Press, 2011.

[85]DAVIS L R. Protest against the Use of Native American Mascots: A Challenge to Traditional American Identity [J]. Journal of Sport & Social Issues, 1993, 17(1): 9 – 22.

[86]DELORIA V Jr. Circling the Same Old Rock [G]//CHURCHILL W. Marxism and Native Americans. Boston: South End, 1983: 113 – 36.

[87]DELORIA V Jr. Custer Dies for Your Sins: An Indian Manifesto [M]. Norman: University of Oklahoma Press, 1988.

[88]DELORIA V Jr. God Is Red: A Native View of Religion (Third edition) [M]. Golden, Colorado: Fulcrum Publishing, 2003.

[89]DELORIA V Jr, LYTLE C M. The Nations Within: The Past and Future of American Indian Sovereignty [M]. New York: Pantheon Books, 1984.

[90] DOERFLER J. Centering Anishinaabeg Studies: Understanding the World through Stories [M]. East Lansing: Michigan State University Press, 2013.

[91]DOOSJE B, BRANSCOMBE N R, SPEARS R, et al. Antecedents and Consequences of Group – based Guilt: The Effect of Ingroup Identification [J]. Group Processes and Intergroup Relations, 2006(9): 325 – 338.

[92]DOOSJE B, BRANSCOMBE N R, SPEARS R, et al. Guilty by Association: When One's Group Has a Negative History [J]. Journal of Personality and Social Psychology, 1998(75): 872 – 886.

[93]DURHAM W C Jr, SCHARFFS B G. Law and Religion: National, International, and Comparative Perspectives [M]. New York: Aspen Publishers, 2009.

[94]ECHO – HAWK W. In the Courts of the Conqueror: The Ten Worst Indian Law Cases Ever Decided [M]. Golden,Colo. : Fulcrum Publishers, 2010.

[95]ERDRICH L. Four Souls [M]. New York: HarperCollins Publishers, Inc. , 2004.

[96]ERDRICH L. LaRose [M]. New York, NY: HarperCollins Publishers, Inc. , 2016.

[97]ERDRICH L. Love Medicine: New and Expanded Version [M]. New York: Henry Holt and Company, Inc. , 1993.

[98]ERDRICH L. Shadow Tag [M]. New York: HarperCollins Publishers, Inc. , 2010.

[99]ERDRICH L. The Antelope Wife [M]. New York: HarperCollins Publishers, Inc. , 1998.

[100]ERDRICH L. The Last Report on the Miracles at Little No Horse [M]. New York: HarperCollins Publishers, Inc. , 2001.

[101]ERDRICH L. The Plague of Doves [M]. New York: HarperCollins Publishers, Inc. , 2008.

[102]ERDRICH L. The Round House [M]. New York: HarperCollins Publishers, Inc. , 2012.

[103]ERDRICH L. Tracks [M]. New York: Henry Holt and Company, Inc. , 1988.

[104] FIXICO D L. Termination and Relocation: Federal Indian Policy, 1945—1960 [M]. Albuquerque, NM: University of New Mexico Press, 1990.

[105]FORD W C. Journals of the Continental Congress [M]. Washington D. C. : Government. Print off, 1975:844.

[106]FOUCAULT M. The Discourse on Language [M]. Paris: Gallimard Publishers, 1971.

[107]FRIEDLAND H L. The Wetiko (Windigo) Legal Principles: Responding to Harmful People in Cree, Anishinabek and Saulteaux Societies Past, Present and Future Uses, with a Focus on Contemporary Violence and Child Victimization Concerns [D]. Edmonton:University of Alberta, 2009.

[108]GRINDE D A Jr, JOHANSEN B E. Exemplar of Liberty: Native America and the Evolution of Democracy [M]. Los Angeles: UCLA American Indian Studies Center, 1991.

[109]HAGAN W T. American Indians [M]. Chicago: The University of Chicago Press, 1979.

[110] HANSEN L. In "House", Erdrich Sets Revenge on a Reservation

[N]. All Things Considered, 2012 – 10 – 02.

[111]HAUSMAN B M. Riding the Trail of Tears [M]. Lincoln: University of Nebraska Press, 2011.

[112]HERTZBERG H W. Search for an American Indian Identity: Modern Pan – Indian Movements [M]. Syracuse: Syracuse University Press, 1971.

[113]HORSMAN R. Race and Manifest Destiny: The Origins of American Racial Anglo – Saxonis [M]. Ambridge: Harvard University Press, 1981.

[114]HOWE LA. Miko Kings [M]. San Francisco: Aunt Lute Books, 2007.

[115]HOWE LA. The Story of America: Tribalography [G] // HOWE LA. Choctalking on Other Realities. San Francisco: Aunt Lute Books, 2013.

[116]HOXIE F E. A Final Promise: The Campaign to Assimilate the Indians, 1880 – 1920 [M]. Lincoln: University of Nebraska Press, 2001.

[117]IYER A, LEACH C W, CROSBY F J. White Guilt and Racial Compensation: The Benefits and Limits of Self – focus [J]. Personality and Social Psychology Bulletin, 2003(29): 117 – 129.

[118]JACKSON R. Sovereignty: The Evolution of an Idea [M]. Cambridge: Polity Press, 2007.

[119]JACOBS C A. The Novels of Louise Erdrich: Stories of Her People [C]. New York: Peter Lang, 2001.

[120]JANIK V K. Fools and Jesters in Literature, Art, and History: A Bio – bibliographical Sourcebook [M]. London: Greenwood Press, 1998.

[121]JOHNSTON B. The Manitous: The Spiritual World of the Ojibways [M]. New York: Harper Collins Publishers, 1995.

[122]JONES S G. Ledfeather [M]. Tuscaloosa: The University of Alabama Press, 2008.

[123]JUSTICE D H. Our Fire Survives the Storm [M]. Minneapolis and London: Minnesota University Press, 2006.

[124]KADES E. History and Interpretation of the Great Case of Johnson v. M'Intosh [J]. Law and History Review 2001(1): 67 – 116.

[125]KHADDURI M. The Islamic Conception of Justice [M]. Baltimore:

The Johns Hopkins University Press, 1984.

[126]LAW COMMISSION OF CANADA. Transforming Relationships Through Participatory Justice [R]. Law Commission of Canada,Ottawa, 2003 – 02 – 22.

[127] LEE H. To Kill a Mockingbird [M]. New York: Harper Perennial, 2006.

[128]LOBO S, TALBOT S, MORRIS T L. Native American Voices: A Reader [C]. Upper Saddle River, NJ: Prentice Hall, 2010.

[129]LOCKE J. Essays on the Law of Nature [M] LEYDEN W Von. Oxford: Clarendon, 1988.

[130] MALLETT R K, HUNTSINGER J R, SINCLAIR S, et al. Seeing Through Their Eyes: When Majority Group Members Take Collective Action on Behalf of an Outgroup [J]. Group Processes and Intergroup Relations, 2008 (11): 451 – 470.

[131]MERIAM L. The Problem of Indian Administration [M]. Baltimore: John Hopkins Press, 1928.

[132]MIRON A M, BRANSCOMBE N R. Social Categorization, Standards of Justice, and Collective Guilt [G] // NADLER A, MALLOY T E, FISHER J D. The Social Psychology of Intergroup Reconciliation. New York: Oxford University Press, 2008: 77 – 96.

[133]NYE R B. Society and Culture in America, 1830—1860 [M]. New York: Harper and Row, 1974.

[134]OLSON J S. Native Americans in the Twentith Century [M]. Champaign, Illinois: University of Illinois Press, 1986.

[135]OURY W S. Article on Camp Grant Massacre [R]. Tucson: Arizona Historical Society, 1885.

[136]OURY W S. Historical Truth: The So – Called "Camp Grant Massacre" of 1871 [N]. Arizona Weekly Star, 1879 – 7 – 3.

[137]OWENS L. Burning the Shelter [C] // DEMING A H, SAVOY L E. The Color of Nature Culture, Identity, and the Natural World. Garamond: Milkweed Editions, 2002.

[138]OWENS L. Other Destinies: Understanding the American Indian Novel [M]. Norman: University of Oklahoma Press, 1992.

[139]PELTIER L. Prison Writing: My Life Is My Sun Dance [M]. New York: St. Martins Griffin, 2000.

[140]PERELMAN C. Justice, Law, and Argument: Essays on Moral and Legal Reasoning [M]. Dordrecht: D. Reidel Publishing Company, 1980.

[141]PEVAR S L. The Rights of Indians and Tribes: The Authoritative ACLU Guide to Indian and Tribal Rights, 3 rd [M]. New York: New York University Press, 2004.

[142]PFEIFER M J. Rough Justice: Lynching and American Society, 1874—1947 [M]. Urbana and Chicago: University of Illinois Press, 2004.

[143]PORTER R B. Strengthening Tribal Sovereignty through Peacemaking: How the Anglo – American Legal Tradition Destroys Indigenous Societies [J]. Columbia Human Rights Law Review, 1997(28): 235 – 305.

[144]POWER S. Sacred Wilderness [M]. East Lansing: Michigan State University Press, 2014.

[145]PRUCHA F P. Documents of United States Indian Policy (Third edition) [M]. Lincoln: University of Nebraska Press, 2000.

[146]PRUCHA F P. The Great Father: The United States Government and the American Indians [M]. Lincoln: University of Nebraska Press, 1986.

[147] PYNCHON T. Gravity's Rainbow [M]. New York: Penguin Books, 1973.

[148]RADER B G. Baseball: A History of America's Game (3rd ed.) [M]. Chicago: University of Illinois Press, 2008.

[149]ROOSEVELT T. The Winning of the West: An Account of the Exploration and Settlement of Our Country from the Alleghanies to the Pacific (Vol. 1) (1889—1896) [M]. Ithaca: Cornell University Library, 2009.

[150]ROSEN L. Law as Culture: An Invitation [M]. Princeton, NJ: Princeton University Press, 2006.

[151] ROSENTHAL H D. Indian Claims and the American Conscience: A

Brief History of the Indian Claims Commission [C] // SUTTON I. Irredeemable A-merica: The Indians' Estate and Land Claims. Albuquerque: Native American Studies, 1985.

[152]ROSTKOWSKI J. Conversation with Gerald Vizenor, Series Editor, Po-et, Novelist, and Art Critic [C] // ROSTKOWSKI J. Conversations with Remarka-ble Native Americans. Albany, NY: State University of New York Press, 2012.

[153] SAID E. Culture and Imperialism [M]. New York: Alfred A. Knopf, 1993.

[154]SALAITA S. The Holy Land in Transit [M]. New York: Syracuse Uni-versity Press, 2006.

[155]SEYERSTED P. Interview with Leslie Marmon Silko [G] // ARNOLD E L. Conversations with Leslie Marmon Silko. Jackson: University Press of Missis-sippi, 2000: 1 - 9.

[156] SILKO L M. Almanac of the Dead [M]. New York: Penguin Book, 1992.

[157]SILKO L M. Here's an Odd Artifact for the Fairy - Tale Shelf [J]. Studies in American Indian Literatures, 1986(4):178 - 84.

[158]SILKO L M. Language and Literature from a Pueblo Indian Perspective [G]// SILKO L M. Yellow Woman and a Beauty of the Spirit. New York: Simon & Schuster, 1996: 48 - 59.

[159]SILKO L M. Yellow Woman and a Beauty of the Spirit [M]. New York: Simon & Schuster, 1996.

[160]SNODGRASS M E. Leslie Marmon Silko: A Literary Companion [M]. Jefferson, N. C. : McFarland & Co. , 2011.

[161]SOL A. The Story as It's Told: Prodigious Revisions in Leslie Marmon Silko's Almanac of the Dead [J]. American Indian Quarterly, 1999(3): 24 - 48.

[162]STRICKLAND R, Felix S. Cohen's Handbook of Federal Indian Law [M]. Charlottesville, VA: Michie Bobbs - Merrill, 1982.

[163]STRICKLAND R, Felix S. The Eagle's Empire: Sovereignty, Surviv-al, and Self - Governance in Native American Law and Constitutionalism [C] //

THORNTON R. Studying Native America: Problems and Prospects. Madison: University of Wisconsin Press, (1998): 247 - 270.

[164] TAYLOR D. The Archive and the Repertoire: Performing Cultural Memory in the Americas [M]. Durham, NC: Duke University Press, 2003.

[165] TEICHER M I. Windigo Psychosis: A Study of a Relationship Between Belief and Behavior among the Indians of Northeastern Canada [M]. Seattle: American Ethnological Society, 1960.

[166] TEUTON C B. Deep Waters: The Textual Continuum in American Indian Literature [M]. Lincoln: University of Nebraska Press, 2010.

[167] THARP J. Windigo Ways: Eating and Excess in Louise Erdrich's The Antelope Wife [J]. American Indian Culture and Research Journal, 2003 (4): 117 - 131.

[168] VIZENOR G. Father Meme [M]. Albuquerque: University of New Mexico Press, 2008.

[169] VIZENOR G. Manifest Manners: Postindian Warriors of Survivance. Hanover [M]. NH: Wesleyan University Press, 1994.

[170] WARD J M. Base - ball: How to Become a Player [M]. Philadelphia: The Athletic Publishing Company, 1888.

[171] WASSON J. Bloody Retaliation [N]. Arizona Citizen, 1871 - 5 - 6.

[172] WILKINS D E, STARK H K. American Indian Politics and the American Political System [M]. Lanham, Md.: Rowman & Littlefield, 2011.

[173] WOHL M JA, BRANSCOMBE N R. Forgiveness and Collective Guilt Assignment to Historical Perpetrator Groups Depend on Level of Social Category Inclusiveness [J]. Journal of Personality and Social Psychology, 2005, 88 (2): 288 - 303.

[174] WOMACK C. Red on Red: Native American Literary Separatism [M]. Minneapolis: University of Minnesota Press, 1999.